JLPT

絕對合格 攻略

考試分數大躍進
累積實力
百萬考生見證
應考秘訣

4

根據日本國際交流基金考試相關概要

新日檢6回

全真模擬 寶藏題庫 + 通關解題

N4 レベル

吉松由美・田中陽子・西村惠子・山田社日檢題庫小組　合著

讀解・聽力・言語知識
【文字・語彙・文法】

前言 はじめに

N4

想要日檢，百「試」百勝！
就多做考試會出的題目！

本書將是您日檢「高得分」的一塊試金石！
摸透出題「方向」和「慣性」的寶藏題庫，
再講求「通關戰略」！
讓您在關鍵時刻，突然爆發潛力！
成為日檢黑馬－得分高手！

百萬考生佳評如潮！為回饋讀者的喜愛，新增通關解析，擊破考點！絕對合格！

一本好的模擬試題，除了能讓您得到考試的節奏感，練出考試的好手感外，透過專業日籍教師的通關解析，讓您立刻就抓出自己答題的盲點，快速提升實力！親臨考場，立刻就能超常發揮，高分唾手可得！

⇨ 多做會考的寶藏題庫，高分唾手可得：

努力雖然重要，但考試勝敗的關鍵在，摸透出題「方向」和「慣性」，再講求「戰略戰術」。因此，為掌握最新出題趨勢，本書的出題日本老師，通通在日本長年持續追蹤新日檢出題內容，徹底分析了歷年的新舊日檢考題，完美地剖析新日檢的出題心理，比照日本語能力試驗規格，製作了擬真度 100％ 模擬試題的寶藏題庫。讓考生知道會考什麼題目，才知道如何為打勝仗而做準備。這樣熟悉考試內容，多做會考的寶藏題庫，將讓考生在關鍵時刻，突然爆發潛力，贏得高分！

⇨ 摸透出題法則，通關戰略方向指引，搶高分決勝點：

日檢合格高手善於針對考試經常會出的問題，訂出通關戰略。更知道一本摸透出題法則的模擬考題，加上巧妙的分析解題思路與方法，並總結規律，才是得分關鍵。

本書符合日檢合格高手的最愛，例如：「日語漢字的發音難點、把老外考得七葷八素的漢字筆畫，都是熱門考點；如何根據句意確定詞，根據詞意確定字；如何正確把握詞義，如近義詞的區別，多義詞的辨識；能否辨別句間邏輯關係，相互呼應的關係；如何掌握固定搭配、約定成俗的慣用型，就能加快答題速度，提高準確度；閱讀部分，品質和速度同時決定了最終的得分，如何在大腦裡建立好文章的框架」。只有徹底解析出題心理，再加上戰略上的方向指引，培養快速解題的技巧，合格證書才能輕鬆到手！

⇨ 大份量 6 回聽解考題，全科突破：

新日檢的成績，只要一科沒有到達低標，就無法拿到合格證書！而「聽解」測驗，經常為取得證書的絆腳石。

本書提供您 6 回合大份量的模擬聽解試題，更依照 JLPT 官方公佈的正式考試規格，請專業日籍老師錄製符合 N4 程度的標準東京腔光碟。透過緊密扎實的練習，為您打造最強、最敏銳的「日語耳」，熟悉日本老師的腔調，聽到日語在腦中就能夠快速反應，讓您一聽完題目馬上就知道答案是哪一個！

⇨ 掌握考試的節奏感，輕鬆取得加薪證照：

為了讓您熟悉正式考試的節奏，本書集結 6 回大份量模擬考題，全部都按照新日檢的考試題型來製作。您可以按照正式考試的時間計時，配合模擬考題，訓練您答題的節奏與速度。考前 30 天，透過 6 回密集練習，讓您答題可以又快又正確！事前準備萬全，就能提高您的自信心，正式上場自然就能超常發揮，輕鬆取得加薪證照！

⇨ 金牌教師精心編寫通關解析，擊破考試盲點：

為了幫您贏得高分，《絕對合格攻略！新日檢 6 回全真模擬 N4 寶藏題庫＋通關解題》分析並深度研究了舊制及新制的日檢考題，不管日檢考試變得多刁鑽，掌握了原理原則，就掌握了一切！

本書由長年追蹤日檢題型的日籍金牌教師撰寫通關解析，點出您應考時的盲點！做練習不怕犯錯，就怕一錯再錯！透過反覆的試錯、糾正，從錯誤中學習，實力也能大大增加，考試絕對合格！

⇨ 相信自己，絕對合格：

「信心」來自周全的準備，經過反覆多次的練習，還有金牌教師幫您分析盲點，補足您的弱項，您已經有了萬全的準備，要相信自己的實力，更要保持平常心，專注在題目上，穩穩作答，就能發揮出 120% 的實力，保證「絕對合格」啦！

目錄 もくじ

N4

題型分析 もんだいけいしきぶんせき N4

測驗科目（測驗時間）		試題內容				
			題型		小題題數＊	分析
語言知識（30分）	文字、語彙	1	漢字讀音	◇	9	測驗漢字語彙的讀音。
		2	假名漢字寫法	◇	6	測驗平假名語彙的漢字寫法。
		3	選擇文脈語彙	○	10	測驗根據文脈選擇適切語彙。
		4	替換類義詞	○	5	測驗根據試題的語彙或說法，選擇類義詞或類義說法。
		5	語彙用法	○	5	測驗試題的語彙在文句裡的用法。
語言知識、讀解（60分）	文法	1	文句的文法1（文法形式判斷）	○	15	測驗辨別哪種文法形式符合文句內容。
		2	文句的文法2（文句組構）	◆	5	測驗是否能夠組織文法正確且文義通順的句子。
		3	文章段落的文法	◆	5	測驗辨別該文句有無符合文脈。
	讀解＊	4	理解內容（短文）	○	4	於讀完包含學習、生活、工作相關話題或情境等，約100~200字左右的撰寫平易的文章段落之後，測驗是否能夠理解其內容。
		5	理解內容（中文）	○	4	於讀完包含以日常話題或情境為題材等，約450字左右的簡易撰寫文章段落之後，測驗是否能夠理解其內容。
		6	釐整資訊	◆	2	測驗是否能夠從介紹或通知等，約400字左右的撰寫資訊題材中，找出所需的訊息。

聽力變得好重要喔！

沒錯，以前比重只佔整體的1/4，現在新制高達1/3喔。

聽解(35分)	1	理解問題	◇	8	於聽取完整的會話段落之後，測驗是否能夠理解其內容（於聽完解決問題所需的具體訊息之後，測驗是否能夠理解應當採取的下一個適切步驟）。
	2	理解重點	◇	7	於聽取完整的會話段落之後，測驗是否能夠理解其內容（依據剛才已聽過的提示，測驗是否能夠抓住應當聽取的重點）。
	3	適切話語	◆	5	於一面看圖示，一面聽取情境說明時，測驗是否能夠選擇適切的話語。
	4	即時應答	◆	8	於聽完簡短的詢問之後，測驗是否能夠選擇適切的應答。

＊「小題題數」為每次測驗的約略題數，與實際測驗時的題數可能未盡相同。此外，亦有可能會變更小題題數。

＊有時在「讀解」科目中，同一段文章可能會有數道小題。

＊新制測驗與舊制測驗題型比較的符號標示：

◆	舊制測驗沒有出現過的嶄新題型。
◇	沿襲舊制測驗的題型，但是更動部分形式。
○	與舊制測驗一樣的題型。

JLPTN4

試験問題（しけんもんだい）

STS

答對：
／34 題

測驗日期：___月___日

文字・語彙

第(だい)1回(かい)

言語知識（文字・語彙）

もんだい1　＿＿の　ことばは　ひらがなで　どう　かきますか。1・2・3・4　から　いちばん　いい　ものを　ひとつ　えらんで　ください。

(例(れい)) 春に　なると　さくらが　さきます。

1　はる　　2　なつ　　3　あき　　4　ふゆ

（かいとうようし）　| (例(れい)) | ● ② ③ ④ |

1　あの　森まで　あるいて　いきます。

1　はやし　　2　もり　　3　いえ　　4　き

2　かみを　半分に　おります。

1　はんぶん　　2　はふん　　3　はぶん　　4　はんふん

3　山の　中に　湖が　あります。

1　うみ　　2　みずうみ　　3　みなと　　4　いけ

4　小学生　以下は　お金を　はらわなくて　いいです。

1　いか　　2　いじょう　　3　まで　　4　した

5　安全な　ところで　あそびます。

1　あんしん　　2　あんぜん　　3　かんぜん　　4　かんしん

6　何度も　失敗　しました。

1　しつぱい　　2　しっはい　　3　しっぱい　　4　しつはい

7 自分の　<u>意見</u>を　言います。

1　いみ　　2　いげん　　3　かんじ　　4　いけん

8 明日から　<u>旅行</u>に　行きます。

1　りゅこう　　2　りょこお　　3　りょこう　　4　りよこ

9 エレベーターの　<u>前</u>の　白い　ドアから　入って　ください。

1　みぎ　　2　まえ　　3　ひだり　　4　うしろ

もんだい2　＿＿の　ことばは　どう　かきますか。１・２・３・４から　いちばん　いい　ものを　ひとつ　えらんで　ください。

(例)　毎日、この　道を　とおります。

1　返ります　　2　通ります　　3　送ります　　4　運ります

(かいとうようし)

(例)	① ● ③ ④

10　かれは　とおい　国から　来ました。

1　遠い　　2　近い　　3　遠い　　4　赾い

11　白い　かみに　字を　かきます。

1　糸　　2　紙　　3　氏　　4　終

12　おいわいの　てがみを　もらいました。

1　お祝い　　2　お祝い　　3　お社い　　4　お祝い

13　あには　新しい　薬の　けんきゅうを　して　います。

1　研急　　2　研究　　3　研究　　4　研急

14　やっと　しごとが　おわりました。

1　終りました　　2　終はりました　　3　終わいました　　4　終わりました

15　おいしい　パンを　かって　きました。

1　買って　　2　売って　　3　勝って　　4　変って

もんだい3 （　　　）に　なにを　いれますか。1・2・3・4から　いちばん　いい　ものを　ひとつ　えらんで　ください。

（例）わからない　ことばは、（　　　）を　引きます。

1　ほん　　2　せんせい　　3　じしょ　　4　がっこう

（かいとうようし）

（例）	① ② ● ④

16　かさが　ないので、雨が　（　　　）まで　待ちましょう。

1　かたまる　　2　とまる　　3　ふる　　4　やむ

17　にゅういんちゅうの　友だちを　（　　　）に　いきました。

1　おみやげ　　2　おみまい　　3　おれい　　4　おつり

18　おとうとが　小学校に　（　　　）しました。

1　にゅういん　　2　にゅうがく　　3　ひっこし　　4　そつぎょう

19　うみの　そばの　ホテルを　（　　　）しました。

1　よやく　　2　よしゅう　　3　あいさつ　　4　じゆう

20　へやを　（　　　）、きれいに　しましょう。

1　かたづけて　　2　すてて　　3　さがして　　4　まぜて

21　英語が　話せるように　なったのは、（　　　）です。

1　さいしょ　　2　さいきん　　3　さいご　　4　さいしゅう

22　みんなで、山に　木を（　　　）。

1　いれました　　2　まきました　　3　うちました　　4　うえました

23　かいじょうに　人が　（　　　）　あつまって　きました。

1　つるつる　　2　どんどん　　3　さらさら　　4　とんとん

24 この　中から　ひとつを　（　　）ください。

1　えらんで　　2　あつめて　　3　くらべて　　4　して

もんだい4　＿＿の　ぶんと　だいたい　おなじ　いみの　ぶんが　あります。1・2・3・4から　いちばん　いい　ものを　ひとつ　えらんで　ください。

(例)　おとうとは　先生に　ほめられました。

1　先生は　おとうとに　「よく　できたね」と　言いました。

2　先生は　おとうとに　「こまったね」と　言いました。

3　先生は　おとうとに　「気を　つけろ」と　言いました。

4　先生は　おとうとに　「もう　いいかい」と　言いました。

(かいとうようし)

(例)	● ② ③ ④

25　でんしゃが　えきを　しゅっぱつしました。

1　でんしゃが　えきに　とまりました。

2　でんしゃが　えきを　出ました。

3　でんしゃが　えきに　つきました。

4　でんしゃが　えきを　とおりました。

26　りょこうの　けいかくを　立てて　います。

1　りょこうに　行く　よていは　ありません。

2　りょこうに　行くと　きいて　います。

3　りょこうに　行った　ことを　おもいだして　います。

4　りょこうの　よていを　かんがえて　います。

27　おたくは　どちらですか。

1　あなたは　どこに　行きたいのですか。

2　あなたの　いえに　行っても　いいですか。

3　あなたの　いえは　どこですか。

4　あなたに　ききたい　ことが　あります。

28 テレビが　こしょうして　しまいました。

1　テレビが　なく　なって　しまいました。

2　テレビが　みられなく　なって　しまいました。

3　テレビが　かえなく　なって　しまいました。

4　テレビが　きらいに　なって　しまいました。

29 あねは、とても　うまく　うたを　うたいます。

1　あねは、とても　じょうずに　うたを　うたいます。

2　あねは、とても　たのしそうに　うたを　うたいます。

3　あねは、とても　たかい　こえで　うたを　うたいます。

4　あねは、とても　うるさく　うたを　うたいます。

もんだい５　つぎの　ことばの　つかいかたで　いちばん　いい　ものを　１・２・３・４から　ひとつ　えらんで　ください。

(例)　こわい

1　へやが　くらいので、こわくて　入れません。
2　足が　こわくて　もう　走れません。
3　外は　こわくて　かぜを　ひきそうです。
4　この　パンは　こわくて　おいしいです。

(かいとうようし)

(例)	● ② ③ ④

30　つれる

1　かばんを　つれて　きょうしつに　はいりました。
2　先生を　つれて　べんきょうを　しました。
3　犬を　つれて　さんぽを　しました。
4　ごみを　つれて　すてました。

31　あんない

1　何回も　よんで、その　ことばを　あんないしました。
2　パソコンで　その　いみを　あんないしました。
3　あなたに　いもうとを　あんないします。
4　大学の　中を　あんないしました。

32　そだてる

1　大きな　たてものを　そだてました。
2　子どもを　きびしく　そだてました。
3　にわの　花に　水を　そだてました。
4　はたらいて　お金を　そだてました。

33 やわらかい

1 やわらかい　ふとんで　ねました。

2 やわらかい　べんきょうを　しました。

3 やわらかい　川が　ながれて　います。

4 やわらかい　山に　のぼりました。

34 おる

1 パンを　おさらに　おりました。

2 木の　えだを　おりました。

3 ちゃわんを　おとして　おって　しまいました。

4 せんたくした　シャツを　おって、かたづけました。

答對：
／35 題

言語知識（文法）・読解

もんだい 1　（　　　）に　何を　入れますか。1・2・3・4から　いちばん　いい　ものを　一つ　えらんで　ください。

（例）わたしは　毎日　散歩　（　　　）　します。

1　が　　2　を　　3　や　　4　に

（解答用紙）

（例）	①　●　③　④

1　弟は　今朝　ご飯を　三杯　（　　　）　食べました。

1　に　　2　も　　3　と　　4　を

2　外に　だれが　いる（　　　）見て　きて　ください。

1　と　　2　の　　3　か　　4　も

3　だれでも　練習　すれ　（　　　）　できるように　なります。

1　や　　2　が　　3　たら　　4　ば

4　明日、学校で　試験が　（　　　）　ます。

1　行い　　2　行われ　　3　行った　　4　行う

5　「早く　（　　　）！　学校に　遅れるよ！」

1　起きる　　2　起きろ　　3　起きた　　4　起きない

6　A「この　パンを　（　　　）。おいしいよ。」

B「本当だ！　とても　おいしい！」

1　食べた　とき　　2　食べながら　　3　食べないで　　4　食べて　みて

7　「桃太郎」（　　　）お話を　知って　いますか。

1　と　　2　と　いい　　3　と　いう　　4　と　思う

8 （レストランで）

小林「鈴木さんは　（　　　）？」

鈴木「私は　サンドイッチに　しよう。」

1　何と　する　　2　何に　する　　3　何を　した　　4　何でした

9 かわいい　服が　あった（　　　）、高くて　買えませんでした。

1　のに　　2　から　　3　だけ　　4　ので

10 朝　起き　（　　　）、もう　11 時でした。

1　れば　　2　なら　　3　でも　　4　たら

11 先生に　分からない　問題を　教えて　（　　　）。

1　くださいました　　2　いただきました

3　いたしました　　4　さしあげました

12 佐藤さんは　優しい　（　　　）、みんなから　好かれて　います。

1　ので　　2　まで　　3　けど　　4　ように

13 （電話で）

山田「もしもし。田中君は　今　何を　して　いますか。」

田中「今　お昼ご飯を　食べて　いる　（　　　）。」

1　と　思います　　2　そうです　　3　ところです　　4　ままです

14 王さんは　林さん　（　　　）　足が　速く　ない。

1　まで　　2　ほど　　3　なら　　4　ので

15 食べ（　　　）　大きさに　野菜を　切って　ください。

1　ている　　2　そうな　　3　にくい　　4　やすい

もんだい2 ＿★＿ に 入る ものは どれですか。1・2・3・4から いちばん いい ものを 一つ えらんで ください。

（問題例）

A「＿＿ ＿＿ ＿★＿ ＿＿か。」

B「はい、だいすきです。」

1 すき　2 ケーキ　3 は　4 です

（答え方）

1. 正しい 文を 作ります。

> A「＿＿ ＿＿ ＿★＿ ＿＿か。」
> 　2ケーキ　3は　1すき　4です
> B「はい、だいすきです。」

2. ＿★＿ に 入る 番号を 黒く 塗ります。

（解答用紙）	（例）	● ② ③ ④

16 A「もし 動物に ＿＿ ＿＿ ＿★＿ ＿＿ ですか。」

B「わたしは ねこが いいです。」

1 なりたい　2 なる　3 何に　4 なら

17 A「コンサートで ピアノを ひきます。聞きに きて いただけますか。」

B「すみません。＿＿ ＿＿ ＿★＿ ＿＿ 行けません。」

1 が　2 用　3 ので　4 ある

18 「お電話で ＿＿＿ ＿＿＿ ＿★＿ ＿＿＿ ご説明いたします。」

1 お話し　　2 ついて　　3 した　　4 ことに

19 (デパートで)

店員「どんな　服を　おさがしですか。」

客「家で ＿＿＿ ＿＿＿ ＿★＿ ＿＿＿ もめんの　服を　さがして　います。」

1 せんたく　　2 ことが　　3 できる　　4 する

20 先生「あなたは　しょうらい ＿＿＿ ＿＿＿ ＿★＿ ＿＿＿ ですか。」

学生「まだ、考えて　いません。」

1 なり　　2 何　　3 たい　　4 に

もんだい３　**21**　から　**25**　に　何を　入れますか。文章の　意味を　考えて、１・２・３・４から　いちばん　いい　ものを　一つ　えらんで　ください。

下の　文章は　「日本の　秋」に　ついての　作文です。

> 「台風」
>
> エイミー・ロビンソン
>
> 去年の　秋、わたしの　住む　町に　台風が　きました。天気予報では　とても　大きい　台風だと　放送して　いました。
>
> アパートの　となりの　人が、「部屋の　外に　置いて　ある　ものが　とんで　いく　**21**　から、部屋の　中に　**22**　よ。」と　言いました。わたしは、外に　出して　ある　ものが　とんで　**23**　、中に　入れました。
>
> 夜に　なって、とても　強い　風が　ずっと　ふいて　いました。まどの　ガラスが　**24**　、とても　こわかったです。
>
> 朝に　なって　外に　出ると、空は　うその　ように　晴れて　いました。風に　**25**　とんだ　木の葉が、道に　たくさん　落ちて　いました。

21

1　と　いい　　　2　かもしれない

3　はずが　ない　　　4　ことに　なる

22

1　入れようと　する　　　2　入れて　おくかもしれない

3　入れて　おく　はずです　　　4　入れて　おいた　ほうが　いい

23

1　いくのに　　　2　いくらしいので

3　いかないように　　　4　いくように

文法

24

1　われそうで　　2　われないで
3　われるらしく　　4　われるように

25

1　ふく　　2　ふいて　　3　ふかせて　　4　ふかれて

もんだい４　つぎの (1) から (4) の文章を読んで、質問に答えてください。答えは、１・２・３・４から、いちばんいいものを一つえらんでください。

(1)

会社の周さんの机の上に、次のメモが置いてあります。

> 周さん
>
> ２時ごろ、伊東さんから電話がありました。外からかけているので、また、後でかけるということです。こちらから、携帯電話にかけましょうか、と聞いたら、会議中なので、そうしないほうがよいということでした。
>
> １時間くらい後に、またかかってくると思います。
>
> 相葉

26　周さんは、どうすればよいですか。

1　伊東さんの携帯に電話します。
2　伊東さんの会社に電話します。
3　伊東さんから電話がかかってくるのを待ちます。
4　１時間くらい後に伊東さんに電話します。

(2)

駅の前に、次のようなお知らせがあります。

自転車は止められません

◆ この場所は、自転車を止めてはいけないと決められています。

◆ お金をはらえば止められる＊自転車置き場が、駅の近くにあります。
1日…100円

◆ 1か月以上自転車を止めたい人は、市の事務所に電話をして、長く止める自転車置き場が空いているかどうか聞いてください。（電話番号 12-3456-78××）
空いている場所がない時は、空くのを待つ必要があります。
1か月…2,000円

＊自転車置き場：自転車を止める場所。

27 メイソンさんは4月から、会社に勤めることになりました。駅までは毎日自転車で行こうと思っています。どうしたらよいですか。

1 自転車を、駅前に止めます。
2 自転車を、事務所の前に止めます。
3 自転車置き場に行って、100円はらいます。
4 市の事務所に電話して、空いているかどうか聞きます。

(3)

ソさんに、友だちから、次のようなメールが来ました。

ソさん

今夜のメイさんの送別会ですが、井上先生が急に病気になったので、出席できないそうです。かわりに高田先生がいらっしゃるということですので、お店の予約人数は同じです。

メイさんにわたすプレゼントを、わすれないように、持ってきてください。よろしくお願いします。

坂田

---

28 ソさんは、何をしますか。

1 お店の予約を、一人少なくします。
2 お店の予約を、一人多くします。
3 井上先生に、おみまいの電話をかけます。
4 プレゼントを持って、送別会に行きます。

(4)

石川さんは、看護師の仕事をしています。朝は、入院している人に一人ずつ体の具合を聞いたり、おふろに入れない人の体をきれいにしてあげたりします。そのあと、お医者さんのおこなう注射などの準備もします。ごはんの時間には、食事のてつだいもします。しなければならないことがとても多いので、一日中たいへんいそがしいです。

29 石川さんの仕事ではないものはどれですか。

1　入院している人に体の具合を聞くこと

2　おふろに入れない人の体をきれいにしてあげること

3　入院している人の食事をつくること

4　お医者さんのおこなう注射の準備をすること

もんだい5 つぎの文章を読んで、質問に答えてください。答えは、1・2・3・4から、いちばんいいものを一つえらんでください。

わたしは冬休み、デパートに買い物に行きました。家から駅までは歩いて10分くらいかかります。駅から地下鉄に30分乗り、デパートの近くの駅で降りました。

デパートに入ると、わたしは、①手袋を探しました。その前の雪が降った日になくしてしまったのです。しかし、手袋の売り場がなかなか見つかりません。わたしは店員に、「手袋売り場はどこですか。」と聞きました。店員は「3階にあります。エレベーターを使ってください。」と教えてくれました。

売り場にはいろいろな手袋が置いてありました。とても暖かそうなものや、指が出せるもの、高いもの、安いものなど、たくさんあって、なかなか選ぶことができませんでした。すると、店員が「どんな手袋をお探しですか。」と聞いたので、「明るい色のあまり高くない手袋がほしいです。」と答えました。

店員が「②これはどうですか。」と言って、棚の中から手袋を出して持ってきてくれました。思ったより少し高かったですが、とてもきれいな青い色だったので、③それを買うことに決めました。買った手袋をもって、「早く学校が始まらないかなあ。」と思いながら家に帰りました。

30 「わたし」の家からデパートまで、どのくらいかかりましたか。

1 10分ぐらい　2 30分ぐらい　3 40分ぐらい　4 1時間ぐらい

31 「わたし」は、どうして①手袋を探したのですか。

1 去年の冬、なくしてしまったから
2 雪の日になくしてしまったから
3 きれいな色の手袋がほしくなったから
4 前の手袋は丈夫でなかったから

32 ②これは、どんな手袋でしたか。

1 暖かそうな手袋　2 指が出せる手袋　3 安い手袋　4 色がよい手袋

33 「わたし」はどうして③それを買うことに決めましたか。

1 きれいな色だったから
2 青いのがほしかったから
3 あまり高くなかったから
4 手袋がいるから

もんだい６　右のページの「やまだ区立図書館　利用案内」を見て、下の質問に答えてください。答えは、１・２・３・４から、いちばんいいものを一つえらんでください。

34　ワンさんは、やまだ区に住んでいます。友だちのイさんは、そのとなりのおうじ区に住んでいます。二人とも、やまだ区にある学校に通っています。やまだ区立図書館は、だれが利用できますか。

1　ワンさんとイさんの二人とも利用できる。
2　ワンさんだけ利用できる。
3　イさんだけ利用できる。
4　どちらも利用できない。

35　今野さんは、やまだ区立図書館の利用者カードを作りました。１月４日にやまだ区立図書館に行くと、読みたい本が２冊と、見たいDVDが２点ありました。今野さんは、このうち、何と何を借りることができますか。

1　本２冊とDVD2点
2　本１冊とDVD2点
3　本２冊とDVD1点
4　どれも借りることができない

やまだ区立図書館　利用案内

1. 時間　午前９時～午後９時

2. 休み　○ 月曜日
　　　　○ 年末年始　12月29日～1月３日
　　　　○ 本の整理日　毎月の最後の金曜日

3. 利用のしかた
　○ 利用できる人　・やまだ区に住んでいる人
　　　　　　　　　・やまだ区にある学校・会社などに通っている人

4. 利用者カード…本を借りるためには、利用者カードが必要です。
　○ カードを作るためには、次のものを持ってきてください。
　　・住所がわかるもの（けんこうほけん証など）。または、勤め先や学校の住所がわかるもの（学生証など）。

5. 本を借りるためのきまり

借りるもの	借りられる数	期間	注意
本	合わせて６冊	２週間	新しい雑誌は借りられません。
雑誌			
CD	合わせて３点（そのうちDVDは１点まで）		
DVD			

答對：

／28 題

聴解

T1-1 ～ 1-9

もんだい 1

もんだい１では、まず　しつもんを　聞いて　ください。それから　話を　聞いて、もんだいようしの　１から４の　中から、いちばん　いい　ものを　一つ　えらんで　ください。

れい

1　月曜日
2　火曜日
3　水曜日
4　金曜日

1ばん

1

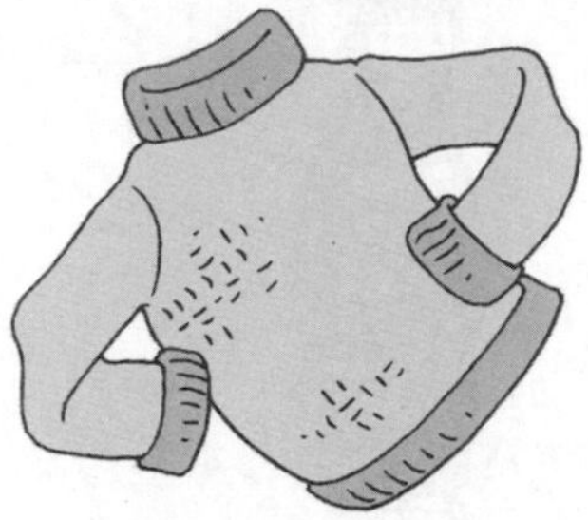

2

3

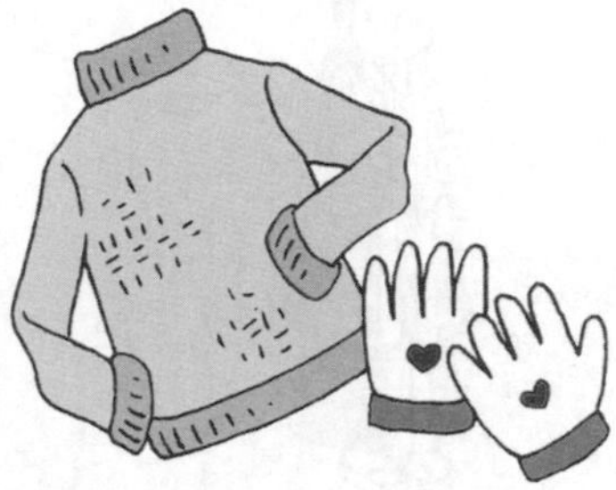

4

2ばん

1

2

3

4

3ばん

4ばん

1　午前　4時半

2　午前　5時8分

3　午前　5時35分

4　午前　6時

5ばん

1　田中先生(たなかせんせい)に　本(ほん)を　返(かえ)し、図書館(としょかん)で　本(ほん)を　借(か)りる

2　一度(いちど)　田中先生(たなかせんせい)に　返(かえ)して　から、また、自分(じぶん)で　借(か)りる

3　田中先生(たなかせんせい)に　返(かえ)さないで、そのまま　自分(じぶん)で　借(か)りて　おく

4　田中先生(たなかせんせい)に　本(ほん)を　貸(か)して　ほしいと　電話(でんわ)する

6ばん

7ばん

1　目(め)を　あらう

2　めがねを　かける

3　医者(いしゃ)に　行(い)く

4　花粉症(かふんしょう)の　薬(くすり)を　飲(の)む

8ばん

1　50 メートル先(さき)の　角(かど)の　駐車場(ちゅうしゃじょう)

2　デパートの　駐車場(ちゅうしゃじょう)

3　公園(こうえん)の　そばの　駐車場(ちゅうしゃじょう)

4　スーパーの　駐車場(ちゅうしゃじょう)

もんだい２

T1-10～1-17

もんだい２では、まず　しつもんを　聞いて　ください。そのあと、もんだいようしを　見て　ください。読む　時間が　あります。それから　話を　聞いて、もんだいようしの　１から４の　中から、いちばん　いい　ものを　一つ　えらんで　ください。

れい

１　デジカメを　持って　いないから
２　女の人の　デジカメが　気に　入って　いるから
３　自分の　カメラは　重いから
４　自分の　カメラは　こわれて　いるから

1ばん

1　ハンバーグ

2　天ぷら

3　カレーライス

4　サンドイッチ

2ばん

1　300円

2　240円

3　100円

4　120円

3ばん

1　A組(ぐみ)

2　B組(ぐみ)

3　C組(ぐみ)

4　D組(ぐみ)

4ばん

1　学校(がっこう)が　休(やす)みに　なったから

2　桜(さくら)が　きれいだから

3　見(み)たい　お寺(てら)が　あるから

4　歴史(れきし)の　勉強(べんきょう)に　なるから

5ばん

1　ホテルで　一日中(いちにちじゅう)　寝(ね)ていた

2　ゆっくり　散歩(さんぽ)して　いた

3　ホテルの　庭(にわ)で　絵(え)を　かいて　いた

4　バスで　いろいろな　所(ところ)に　行(い)った

6ばん

1　雨(あめ)　ときどき　曇(くも)り

2　晴(は)れ、夜(よる)から　雨(あめ)

3　一日中(いちにちじゅう)　晴(は)れ

4　一日中(いちにちじゅう)　雨(あめ)

7ばん

1　音楽(おんがく)の　先生(せんせい)

2　看護師(かんごし)

3　電車(でんしゃ)の　運転手(うんてんしゅ)

4　小学校(しょうがっこう)の　先生(せんせい)

もんだい３

T1-18～1-23

もんだい３では、えを　見ながら　しつもんを　聞いて　ください。
➡（やじるし）の　人は　何と　言いますか。１から３の　中から、いちばん　いい　ものを　一つ　えらんで　ください。

れい

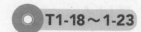

1ばん

2ばん

3ばん

4ばん

5ばん

もんだい４

T1-24～1-32

もんだい４では、えなどが　ありません。まず　ぶんを　聞(き)いて　ください。それから、そのへんじを　聞(き)いて、１から３の　中(なか)から、いちばん　いい　もの　を　一(ひと)つ　えらんで　ください。

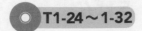

―　メモ　―

回數

1

2

3

4

5

6

MEMO

答對：
／34 題

測驗日期：___月___日

文字・語彙

第2回（だいかい）

言語知識（文字・語彙）

もんだい1 ＿＿の　ことばは　ひらがなで　どう　かきますか。1・2・3・4　から　いちばん　いい　ものを　ひとつ　えらんで　ください。

（例）（れい） 春に　なると　さくらが　さきます。

1　はる　　2　なつ　　3　あき　　4　ふゆ

（かいとうようし） | （例） | ● ② ③ ④ |

1 早く　医者に　行った　ほうが　いいですよ。

1　いしや　　2　いし　　3　いしゃ　　4　せんせい

2 ごご、えいごの　授業が　あります。

1　じゅぎょう　　2　こうぎ　　3　べんきょう　　4　せつめい

3 水道の　みずを　のみます。

1　すいとう　　2　すいと　　3　すうどう　　4　すいどう

4 会社の　受付に　きて　ください。

1　うけつき　　2　うけつけ　　3　いりぐち　　4　げんかん

5 夫は　ぎんこうで　はたらいて　います。

1　おとうと　　2　おっと　　3　あに　　4　つま

6 大学で　経済の　べんきょうを　して　います。

1　けいさい　　2　けいけん　　3　けいざい　　4　れきし

7 わたしには　関係が　ない　ことです。

1　かんけい　　2　かいけい　　3　かんけ　　4　かいかん

8 朝　出かける　まえに　鏡を　見ます。

1　かかみ　　2　すがた　　3　かお　　4　かがみ

9 かれは　この国で　有名な　人です。

1　ゆうめい　　2　ゆめい　　3　ゆうかん　　4　ゆうめ

もんだい2 ＿＿の ことばは どう かきますか。1・2・3・4から いちばん いい ものを ひとつ えらんで ください。

(例) 毎日、この 道を とおります。

1 返ります　　2 通ります　　3 送ります　　4 運ります

(かいとうようし) | (例) | ① ● ③ ④ |

---

10 二つの はこの 大きさを くらべて みましょう。

1 北べて　　2 比べて　　3 並べて　　4 叱べて

11 母は 近くの スーパーで しごとを して います。

1 任事　　2 士事　　3 仕事　　4 徃事

12 かった 本を さいしょから 読みました。

1 最初　　2 先初　　3 最始　　4 最初

13 ここに ごみを すてないで ください。

1 拾て　　2 捨て　　3 放て　　4 落て

14 毎朝、つめたい 水で 顔を あらいます。

1 冷い　　2 冷たい　　3 令い　　4 令たい

15 子どもは いえの そとで あそびます。

1 外　　2 中　　3 表　　4 ト夕

もんだい3 （　　　）に　なにを　いれますか。1・2・3・4から　いちばん　いい　ものを　ひとつ　えらんで　ください。

（例）わからない　ことばは、（　　　）を　引きます。

1　ほん　　2　せんせい　　3　じしょ　　4　がっこう

（かいとうようし）

（例）	①②●④

---

16 歩いて　いて、金色の　ゆびわを　（　　　）ました。

1　うり　　2　ひろい　　3　もち　　4　たし

17 パソコンの　つかいかたを　（　　　）して　もらいました。

1　けんきゅう　　2　しょうかい　　3　せつめい　　4　じゅんび

18 せきが　（　　　）ので、すわりましょう。

1　すいた　　2　うごいた　　3　かえた　　4　あいた

19 かいだんから　おちて　（　　　）を　しました。

1　けが　　2　ほね　　3　むり　　4　けいけん

20 山田さんは　歌が　とても（　　　）ので、おどろきました。

1　あまい　　2　とおい　　3　うまい　　4　ふかい

21 学校に　行くには　電車を　（　　　）なければ　なりません。

1　とりかえ　　2　のりかえ　　3　まちがえ　　4　ぬりかえ

22 先生が　くると　せいとたちは　（　　　）　しずかに　なりました。

1　はっきり　　2　なるべく　　3　あまり　　4　きゅうに

23 どろぼうは　けいかんに　おいかけられて　（　　　）　いきました。

1　なげて　　2　とめて　　3　にげて　　4　ぬれて

文字・語彙

24 5階に　ある　お店には（　　　　）で　上がります。

1　エスカレーター　　2　ストーカー

3　コンサート　　4　スクリーン

もんだい４　＿＿の　ぶんと　だいたい　おなじ　いみの　ぶんが　あります。１・２・３・４から　いちばん　いい　ものを　ひとつ　えらんで　ください。

（例）おとうとは　先生に　ほめられました。

1　先生は　おとうとに　「よく　できたね」と　言いました。
2　先生は　おとうとに　「こまったね」と　言いました。
3　先生は　おとうとに　「気を　つけろ」と　言いました。
4　先生は　おとうとに　「もう　いいかい」と　言いました。

（かいとうようし）

（例）	● ② ③ ④

25　でんしゃは　すいています。

1　でんしゃの　中には　せきが　ぜんぜん　ありません。
2　でんしゃの　中には　すこしだけ　人が　います。
3　でんしゃの　中は　人で　いっぱいです。
4　でんしゃの　中は　空気が　わるいです。

26　中村さんは　テニスの　初心者です。

1　中村さんは　テニスが　とても　うまいです。
2　中村さんは　テニスを　する　つもりは　ありません。
3　中村さんは　さいきん　テニスを　習いはじめました。
4　中村さんは　テニスが　とても　すきです。

27　山田さんは　昨日　友だちの　いえを　たずねました。

1　山田さんは　昨日　友だちに　あいました。
2　山田さんは　昨日　友だちに　でんわを　しました。
3　山田さんは　昨日　友だちの　いえを　さがしました。
4　山田さんは　昨日　友だちの　いえに　行きました。

28 車は　通行止めに　なって　います。

1　車だけ　通れる　ように　なって　います。

2　車を　止めて　おく　ところが　あります。

3　車は　通れなく　なって　います。

4　車が　たくさん　通って　います。

29 わたしは　先生に　しかられました。

1　先生は　わたしに　「きそくを　まもりなさい」と　言いました。

2　先生は　わたしに　「がんばったね」と　言いました。

3　先生は　わたしに　「からだに　気を　つけて」と　言いました。

4　先生は　わたしに　「どうも　ありがとう」と　言いました。

もんだい5　つぎの　ことばの　つかいかたで　いちばん　いい　ものを　1・2・3・4から　ひとつ　えらんで　ください。

(例)　こわい

1　へやが　くらいので、こわくて　入れません。
2　足が　こわくて　もう　走れません。
3　外は　こわくて　かぜを　ひきそうです。
4　この　パンは　こわくて　おいしいです。

(かいとうようし)　| (例) | ● ② ③ ④ |

30　こまかい

1　かのじょは　こまかい　うでを　して　います。
2　ノートに　こまかい　字が　ならんで　います。
3　公園で　こまかい　子どもが　あそんで　います。
4　こまかい　時間ですが、楽しんで　ください。

31　かんたん

1　ハンバーグの　かんたんな　作り方を　教えます。
2　この　りょうりは　かんたんな　時間で　できます。
3　あすは　かんたんな　天気に　なるでしょう。
4　ここは　むかし、かんたんな　町でした。

32　ほぞん

1　すぐに　けが人を　ほぞんします。
2　教室の　かぎは　先生が　ほぞんして　います。
3　この　おかしは、れいぞうこで　ほぞんして　ください。
4　その　もんだいは　ほぞんに　なって　います。

33 ひらく

1　へやを　<u>ひらいて</u>　きれいに　しました。

2　ケーキを　<u>ひらいて</u>　おさらに　入れました。

3　テレビを　<u>ひらいて</u>　ニュースを　見ました。

4　テキストの　15ページを　<u>ひらいて</u>　ください。

34 しばらく

1　つぎの　電車が　<u>しばらく</u>　来ます。

2　この　雨は　<u>しばらく</u>　やみません。

3　長い　冬が　<u>しばらく</u>　終わりました。

4　きょうの　しあいは　<u>しばらく</u>　まけました。

答對：

／35 題

言語知識（文法）・読解

もんだい１　（　　）に　何を　入れますか。1・2・3・4から　いちばん　いい　ものを　一つ　えらんで　ください。

（例）わたしは　毎日（まいにち）　散歩（さんぽ）（　　）　します。

1　が　　2　を　　3　や　　4　に

（解答用紙（かいとうようし））

（例）	①　●　③　④

1　A「今日（きょう）は　どこに　行（い）った（　　）？」
B「お姉（ねえ）ちゃんと　公園（こうえん）に　行（い）ったよ。」

1　に　　2　の　　3　が　　4　ので

2　佐藤君（さとうくん）（　　）　かさを　貸（か）して　くれました。

1　で　　2　と　　3　や　　4　が

3　宿題（しゅくだい）は　5時（じ）（　　）　終（お）わらせよう。

1　までも　　2　までは　　3　までに　　4　までか

4　まんが（　　）　読（よ）んで　いないで　勉強（べんきょう）しなさい。

1　でも　　2　も　　3　ばかり　　4　まで

5　夕方（ゆうがた）に　なると　空（そら）の　色（いろ）が（　　）。

1　変（か）えて　ください
2　変（か）わって　ください
3　変（か）えて　いきます
4　変（か）わって　いきます

6　母（はは）が　子（こ）どもに　部屋（へや）の　そうじを（　　）。

1　しました
2　させました
3　されました
4　して　いました

7 A「今から　一緒に　遊びませんか。」
B「ごめんなさい。今日は　母と　買い物に　（　　　）。」

1　行きなさい　　2　行きました
3　行く　つもりです　　4　行く　はずが　ありません

8 ベルが　（　　　）　書くのを　やめてください。

1　鳴ったら　　2　鳴ったと　　3　鳴るたら　　4　鳴ると

9 毎日　花に　水を　（　　　）。

1　くれます　　2　やります
3　もらいます　　4　いただきます

10 先生が　作文の　書き方を　教えて　（　　　）。

1　いただきました　　2　さしあげました
3　くださいました　　4　なさいました

11 雨が　降り（　　　）。建物の　中に　入りましょう。

1　はじまりました　　2　つづきました
3　おわりました　　4　だしました

12 授業中は　静かに　（　　　）。

1　しそうだ　　2　しなさい　　3　したい　　4　しつづける

13 京都の　（　　　）は、思った以上でした。

1　暑さ　　2　暑い　　3　暑くて　　4　暑いので

14 A「鈴木さんを　知って　いますか。」
B「はい。ときどき　電車の　中で　（　　　）。」

1　会わなくても　いいです　　2　会う　ことが　あります
3　会うと　思います　　4　会って　みます

15 大学へ　行く　（　　　）、一生懸命　勉強して　います。

1　ところ　　2　けれど　　3　ために　　4　からも

もんだい２　＿★＿に　入る　ものは　どれですか。１・２・３・４から　いちばん　いい　ものを　一つ　えらんで　ください。

（問題例）

A「＿＿＿　＿＿＿　＿★＿　＿＿＿か。」

B「はい、だいすきです。」

1　すき　　2　ケーキ　　3　は　　4　です

（答え方）

1. 正しい　文を　作ります。

A「　＿＿＿＿　＿＿＿＿　＿★＿＿　＿＿＿＿か。」 2ケーキ　3は　1すき　4です B「はい、だいすきです。」

2. ＿★＿に　入る　番号を　黒く　塗ります。

（解答用紙）	（例）	● ② ③ ④

16　（駅で）

A「新宿に　行きたいのですが、どこから　電車に　乗れば　よいですか。」

B「＿＿＿　＿＿＿　＿★＿　＿＿＿　ください。」

1　３番線　　2　お乗り　　3　むこうの　　4　から

17　A「日曜日は　ゴルフにでも　行きますか。」

B「そうですね。それでは　＿＿＿　＿＿＿　＿★＿　＿＿＿　しましょう。」

1　に　　2　行く　　3　ゴルフ　　4　ことに

18 中村「本田さん、あすの　音楽会は　どこに　集まりますか。」

本田「6時に　＿＿＿　＿＿＿　＿★＿　＿＿＿　どうでしょう。」

1　うけつけの　　2　集まったら　　3　会場の　　4　ところに

19 「あさっての　＿＿＿　＿＿＿　＿★＿　＿＿＿　かならず　もって　くるように　ということです。」

1　なので　　2　じしょが　　3　必要　　4　じゅぎょうには

20 A「学校の　よこの　食堂には　いつも　たくさん　客が　来て　いますね。」

B「とても＿＿＿　＿＿＿　＿★＿　＿＿＿よ。」

1　ひょうばんの　　2　おいしいと　　3　ようです　　4　店の

もんだい3 **21** から **25** に　何を　入れますか。文章の　意味を　考えて、1・2・3・4から　いちばん　いい　ものを　一つ　えらんで　ください。

下の　文章は　「買い物」に　ついての　作文です。

「夕方の買い物」

陳亭瑩

夕方、母に **21** 近くの　肉屋さんに　買い物に　行きました。肉屋の　おじさんが、「今から　肉を　安く　しますよ。どうぞ **22** 。」と　言いました。

私が、「ハンバーグを　作るので　牛の＊ひき肉を　300グラム　ください。」と　言うと、おじさんは、「さっきまで　100グラム　300円だった **23** 、夕方だから、200円に　して　おくよ。」と　言います。安いと　思ったので、その　肉を　400グラム　買いました。

家に　帰って　母に　その　話を　すると、母は　とても　うれし **24** 、「ありがとう。夕方に　なると、お肉や　お魚は　安く　なるのよ。また、明日 **25** 夕方に　買い物に　行ってね。」と　言いました。

＊ひき肉：とても細かく切った肉

21

1　たのんで　　2　たのませて　　3　たのまらせて　　4　たのまれて

22

1　買いますか　　2　買って　ください
3　買いましょう　　4　買いませんか

23

1　だから　　2　し　　3　けれど　　4　のに

24

1　そうに　　2　らしく　　3　くれて　　4　すぎて

25

1　は　　2　が　　3　に　　4　も

もんだい４　つぎの (1) から (4) の文章を読んで、質問に答えてください。答えは、１・２・３・４から、いちばんいいものを一つえらんでください。

(1)

吉田先生の机の上に、学生が書いた手紙があります。

> 吉田先生
>
> 　お借りしていたテキストを、お返しします。きのう、本屋さんに行ったら、ちょうど同じテキストを売っていたので買ってきました。
>
> 　国の母が遊びにきて、おみやげにお菓子をたくさんくれたので、少し置いていきます。めしあがってみてください。
>
> パク・イェジン

26　パクさんが置いていったものは何ですか。

1　借りていたテキストと本
2　きのう買ったテキストとおみやげのお菓子
3　借りていたテキストとおみやげのお菓子
4　きのう買ったお菓子と本

(2)

やまだ病院の入り口に、次の案内がはってありました。

お休みの案内

やまだ病院

◆ 8月11日（金）から16日（水）までお休みです。

◆ 急に病気になった人は、市の「*休日診療所」に行ってください。

◆ 「休日診療所」の受付時間は、10時から11時半までと、13時から21時半までです。

◆ 「休日診療所」へ行くときは、かならず電話をしてから行ってください。（電話番号 12-3456-78 ××）

＊休日診療所：お休みの日にみてくれる病院。

27 8月11日の午後7時ごろ、急におなかがいたくなりました。いつもは、やまだ病院に行っています。どうすればいいですか。

1 休日診療所に電話する。

2 朝になってから、やまだ病院に行く。

3 すぐに、やまだ病院に行く。

4 次の日の10時に、休日診療所へ行く。

(3)

これは、ミジンさんとサラさんに、友だちの理沙さんから届いたメールです。

たのまれていた３月３日のコンサートのチケットですが、３人分予約ができました。再来週、チケットが送られてきたら、学校でわたします。お金は、そのときでいいです。

ミジンさんは、コンサートのときにあげる花を、花屋さんにたのんでおいてね。

理沙

---

28 理沙さんは、チケットをどうしますか。

1 すぐに二人にわたして、お金をもらいます。
2 再来週二人にわたして、そのときにお金をもらいます。
3 チケットを二人に送って、お金はあとでもらいます。
4 チケットを二人にわたして、もらったお金で花を買います。

(4)

コンさんは、引っ越したいと思って、会社の近くのK駅のまわりで部屋をさがしました。しかし、はじめに見た部屋はおしいれがなく、2番目の部屋はせま過ぎ、3番目はかりるためのお金が予定より高かったので、やめました。

29 コンさんがかりるのをやめた理由<u>ではない</u>ものはどれですか。

1 おしいれがなかったから

2 部屋がせまかったから

3 会社から遠かったから

4 予定より高かったから

もんだい5 つぎの文章を読んで、質問に答えてください。答えは、１・２・３・４から、いちばんいいものを一つえらんでください。

公園を散歩しているとき、木の下に何か茶色のものが落ちているのを見つけました。拾ってみると、それは、①小さなかばんでした。あけてみると、立派な黒い財布と白いハンカチ、それと空港で買ったらしい東京の地図が入っていました。地図には町やたてものの名前などが英語で書いてあります。私は、「このかばんを落とした人は、たぶん外国からきた旅行者だ。きっと、困っているだろう。すぐに警察にとどけよう。」と考えました。私は公園から歩いて３分ほどのところに交番があることを思い出して、交番に向かいました。

交番で、警官に「公園でこれを拾いました。」と言うと、太った警官は「中に何が入っているか、調べましょう。」と言って、かばんをあけました。

②ちょうどその時、「ワタシ、カバン、ナクシマシタ。」と言いながら、外国人の男の人が走って交番に入ってきました。

かばんは、その人のものでした。③その人は何度も私にお礼を言って、かばんを持って交番を出て行きました。

30 「私」はその日、どこで何をしていましたか。

1 会社で働いていました。
2 空港で買い物をしていました。
3 木の下で昼寝をしていました。
4 公園を散歩していました。

31 ①小さなかばんに入っていたものでないのはどれですか。

1 外国の町の地図
2 黒い財布
3 東京の地図
4 白いハンカチ

32 ②ちょうどその時とありますが、どんな時ですか。

1　「私」が交番に入った時

2　外国人の男の人が交番に入ってきた時

3　警官がかばんをあけている時

4　「私」がかばんをひろった時

33 ③その人は、「私」にどういうことを言いましたか。

1　あなたのかばんではなかったのですか。

2　私のかばんだということがよくわかりましたね。

3　かばんをあけてくれて、ありがとう！

4　かばんをとどけてくれて、ありがとう！

もんだい６　つぎのページの「新宿日本語学校のクラブ活動　案内」を見て、下の質問に答えてください。答えは、１・２・３・４から、いちばんいいものを一つえらんでください。

34　カミーユさんは、ことし、新宿日本語学校に入学しました。じゅぎょうのないときに、日本の文化を勉強しようと思います。じゅぎょうは、月・火・水・金曜日の、朝９時から夕方５時までと、木曜日の午前中にあります。行くことができるのは、どのクラブですか。

1　日本料理研究会だけ
2　日本料理研究会とお花
3　日本料理研究会とお茶
4　日本舞踊研究会だけ

35　カミーユさんは、食べ物に興味があるので、日本の料理について知りたいと思っています。いつ、どこに行ってみるのがよいですか。

1　土曜の午後４時半に、調理室
2　月曜か金曜の午後４時に、和室
3　水曜か土曜の午後３時に、講堂
4　土曜の午後６時に、調理室

新宿日本語学校のクラブ活動　案内

●日本文化に興味のある方は、練習時間に、行ってみてください。

クラブ	説明	曜日・時間	場所
日本料理研究会	和食*のよさについて研究しています。毎週、先生に来ていただいて、和食の作り方を教えてもらいます。作ったあと、みんなで食べます。	土 16:30～18:00	調理室*
お茶	お茶の先生をおよびして、日本のお茶を習います。おいしいお菓子も食べられます。楽しみながら、日本の文化を学べますよ。	木 12:30～15:00	和室*
お花	いけ花*のクラブです。花をいけるだけでなく、生活の中で花を楽しめるようにしています。	月・金 16:00～17:00	和室
日本舞踊*研究会	着物をきて、おどりをおどってみませんか。先生をよんで、日本のおどりを教えてもらいます。	水・土 15:00～18:00	講堂

＊和食：日本の食べ物や料理
＊調理室：料理をする教室
＊和室：日本のたたみの部屋
＊いけ花：日本の花のかざりかた
＊日本舞踊：日本の着物を着ておどる日本のおどり

答對：

／28 題

T2-1 ～ 2-9

もんだい 1

もんだい１では、まず　しつもんを　聞（き）いて　ください。それから　話（はなし）を　聞（き）いて、もんだいようしの　１から４の　中（なか）から、いちばん　いい　ものを　一（ひと）つえらんで　ください。

れい

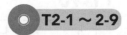

1　月曜日（げつようび）
2　火曜日（かようび）
3　水曜日（すいようび）
4　金曜日（きんようび）

1ばん

2ばん

1　12時
2　11時
3　10時15分
4　10時30分

3ばん

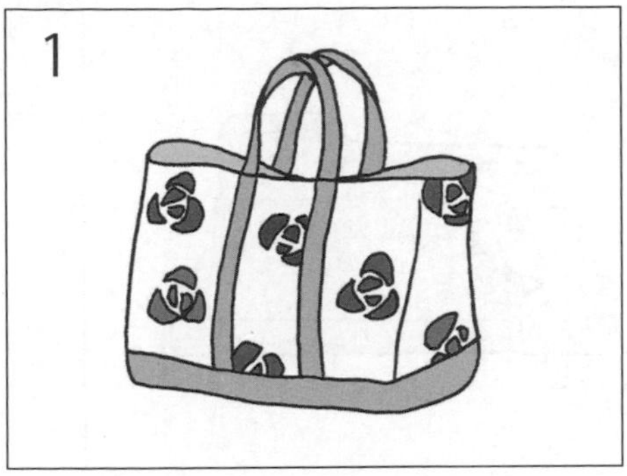

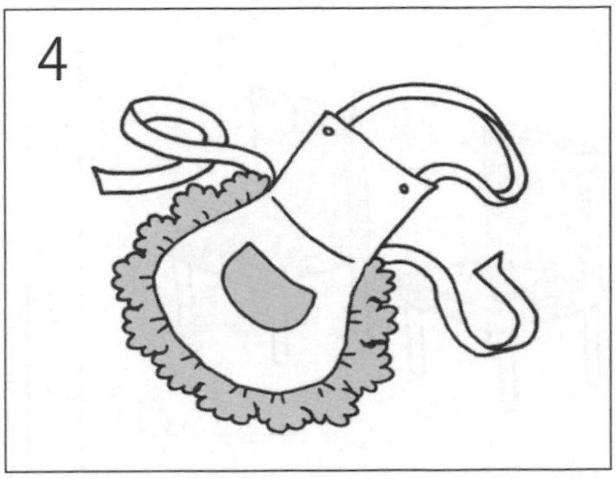

4ばん

5ばん

1

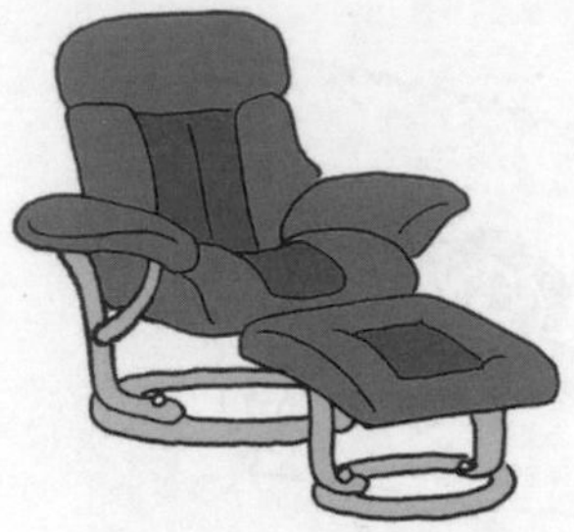

2

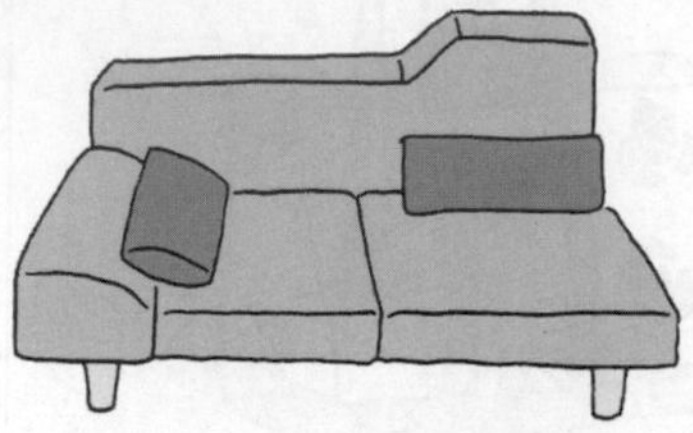

3

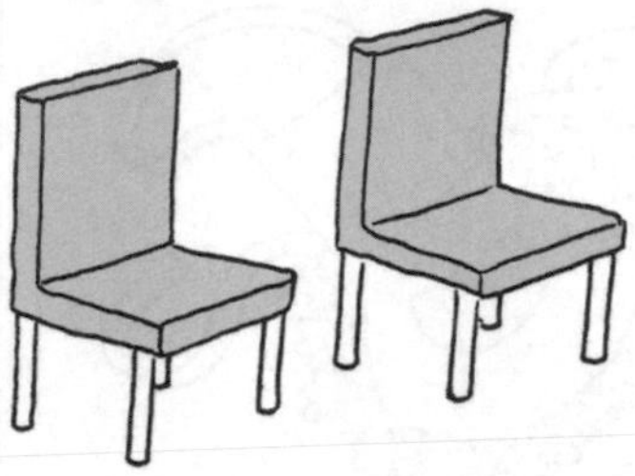

4

6ばん

1　3月 29 日と　30 日の　2 日間

2　4月 12 日と　13 日の　2 日間

3　4月 19 日と　20 日の　2 日間

4　4月 18 日から　20 日までの　3 日間

7ばん

1　8人分（にんぶん）

2　12人分（にんぶん）

3　13人分（にんぶん）

4　4人分（にんぶん）

8ばん

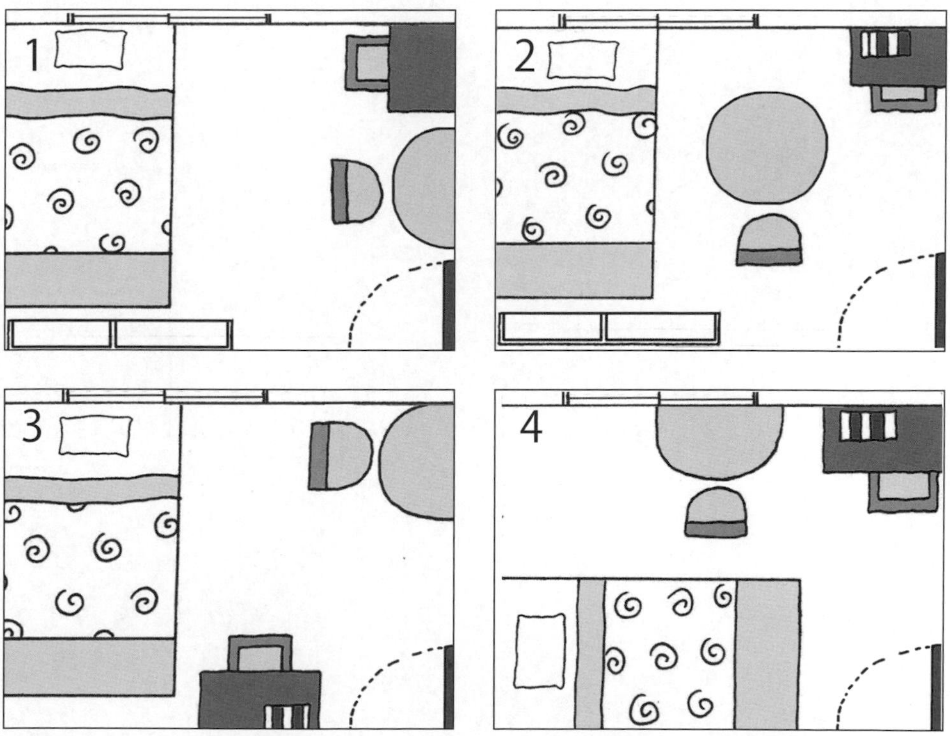

もんだい２

T2-10～2-17

もんだい２では、まず　しつもんを　聞いて　ください。そのあと、もんだいようしを　見て　ください。読む　時間が　あります。それから　話を　聞いて、もんだいようしの　１から４の　中から、いちばん　いい　ものを　一つ　えらんで　ください。

れい

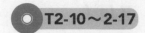

1　デジカメを　持って　いないから
2　女の人の　デジカメが　気に　入って　いるから
3　自分の　カメラは　重いから
4　自分の　カメラは　こわれて　いるから

1ばん

1 黄(き)
2 黒(くろ)
3 赤(あか)
4 青(あお)

2ばん

1 母(はは)が　中学校(ちゅうがっこう)の　先生(せんせい)を　して　いるから
2 先生(せんせい)に　なるための　大学(だいがく)に　行(い)ったから
3 母(はは)に　小学校(しょうがっこう)の　先生(せんせい)に　なるように　と　言(い)われたから
4 子(こ)どもが　かわいいから

3ばん

1 午後(ごご)2時(じ)

2 午前(ごぜん)10時(じ)

3 午前(ごぜん)11時(じ)

4 午後(ごご)1時(じ)

4ばん

1 テーブルに 熱(あつ)い ものを のせること

2 テーブルの 上(うえ)に 乗(の)ること

3 テーブルに 鉛筆(えんぴつ)で 絵(え)を かくこと

4 テーブルに 冷(つめ)たい ものを のせること

5ばん

1　ステーキなどは　あまり　多(おお)く　食(た)べないこと

2　肉(にく)より　魚(さかな)を　多(おお)く　食(た)べること

3　お塩(しお)を　とりすぎないこと

4　あまり　かたい　ものは　食(た)べないこと

6ばん

1　お母(かあ)さん

2　おばあさん

3　自分(じぶん)

4　お父(とう)さん

7ばん

1　ご主人(しゅじん)

2　5さいの　男(おとこ)の　子(こ)

3　小学生(しょうがくせい)の　女(おんな)の　子(こ)

4　有名(ゆうめい)な　人(ひと)

もんだい３

T2-18～2-23

もんだい３では、えを　見ながら　しつもんを　聞いて　ください。
➡（やじるし）の　人は　何と　言いますか。１から３の　中から、いちばん　いい　ものを　一つ　えらんで　ください。

れい

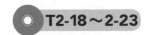

1ばん

2ばん

3ばん

4ばん

5ばん

もんだい４

T2-24～2-32

もんだい４では、えなどが　ありません。まず　ぶんを　聞いて　ください。それから、そのへんじを　聞いて、１から３の　中から、いちばん　いい　ものを　一つ　えらんで　ください。

— メモ —

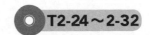

答對：

／34 題

測驗日期：___月___日

第3回

言語知識（文字・語彙）

もんだい1　＿＿の　ことばは　ひらがなで　どう　かきますか。1・2・3・4　から　いちばん　いい　ものを　ひとつ　えらんで　ください。

（例）春に　なると　さくらが　さきます。

1　はる　　2　なつ　　3　あき　　4　ふゆ

（かいとうようし）　（例）　● ② ③ ④

1 月が　とても　きれいです。

1　はな　　2　つき　　3　ほし　　4　そら

2 わたしの　妻は　がっこうの　先生です。

1　おつと　　2　まつ　　3　おっと　　4　つま

3 会場には　バスで　行きます。

1　かいじよう　　2　かいじょお　　3　かいじょう　　4　ばしょ

4 世界には　たくさんの　国が　あります。

1　せかい　　2　せいかい　　3　ちず　　4　せえかい

5 立派な　いえが　ならんで　います。

1　りゅうは　　2　りゅうぱ　　3　りっは　　4　りっぱ

6 母の　力に　なりたいと　思います。

1　たより　　2　りき　　3　ちから　　4　たすけ

7 車に 注意して あるきなさい。

1 きけん　　2 ちゅうい　　3 あんぜん　　4 ちゅうもん

8 あなたの お母さんは 若く 見えます。

1 わかく　　2 こわく　　3 きびしく　　4 やさしく

9 わたしの 趣味は ほしを 見る ことです。

1 きょうみ　　2 しゅみ　　3 きようみ　　4 しゆみ

もんだい２ ＿＿の ことばは どう かきますか。１・２・３・４から いちばん いい ものを ひとつ えらんで ください。

(例) 毎日、この 道を <u>とおります</u>。

1 返ります　　2 通ります　　3 送ります　　4 運ります

(かいとうようし)

(例)	① ● ③ ④

---

10 この いけは <u>あさい</u>です。

1 広い　　2 低い　　3 浅い　　4 熱い

11 <u>べんとう</u>を もって 山に 行きました。

1 弁通　　2 弁当　　3 便当　　4 弁当

12 がいこくの おきゃくさまを <u>むかえ</u>ます。

1 迎え　　2 迎え　　3 迎かえ　　4 迎かえ

13 ともだちと あそぶ <u>やくそく</u>を しました。

1 約束　　2 約則　　3 紙束　　4 約束

14 きょうは <u>あたらしい</u> くつを はいて います。

1 親しい　　2 新しい　　3 親らしい　　4 新らしい

15 <u>きぬ</u>の ハンカチを 買いました。

1 綿　　2 麻　　3 絹　　4 絹

もんだい３　（　　　）に　なにを　いれますか。１・２・３・４から　いちばん　いい　ものを　ひとつ　えらんで　ください。

（例）わからない　ことばは、（　　　）を　引きます。

１　ほん　　２　せんせい　　３　じしょ　　４　がっこう

（かいとうようし）

（例）	①②●④

16　私の　家に　きたら　かぞくに（　　　）します。

１　しょうかい　　２　おれい　　３　てつだい　　４　しょうたい

17　わたしは（　　　）を　かえる　ために　かみの　毛を　切りました。

１　ことば　　２　きぶん　　３　くうき　　４　てんき

18　しあいには　まけましたが、よい（　　　）に　なりました。

１　しゃかい　　２　けんぶつ
３　けいけん　　４　しゅうかん

19　わたしが　うそを　ついたので、父は　たいへん（　　　）。

１　おこしました　　２　よこしました
３　さがりました　　４　おこりました

20　出かける　ときは　部屋の　かぎを（　　　）ください。

１　つけて　　２　かけて　　３　けして　　４　とめて

21　たんじょうびには　妹が　ぼくに　プレゼントを（　　　）。

１　いただきます　　２　たべます　　３　もらいます　　４　くれます

22　りょうしんは　いなかに（　　　）います。

１　ならんで　　２　くらべて　　３　のって　　４　すんで

23 風が　つよいので、うみには（　　　　）ください。

1　わすれないで　　2　わたらないで

3　はいらないで　　4　とおらないで

24 みせの　前には　じてんしゃを（　　　　）ください。

1　かたづけて　　2　とめないで

3　とめて　　4　かわないで

もんだい4　＿＿の　ぶんと　だいたい　おなじ　いみの　ぶんが　あります。1・2・3・4から　いちばん　いい　ものを　ひとつ　えらんで　ください。

(例) おとうとは　先生に　ほめられました。
1　先生は　おとうとに　「よく　できたね」と　言いました。
2　先生は　おとうとに　「こまったね」と　言いました。
3　先生は　おとうとに　「気を　つけろ」と　言いました。
4　先生は　おとうとに　「もう　いいかい」と　言いました。

(かいとうようし)	(例)	● ② ③ ④

25 夕はんの　準備を　します。
1　夕はんの　世話を　します。
2　夕はんの　説明を　します。
3　夕はんの　心配を　します。
4　夕はんの　用意を　します。

26 あんぜんな　やさいだけを　売って　います。
1　めずらしい　やさいだけを　売っています。
2　ねだんの　高い　やさいだけを　売っています。
3　おいしい　やさいだけを　売っています。
4　体に　悪く　ない　やさいだけを　売っています。

27 もっと　しずかに　して　ください。
1　そんなに　しずかに　しては　いけません。
2　そんなに　うるさく　しないで　ください。
3　すこし　うるさく　して　ください。
4　もっと　おおきな　こえで　話して　ください。

28 おきゃくさまを　ネクタイうりばに　あんないしました。

1　おきゃくさまと　いっしょに　ネクタイうりばを　さがしました。

2　おきゃくさまに　ネクタイうりばを　おしえて　もらいました。

3　おきゃくさまは　ネクタイうりばには　いませんでした。

4　おきゃくさまを　ネクタイうりばに　おつれしました。

29 友だちは　わたしに　あやまりました。

1　友だちは　わたしに　「ごめんね」と　言いました。

2　友だちは　わたしに　「よろしくね」と　言いました。

3　友だちは　わたしに　「いっしょに　行こう」と　言いました。

4　友だちは　わたしに　「ありがとう」と　言いました。

もんだい5　つぎの　ことばの　つかいかたで　いちばん　いい　ものを　1・2・3・4から　ひとつ　えらんで　ください。

（例）こわい

1　へやが　くらいので、こわくて　入れません。

2　足が　こわくて　もう　走れません。

3　外は　こわくて　かぜを　ひきそうです。

4　この　パンは　こわくて　おいしいです。

（かいとうようし）

（例）	● ② ③ ④

30　きょうみ

1　わたしは　うすい　あじが　きょうみです。

2　わたしは　体が　じょうぶな　ところが　きょうみです。

3　わたしの　きょうみは　りょこうです。

4　わたしは　おんがくに　きょうみが　あります。

31　じゅうぶん

1　あと　じゅうぶんだけ　ねたいです。

2　セーター　1まいでも　じゅうぶん　あたたかいです。

3　これは　じゅうぶんだから　よく　きいて　ください。

4　あれは　日本の　じゅうぶんな　おてらです。

32　とりかえる

1　つぎの　えきで　きゅうこうに　とりかえます。

2　せんたくものを　いえの　中に　とりかえます。

3　ポケットから　ハンカチを　とりかえます。

4　かびんの　みずを　とりかえます。

33 うかがう

1 先生からの　てがみを　うかがいました。

2 先生に　おはなしを　うかがいました。

3 おきゃくさまから　おかしを　うかがいました。

4 わたしは　ていねいに　おれいを　うかがいました。

34 うちがわ

1 へやの　うちがわから　かぎを　かけます。

2 本の　うちがわは　とくに　おもしろいです。

3 うちがわの　おおい　おはなしを　ききました。

4 かばんの　うちがわを　ぜんぶ　だしました。

答對：

／35題

言語知識（文法）・読解

もんだい１　（　　）に　何を　入れますか。１・２・３・４から　いちばん　いい　ものを　一つ　えらんで　ください。

（例）わたしは　毎日　散歩（　　）します。

１　が　　２　を　　３　や　　４　に

（解答用紙）

（例）	①●③④

1　A「君の　お父さんの　仕事は　何（　　）。」
B「トラックの　運転手だよ。」

１　とか　　２　にも　　３　だい　　４　から

2　（教室で）
A「田中君は　今日は　学校を　休んで　いるね。」
B「風邪を　ひいて　いる（　　）よ。」

１　ので　　２　とか　　３　らしい　　４　ばかり

3　電気を　つけた（　　）寝て　しまった。

１　だけ　　２　まま　　３　まで　　４　ばかり

4　弟は　何も（　　）遊びに　行きました。

１　食べると　　２　食べて　　３　食べない　　４　食べずに

5　冷蔵庫に　あった　ケーキを　食べた（　　）由美さんです。

１　のは　　２　のを　　３　のか　　４　のに

6　先生が（　　）本を　読ませて　ください。

１　お書きした　　２　お書きに　しない
３　お書きに　する　　４　お書きに　なった

7 私は　李さんに　いらなく　なった　本を　（　　）。

1　くれました　　2　くださいました

3　あげました　　4　いたしました

8 授業が　始まったら　席を　（　　）。

1　立った　ことが　あります　　2　立ち　つづけます

3　立つ　ところです　　4　立っては　いけません

9 A「交番は　どこに　ありますか。」

B「そこの　角を　右に　曲がる　（　　）、左側に　あります。」

1　と　　2　が　　3　も　　4　な

10 宿題が　終わったので、弟と　遊んで（　　）。

1　やりました　　2　くれました　　3　させました　　4　もらいなさい

11 出かけ（　　）　したら　雨が　降って　きた。

1　ないと　　2　ように　　3　ようと　　4　でも

12 彼の　ことが　すきか　（　　）　はっきりして　ください。

1　どちらか　　2　何か　　3　どうして　　4　どうか

13 (本屋で)

客「日本の　歴史に　（　　）　書かれた　本は　ありますか。」

店員「それなら　こちらの　棚に　ございます。」

1　ために　　2　ついての　　3　ついて　　4　つけて

14 A「次の　交差点を　左に　曲がると　近い　かもしれません。」

B「じゃあ、左に　曲がって　（　　）。」

1　しまう　　2　みよう　　3　よう　　4　おこう

15 友だちに　聞いた　（　　）、誰も　彼の　ことを　知らなかった。

1　ところ　　2　なら　　3　ために　　4　から

もんだい2 ＿★＿に　入る　ものは　どれですか。1・2・3・4から　いちばん　いい　ものを　一つ　えらんで　ください。

（問題例）

A「 ＿＿＿ ＿＿＿ ＿★＿ ＿＿＿ か。」

B「はい、だいすきです。」

1　すき　　2　ケーキ　　3　は　　4　です

（答え方）

1. 正しい　文を　作ります。

> A「 ＿＿＿ ＿＿＿ ＿★＿ ＿＿＿か。」
> 　　2 ケーキ　3 は　1 すき　4 です
>
> B「はい、だいすきです。」

2. ＿★＿に　入る　番号を　黒く　塗ります。

（解答用紙）

（例）	● ② ③ ④

16　A「この　人が　出た ＿＿＿ ＿＿＿ ＿★＿ ＿＿＿ ありますか。

B「10年前に　一度　見ました。」

1　ことが　　2　を　　3　見た　　4　えいが

17　小川「らいしゅうの　月曜日に　ひっこす　予定です。」

竹田「月曜日は　じゅぎょうが　ないので、＿＿＿ ＿＿＿ ＿★＿ ＿＿＿ 。」

1　が　　2　てつだって　　3　わたし　　4　あげましょう

18 A「その　仕事（しごと）は　いつ　終（お）わりますか。」

B「午後（ごご）6時（じ）　＿＿＿　＿＿＿　＿★＿　＿＿＿　します。」

1　には　　2　ように　　3　まで　　4　終（お）わる

19 A「何（なに）を　して　いるのですか。」

B「今（いま）、＿＿＿　＿＿＿　＿★＿　＿＿＿　です。」

1　ところ　　2　いる　　3　宿題（しゅくだい）を　　4　して

20 小川（おがわ）「竹田（たけだ）さん、アルバイトで　ためた　＿＿＿　＿＿＿　＿★＿　＿＿＿　ですか。」

竹田（たけだ）「世界中（せかいじゅう）を　旅行（りょこう）したいです。」

1　何（なに）に　　2　つもり　　3　つかう　　4　お金（かね）を

もんだい３ 21 から 25 に　何を　入れますか。文章の　意味を　考えて、１・２・３・４から　いちばん　いい　ものを　一つ　えらんで　ください。

下の　文章は　松本さんが　お正月に　留学生の　チーさんに　送った　メールです。

> チーさん、あけまして　おめでとう。
> 今年も　どうぞ　よろしく。
> 日本で　初めて　21　お正月ですね。どこかに　行きましたか。わたしは　家族と　いっしょに　祖母が　いる　いなかに　来て　います。
> きのうは　１年の　最後の　日　22　ね。
> 日本では　この　日の　ことを　「大みそか」と　いって、みんな　とても　いそがしいです。午前中は、家族　みんなで　朝から　家じゅうの　そうじを　23　なりません。そして、午後に　なると　お正月の　食べ物を　たくさん　作ります。わたしも　毎年　妹と　いっしょに、料理を　作るのを　24　、今年は、祖母が　作った　料理を　いただきました。
> 25　、また　学校で　会おうね。
>
> 松本

21

１　だ　　２　の　　３　に　　４　な

22

１　なのです　　２　でした　　３　らしいです　　４　です

23

１　させられて　　２　しなくても　　３　しなくては　　４　いたして

24

1 てつだいますが　　2 てつだいますので

3 てつだわなくては　　4 てつだったり

25

1 それから　　2 そうして　　3 それでも　　4 それじゃ

もんだい４　つぎの (1) から (4) の文章を読んで、質問に答えてください。答えは、１・２・３・４から、いちばんいいものを一つえらんでください。

(1)

会社のさとう課長の机の上に、この手紙が置かれています。

> さとう課長
>
> Ｈ産業の大竹さんから、お電話がありました。さきに送ってもらった*請求書にまちがいがあるので、もう一度作りなおして送ってほしいとのことです。
>
> もどられたら、こちらから電話をかけてください。
>
> ワン

＊請求書：売った品物のお金を書いた紙。

26　さとう課長は、まず、どうしたらいいですか。

1　もう一度請求書を作ります。
2　大竹さんに電話します。
3　大竹さんの電話を待ちます。
4　ワンさんに電話します。

(2)

コンサート会場に、次の案内がはってありました。

> **コンサートをきくときのご注意**
>
> ◆ 席についたら、携帯電話などはお切りください。
>
> ◆ 会場内で、次のことをしてはいけません。
>
> ・カメラ・ビデオカメラなどで会場内を写すこと。
>
> ・音楽を録音*すること。
>
> ・自分の席をはなれて歩き回ったり、椅子の上に立ったりすること。

＊録音：音楽などをテープなどにとること。

27 この案内から、コンサート会場についてわかることは何ですか。

1 携帯電話は、持って入ってはいけないということ。

2 あいていれば席は自由に変わっていいということ。

3 写真をとるのは、かまわないということ。

4 ビデオカメラを使うのは、だめだということ。

(3)

ホーさんに、香川先生(かがわせんせい)から次(つぎ)のようなメールが来(き)ました。

ホーさん

明日(あした)の授業(じゅぎょう)は、テキストの55ページからですが、新(あたら)しく入(はい)ってきたグエンさんのテキストがまだ来(き)ていません。

すみませんが、55～60ページをコピーして、グエンさんにわたしておいてください。

香川(かがわ)

---

28 ホーさんは、どうすればいいですか。

1 55～60ページのコピーを香川先生(かがわせんせい)にとどけます。

2 55～60ページのコピーをしてグエンさんにわたします。

3 55ページのコピーをして、みんなにわたします。

4 新(あたら)しいテキストをグエンさんにわたします。

(4)

シンさんは、J旅行会社で働いています。お客からいろいろな話を聞いて、その人に合う旅行の計画を紹介します。また、電車や飛行機、ホテルなどが空いているかを調べ、きっぷをとったり予約をしたりします。

29 シンさんの仕事<u>ではない</u>ものはどれですか。

1 旅行にいっしょに行って案内します。

2 お客に合う旅行を紹介します。

3 飛行機の席が空いているか調べます。

4 ホテルを予約します。

もんだい５　つぎの文章を読んで、質問に答えてください。答えは、１・２・３・４から、いちばんいいものを一つえらんでください。

わたしが家から駅に向かって歩いていると、交差点の前で困ったように立っている男の人がいました。わたしは「何かわからないことがあるのですか。」とたずねました。すると彼は「僕はこの町にはじめて来たのですが、道がわからないので、①困っていたところです。映画館はどちらにありますか。」と言いました。

わたしは「②ここは、駅の北側ですが、③映画館は、ここと反対の南側にありますよ。」と答えました。彼は「そうですか。そこまでどれくらいかかりますか。」と聞きました。わたしが「それほど遠くはありませんよ。ここから駅までは歩いて５分くらいです。そこから映画館までは、だいたい３分くらいで着きます。映画館の近くには大きなスーパーやレストランなどもありますよ。」と言うと、彼は「ありがとう。よくわかりました。お礼に④これを差し上げます。ぼくが仕事で作ったものです。」と言って、１冊の本をかばんから出し、わたしにくれました。見ると、それは、隣の町を紹介した雑誌でした。

わたしは「ありがとう。」と言ってそれをもらい、電車の中でその雑誌を読もうと思いながら駅に向かいました。

30　なぜ彼は①困っていたのですか。

1　映画館への道がわからなかったから
2　交差点をわたっていいかどうか、わからなかったから
3　スーパーやレストランがどこにあるか、わからなかったから
4　だれにきいても道を教えてくれなかったから

31　②ここはどこですか。

1　駅の南側で、駅まで歩いて５分のところ
2　駅の北側で、駅まで歩いて３分のところ
3　駅の北側で、駅まで歩いて５分のところ
4　駅の南側で、駅まで歩いて８分のところ

32 ③映画館は駅から歩いて何分ぐらいですか。

1 5分　　2 3分　　3 8分　　4 16分

33 ④これとは、何でしたか。

1 映画館までの地図
2 映画館の近くの地図
3 隣の町を紹介した雑誌
4 スーパーやレストランの紹介

もんだい６　つぎのページの「△△町のごみの出し方について」というお知らせを見て、下の質問に答えてください。答えは、１・２・３・４から、いちばんいいものを一つえらんでください。

34　△△町に住むダニエルさんは、日曜日に、友だちとパーティーをしました。料理で出た生ごみをなるべく早くだすには、何曜日に出せばよいですか。

1　月曜日　　2　火曜日　　3　木曜日　　4　金曜日

35　ダニエルさんは、料理で使ったラップと、古い本をすてたいと思っています。どのようにしたら、よいですか。

1　ラップは水曜日に出し、本は市に電話して取りにきてもらう。
2　ラップも本も金曜日に出す。
3　ラップは月曜日に出し、本は金曜日に出す。
4　ラップは火曜日に出し、本は金曜日に出す。

△△町のごみの出し方について

△△町のごみは、次の日に集めにきます。ごみを下の例のように分けて、それぞれ決まった時間・場所に出してください。

【集めにくる日】

曜日	ごみのしゅるい
月曜	燃えるごみ
火曜	プラスチック
水曜（第1・第3のみ）	燃えないごみ
木曜	燃えるごみ
金曜	古紙*・古着* 第1・第3…あきびん・かん 第2・第4…　ペットボトル

○集める日の朝8時までに、出してください。

【ごみの分け方の例】

たとえば、左側の例のごみは、右側のごみの日に出します。

ごみの例	どのごみの日に出すか
料理で出た生ごみ	燃えるごみ
本・服	古紙・古着
割れたお皿やコップなど	燃えないごみ
ラップ	プラスチック

＊古紙：古い新聞紙など。
＊古着：古くなって着られなくなった服。

答對：
／28 題

T3-1 ～ 3-9

もんだい 1

もんだい１では、まず　しつもんを　聞(き)いて　ください。それから　話(はなし)を　聞(き)いて、もんだいようしの　１から４の　中(なか)から、いちばん　いい　ものを　一(ひと)つ　えらんで　ください。

れい

1　月曜日(げつようび)
2　火曜日(かようび)
3　水曜日(すいようび)
4　金曜日(きんようび)

1ばん

1

2

3

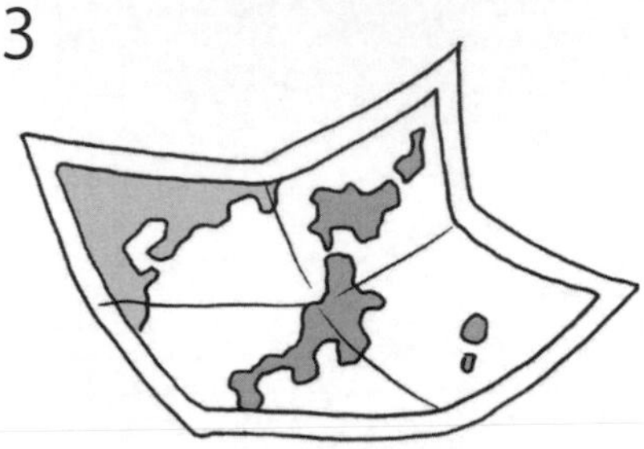

4

2ばん

1　車(くるま)の　運転(うんてん)を　する

2　後(うし)ろの　座席(ざせき)で　眠(ねむ)る

3　子(こ)どもの　世話(せわ)を　する

4　車(くるま)の　案内(あんない)を　する

3ばん

1　テレビを　見(み)るのを　やめる

2　テレビの　音(おと)を　イヤホーンで　聞(き)く

3　自分(じぶん)の　部屋(へや)の　暖房(だんぼう)を　つける

4　自分(じぶん)の　部屋(へや)で　勉強(べんきょう)する

4ばん

1

2

3

4

5ばん

1　午前　9時

2　午前　8時30分

3　午後　2時30分

4　午前　11時30分

6ばん

7ばん

1　午前中、山中歯医者に　行く
2　午後、大月歯医者に　行く
3　来週、大月歯医者に　行く
4　午後、山中歯医者に　行く

8ばん

聴解

もんだい２

T3-10～3-17

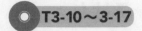

もんだい２では、まず　しつもんを　聞いて　ください。そのあと、もんだいようしを　見て　ください。読む　時間が　あります。それから　話を　聞いて、もんだいようしの　１から４の　中から、いちばん　いい　ものを　一つ　えらんで　ください。

れい

1　デジカメを　持って　いないから
2　女の人の　デジカメが　気に　入って　いるから
3　自分の　カメラは　重いから
4　自分の　カメラは　こわれて　いるから

1ばん

1　6時間(じかん)

2　5時間(じかん)

3　7時間半(じかんはん)

4　8時間(じかん)

2ばん

1　お客(きゃく)に　注意(ちゅうい)されるとき

2　お客(きゃく)に　お礼(れい)を　言(い)われるとき

3　仕事(しごと)が　早(はや)くで　きたとき

4　アルバイトの　お金(かね)を　もらうとき

3ばん

1　お医者(いしゃ)さん

2　ケーキ屋(や)さん

3　歯医者(はいしゃ)さん

4　パン屋(や)さん

4ばん

1　けいたい電話(でんわ)

2　宿題(しゅくだい)の　レポート

3　お弁当(べんとう)

4　お箸(はし)

5ばん

1　午後(ごご)　2時(じ)45分(ふん)

2　午後(ごご)　1時(じ)20分(ぷん)

3　午後(ごご)　4時(じ)50分(ぷん)

4　午後(ごご)　7時(じ)

6ばん

1　かさ

2　お弁当(べんとう)

3　飲(の)み物(もの)

4　地図(ちず)

7ばん

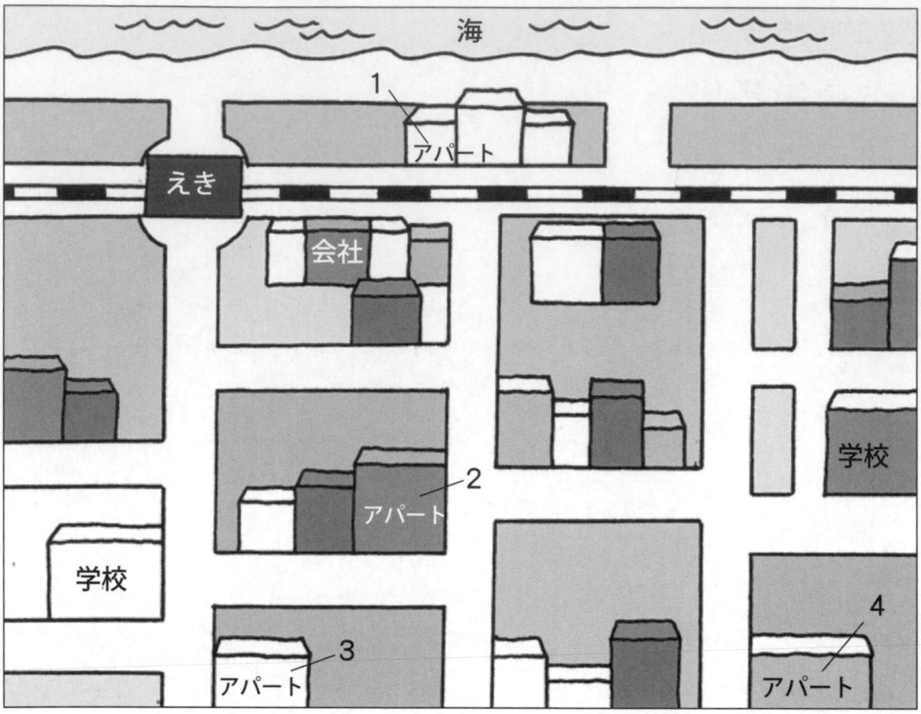

もんだい３

T3-18～3-23

もんだい３では、えを　見ながら　しつもんを　聞いて　ください。
➡（やじるし）の　人は　何と　言いますか。１から３の　中から、いちばん　いい　ものを　一つ　えらんで　ください。

れい

1ばん

2ばん

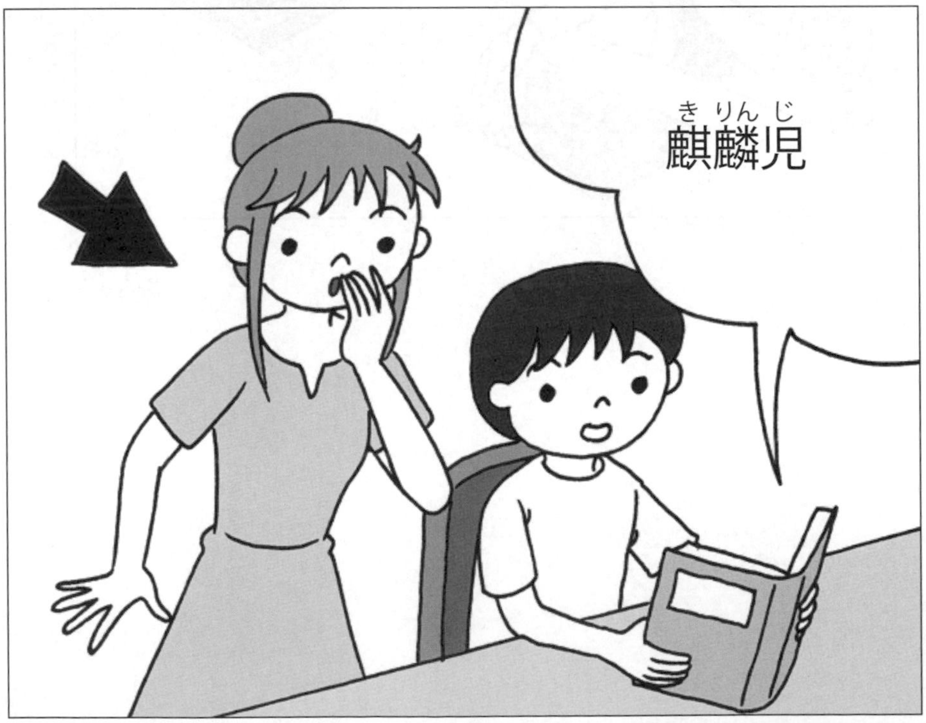

3ばん

4ばん

5ばん

もんだい４

T3-24～3-32

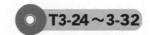

もんだい４では、えなどが　ありません。まず　ぶんを　聞(き)いて　ください。それから、そのへんじを　聞(き)いて、１から３の　中(なか)から、いちばん　いい　ものを　一(ひと)つ　えらんで　ください。

―　メモ　―

答對：
／34 題

測驗日期：___月___日

文字・語彙

第4回

言語知識（文字・語彙）

もんだい1 ＿＿の　ことばは　ひらがなで　どう　かきますか。1・2・3・4 から　いちばん　いい　ものを　ひとつ　えらんで　ください。

（例）春に　なると　さくらが　さきます。

1　はる　　2　なつ　　3　あき　　4　ふゆ

（かいとうようし）

（例）	● ② ③ ④

1　すきな　テレビ番組が　はじまりました。

1　とうばん　　2　ばんぐみ　　3　ほうそう　　4　ばんくみ

2　ドアを　内側に　ひらいて　ください。

1　うちがわ　　2　なかがわ　　3　そとがわ　　4　そとかわ

3　あねは　とても　親切です。

1　たいせつ　　2　しんよう　　3　しんきり　　4　しんせつ

4　父は　運転が　じょうずです。

1　けいかく　　2　うんて　　3　うんてん　　4　じてん

5　その　会には　わたしも　出席します。

1　しゅっけつ　　2　しゅつとう　　3　しゅっせき　　4　しゆつせき

6　かばんには　大事な　ものが　入って　います。

1　だいち　　2　だいじ　　3　たいせつ　　4　たいじ

7 サッカーの <u>試合</u>を 見に いきました。

1 しあい　　2 れんしゅう　　3 しあう　　4 ばあい

8 コーヒーを <u>一杯</u> いかがですか。

1 いつはい　　2 いつぱい　　3 いっはい　　4 いっぱい

9 とても <u>景色</u>が いいですね。

1 けいき　　2 けしき　　3 けいしき　　4 けいしょく

もんだい2 ＿＿の ことばは どう かきますか。1・2・3・4から いちばん いい ものを ひとつ えらんで ください。

(例) 毎日、この 道を とおります。

1 返ります　2 通ります　3 送ります　4 運ります

(かいとうようし)

(例)	① ● ③ ④

10 できるだけ にもつを かるくしましょう。

1 経く　2 軽く　3 輊く　4 軨く

11 しっぱいを しないように ちゅういします。

1 矢敗　2 矢欺　3 失敗　4 矢敗

12 さいふを おとして しまいました。

1 洛として　2 落として　3 失として　4 落として

13 ボールを じょうずに なげます。

1 捨げます　2 投げます　3 投げます　4 打げます

14 こんしゅうは はれる 日が すくないでしょう。

1 小い　2 小ない　3 少い　4 少ない

15 こうえんの 木の はが きいろく なりました。

1 葉　2 芽　3 菜　4 苗

もんだい3　（　　）に　なにを　いれますか。1・2・3・4から　いちばん　いい　ものを　ひとつ　えらんで　ください。

（例）わからない　ことばは、（　　）を　引きます。

1　ほん　　2　せんせい　　3　じしょ　　4　がっこう

（かいとうようし）

（例）	①②●④

16　京都では　みんなで　わたしを　（　　）して　くれました。

1　かんげい　　2　かんけい　　3　ざんねん　　4　けいかく

17　ねつが　でたので、ちかくの　（　　）に　いきました。

1　じんじゃ　　2　こうばん　　3　びょういん　　4　くうこう

18　わたしの　お父さんの　（　　）は　えいがを　見ることです。

1　かぞく　　2　じゅうしょ　　3　かいしゃ　　4　しゅみ

19　おゆを　（　　）　おいしい　コーヒーを　入れました。

1　つくって　　2　わいて　　3　おとして　　4　わかして

20　おなかが　（　　）ので　バナナを　１本　食べました。

1　あいた　　2　すいた　　3　ないた　　4　すんだ

21　お金では　なく、いつも　（　　）で　はらいます。

1　ケーキ　　2　コート　　3　カード　　4　パート

22　りょうしんには　なるべく　（　　）を　かけたく　ありません。

1　しんぱい　　2　きけん　　3　けいざい　　4　そうだん

23　おきなわでは　（　　）　ゆきが　ふらないそうです。

1　どうして　　2　やっと　　3　ほとんど　　4　そろそろ

24 日が（　　）と　あたりは　まっくらに　なります。

1　のこる　　2　とまる　　3　おりる　　4　くれる

もんだい4　＿＿の　ぶんと　だいたい　おなじ　いみの　ぶんが　あります。1・2・3・4から　いちばん　いい　ものを　ひとつ　えらんで　ください。

(例)　おとうとは　先生に　ほめられました。

1　先生は　おとうとに　「よく　できたね」と　言いました。

2　先生は　おとうとに　「こまったね」と　言いました。

3　先生は　おとうとに　「気を　つけろ」と　言いました。

4　先生は　おとうとに　「もう　いいかい」と　言いました。

(かいとうようし)

(例)	● ② ③ ④

25　海で　すいえいを　しました。

1　海で　あそびました。

2　海で　およぎました。

3　海で　さかなを　つりました。

4　海で　しゃしんを　とりました。

26　あしたの　じゅぎょうの　よしゅうを　します。

1　きょうの　しゅくだいを　します。

2　あしたの　じゅぎょうで　しつもんします。

3　あしたの　じゅぎょうの　まえに　べんきょうして　おきます。

4　きょうの　じゅぎょうを　もう　いちど　べんきょうします。

27　お父さんは　おるすですか。

1　お父さんは　いま　おでかけですか。

2　お父さんは　ようが　ありますか。

3　お父さんは　いそがしいですか。

4　お父さんは　いま　おひまですか。

28 6さい　いかの　子どもは　入っては　いけません。

1　6さいの　子どもは　入って　いいです。

2　6さいの　子どもだけ　入って　いいです。

3　7さいまでの　子どもは　入っては　いけません。

4　7さいいじょうの　子どもは　入って　いいです。

29 わたしは　がいこくじんに　みちを　たずねられました。

1　がいこくじんは　わたしに　みちを　おしえました。

2　がいこくじんは　わたしに　みちを　きかれました。

3　がいこくじんは　わたしに　みちを　ききました。

4　がいこくじんは　わたしに　みちを　あんないしました。

回數

1 2 3 4 5 6

もんだい5　つぎの　ことばの　つかいかたで　いちばん　いい　ものを　1・2・3・4から　ひとつ　えらんで　ください。

(例)こわい

1　へやが　くらいので、こわくて　入れません。

2　足が　こわくて　もう　走れません。

3　外は　こわくて　かぜを　ひきそうです。

4　この　パンは　こわくて　おいしいです。

(かいとうようし)

(例)	● ② ③ ④

30　おわり

1　えいがを　おわりまで　見ました。

2　カレーが　おさらの　おわりに　のこって　います。

3　きょうしつの　おわりの　せきに　すわりました。

4　くつ下の　おわりに　あなが　あきました。

31　さいきん

1　えきからは　この　道が　さいきんです。

2　さいきん、めがねを　あたらしく　かいました。

3　やり方は　さいきんに　説明した　とおりです。

4　この　しごとは　さいきんまで　力いっぱい　やります。

32　きびしい

1　あさひが　目に　きびしいです。

2　ともだちと　わかれたので　きびしいです。

3　きびしい　かん字を　おぼえます。

4　父は　きびしい　人です。

33 はこぶ

1 となりの　へやへ　にもつを　はこびました。

2 こたえを　出すのに　あたまを　はこびました。

3 正しく　つたわるように　ことばを　はこびました。

4 ピアノを　ひくのに　ゆびを　はこびました。

34 りゆう

1 これは　りっぱな　りゆうの　ある　じんじゃです。

2 わたしは　この　町に　りゆうが　あります。

3 おくれた　りゆうを　おしえて　ください。

4 かれの　はなしは　りゆうが　入りません。

答對：

／35題

言語知識（文法）・読解

もんだい1 （　　）に　何を　入れますか。1・2・3・4から　いちばん　いい　ものを　一つ　えらんで　ください。

（例）わたしは　毎日（まいにち）　散歩（さんぽ）（　　）します。

1　が　　2　を　　3　や　　4　に

（解答用紙（かいとうようし））

（例）	① ● ③ ④

1　そんなに　お酒（さけ）を　（　　）　だめだ。

1　飲（の）んでは　　2　飲（の）んしゃ　　3　飲（の）んちゃ　　4　飲（の）んじゃ

2　おすしも　食（た）べた　（　　）、ケーキも　食（た）べた。

1　し　　2　でも　　3　も　　4　や

3　兄（あに）は　どんな　スポーツ　（　　）　できます。

1　にも　　2　でも　　3　だけ　　4　ぐらい

4　校長先生（こうちょうせんせい）が　あいさつを　（　　）　ので　静（しず）かに　しましょう。

1　した　　2　しよう　　3　される　　4　すれば

5　A「あなたが　帰（かえ）る　前（まえ）に、部屋（へや）の　そうじを　して（　　）。」

B「ありがとうございます。」

1　おきます　　2　いません　　3　ほしい　　4　ください

6　わたしの　趣味（しゅみ）は　音楽（おんがく）を　聞（き）く　（　　）　です。

1　もの　　2　とき　　3　まで　　4　こと

7　彼女（かのじょ）から　プレゼントを　（　　）。

1　くれました　　2　くだされます　　3　やりました　　4　もらいました

8 A「疲(つか)れて　いる　(　　　)　休(やす)んだ　ほうが　いいよ。」

B「そうですね。少(すこ)し　休(やす)みます。」

1　けど　　2　なら　　3　のに　　4　まで

9 おじに　京都(きょうと)の　おみやげを　(　　　)。

1　あげさせました　　2　くださいました

3　さしあげました　　4　ございました

10 歩(ある)き　(　　　)　足(あし)が　痛(いた)く　なりました。

1　させて　　2　やすく　　3　出(だ)して　　4　すぎて

11 王(オウ)「太郎君(たろうくん)は　北京(ペキン)へ　行(い)った　(　　　)。」

太郎(たろう)「はい。子(こ)どもの　ときに　一度(いちど)　あります。」

1　ときですか　　2　ことが　ありますか

3　ことが　できますか　　4　ことに　しますか

12 (先生(せんせい)が　生徒(せいと)の　作文(さくぶん)を　見(み)て)

先生(せんせい)「ここの　ところが　分(わ)かり　(　　　)　から　書(か)き直(なお)しなさい。」

生徒(せいと)「はい。書(か)き直(なお)します。」

1　にくい　　2　やすい　　3　たがる　　4　わるい

13 A「どうか　ぼくに　ひとこと　(　　　)　ください。」

B「はい。どうぞ。」

1　言(い)われて　　2　言(い)わなくて　　3　言(い)わせて　　4　言(い)わさせて

14 A「山本君(やまもとくん)は　まだ　来(き)ませんね。」

B「来(く)ると　言(い)って　いたから　必(かなら)ず　来(く)る　(　　　)。」

1　ところです　　2　はずです　　3　でしょうか　　4　と　いいです

15 あの　雲(くも)を　見(み)て　ください。犬(いぬ)の　(　　　)　形(かたち)を　してますよ。

1　みたいな　　2　そうな　　3　ような　　4　はずな

もんだい2　＿★＿に　入る　ものは　どれですか。1・2・3・4から　いちばん　いい　ものを　一つ　えらんで　ください。

（問題例）

A「＿＿＿　＿＿＿　＿★＿　＿＿＿　か。」

B「はい、だいすきです。」

1　すき　　2　ケーキ　　3　は　　4　です

（答え方）

1.　正しい　文を　作ります。

A「＿＿＿　＿＿＿　＿★＿　＿＿＿か。」
　　2 ケーキ　3 は　1 すき　4 です
B「はい、だいすきです。」

2.　＿★＿に　入る　番号を　黒く　塗ります。

（解答用紙）　|（例）| ● ② ③ ④ |

16　A「この　水は　飲む　ことが　できますか。」

B「さあ、飲む　＿＿＿　＿＿＿　＿★＿　＿＿＿　、知りません。」

1　どうか　　2　できる　　3　ことが　　4　か

17　A「体の　ために　何か　毎日　やって　いますか。」

B「朝、起きたら、いつも　大学の　＿＿＿　＿＿＿　＿★＿　＿＿＿　います。」

1　ことに　　2　して　　3　走る　　4　まわりを

18 A「お昼（ひる）ごはんは　いつも　どうして　いるのですか。」

B「いつもは　近（ちか）くの　店（みせ）で　食（た）べるのですが、今日（きょう）は、　おべんとう

＿＿＿＿　＿＿＿＿　＿★＿　＿＿＿＿　きました。」

1　作（つく）って　　2　家（いえ）　　3　で　　4　を

19 「はい、上田（うえだ）です。父（ちち）は　いま　るすに　して　おります。もどりまし

たら　こちらから　＿＿＿＿　＿＿＿＿　＿★＿　＿＿＿＿　ます。」

1　ように　　2　つたえて　　3　おき　　4　お電話（でんわ）する

20 上田（うえだ）「あなたの　妹（いもうと）は　あなたに　似（に）て　いますか。」

山川（やまかわ）「妹（いもうと）は　＿＿＿＿　＿＿＿＿　＿★＿　＿＿＿＿　ですよ。」

1　太（ふと）って　　2　ほど　　3　いない　　4　わたし

もんだい３ 21 から 25 に 何を 入れますか。文章の 意味を 考えて、1・2・3・4から いちばん いい ものを 一つ えらんで ください。

下の 文章は、ソンさんが 本田さんに 送った お礼の 手紙です。

> 本田様
>
> 21 暑い 日が つづいて いますが、その後、おかわり ありませんか。
>
> 8月の 旅行では たいへん 22 、ありがとう ございました。海で 泳いだり、船に 23 して、とても 楽しかったです。わたしの 国では、近くに 海が なかったので、いろいろな ことが みんな はじめての 経験でした。
>
> わたしの 国の 料理を いっしょに 作って みんなで 食べたことを、ときどき 24 います。
>
> みな様と いっしょに とった 写真が できましたので、25 。
>
> また、いつか お会いできる 日を 楽しみに して おります。
>
> 9月10日
>
> ソン・ホア

21

1 もう　　2 まだ　　3 まず　　4 もし

22

1 お世話をして　　2 お世話いたしまして

3 世話をもらい　　4 お世話になり

23

1 乗せたり　　2 乗ったり　　3 乗るだけ　　4 乗るように

24

1 思い出すなら　2 思い出したら　3 思い出して　4 思い出されて

25

1 お送りいただきます　2 お送りさせます

3 お送りします　4 お送りして　くれます

もんだい4　つぎの (1) から (4) の文章を読んで、質問に答えてください。答えは、1・2・3・4から、いちばんいいものを一つえらんでください。

(1)

研究室のカンさんのつくえの上に、次の手紙が置かれています。

> カンさん
>
> 先週、いなかに帰ったら、おみやげにりんごジャムを持っていくようにと、母に言われました。母が作ったそうです。カンさんとシュウさんにさしあげて、と言っていました。研究室のれいぞうこに入れておいたので、持って帰ってください。
>
> 高橋

26 カンさんは、どうしますか。

1　いなかで買ったおかしを持って帰ります。
2　れいぞうこのりんごジャムを、持って帰ります。
3　れいぞうこのりんごをシュウさんにわたします。
4　れいぞうこのりんごを持って帰ります。

(2)

動物園の入り口に、次の案内がはってありました。

動物園からのご案内

- ◆ 動物がおどろきますので、音や光の出るカメラで写真をとらないでください。
- ◆ 動物に食べ物をやらないでください。
- ◆ ごみは家に持って帰ってください。
- ◆ 犬やねこなどのペットを連れて、動物園の中に入ることはできません。
- ◆ ボール、野球の道具などを持って入ることはできません。

27 この案内から、動物園についてわかることは何ですか。

1 音や光が出ないカメラなら写真をとってもよい。

2 ごみは、決まったごみ箱にすてなければならない。

3 のこったおべんとうを、動物に食べさせてもよい。

4 ペットの小さい犬といっしょに入ってもよい。

(3)

これは、田中課長からチャンさんに届いたメールです。

チャンさん

S貿易の社長さんが、3日の午後1時に来られます。応接間が空いているかどうか調べて、空いていなかったら会議室を用意しておいてください。うちの会社からは、山田部長とわたしが出席することになっています。チャンさんも出席して、最近の会社の仕事について説明できるように準備しておいてください。

田中

---

28 チャンさんは、最近の会社の仕事について書いたものを用意しようと思っています。何人分、用意すればよいですか。

1 2人分

2 3人分

3 4人分

4 5人分

(4)

山田さんは大学生になったので、アルバイトを始めました。スーパーのレジの仕事です。なれないので、レジを打つのがほかの人よりおそいため、いつもお客さんにしかられます。

29 山田さんがお客さんに言われるのは、たとえばどういうことですか。

1 「なれないので、たいへんね。」

2 「いつもありがとう。」

3 「早くしてよ。おそいわよ。」

4 「まちがえないようにしなさい。」

もんだい５　つぎの文章を読んで、質問に答えてください。答えは、１・２・３・４から、いちばんいいものを一つえらんでください。

私は電車の中から窓の外の景色を見るのがとても好きです。ですから、勤めに行くときも家に帰るときも、電車ではいつも椅子に座らず、①立って景色を見ています。

すると、いろいろなものを見ることができます。学校で元気に遊んでいる子どもたちが見えます。駅の近くの八百屋で、買い物をしている女の人も見えます。晴れた日には、遠くのたてものや山も見えます。

②ある冬の日、わたしは会社の仕事で遠くに出かけました。知らない町の電車に乗って、いつものように窓から外の景色を見ていたわたしは、「あっ！」と③大きな声を出してしまいました。富士山が見えたからです。周りの人たちは、みんなわたしの声に驚いたように外を見ました。８歳ぐらいの女の子が「ああ、富士山だ。」とうれしそうに大きな声で言いました。青く晴れた空の向こうに、真っ白い富士山がはっきり見えました。とてもきれいです。

駅に近くなると、富士山は見えなくなりましたが、その日は、一日中、何かいいことがあったようなうれしい気分でした。

30　「わたし」が、電車の中で①立っているのはなぜですか。

1　人がいっぱいで椅子に座ることができないから
2　立っている方が、窓の外の景色がよく見えるから
3　座っていると、富士山が見えないから
4　若い人は、電車の中では立っているのが普通だから

31　②ある冬の日、「わたし」は何をしていましたか。

1　いつもの電車に乗り、立って外の景色を見ていました。
2　会社の用で出かけ、知らない町の電車に乗っていました。
3　会社の帰りに遠くに出かけ、電車に乗っていました。
4　いつもの電車の椅子に座って、外を見ていました。

32 「わたし」が、③大きな声を出したのはなぜですか。

1 女の子の大きな声に驚いたから

2 電車の中の人たちがみんな外を見たから

3 富士山が急に見えなくなったから

4 窓から富士山が見えたから

33 富士山を見た日、「わたし」はどのような気分で過ごしましたか。

1 いいことがあったような気分で過ごしました。

2 とても残念な気分で過ごしました。

3 少しさびしい気分で過ごしました。

4 これからもがんばろうという気分で過ごしました。

もんだい６　つぎのページの「東京ランド　料金表」という案内を見て、下の質問に答えてください。答えは、１・２・３・４から、いちばんいいものを一つえらんでください。

34 中村さんは、日曜日の午後から、むすこで小学３年生（8歳）のあきらくんを、「東京ランド」へつれていくことになりました。中に入るときに、お金は二人でいくらかかりますか。

1　500円
2　700円
3　1000円
4　2200円

35 あきらくんは、「子ども特急」と「子どもジェットコースター」に乗りたいと言っています。かかるお金を一番安くしたいとき、どのようにけんを買うのがよいですか。(乗り物には、あきらくんだけで乗ります。)

1　大人と子どもの「フリーパスけん」を、１まいずつ買う。
2　子どもの「フリーパスけん」を、１まいだけ買う。
3　回数けんを、１つ買う。
4　普通けんを、６まい買う。

東京ランド　料金表

〔入園料〕…中に入るときに必要なお金です。

入園料	
大人（中学生以上）	500 円
子ども（5 さい以上、小学 6 年生以下）・65 さい以上の人	200 円
（4 さい以下のお子さまは、お金はいりません。）	

〔乗り物けん*〕…乗り物に乗るときに必要なお金です。

◆　フリーパスけん（一日中、どの乗り物にも何回でも乗れます。）		
大人（中学生以上）	1200 円	
子ども（5 さい以上、小学 6 年生以下）	1000 円	
（4 さい以下のお子さまは、お金はいりません。）		
◆　普通けん　（乗り物に乗るときに必要な数だけ出してください。）		
普通けん	1 まい	50 円
回数けん（普通けん 11 まいのセット）	11 まい	500 円

・乗り物に乗るときに必要な普通けんの数

乗り物	必要な乗り物けんの数
メリーゴーランド	2 まい
子ども特急	2 まい
人形の船	2 まい
コーヒーカップ	1 まい
子どもジェットコースター	4 まい

○　たくさんの乗り物を楽しみたい人は、「フリーパスけん」がべんりです。

○　少しだけ乗り物に乗りたい人は、「普通けん」を、必要な数だけお買いください。

＊けん：きっぷのようなもの。

T4-1～4-9

もんだい１

もんだい１では、まず　しつもんを　聞(き)いて　ください。それから　話(はなし)を　聞(き)いて、もんだいようしの　１から４の　中(なか)から、いちばん　いい　ものを　一(ひと)つ　えらんで　ください。

れい

1　月曜日(げつようび)
2　火曜日(かようび)
3　水曜日(すいようび)
4　金曜日(きんようび)

1ばん

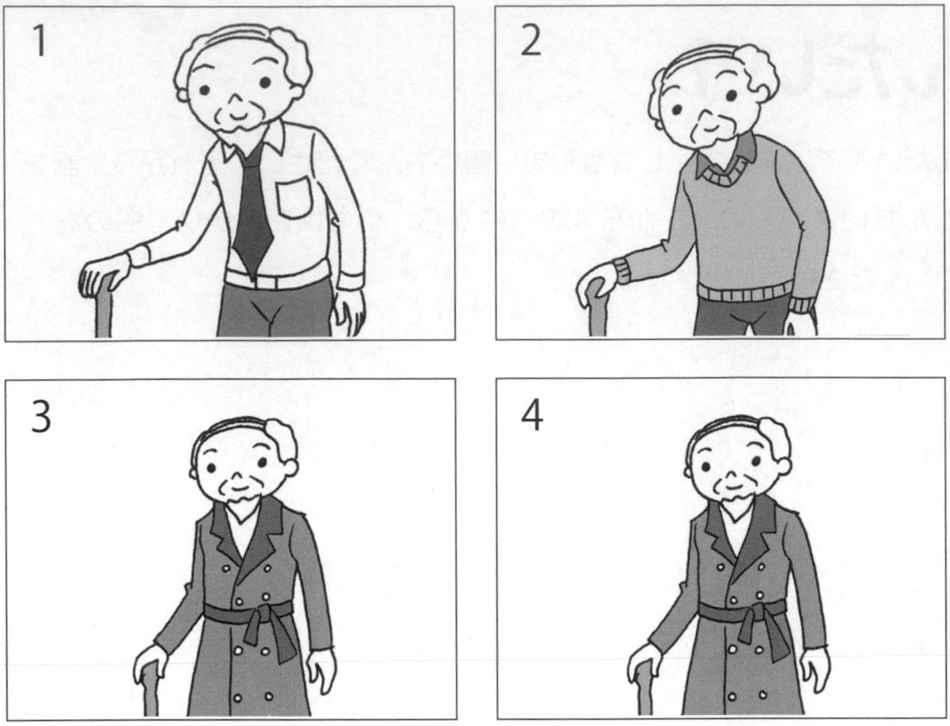

2ばん

1　4175

2　4715

3　4517

4　4571

3ばん

1 冷(つめ)たい　こうちゃ

2 熱(あつ)い　こうちゃ

3 冷(つめ)たい　こうちゃと　ケーキ

4 ケーキ

4ばん

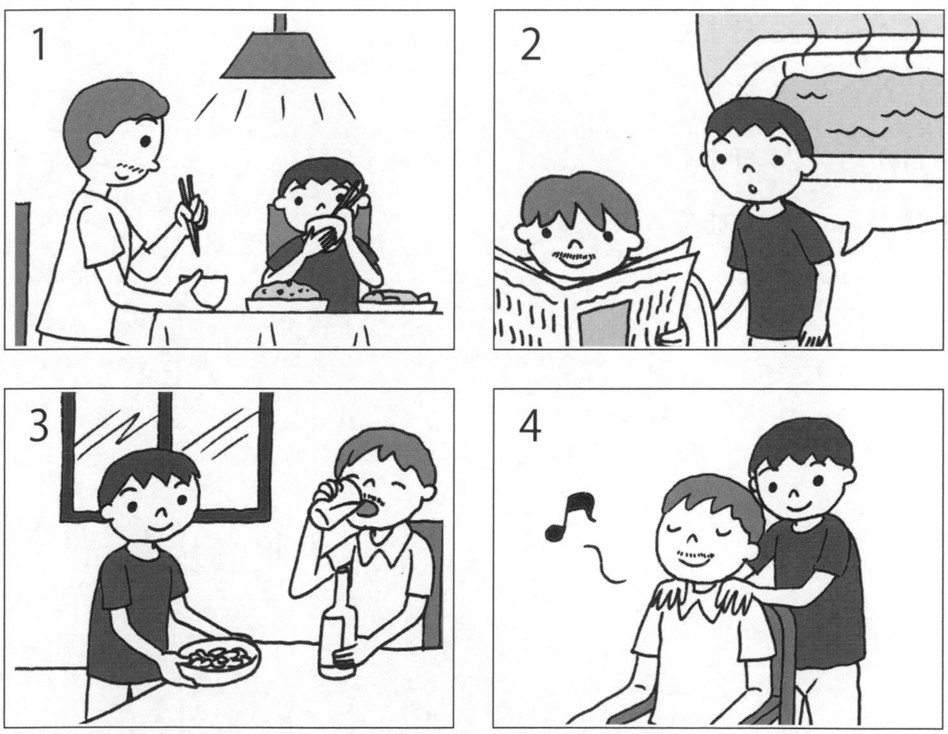

5ばん

1　南大山アパート

2　南大川アパート

3　北大山アパート

4　東大山アパート

6ばん

1　21日から　23日まで

2　21日から　25日まで

3　22日から　24日まで

4　23日から　25日まで

7ばん

1　あおの　かみと　しろの　かみ

2　きいろの　かみと　あかの　かみ

3　あかの　かみと　しろの　かみ

4　きいろの　かみと　あおの　かみ

8ばん

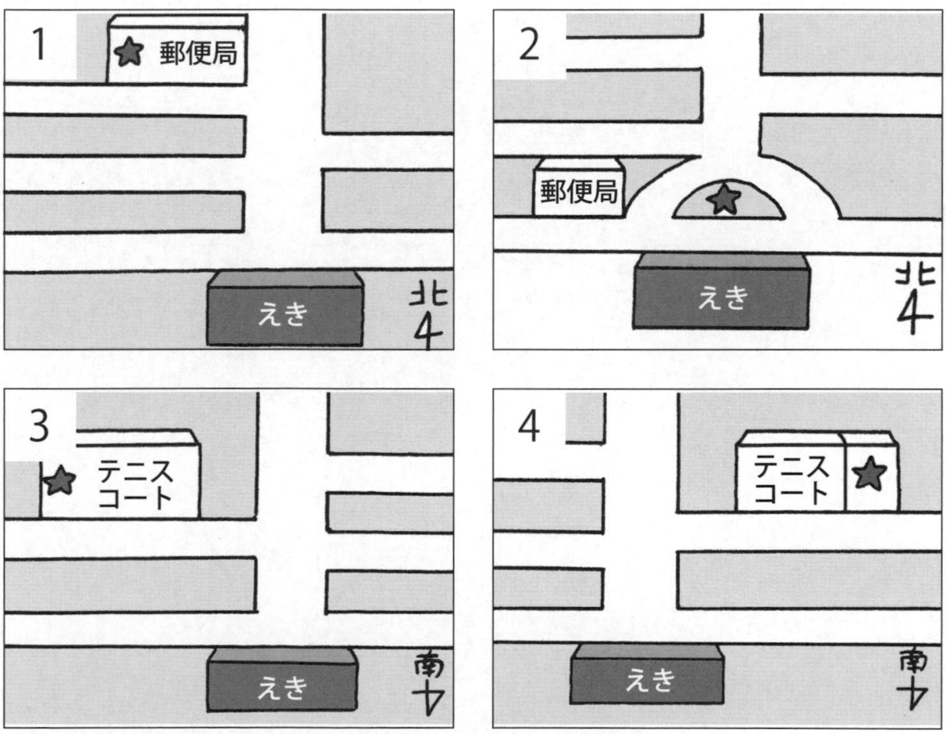

もんだい２

T4-10～4-17

もんだい２では、まず　しつもんを　聞いて　ください。そのあと、もんだいようしを　見て　ください。読む　時間が　あります。それから　話を　聞いて、もんだいようしの　１から４の　中から、いちばん　いい　ものを　一つ　えらんで　ください。

れい

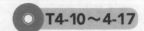

1　デジカメを　持って　いないから
2　女の人の　デジカメが　気に　入って　いるから
3　自分の　カメラは　重いから
4　自分の　カメラは　こわれて　いるから

1ばん

1　40まい

2　50まい

3　90まい

4　100まい

2ばん

1　30分(ぷん)

2　2時間(じかん)

3　1時間(じかん)

4　3時間(じかん)30分(ぷん)

3ばん

1　字(じ)が　汚(きたな)いから

2　消(け)しゴムで　きれいに　消(け)して　いないから

3　ボールペンで　なく、鉛筆(えんぴつ)で　書(か)いたから

4　字(じ)が　まちがって　いるから

4ばん

1　12時(じ)18分(ぶん)

2　12時(じ)15分(ふん)

3　12時(じ)30分(ぷん)

4　12時(じ)45分(ふん)

5ばん

1　午後(ごご)8時(じ)

2　午後(ごご)4時(じ)

3　午前(ごぜん)11時(じ)

4　午後(ごご)2時(じ)

6ばん

1　6時(じ)から　9時(じ)はんまで　ホテルの　へやで

2　6時(じ)から　8時(じ)はんまで　ホテルの　へやで

3　6時(じ)から　8時(じ)はんまで　しょくどうで

4　6時(じ)から　9時(じ)まで　しょくどうで

7ばん

1　ちゅうごくの　かんじの　はなし

2　かたかなの　はなし

3　にほんと　ちゅうごくの　字(じ)の　ちがい

4　ひらがなの　はなし

もんだい３

T4-18～4-23

もんだい３では、えを　見ながら　しつもんを　聞いて　ください。
➡（やじるし）の　人は　何と　言いますか。１から３の　中から、いちばん　いい　ものを　一つ　えらんで　ください。

れい

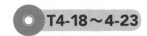

1ばん

2ばん

3ばん

4ばん

5ばん

もんだい４

T4-24～4-32

もんだい４では、えなどが　ありません。まず　ぶんを　聞（き）いて　ください。それから、そのへんじを　聞（き）いて、１から３の　中（なか）から、いちばん　いい　ものを　一（ひと）つ　えらんで　ください。

― メモ ―

Check □1 □2 □3

答對：

／34 題

測驗日期：___月___日

第5回

言語知識（文字・語彙）

もんだい1　＿＿の　ことばは　ひらがなで　どう　かきますか。1・2・3・4　から　いちばん　いい　ものを　ひとつ　えらんで　ください。

（例）春に　なると　さくらが　さきます。

1　はる　　2　なつ　　3　あき　　4　ふゆ

（かいとうようし）

（例）	● ② ③ ④

1　特に　ようは　ありません。

1　こと　　2　きゅう　　3　とく　　4　べつ

2　出発が　おくれて　います。

1　しゅっせき　　2　しゅっぱつ　　3　しゅぱつ　　4　しゆぱつ

3　まいにち　いえで　じゅぎょうの　復習を　します。

1　れんしゅう　　2　ふくしう　　3　よしゅう　　4　ふくしゅう

4　寝て　いる　場合では　ありません。

1　ばあい　　2　ばわい　　3　ばしょ　　4　ばうわい

5　熱心に　本を　よんで　います。

1　ねんしん　　2　ねっしん　　3　ねつしん　　4　ねつし

6　昨日は　終電で　かえりました。

1　しゅうてん　　2　しゅうでん　　3　でんしゃ　　4　でんしや

7 けがが　なおって　退院しました。

1　たんいん　　2　びょういん　　3　にゅういん　　4　たいいん

8 笑った　かおが　かわいいです。

1　わらった　　2　とおった　　3　まいった　　4　こまった

9 この　おもちゃを　自由に　つかって　あそんで　いいですよ。

1　じゅう　　2　じいゆう　　3　じゆう　　4　じゅゆう

もんだい2 ＿＿の ことばは どう かきますか。1・2・3・4から いちばん いい ものを ひとつ えらんで ください。

(例) 毎日、この 道を とおります。

1 返ります　2 通ります　3 送ります　4 運ります

(かいとうようし)

(例)	① ● ③ ④

10 本だなの たかさは 1メートルです。

1 長さ　2 咼さ　3 強さ　4 高さ

11 風が つめたい きせつに なりました。

1 季答　2 季節　3 李節　4 李筋

12 おもい にもつを もって あるきました。

1 思い　2 軽い　3 重い　4 里い

13 はいざらは へやの そとに あります。

1 炭皿　2 灰皿　3 炭血　4 灰血

14 こまかい ことは あとで せつ明します。

1 細い　2 細かい　3 �い　4 畝かい

15 つぎは くびを まわす うんどうです。

1 首　2 百　3 頭　4 貟

もんだい3　（　　）に　なにを　いれますか。1・2・3・4から　いちばん　いい　ものを　ひとつ　えらんで　ください。

（例）わからない　ことばは、（　　）を　引きます。

1　ほん　　2　せんせい　　3　じしょ　　4　がっこう

（かいとうようし）

（例）	①②●④

16　さくや　おそくまで　テレビを　見たので（　　）です。

1　かわいい　　2　ねむい　　3　さびしい　　4　つまらない

17　きょねんより　おそく　さくらの　花が（　　）ひらきました。

1　やっと　　2　ずっと　　3　けっして　　4　もう

18　きのうは　おうかがい　できずに　たいへん（　　）しました。

1　おれい　　2　しつれい　　3　おかげ　　4　しっぱい

19　弟は　ひろった　子いぬを　だいじに（　　）います。

1　ならべて　　2　とどけて　　3　かわって　　4　そだてて

20　まどを（　　）と　とおくに　きれいな　山が　見えます。

1　しめる　　2　ひく　　3　かける　　4　あける

21　兄は　まいあさ　だいがくに（　　）います。

1　かよって　　2　おこして　　3　とまって　　4　とおって

22　そふは　くすりを　のんで　よく（　　）います。

1　こまって　　2　ねむって　　3　つかって　　4　しかって

23 はがきの（　　　）には　じゅうしょと　なまえを　かきます。

1　うちがわ　　2　おもて　　3　あいだ　　4　さき

24 おじの　かぞくは　東京の（　　　）に　すんで　います。

1　こくない　　2　ばしょ　　3　こうがい　　4　こうつう

もんだい4　＿＿の　ぶんと　だいたい　おなじ　いみの　ぶんが　あります。1・2・3・4から　いちばん　いい　ものを　ひとつ　えらんで　ください。

(例)　おとうとは　先生に　ほめられました。

1　先生は　おとうとに　「よく　できたね」と　言いました。
2　先生は　おとうとに　「こまったね」と　言いました。
3　先生は　おとうとに　「気を　つけろ」と　言いました。
4　先生は　おとうとに　「もう　いいかい」と　言いました。

(かいとうようし)

(例)	● ② ③ ④

25　わたしは　しんぶんを　見て　おどろきました。

1　わたしは　しんぶんを　見て　かんがえました。
2　わたしは　しんぶんを　見て　たおれました。
3　わたしは　しんぶんを　見て　びっくりしました。
4　わたしは　しんぶんを　見て　わらいました。

26　用が　すんだら　なるべく　早く　帰ります。

1　用が　すんだら　かならず　早く　帰ります。
2　用が　すんだら　できるだけ　早く　帰ります。
3　用が　すんだら　たぶん　早く　帰るでしょう。
4　用が　すんだら　早く　帰るはずです。

27　今日は　ケーキを　食べすぎました。

1　ケーキを　もう　すこし　食べたかったです。
2　ケーキを　ゆっくり　食べました。
3　ケーキを　いつもより　たくさん　食べました。
4　ケーキを　もう　いちど　食べたいです。

28 <u>きょうは　かさを　わすれて　出かけました。</u>

1　きょうは　かさを　もたずに　出かけて　しまいました。

2　きょうは　かさを　どこかに　おいて　きました。

3　きょうは　かさを　どこかで　なくしました。

4　きょうは　かさを　もったまま　出かけました。

29 <u>明日　ヤンさんに　あやまります。</u>

1　明日　ヤンさんに　「注意してね」と　言います。

2　明日　ヤンさんに　「いっしょに　行こうよ」と　言います。

3　明日　ヤンさんに　「ごめんなさい」と　言います。

4　明日　ヤンさんに　「おもしろかった」と　言います。

もんだい5　つぎの　ことばの　つかいかたで　いちばん　いい　ものを　1・2・3・4から　ひとつ　えらんで　ください。

(例)　こわい

1　へやが　くらいので、こわくて　入れません。
2　足が　こわくて　もう　走れません。
3　外は　こわくて　かぜを　ひきそうです。
4　この　パンは　こわくて　おいしいです。

(かいとうようし)

(例)	● ② ③ ④

30　きまる

1　おかしは、はこに　ぴったり　きまりました。
2　くにの　母から　でんわが　きまりました。
3　毎日　べんきょうを　きまりました。
4　パーティーは　午後　6時からに　きまりました。

31　あんしん

1　じどうしゃは　あんしんに　うんてんしましょう。
2　けがを　したら　あんしんに　しましょう。
3　かれが　近くに　いれば　あんしんです。
4　あの　人は　あんしんな　あいさつを　します。

32　やさしい

1　わたしは　やさしくて　よく　かぜを　ひきます。
2　この　にくは　やさしくて　きりやすいです。
3　てんきが　やさしくて　いい　きもちです。
4　かのじょは　やさしくて　しんせつです。

33 とめる

1 りょこうを　とめる　ことに　しました。

2 本は　たなの　中に　とめて　ください。

3 れいぞうこに　お母さんの　メモが　とめて　ありました。

4 としょかんでは　こえを　とめるように　して　ください。

34 かいわ

1 2時から　おきゃくさまとの　かいわが　あります。

2 にほんごで　かいわを　するのは　むずかしいです。

3 なつやすみの　かいわで　やる　ことを　つたえます。

4 しゃちょうが　かいわを　ひらいて　せつめいします。

答對：

／35題

言語知識（文法）・読解

もんだい１　（　　　）に　何を　入れますか。１・２・３・４から　いちばん　いい　ものを　一つ　えらんで　ください。

（例）わたしは　毎日（まいにち）　散歩（さんぽ）（　　　）　します。

1　が　　2　を　　3　や　　4　に

（解答用紙）（かいとうようし）	（例）（れい）	① ● ③ ④

1　赤（あか）とか　青（あお）（　　　）、いろいろな　色（いろ）の　服（ふく）が　あります。

1　とか　　2　でも　　3　から　　4　にも

2　昨日（きのう）は　今年一番（ことしいちばん）の　寒（さむ）（　　　）だった　そうです。

1　い　　2　が　　3　く　　4　さ

3　A「パーティーは　楽（たの）しかった（　　　）？」

B「はい。とても　楽（たの）しかったです。」

1　かい　　2　とか　　3　でも　　4　から

4　どうぞ　こちらに　お座（すわ）り（　　　）。

1　に　なる　　2　いたす　　3　します　　4　ください

5　遠（とお）くから　電車（でんしゃ）の　音（おと）が　聞（き）こえ（　　　）。

1　て　みる　　2　て　いく　　3　て　くる　　4　て　もらう

6　宿題（しゅくだい）を　忘（わす）れて、ろうかに（　　　）。

1　立（た）たせた　　2　立（た）たされた　　3　立（た）たれた　　4　立（た）てた

7　もし　晴（は）れて（　　　）、ここから　富士山（ふじさん）が　見（み）えます。

1　ばかり　　2　ように　　3　いたら　　4　なくて

8 勉強を　した（　　　）、試験で　いい　点が　取れなかった。

1　けれど　　2　から　　3　ので　　4　だけ

9 「勉強も　終わったし、テレビ（　　　）見ようか。」
「そうだね。そうしよう。」

1　も　　2　でも　　3　ても　　4　まで

10 A「ここで　たばこを　吸っても（　　　）。」
B「すみません。ここは　禁煙席です。」

1　くれますか　　2　はずですか　　3　いいですか　　4　ようですか

11 夜に　なる（　　　）星が　たくさん　見えます。

1　も　　2　と　　3　が　　4　のに

12 コーヒーと　紅茶と、（　　　）好きですか。

1　とても　　2　ぜんぶ　　3　かならず　　4　どちらが

13 A「ずいぶん　ピアノが　上手ですね。」
B「毎日　練習したから　上手に（　　　）んです。」

1　弾けるように　なった　　2　弾けるように　した
3　弾ける　かもしれない　　4　弾いて　もらう

14 先生の　話に　よると、高木君の　お母さんは　看護師（　　　）。

1　に　なる　　2　だそうだ　　3　ばかりだ　　4　そうだ

15 A「展覧会に　きみの　絵が　出ているそうだね。」
B「ええ、（　　　）見に　きて　くださいね。」

1　たぶん　　2　きっと　　3　だいたい　　4　でも

もんだい2　＿★＿に　入る　ものは　どれですか。1・2・3・4から　いちばん　いい　ものを　一つ　えらんで　ください。

（問題例）

A「　＿＿＿　＿＿＿　＿★＿　＿＿＿　か。」

B「はい、だいすきです。」

1　すき　　2　ケーキ　　3　は　　4　です

（答え方）

1.　正しい　文を　作ります。

> A「　＿＿＿　＿＿＿　＿★＿　＿＿＿か。」
>
> 　　2 ケーキ　3 は　1 すき　4 です
>
> B「はい、だいすきです。」

2.　＿★＿に　入る　番号を　黒く　塗ります。

（解答用紙）	（例）	● ② ③ ④

16　A「田中さんは　いらっしゃいますか。」

B「はい。　＿＿＿　＿＿＿　＿★＿　＿＿＿　ください。」

1　に　　2　なって　　3　少し　　4　お待ち

17　（デパートで）

「お客さま、この　シャツは　少し　小さいようですので、もう少し　＿＿＿　＿＿＿　＿★＿　＿＿＿　か。」

1　しましょう　　2　お持ち　　3　大きい　　4　ものを

18 A「どの　人が　あなたの　お姉さんですか。」

B「一番　右に　＿＿＿　＿＿＿　＿★＿　＿＿＿　わたしの　姉です。」

1　が　　2　いる　　3　の　　4　立って

19 A「春休みには　帰国する　そうですね。」

B「はい。けれども　4月10日までには　日本に　＿＿＿　＿＿＿

＿★＿　＿＿＿　。」

1　なりません　　2　ては　　3　帰って　　4　こなく

20 町田「石川さん。音楽会には　いつ　行くのですか。」

石川「来週の　日曜日に　＿＿＿　＿＿＿　＿★＿　＿＿＿　ます。」

1　思って　　2　と　　3　行こう　　4　い

もんだい３ ［21］から［25］に　何を　入れますか。文章の　意味を　考えて、１・２・３・４から　いちばん　いい　ものを　一つ　えらんで　ください。

下の　文章は　「私の　家」に　ついての　作文です。

「ひっこし」

イワン・スミルノフ

先月　ぼくは　ひっこしました。それまでの　下宿は、学校まで　１時間半　［21］　かかったし、近くに　店も　なくて　［22］　からです。それで、学校の　近くに　部屋を　借りようと　［23］。

新しい　ぼくの　部屋は、学校の　前の　横断歩道を　わたって、すぐの　ところに　あります。これまでは　学校に　行くのに　とても　早く　起きなければ　なりませんでしたが、これからは　少し　［24］　なりました。

ひっこす　日の　朝、友だちが　手伝いに　きて、ぼくの　荷物を　全部　部屋に　運んで　くれました。お昼ごろ、きれいに　なった　部屋で、友だち　［25］　持って　きて　くれた　お弁当を　食べました。

21

1　だけ　　2　まで　　3　も　　4　さえ

22

1　便利だった　　2　静かだった　　3　不便だった　　4　うれしかった

23

1　思いました　　2　思うでしょう

3　思います　　4　思うかもしれません

24

1　朝(あさ)ねぼうしたがる　ように　　2　朝(あさ)ねぼうしても　よく
3　朝(あさ)ねぼうさせる　ことに　　4　朝(あさ)ねぼうさせられる　ように

25

1　は　　2　に　　3　を　　4　が

もんだい4　つぎの(1)から(4)の文章を読んで、質問に答えてください。答えは、1・2・3・4から、いちばんいいものを一つえらんでください。

(1)

これは、大西さんからパトリックさんに届いたメールです。

パトリックさん

大西です。いい季節ですね。
わたしの携帯電話のメールアドレスが、今日の夕方から変わります。すみませんが、わたしのアドレスを新しいのに直しておいてくださいませんか。
携帯電話の電話番号やパソコンのメールアドレスは変わりません。よろしくお願いします。

26　パトリックさんは、何をしたらよいですか。

1　大西さんの携帯電話のメールアドレスを新しいのに変えます。
2　大西さんの携帯電話の電話番号を新しいのに変えます。
3　大西さんのパソコンのメールアドレスを新しいのに変えます。
4　大西さんのメールアドレスを消してしまいます。

(2)

カンさんが住んでいる東町のごみ置き場に、次のような連絡がはってあります。

ごみ集めについて

○ 12月31日（火）から1月3日（金）までは、ごみは集めにきませんので、出さないでください。

○ 上の日以外は、決められた曜日に集めにきます。

◆ 東町のごみ集めは、次の曜日に決められています。
燃えるごみ（生ごみ・台所のごみや紙くずなど）……火・土
プラスチック（プラスチックマークがついているもの）…水
びん・かん……月

27 カンさんは、正月の間に出た生ごみと飲み物のびんを、なるべく早く出したいと思っています。いつ出せばよいですか。

1 生ごみ・びんの両方とも、12月30日に出します。
2 生ごみ・びんの両方とも、1月4日に出します。
3 生ごみは1月4日に、びんは1月6日に出します。
4 生ごみは1月11日に、びんは1月6日に出します。

(3)

テーブルの上に、母からのメモと紙に包んだ荷物が置いてあります。

> ゆいちゃんへ
>
> お母さんは仕事があるので、これから大学に行きます。
> すみませんが、この荷物を湯川さんにおとどけしてください。
> 湯川さんは高田馬場の駅前に３時にとりにきてくれます。
> 赤い服を着ているそうです。湯川さんの携帯番号は、123-4567-89 ××です。
>
> 母より

28 ゆいさんは、何をしますか。

1　３時に、赤い服を着て大学に仕事をしにいきます。
2　３時に、赤い服を着て大学に荷物をとりにいきます。
3　３時に、高田馬場の駅前に荷物を持っていきます。
4　３時に、高田馬場の駅前に荷物をとりにいきます。

(4)

日本には、お正月に＊年賀状を出すという習慣がありますが、最近、年賀状のかわりにパソコンでメールを送るという人が増えているそうです。メールなら一度に何人もの人に同じ文で送ることができるので簡単だからということです。

しかし、お正月にたくさんの人からいろいろな年賀状をいただくのは、とてもうれしいことなので、年賀状の習慣がなくなるのは残念です。

＊年賀状：お正月のあいさつを書いたはがき

29 年賀状のかわりにメールを送るようになったのは、なぜだと言っていますか。

1 メールは年賀はがきより安いから。

2 年賀状をもらってもうれしくないから。

3 一度に大勢の人に送ることができて簡単だから。

4 パソコンを使う人がふえたから。

もんだい５　つぎの文章を読んで、質問に答えてください。答えは、１・２・３・４から、いちばんいいものを一つえらんでください。

その日は、10時30分から会議の予定がありましたので、わたしはいつもより早く家を出て駅に向かいました。

もうすぐ駅に着くというときに、歩道に①時計が落ちているのを見つけました。とても高そうな立派な時計です。人に踏まれそうになっていたので、ひろって駅前の交番に届けにいきました。おまわりさんに、時計が落ちていた場所を聞かれたり、わたしの住所や名前を紙に書かされたりしました。

②遅くなったので、会社の近くの駅から会社まで走っていきましたが、③会社に着いた時には、会議が始まる時間を10分も過ぎていました。急いで部長の部屋に行き、遅れた理由を言ってあやまりました。部長は「そんな場合は、遅れることをまず、会社に連絡しろと言っただろう。なぜそうしなかったのだ。」と怒りました。わたしが「すみません。急いでいたので、連絡するのを忘れてしまいました。これから気をつけます。」と言うと、部長は「よし、わかった。今後気をつけなさい。」とおっしゃって、温かいコーヒーをわたしてくださいました。そして、「会議は11時から始めるから、それまで、少し休みなさい。」とおっしゃったので、自分の席で温かいコーヒーを飲みました。

30　①時計について、正しくないものはどれですか。

1　ねだんが高そうな立派な時計だった。
2　人に踏まれそうになっていた。
3　歩道に落ちていた。
4　会社の近くの駅のそばに落ちていた。

31　②遅くなったのは、なぜですか。

1　交番でいろいろ聞かれたり書かされたりしたから
2　時計をひろって、遠くの交番に届けに行ったから
3　会社の近くの駅から会社までゆっくり歩き過ぎたから
4　いつもより家を出るのがおそかったから

32 ③会社(かいしゃ)に着(つ)いた時(とき)は何時(なんじ)でしたか。

1 10時半(じはん)

2 10時(じ)40分(ぷん)

3 10時(じ)10分(ぷん)

4 11時(じ)

33 部長(ぶちょう)は、どんなことを怒(おこ)ったのですか。

1 会議(かいぎ)の時間(じかん)に10分(ぷん)も遅(おく)れたこと

2 つまらない理由(りゆう)で遅(おく)れたこと

3 遅(おく)れることを連絡(れんらく)しなかったこと

4 うそをついたこと

もんだい６　つぎのページの、「地震のときのための注意」という、△△市が出している案内を見て、下の質問に答えてください。答えは、１・２・３・４から、いちばんいいものを一つえらんでください。

34　松田さんは、地震が起きる前に準備しておこうと考えて、「地震のときに持って出る荷物」をつくることにしました。荷物の中に、何を入れたらよいですか。

1　３日分の食べ物と消火器
2　スリッパと靴
3　３日分の食べ物と服、かい中でんとう、薬
4　ラジオとテレビ

35　地震で揺れ始めたとき、松田さんは、まず、どうするといいですか。

1　つくえなどの下で、揺れるのが終わるのをまつ。
2　つけている火をけして、外ににげる。
3　たおれそうな棚を手でおさえる。
4　ラジオで地震についてのニュースを聞く。

地震のときのための注意

△△市ぼうさい課*

○ 地震が起きる前に、いつも考えておくことは？

	5つの注意	やること
1	テレビやパソコンなどがおちてこないように、おく場所を考えよう。	・本棚などは、たおれないように、道具でとめる。
2	われたガラスなどで、けがをしないようにしよう。	・スリッパや靴を部屋においておく。
3	火が出たときのための、準備をしておこう。	・消火器*のある場所を覚えておく。
4	地震のときに持って出る荷物をつくり、おく場所を決めておこう。	・3日分の食べ物、服、かい中でんとう*、薬などを用意する。
5	家族や友だちとれんらくする方法を決めておこう。	・市や町で決められている場所を知っておく。

○地震が起きたときは、どうするか？

1	まず、自分の体の安全を考える！
	・つくえなどの下に入って、揺れるのが終わるのをまつ。
2	地震の起きたときに、すること
	① 火を使っているときは、火をけす。
	② たおれた棚やわれたガラスに注意する。
	③ まどや戸をあけて、にげるための道をつくる。
	④ 家の外に出たら、上から落ちてくるものに注意する。
	⑤ ラジオやテレビなどで、ニュースを聞く。

*ぼうさい課：地震などが起きたときの世話をする人たち。
消火器：火を消すための道具。
かい中でんとう：持って歩ける小さな電気。電池でつく。

T5-1 ～ 5-9

もんだい 1

もんだい１では、まず　しつもんを　聞いて　ください。それから　話を　聞いて、もんだいようしの　１から４の　中から、いちばん　いい　ものを　一つ　えらんで　ください。

れい

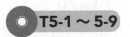

1　月曜日
2　火曜日
3　水曜日
4　金曜日

1ばん

1　つぎの　えきまで　でんしゃに　のり、つぎに　バスに　のる

2　タクシーに　のる

3　しんごうまで　あるいてから　バスに　のる

4　ちずを　みながら　あるいて　いく

2ばん

3ばん

1

2
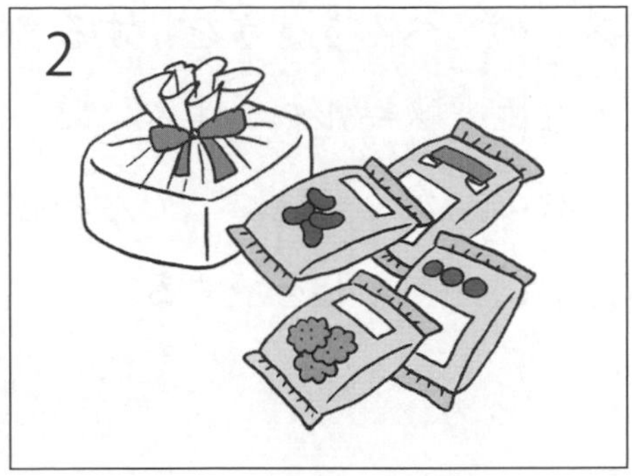

3

4
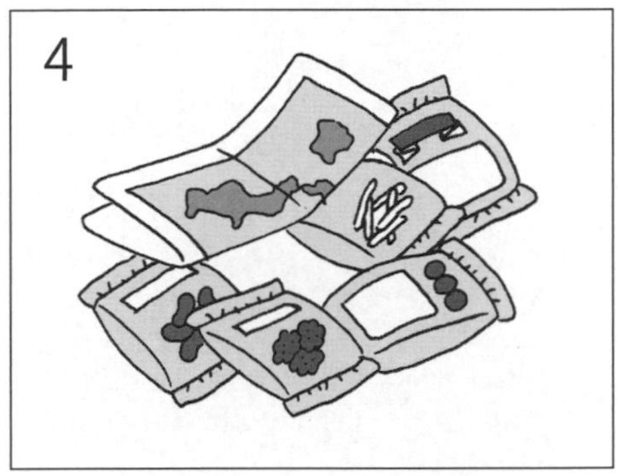

4ばん

1
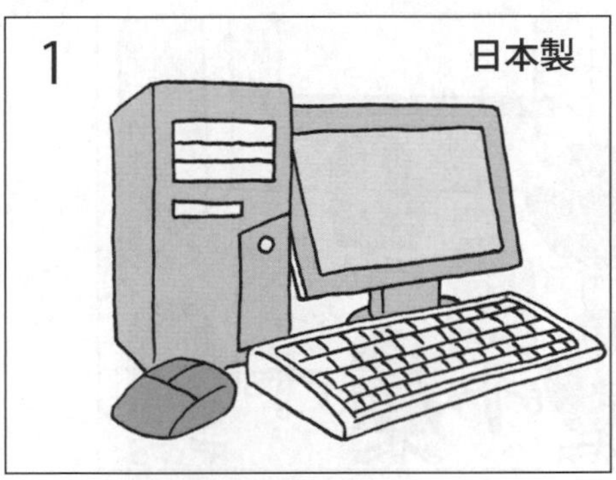

2
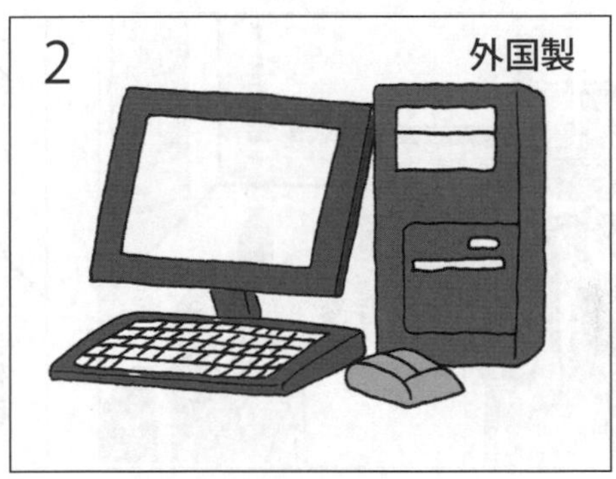

3

4
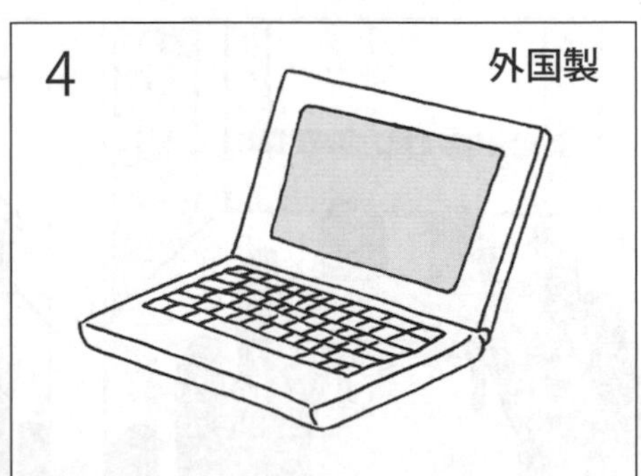

5ばん

1　テストの　べんきょうを　する

2　みんなに　メールを　する

3　おんなの　がくせいに　でんわを　する

4　みんなに　でんわを　する

6ばん

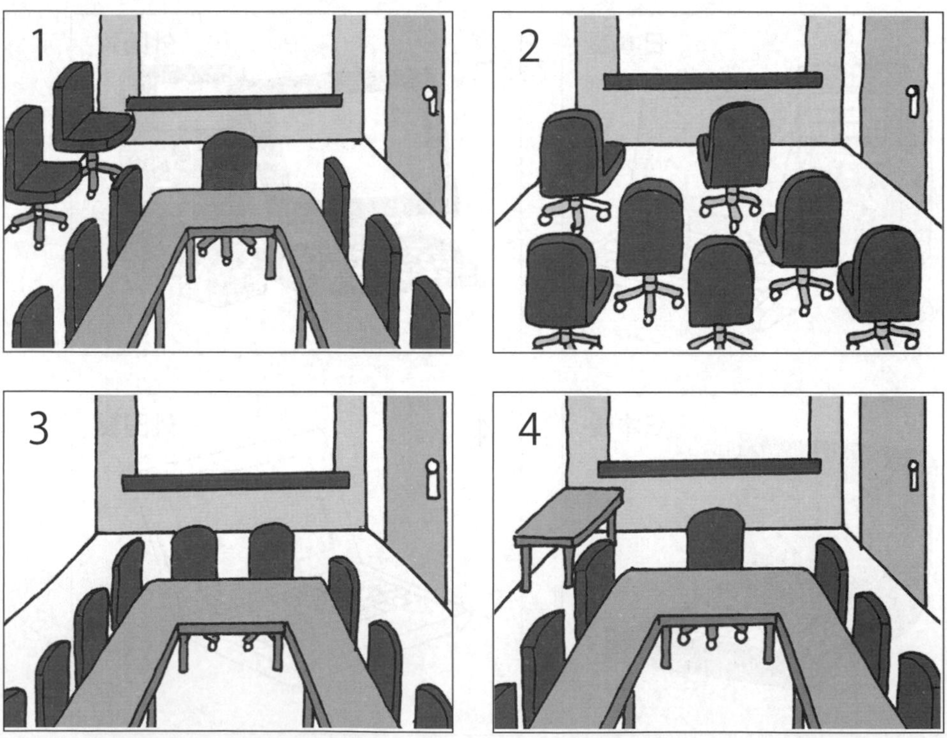

7ばん

1　としょかんに　かえす

2　家(いえ)で　ひとりで　きく

3　のむらくんに　わたす

4　のむらくんと　いっしょに　きく

8ばん

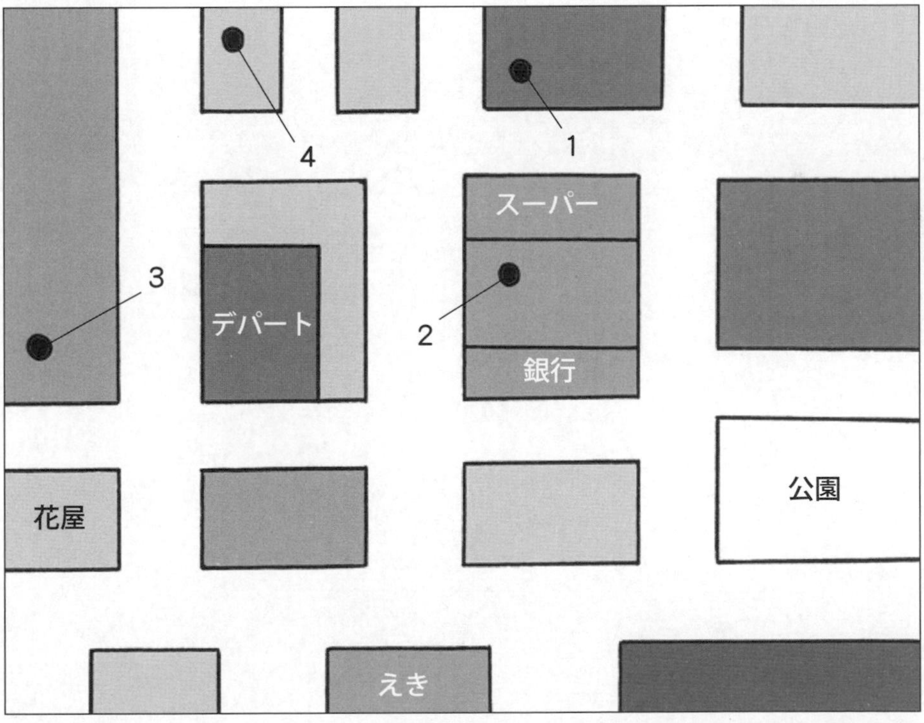

もんだい２

T5-10～5-17

もんだい２では、まず　しつもんを　聞いて　ください。そのあと、もんだいようしを　見て　ください。読む　時間が　あります。それから　話を　聞いて、もんだいようしの　１から４の　中から、いちばん　いい　ものを　一つ　えらんで　ください。

れい

1　デジカメを　持って　いないから
2　女の人の　デジカメが　気に　入って　いるから
3　自分の　カメラは　重いから
4　自分の　カメラは　こわれて　いるから

1ばん

1　てんぷらの　おみせ

2　すしの　おみせ

3　ステーキの　おみせ

4　ハンバーグの　おみせ

2ばん

1　1ばんめ

2　9ばんめ

3　20ばんめ

4　21ばんめ

3ばん

1　午前（ごぜん）　10時（じ）

2　午前（ごぜん）　11時（じ）

3　午後（ごご）　1時（じ）

4　午後（ごご）　2時（じ）

4ばん

1　10人分（にんぶん）の　おべんとうを　かってくる

2　10人分（にんぶん）の　おかしを　かってくる

3　10人分（にんぶん）の　おかしと　おちゃを　かってくる

4　かんげいかいの　ために　へやの　そうじを　する

5ばん

1　こうばんの　となりの　となりの　ビルの　3がい

2　こうばんの　となりの　ビルの　3がい

3　えきの　となりの　となりの　ビルの　3がい

4　えきの　となりの　ビルの　5かい

6ばん

1　らいしゅうの　きんようびの　午後　1時から

2　こんしゅうの　きんようびの　午後　3時から

3　らいしゅうの　きんようびの　12時半から

4　らいしゅうの　きんようびの　午後　3時から

7ばん

1　かんこくで　アルバイトを　したいから

2　かんこくの　かていを　見(み)たいから

3　かんこくごの　べんきょうを　したいから

4　かんこくの　だいがくに　行(い)きたいから

もんだい３

T5-18～5-23

もんだい３では、えを　見ながら　しつもんを　聞いて　ください。
➡（やじるし）の　人は　何と　言いますか。１から３の　中から、いちばん　いい　ものを　一つ　えらんで　ください。

れい

1ばん

2ばん

3ばん

4ばん

5ばん

もんだい 4

T5-24～5-32

もんだい４では、えなどが　ありません。まず　ぶんを　聞(き)いて　ください。それから、そのへんじを　聞(き)いて、１から３の　中(なか)から、いちばん　いい　ものを　一(ひと)つ　えらんで　ください。

— メモ —

答對：
／34題

測驗日期：___月___日

文字・語彙

第6回（だいかい）

言語知識（文字・語彙）

もんだい１ ＿＿の　ことばは　ひらがなで　どう　かきますか。１・２・３・４から　いちばん　いい　ものを　ひとつ　えらんで　ください。

（例）（れい） <u>春</u>に　なると　さくらが　さきます。

１　はる　　２　なつ　　３　あき　　４　ふゆ

（かいとうようし）

（例）	● ② ③ ④

1 あなたの　<u>字</u>は　きれいです。

１　じ　　２　もじ　　３　て　　４　かお

2 いろいろな　<u>動物</u>が　います。

１　どおぶつ　　２　どうぶつ　　３　どぶつ　　４　しょくぶつ

3 この　<u>場所</u>に　集まって　ください。

１　ひろば　　２　ばしょ　　３　ばしお　　４　ばしょう

4 わたしの　家へ　<u>案内</u>します。

１　しょうかい　　２　しょうたい　　３　あんない　　４　あない

5 大学に　入ったら　<u>文学</u>を　べんきょうしようと　思います。

１　すうがく　　２　もじ　　３　ぶんがく　　４　ぶんか

6 <u>十分</u>に　休んでから　また、はたらきましょう。

１　じゅうぶん　　２　じっぷん　　３　じゅっぷん　　４　じゆうぶん

7 いえの　なかで　あかちゃんが　泣いて　います。

1　だいて　　2　ないて　　3　かいて　　4　きいて

8 母と　東京見物に　出かけます。

1　けんぶつ　　2　みもの　　3　けんがく　　4　げんぶつ

9 上の　かいに　行く　ときは　かいだんを　ご利用ください。

1　りょう　　2　りよ　　3　りよう　　4　りよお

もんだい2 ＿＿の ことばは どう かきますか。1・2・3・4から いちばん いい ものを ひとつ えらんで ください。

(例) 毎日、この 道を とおります。

1 返ります　2 通ります　3 送ります　4 運ります

(かいとうようし)

(例)	① ● ③ ④

10 かれは つよくて やさしい 人です。

1 傻しい　2 愛しい　3 優しい　4 憂しい

11 にもつは たなの 上に のせて ください。

1 荷物　2 荷持　3 何物　4 荷物

12 うまく いくように いのって います。

1 祝って　2 祈って　3 折って　4 祝って

13 いっぱんの 人には かんけいが ない もんだいです。

1 一航　2 一投　3 一般　4 一船

14 父は びょういんで はたらいて います。

1 働いて　2 働らいて　3 動いて　4 動らいて

15 ケーキを 三つ、はこに 入れて ください。

1 箖　2 箱　3 節　4 籍

もんだい３　（　　　）に　なにを　いれますか。１・２・３・４から　いちばん　いい　ものを　ひとつ　えらんで　ください。

（例）わからない　ことばは、（　　　）を　引きます。

1　ほん　　2　せんせい　　3　じしょ　　4　がっこう

（かいとうようし）

（例）	① ② ● ④

16　ひるごはんを　たべて、もう　いちど　がっこうに（　　　）。

1　つもります　　2　もどります　　3　のぼります　　4　とおります

17　てんきよほうでは、あした　大きな（　　　）が　くるそうです。

1　あめ　　2　かじ　　3　たいふう　　4　せんそう

18　どうぞ（　　　）なく　なんでも　しつもんして　ください。

1　ぞんじ　　2　あいさつ　　3　えんりょ　　4　ようじ

19　ちかくの　いえで　さかなを（　　　）いい　においが　します。

1　やく　　2　まく　　3　とる　　4　さく

20　わたしの　クラスは　３たい２で（　　　）しまいました。

1　ひいて　　2　とめて　　3　かって　　4　まけて

21　いもうとは　かぜの（　　　）きょうは　がっこうを　やすみました。

1　なので　　2　ために　　3　だから　　4　ばかり

22　この　ふとんは　とても（　　　）ので　きもちが　いいです。

1　まずい　　2　やさしい　　3　きびしい　　4　やわらかい

23 手を　あげてから　自分の　（　　　）を　言って　ください。

1　いけん　　2　てきとう　　3　かいわ　　4　おれい

24 この　かばんは　デパートの　（　　　）で　かった　ものです。

1　アパート　　2　スカート　　3　バーゲン　　4　ストーブ

もんだい4　＿＿の　ぶんと　だいたい　おなじ　いみの　ぶんが　あります。1・2・3・4から　いちばん　いい　ものを　ひとつ　えらんで　ください。

(例)　<u>おとうとは　先生に　ほめられました。</u>

1　先生は　おとうとに　「よく　できたね」と　言いました。
2　先生は　おとうとに　「こまったね」と　言いました。
3　先生は　おとうとに　「気を　つけろ」と　言いました。
4　先生は　おとうとに　「もう　いいかい」と　言いました。

(かいとうようし)

(例)	● ② ③ ④

25　<u>この　いけで　あそぶのは　きけんです。</u>

1　この　いけで　あそぶと　おもしろいです。
2　この　いけで　あそぶと　あぶないです。
3　この　いけで　あそぶと　たのしいです。
4　この　いけで　あそぶと　こわいです。

26　<u>かぞくで　しゃしんを　うつします。</u>

1　かぞくで　しゃしんを　見ます。
2　かぞくで　しゃしんを　かざります。
3　かぞくで　しゃしんを　おくります。
4　かぞくで　しゃしんを　とります。

27　<u>これ、よかったら　さしあげます。</u>

1　これを　いただいても　かまいません。
2　これが　食べて　みたいです。
3　これを　持って　帰っても　いいです。
4　あなたは　これが　好きな　ようですね。

文字・語彙

28 <u>わたしは　えを　かくのが　それほど　うまく　ありません。</u>

1　わたしは　えを　かくのが　とても　へたです。

2　わたしは　あまり　じょうずに　えを　かけません。

3　わたしは　どうしても　じょうずに　えを　かけません。

4　わたしは　えを　じょうずに　かく　ことが　できます。

29 <u>わたしは　ねる　まえに　本を　よむのが　しゅうかんです。</u>

1　わたしは　ねる　まえに　たまに　本を　よみます。

2　わたしは　ねる　まえに　本を　よむ　ことは　ありません。

3　わたしは　ねる　まえに　ときどき　本を　よみます。

4　わたしは　まいばん　ねる　まえに　本を　よみます。

回數
1
2
3
4
5
6

もんだい5　つぎの　ことばの　つかいかたで　いちばん　いい　ものを　1・2・3・4から　ひとつ　えらんで　ください。

(例)　こわい

1　へやが　くらいので、こわくて　入れません。

2　足が　こわくて　もう　走れません。

3　外は　こわくて　かぜを　ひきそうです。

4　この　パンは　こわくて　おいしいです。

(かいとうようし)

(例)	● ② ③ ④

30　そうだん

1　たいじゅうが　ふえたので、とても　そうだんしました。

2　先生に　そうだんが　ないように　して　ください。

3　こまった　ときは　いつでも　そうだんして　ください。

4　じぶんの　そうだんは、じぶんで　きめて　ください。

31　ていねい

1　かのじょは　ていねいに　わらいます。

2　かぜが　ていねいに　ふいて　います。

3　あいさつは　ていねいに　しましょう。

4　けさは　ていねいに　おきました。

32　ふかい

1　ふかい　じかん　おふろに　はいります。

2　えきまでは　ふかいので　じてんしゃで　いきます。

3　この　たてものは　ふかいので　けしきが　よく　見えます。

4　この　川は　ふかいので　ちゅういしましょう。

33 あまい

1　よる、ひとりで　あるくのは　<u>あまい</u>です。

2　この　花は　とても　<u>あまい</u>　においが　します。

3　すきな　テレビを　みるのは　<u>あまい</u>です。

4　まいにちの　しょくじの　よういは　なかなか　<u>あまい</u>です。

34 いじょう

1　1時間<u>いじょう</u>に　かいじょうに　つく　ことが　できます。

2　にもつは　5キロ<u>いじょう</u>に　かるく　します。

3　5こ<u>いじょう</u>　かえば　やすく　なります。

4　きつえんせき<u>いじょう</u>は　あいて　いません。

答對：
／35 題

言語知識（文法）・読解

もんだい１　（　　　）に　何を　入れますか。１・２・３・４から　いちばん　いい　ものを　一つ　えらんで　ください。

（例）わたしは　毎日（まいにち）　散歩（さんぽ）　（　　　）　します。

１　が　　２　を　　３　や　　４　に

（解答用紙（かいとうようし））　（例（れい））　①　●　③　④

1　友（とも）だちの　ペットの　ハムスターに　（　　　）　もらいました。

１　さわらせて　　２　さわらさせて　　３　さわれて　　４　さわって

2　「ここに　ごみを　捨（す）てる（　　　）！」

１　な　　２　し　　３　が　　４　を

3　彼（かれ）は　病院（びょういん）に　行（い）き　（　　　）　ない。

１　たがり　　２　たがら　　３　たがる　　４　たがれ

4　私（わたし）が　パソコンの　使（つか）い方（かた）に　ついて　ご説明（せつめい）　（　　　）。

１　ございます　　２　なさいます　　３　いたします　　４　くださいます

5　ちょっと　道（みち）を　（　　　）　します。

１　ご聞（き）き　　２　お聞（き）き　　３　お聞（き）く　　４　ご聞（き）く

6　この本（ほん）は　面白（おもしろ）かったので　一日（いちにち）で　読（よ）んで　（　　　）。

１　いった　　２　いました　　３　ませんか　　４　しまった

7　暗（くら）く　なって　きたから　そろそろ　（　　　）。

１　帰（かえ）った　　２　帰（かえ）って　いる　　３　帰（かえ）ろう　　４　帰（かえ）らない

8 太郎(たろう)「花子(はなこ)さんは　テニスを　する　ことが　（　　　）。」
花子(はなこ)「はい。できますよ。」

1　できますか　　2　できました　　3　できますよ　　4　好(す)きですか

9 その　魚(さかな)は　焼(や)かないで　（　　　）　食(た)べられますか。

1　それほど　　2　そのまま　　3　それまま　　4　それでも

10 試合(しあい)に　勝(か)つ　ためには　もっと　練習(れんしゅう)　（　　　）。

1　しては　いけない
2　した　ことが　ある
3　する　ことが　できる
4　しなければ　ならない

11 お祝(いわ)いに、部長(ぶちょう)から　ネクタイを　（　　　）。

1　いただきました
2　くださいました
3　さしあげました
4　させられました

12 A「どうか　しましたか。」
B「何(なに)か　いい　においい（　　　）します。」

1　の　　2　を　　3　が　　4　に

13 なにが　（　　　）　私(わたし)たちは　友(とも)だちです。

1　あったら　　2　あっても　　3　あってから　　4　あっては

14 （神社(じんじゃ)で）
鈴木(すずき)「山本(やまもと)さんの　お母(かあ)さんの　病気(びょうき)が　早(はや)く　治(なお)る（　　　）、お祈(いの)りをして　行(い)きましょう。」
山本(やまもと)「ありがとう。」

1　ように　　2　ままに　　3　そうで　　4　けれど

15 お久(ひさ)しぶりです。お元気(げんき)　（　　　）ね。

1　ならば　　2　すぎる　　3　そうに　　4　そうです

もんだい２　＿★＿に　入る　ものは　どれですか。１・２・３・４から　いちばん　いい　ものを　一つ　えらんで　ください。

（問題例）

A「＿＿＿　＿＿＿　＿★＿　＿＿＿　か。」

B「はい、だいすきです。」

１　すき　　２　ケーキ　　３　は　　４　です

（答え方）

1.　正しい　文を　作ります。

A「＿＿＿＿　＿＿＿＿　＿★＿＿　＿＿＿＿か。」 ２ ケーキ　３ は　１ すき　４ です B「はい、だいすきです。」

2.　＿★＿に　入る　番号を　黒く　塗ります。

（解答用紙）

（例）	● ② ③ ④

16　A「風が　強く　なりましたね。」

B「そうですね。　＿＿＿　＿＿＿　＿★＿　＿＿＿　ね。」

１　くるかも　　２　台風が　　３　です　　４　しれない

17　学生「日本の　お米は　＿＿＿　＿＿＿　＿★＿　＿＿＿　いるのですか。」

先生「九州から　北海道まで、どこでも　生産して　います。」

１　て　　２　どこ　　３　作られ　　４　で

18 A「日本語(にほんご)の　どんな　ところが　むずかしいですか。」

B「外国人(がいこくじん)には　＿＿＿　＿＿＿　＿★＿　＿＿＿　ので、そこが　いちばん　むずかしいです。」

1 言葉(ことば)が　　2 発音(はつおん)　　3 ある　　4 しにくい

19 A「あした　山(やま)に　いきますか。」

B「はい、その　つもりですが、＿＿＿　＿＿＿　＿★＿　＿＿＿　行(い)きません。」

1 ふっ　　2 が　　3 たら　　4 雨(あめ)

20 A「そろそろ　さくらが　さきそうですね。」

B「はい。＿＿＿　＿＿＿　＿★＿　＿＿＿　でしょう。」

1 もう　　2 さき　　3 すぐ　　4 だす

もんだい3 21 から 25 に 何を 入れますか。文章（ぶんしょう）の 意味（いみ）を 考（かんが）えて、1・2・3・4から いちばん いい ものを 一つ えらんで ください。

下（した）の 文章（ぶんしょう）は、友（とも）だちを しょうかいする 作文（さくぶん）です。

わたしの 友（とも）だちに 吉田（よしだ）くん 21 人（ひと）が います。吉田（よしだ）くんは 高校（こうこう）の ときから、走（はし）ることが 大好（だいす）きでした。じゅぎょうが 終（お）わると、いつも 一人（ひとり）で 学校（がっこう）の まわりを 何回（なんかい）も 走（はし）って いました。22 吉田（よしだ）くんも、今（いま）は 大学生（だいがくせい）に なりましたが、今（いま）でも 毎日（まいにち） 家（いえ）の 近所（きんじょ）を 走（はし）って いるそうです。

吉田（よしだ）くんは、少（すこ）し 遠（とお）くの スーパーに 行（い）くときも、バスに 23 、走（はし）って 行（い）きます。それで、わたしは 「吉田（よしだ）くんは なぜ バスに 乗（の）らないの？」と 24 。すると かれは、「ぼくは、バスより 早（はや）く スーパーに 25 。バスは 何回（なんかい）も ＊バス停（てい）に 止（と）まるけど、ぼくは とちゅうで 止（と）まらないからね。」と 言（い）いました。

＊バス停（てい）：客（きゃく）が乗（の）ったり降（お）りたりするためにバスが止（と）まるところ。

21

1 が　　2 らしい　　3 と いう　　4 と いった

22

1 どんな　　2 あんな　　3 そんな　　4 どうも

23

1 乗（の）らずに　　2 乗（の）っては

3 乗（の）っても　　4 乗（の）るなら

24

1 聞(き)かれ　ました　　2 聞(き)く　つもりです

3 聞(き)いて　あげました　　4 聞(き)いて　みました

25

1 着(つ)かなければ　ならないんだ

2 着(つ)く　ことが　できるんだ

3 着(つ)いても　いいらしいんだ

4 着(つ)く　はずが　ないんだ

もんだい4　つぎの (1) から (4) の文章を読んで、質問に答えてください。答えは、1・2・3・4から、いちばんいいものを一つえらんでください。

(1)

小田さんの机の上に、このメモが置いてあります。

> 小田さん
>
> P工業の本田部長さんより電話がありました。
> 3時にお会いする約束になっているので、いま、こちらに向かっているが、事故のために電車が止まっているので、着くのが少しおくれるということです。
>
> 中山

26　中山さんは小田さんに、どんなことを伝えようとしていますか。

1　中山さんは、今日は来られないということ
2　本田さんは、事故でけがをしたということ
3　中山さんは、予定より早く着くということ
4　本田さんは、予定よりもおそく着くということ

(2)

スーパーのエスカレーターの前に、次の注意が書いてあります。

エスカレーターに乗るときの注意

◆ 黄色い線の内がわに立って乗ってください。

◆ エスカレーターの手すり*を持って乗ってください。

◆ 小さい子どもは、真ん中に乗せてください。

◆ ゴムのくつをはいている人は、とくに注意してください。

◆ 顔や手をエスカレーターの外に出して乗ると、たいへん危険です。決して、しないようにしてください。

*手すり：エスカレーターについている、手で持つところ

27 この注意から、エスカレーターについてわかることは何ですか。

1 黄色い線より内がわに立つと、あぶないということ

2 ゴムのくつをはいて乗ってはいけないということ

3 エスカレーターから顔を出すのは、あぶないということ

4 子どもを真ん中に乗せるのは、あぶないということ

(3)

これは、大学に行っているふみやくんにお母さん届いたメールです。

ふみや

千葉のおじさんから、家に電話がありました。おじいさんの具合が悪くなったので、急に入院することになったそうです。

おじさんはいま、病院にいます。

千葉市の海岸病院の8階に、なるべく早く来てほしいということです。

わたしもこれからすぐに病院に行きます。

母

---

28 ふみやくんは、どうすればよいですか。

1 すぐに、一人でおじさんの家に行きます。

2 おじさんに電話して、二人で病院に行きます。

3 すぐに、一人で海岸病院に行きます。

4 お母さんに電話して、いっしょに海岸病院に行きます。

(4)

はるかさんは、小さなコンビニでアルバイトをしています。レジでは、お金をいただいておつりをわたしたり、お客さんが買ったものをふくろに入れたりします。また、お店のそうじをしたり、品物をたなにならべることもあります。最初のうちは、レジのうちかたをまちがえたり、品物をどのようにふくろに入れたらよいかわからなかったりして、失敗したこともありました。しかし、最近は、いろいろな仕事にも慣れ、むずかしい仕事をさせられるようになってきました。

29 はるかさんの仕事ではないものはどれですか。

1 銀行にお金を取りに行きます。

2 お客さんの買ったものをふくろに入れます。

3 品物を売り場にならべます。

4 お客さんからお金をいただいたりおつりをわたしたりします。

もんだい５　つぎの文章を読んで、質問に答えてください。答えは、１・２・３・４から、いちばんいいものを一つえらんでください。

僕は①字を読むことが趣味です。朝は、食事をしたあと、紅茶を飲みながら新聞を読みますし、夜もベッドの中で本や雑誌を読むのが習慣です。中でも、僕が一番好きなのは小説を読むことです。

最近、②おもしろい小説を読みました。貿易会社に勤めている男の人が、自分の家を出て会社に向かうときのことを書いた話です。その人は、僕と同じ、普通の市民です。しかし、その人が会社に向かう間に、いろいろなことが起こります。動物園までの道を聞かれて案内したり、落ちていた指輪を拾って交番に届けたり、男の子と会って遊んだりします。そんなことをしているうちに、夕方になってしまいました。そこで、その人はとうとう会社に行かずに、そのまま家に帰ってきてしまうというお話です。

僕は「③こんな生活も楽しいだろうな」と思い、妻にこの小説のことを話しました。すると、彼女は「そうね。でも、④小説はやはり小説よ。ほんとうにそんなことをしたら会社を辞めさせられてしまうわ。」と言いました。僕は、なるほど、そうかもしれない、と思いました。

30　①字を読むことの中で、「僕」が一番好きなのはどんなことですか。

1　新聞を読むこと
2　まんがを読むこと
3　雑誌を読むこと
4　小説を読むこと

31　②おもしろい小説は、どんな時のことを書いた小説ですか。

1　男の人が、自分の家を出て会社に向かう間のこと
2　男の人が、ある人を動物園に案内するまでのこと
3　男の人が、出会った男の子と遊んだ時のこと
4　男の人が会社で働いている時のこと

32 ③こんな生活とは、どんな生活ですか。

1　会社で遊んでいられる生活
2　一日中外で遊んでいられる生活
3　時間や決まりを守らないでいい生活
4　夕方早く、会社から家に帰れる生活

33 ④小説はやはり小説とは、どのようなことですか。

1　まんがのようにたのしいということ
2　小説の中でしかできないということ
3　小説の中ではできないということ
4　小説は読む方がよいということ

もんだい６　つぎのページの「Melon カードの買い方」という駅の案内を見て、下の質問に答えてください。答えは、１・２・３・４から、いちばんいいものを一つえらんでください。

34　「Melon カード」は、どんなカードですか。

1　銀行で、お金をおろすときに使うカード
2　さいふをあけなくても、買い物ができるカード
3　タッチするだけで、どこのバスにでも乗れるカード
4　毎回、きっぷを買わなくても電車に乗れるカード

35　ヤンさんのお母さんが、日本に遊びにきました。町を見物するために 1,000 円の「Melon カード」を買おうと思います。駅にある機械で買う場合、最初にどうしますか。

1　機械にお金を 1,000 円入れる。
2　「きっぷを買う」をえらぶ。
3　「Melon を買う」をえらぶ。
4　「チャージ」をえらぶ。

Melonカードの買い方

1.「Melon カード」は、さきにお金をはらって（チャージして）おくと、毎回、電車のきっぷを買う必要がないという、便利なカードです。
2. 改札*を入るときと出るとき、かいさつ機にさわる（タッチする）だけで、きっぷを買わなくても、電車に乗ることができます。
3.「Melon カード」は、駅にある機械か、駅の窓口*で、買うことができます。
4. はじめて機械で「Melon カード」を買うには、次のようにします。

①「Melon を買う」をえらぶ。 ⇒ ②「新しく『Melon カード』を買う」をえらぶ。

Melon を買う	チャージ
きっぷを買う	定期券を買う

「My Melon」を買う
チャージ
新しく「Melon カード」を買う

③ 何円分買うかをえらぶ。 ⇒ ④ お金を入れる。

1,000 円	2,000 円
3,000 円	5,000 円

⑤「Melon カード」が出てくる。

＊改札：電車の乗り場に入ったり出たりするときに切符を調べるところ
＊窓口：駅や銀行などの、客の用を聞くところ

T6-1 ～ 6-9

もんだい 1

もんだい 1 では、まず　しつもんを　聞(き)いて　ください。それから　話(はなし)を　聞(き)いて、もんだいようしの　1 から 4 の　中(なか)から、いちばん　いい　ものを　一(ひと)つ　えらんで　ください。

れい

1　月曜日(げつようび)
2　火曜日(かようび)
3　水曜日(すいようび)
4　金曜日(きんようび)

1ばん

1　漢字（かんじ）

2　英語（えいご）

3　地理（ちり）

4　数学（すうがく）

2ばん

1　あした

2　あさって

3　3日後（かご）

4　いっしゅうかん後（ご）

3ばん

1　レポートを　20部　コピーし、すぐに会議室の　準備も　する

2　レポートを　20部　コピーして　名古屋に　20部　送る

3　レポートを　20部　コピーして　名古屋に　15部　送る

4　レポートを　20部　コピーして　名古屋に　5部　送る

4ばん

1

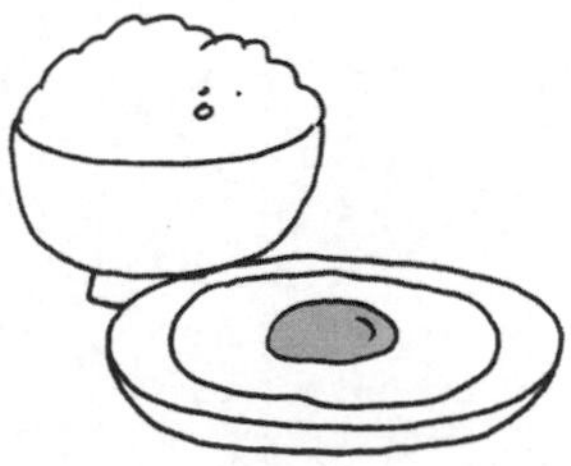

2

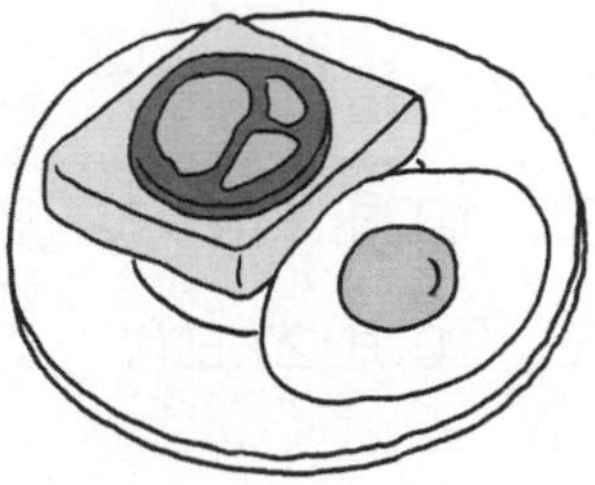

3

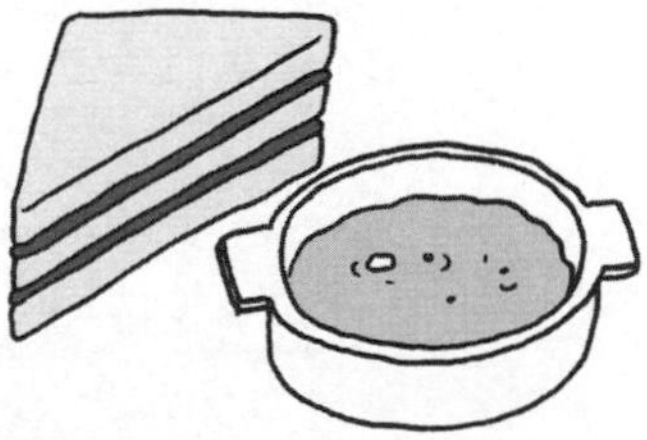

4

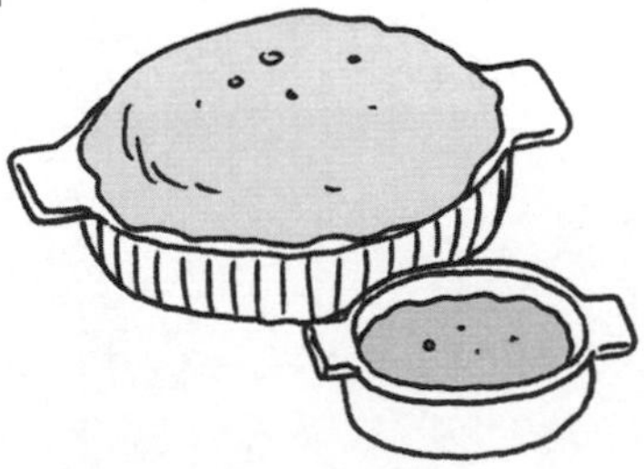

5ばん

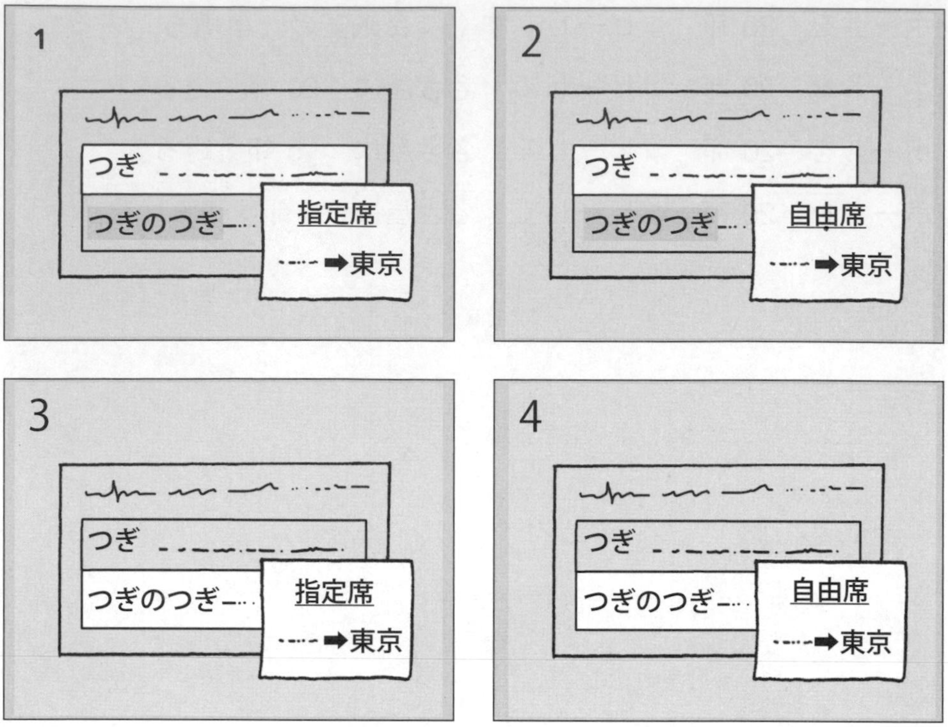

6ばん

1　予約(よやく)なしで、9月(がつ)10日(か)に　店(みせ)に　行(い)く

2　予約(よやく)なしで、9月(がつ)20日(か)に　店(みせ)に　行(い)く

3　予約(よやく)して、10月(がつ)10日(か)に　店(みせ)に　行(い)く

4　予約(よやく)して、10月(がつ)20日(か)に　店(みせ)に　行(い)く

7ばん

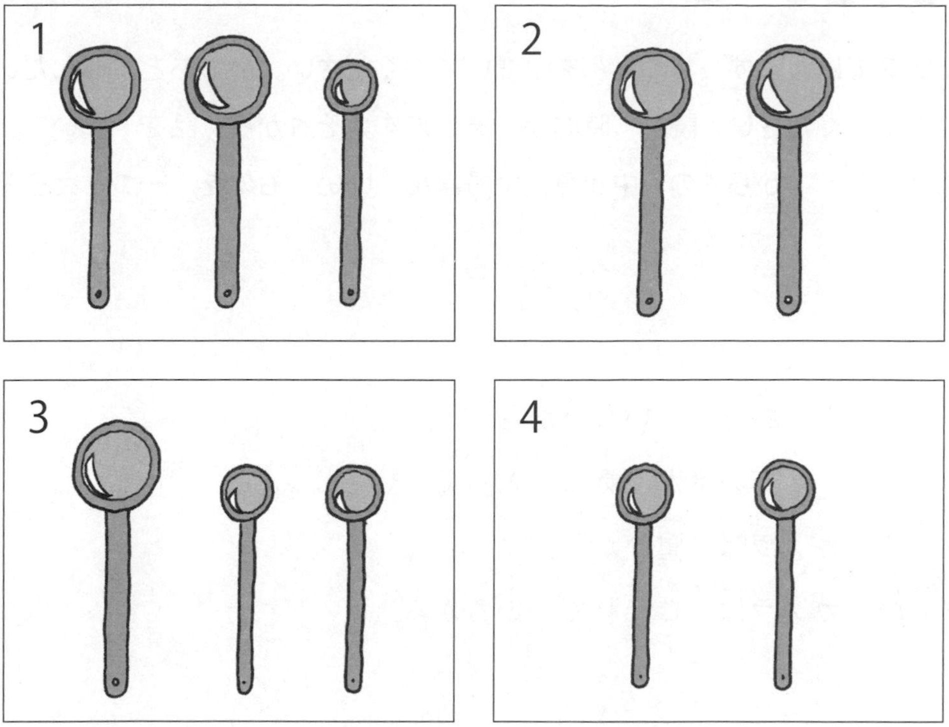

8ばん

1　ホテルの　係(かかり)の　人(ひと)に　伝(つた)える

2　ホテルに　電話(でんわ)する

3　木下(きのした)さんに　電話(でんわ)する

4　何(なに)も　しない

もんだい２

T6-10～6-17

もんだい２では、まず　しつもんを　聞いて　ください。そのあと、もんだいようしを　見て　ください。読む　時間が　あります。それから　話を　聞いて、もんだいようしの　１から４の　中から、いちばん　いい　ものを　一つ　えらんで　ください。

れい

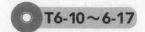

1　デジカメを　持って　いないから
2　女の人の　デジカメが　気に　入って　いるから
3　自分の　カメラは　重いから
4　自分の　カメラは　こわれて　いるから

1ばん

1　えき

2　みなと

3　アメリカ

4　ひこうじょう

2ばん

1　彼氏（かれし）

2　父（ちち）

3　「ぼく」

4　ともだち

3ばん

1　新聞社（しんぶんしゃ）

2　スーパー

3　本屋（ほんや）

4　食堂（しょくどう）

4ばん

1　10月（がつ）20日（か）

2　11月（がつ）20日（か）

3　9月（がつ）20日（か）

4　9月（がつ）2日（か）

5ばん

1　テレビを　見(み)て　まつ

2　ざっしを　よんで　まつ

3　はみがきを　して　まつ

4　まんがを　よんで　まつ

6ばん

1　じんじゃの　しゃしん

2　女(おんな)の　人(ひと)が　おどって　いる　しゃしん

3　男(おとこ)の　人(ひと)が　おどって　いる　しゃしん

4　たこやきの　しゃしん

7ばん

1 明日（あした）の 2時（じ）から

2 あさっての 2時（じ）から

3 あさっての 9時（じ）から

4 あさっての 10時（じ）から

もんだい３

もんだい３では、えを　見ながら　しつもんを　聞いて　ください。

➡（やじるし）の　人は　何と　言いますか。１から３の　中から、いちばん　いい　ものを　一つ　えらんで　ください。

れい

1ばん

2ばん

3ばん

4ばん

5ばん

もんだい４

T6-24～6-32

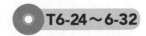

もんだい４では、えなどが　ありません。まず　ぶんを　聞(き)いて　ください。それから、そのへんじを　聞(き)いて、１から３の　中(なか)から、いちばん　いい　ものを　一(ひと)つ　えらんで　ください。

— メモ —

聴解スクリプト

（M：男性　F：女性）

N4 模擬試験　第一回

問題 1

例

男の人と近所の女の人が話しています。男の人は、燃えるごみを次にいつ出しますか。

M：すみません。おととい引っ越してきたんですが、ごみの出し方を教えてください。

F：ここでは、ごみを出すのは、１週間に３回です。月曜日と水曜日と金曜日です。

M：きょうは火曜日だから、明日、燃えるごみを出すことができますね。

F：いいえ。明日は、燃えないごみを出す日です。燃えるごみは出すことができません。

M：燃えるごみを出す日は、いつですか。

F：月曜日と金曜日です。

M：ああ、そうですか。では、間違えないように出します。

男の人は、燃えるごみを次にいつ出しますか。

1 番

イギリスに留学している男の大学生と、日本にいるお母さんが、電話で話しています。男の大学生は、お母さんに何を買って帰りますか。

M：お正月は日本に帰るけど、おみやげは何がいい？

F：健の元気な顔が見られたら、それだけでいいよ。

M：そんなこと言わないで。そうだ、暖かいセーターにしようかな。

F：いいね。でも、そっちの服は高いんでしょう？

M：大丈夫。アルバイトをしてお金をためたから。それから、手袋も買っていくよ。

F：それじゃ、ほんとにセーターはいいよ。お金は大切にしなくちゃ。

M：わかった。じゃあ、セーターはやめるよ。

男の大学生は、お母さんに何を買って帰りますか。

2番

女の人と男の人が話しています。女の人はどの部屋に行きますか。

F：川田さんのお宅にうかがいたいのですが、たしか、このアパートですよね。
M：そうです。このアパートの２階です。
F：ここから２階の窓が見えますが、あの中のどの部屋ですか。
M：ほら、あの、角から２軒目の、カーテンが開いている部屋です。
F：服が干してある部屋ですか。
M：いえ、左から２軒目ではなく、右から２軒目の、木が植えてある部屋ですよ。

女の人はどの部屋に行きますか。

3番

男の学生と女の学生が話しています。女の学生は、卒業式にどんな格好で行きますか。

M：中山さんは、卒業式には何を着て行くの？
F：今、考えているの。おばあちゃんがお祝いにお金をくれたから、それで、着物を買おうかと思ってるの。
M：ふうん。でも、着物は卒業式の後、あんまり着る機会がないと思うけど。ぼくは、前に買った黒いスーツにしようと思ってるんだ。赤いネクタイも持ってるしね。
F：じゃあ、私も前に買った青いワンピースにしようかな。お祝いのお金は貯金することにしよう。

女の学生は、卒業式にどんな格好で行きますか。

4番

男の子とお母さんが話しています。お母さんは、明日、何時に男の子を起こさなければなりませんか。

M：明日、５時８分の電車に乗るんだから、４時半に起こしてね。
F：学校に集まるのは６時でしょう？うちから学校までは30分ぐらいなんだから、早すぎるんじゃないの？
M：朝、早い時間は電車が少ないんだよ。５時８分の次の電車は５時35分なんだ。それだと、遅くなるよ。
F：わかった。必ずおこしてあげるね。

お母さんは、明日、何時に男の子を起こさなければなりませんか。

5番

大学で男の人と女の人が話しています。女の人は本をどうしますか。

M：田中先生見なかった？

F：田中先生なら、授業のあと研究室に戻られましたよ。どうして？

M：この本、レポートを書くために田中先生に借りたんだけど、もう書いてしまったから返そうと思って。

F：あ、私、ちょうど田中先生の研究室に行くところだけど。

M：じゃ、悪いけど、この本、田中先生に返してくれる？

F：いいですよ。私もまだレポート書いてないから、この本借りようかな。

M：そうすればいい。すごく役に立ったよ。

女の人は本をどうしますか。

6番

家で女の人と男の人が話しています。二人は子どもに何を習わせますか。

F：実に、そろそろなにか習わせたいと思うんだけど、どうかな。

M：いいね。この辺は少年サッカーチームが強いから、そこに入れようか。

F：サッカーチームに入れると、土曜日はいつも私が実を送っていかなければならないから、ちょっとそれは無理。

M：じゃあ、スイミングスクールはどう？駅前にスクールがあったよね。駅前までなら、一人でも行かせられるし。

F：そうね、水泳はいいかもしれない。でも、ピアノも習わせたいな。英語もこれから役に立ちそうだし。

M：そんなにいくつもやらせないで、まず、水泳だけにしようよ。体が一番大切だから。

F：それもそうね。

二人は子どもに何を習わせますか。

7番

女の人と男の人が話しています。男の人は、どうしますか。

F：あれ、田中さん、どうしたの？目が赤いね。

M：外から帰ってくると、目がかゆいんだよ。

F：花粉症かもしれないね。いつから？去年は大丈夫だったよね。

M：今年から急になんだ。

F：眼鏡をかけると、いいらしいよ。でも、まずは医者に行って、花粉症かほかの目の病気か、診てもらったほうがいいよ。

M：そうだね。そうするよ。

男の人は、どうしますか。

8番

女の人と男の人が、車の中で話しています。男の人は、車を止めるために、まず、どこに行きますか。

F：私、この先のデパートに買い物に行きたいの。デパートの駐車場に車を止めてくれる？

M：でも、デパートの駐車場は、この前もいっぱいで止められなかったよ。

F：じゃあ、50 メートルぐらい先の角にある駐車場はどう？

M：ああ、でも、あの駐車場は料金がすごく高いんだよ。公園のそばの駐車場じゃだめ？

F：公園は遠いでしょう。あんまり遠い所はいやだな。

M：わかった、わかった。まずデパートの駐車場に行ってみて、いっぱいだったら角の駐車場にしよう。

男の人は、車を止めるために、まず、どこに行きますか。

問題２

例

男の人と女の人が話しています。男の人は、どうしてカメラを借りるのですか。

M：来週の日曜日、きみの持っているカメラを貸してくれるかい。

F：いいですよ。でも、先輩はすごくいいカメラを持っているでしょう。あのカメラ、壊れたんですか。

M：いや、あのカメラはとてもよく撮れるんだけど、重いんだよ。日曜日はたくさん歩くから、荷物は軽くしたいんだ。

F：そうなんですか。わかりました。どうぞ使ってください。

男の人は、どうしてカメラを借りるのですか。

1番

学校の食堂で、女の学生と男の学生が話しています。男の学生は、お昼に何を食べますか。

F：田中君、どうしたの。真面目な顔をして。何か考えてるの？

M：いや、考えているんじゃないよ。ハンバーグができるのを待っているところだよ。

F：なんだ、そうか。向こうの人が食べている天ぷらが食べたいのかと思った。

M：たしかに、あの天ぷら、おいしそうだね。

F：私は、今日はカレーライスだったよ。

M：ああ、ここ、カレーライスもおいしいよね。

男の学生は、お昼に何を食べますか。

2番

女の人と店の人が話しています。女の人は、全部でいくら払いましたか。

F：このりんごおいしそうね。いくら？

M：安いよ。3個で300円だ。

F：じゃあ、それを2個ください。2個だから200円ね。はい、200円。

M：あ、お客さん、これ3個で300円だけど、1個は120円だから、2個だと240円なんだ。3個買うほうが安いよ。

F：えっ、そうなの。でも、一人で3個は食べられないし、1個でいいです。

M：はーい。

女の人は、全部でいくら払いましたか。

3番

家で男の子がお母さんに話をしています。友達のひろし君は何組になりましたか。

M：今日から新しいクラスになったよ。ぼくはB組になった。

F：好きな友達と同じクラスになった？

M：こういち君はA組だし、ゆうすけ君はD組。

F：あら、残念ね。ひろし君は？

M：ひろし君は、こういち君と同じクラス。でも、たかし君とともゆき君は僕と同じB組だから、よかったよ。

F：そうね。

友達のひろし君は何組になりましたか。

4番

おばあさんと男の子が話しています。男の子は、どうして奈良に行きたいですか。

F：もうすぐ春休みね。どこかへ旅行に行くの？

M：うん、奈良に行きたいと思っているんだ。

F：ああ、春の奈良は桜がきれいでしょうね。

M：桜もいいけど、それより、見たいお寺があるんだ。

F：そう。奈良は歴史の勉強にもなるから、いってらっしゃい。

男の子は、どうして奈良に行きたいですか。

5番

男の人と女の人が話しています。女の人は、旅行中、何をしていましたか。

M：これ、先週、旅行したときの写真なの？

F：ええ、東京よりもだいぶ寒かったけれど、とてもいい景色でした。

M：夏の間は、観光客が多いらしいけれど、今ごろはずっと減るんだろう？寂しくなかった？

F：いいえ。ゆっくりできました。

M：一人でいろいろな所に行ってみたの？

F：あまり遠くまでは出かけませんでした。泊まったホテルの庭で絵を描いたりしていたんです。

M：それもすてきだね。

女の人は、旅行中、何をしていましたか。

6番

天気予報を聞いています。今度の金曜日の東京の天気は、どうだと言っていますか。

F：今週１週間の天気予報をお伝えします。東京は、明日の月曜日から水曜日までは、雨ときどき曇りです。木曜日と金曜日は晴れますが、木曜日は風が強く、また金曜日は夜から雨が降り出すでしょう。しかしその雨も長くは続かずに、土曜日と日曜日は晴れて、いい天気になるでしょう。

今度の金曜日の東京の天気は、どうだと言っていますか。

7番

女の高校生と男の高校生が話しています。女の高校生は将来何になりたいですか。

F：先輩は、将来どんな仕事がしたいですか。

M：そうだね。子どものときは電車の運転手になりたかったな。

F：私は、ピアノを習っていたから、音楽の先生になりたいと思っていました。今は看護師になろうと思っています。

M：そうか。僕は小学校の先生になりたいな。子どもが好きだし、両親も小学校の先生だから。

女の高校生は将来何になりたいですか。

問題3

例

出された食べ物の食べ方がわかりません。何と言いますか。

F：1. これは、どのようにして食べるのですか。

2. これは食べられますか。

3. これを食べますか。

1番

料理をもっと食べるように言われましたが、もうおなかがいっぱいです。何と言いますか。

F：1. おなかが痛くなるので、もういいです。

2. おなかがいっぱいなので、もうけっこうです。

3. もういやになるほどたくさん食べました。

2番

今日、退院します。看護師さんに何と言いますか。

M：1. じゃあ、これで帰ります。

2. 退院、おめでとうございます。

3. どうもお世話になりました。

3番

お客様に、お父さんが、今、家にいないことを伝えます。何と言いますか。

F：1. 父はただ今出かけております。

2. 父が何時に帰るか、分かりません。

3. 父はどこかに行ってしまいました。

4番

旅行のおみやげをおばさんにわたします。何と言いますか。

F：1. おみやげ、ほしいですか。

2. 旅行のおみやげです。どうぞ。

3. おみやげ、いただきました。

5番

先生の声が小さくて聞こえません。先生に何と言いますか。

M：1. すみませんが、ずいぶん大きい声で話してください。

2. すみませんが、もっと大きい声で話していいですか。

3. すみませんが、もう少し大きい声で話してください。

問題4

例

F：もう朝ご飯はすみましたか。

M：1. いいえ、これからです。

2. はい、まだです。

3. はい、すみません。

1番

F：けがをしたところはまだ痛いですか。

M：1. もう大丈夫です。
　2. きっと痛くないです。
　3. たぶん痛いです。

2番

M：向こうに着いたら、はがきをくださいね。

F：1. はがきを楽しみにしています。
　2. はい、きっと出します。
　3. はい、たぶん出すかもしれません。

3番

F：あなたのクラスには、生徒が何人くらいいますか。

M：1. けっこう多くないです。
　2. 去年よりだいぶ少なくなりました。
　3. 30人ぐらいです。

4番

M：夏休みはどんな予定ですか。

F：1. 国に帰るつもりです。
　2. 忙しいですか。
　3. どうしますか。

5番

F：パンは、何個ずつもらっていいですか。

M：1. 全部で16個あります。
　2. 一人2個ずつです。
　3. 今日のお弁当にします。

6番

F：お茶でもいかがですか。

M：1. どうぞ召し上がってください。
   2. コーヒーでもいいです。
   3. ありがとうございます。いただきます。

7番

F：ねえ、散歩しない？

M：1. うん、散歩しない。
   2. ううん、するよ。
   3. そうだね、しよう。

8番

F：休みの日は、どうしていますか。

M：1. どうするか、まだ決めていません。
   2. ゆっくり休んでいます。
   3. 田舎へ行きました。

N4 模擬試験　第二回

（此回合例題參照第一回合例題）

問題 1

1番

駅で男の人と女の人が話しています。二人は何で卒業式の会場に行きますか。

M：予定より遅くなったな。卒業式が始まるまで、あと 20 分だよ。歩いたら間に合わないかもしれない。

F：駅から卒業式の会場まで行くバスがあるらしいよ。それで行けば 5 分で着くそうだけど……、ああ、でも次のバスが出るのは 10 分後だ。

M：じゃ、タクシーに乗ろう。

F：でも、タクシーはお金が高いからやめよう。

M：二人で乗るんだから、一人分は、バス代よりちょっと高くなるだけだよ。

F：そうだね。あ、ちょうどタクシーが来た。

二人は何で卒業式の会場に行きますか。

2番

男の人と女の人が話しています。男の人は、明日何時に女の人の家に迎えに行きますか。

M：明日、先生のお宅に12時にうかがう約束だよね。君の家に何時に迎えに行こうか。

F：そうね。うちから地下鉄の駅まで歩いて10分、それから先生のお宅までだいたい40分かかるから、11時でいいんじゃないかな。

M：でも、先生のお宅には初めてうかがうんだから、家を探すのに時間がかかるかもしれないよ。だから、10時半頃行くよ。

F：では、待っています。

男の人は、明日何時に女の人の家に迎えに行きますか。

3番

デパートで、女の子とお父さんが話しています。女の子はどのプレゼントを選びますか。

F：お父さん、お母さんの誕生日のプレゼントに、これを買おうと思うんだけど、どう？

M：え、こんないいハンドバッグを買うなんて、夏美、そんなにお金持ってるの？

F：お父さんにも少しお金を出してもらいたいと思って、いっしょに来てもらったのよ。

M：だめだよ。夏美からお母さんへのプレゼントなんだから、自分で買いなさい。ハンカチとか、いろいろあるだろう？

F：去年もハンカチだったし、お母さんバッグが喜びそうなのよ。

M：ほら、このバラの絵のついたバッグなら、そんなに高くないよ。

F：そうね。

女の子はどのプレゼントを選びますか。

4番

男の人と女の客が話しています。男の人はどうしますか。

M：こんにちは。外は暑かったでしょう。今、冷房をつけますね。

F：ありがとうございます。でも、大丈夫です。今、風邪をひいていますし、冷房は好きではありませんので。

M：そうですか。では、冷たい飲み物を差し上げましょう。オレンジジュースがいいですか。りんごジュースがいいですか。

F：あのう、すみませんが、熱いお茶をいただけますか。

M：わかりました。

男の人はどうしますか。

5番

男の人と女の人が、店で椅子を選んでいます。男の人は、どの椅子を買いますか。

M：この椅子、足を乗せる台がついていて、座りやすいようだね。

F：ほんとね。でも、大きすぎると思う。うちの部屋に置いたらほかに何も置けないよ。

M：じゃあ、こっちは？寝ながらテレビが見られるよ。

F：こっちは、もっと大きいでしょう。あなたがこれに寝たら、私はどこに座るの。やっぱり、一人用の椅子を二つ買いましょうよ。

M：そうだね。

男の人は、どの椅子を買いますか。

6番

女の人と男の人が話しています。二人は、いつ旅行をしますか。

F：桜がきれいな所に旅行に行かない？

M：いいね。来週の土曜日と日曜日はどう？

F：3月の29日・30日か……。そのころは学校が春休みだから、どこも人がいっぱいでしょうね。

M：でも、桜を見るんだったらなるべく早く行ったほうがいいと思う。

F：北の方なら4月に入ってからでも咲いているよ。4月12日・13日はどう？

M：12日の土曜日はゴルフの約束があるんだ。もう1週間遅くして、19日・20日にしよう。

F：それでもいいけど、たまには休みをとって、18日の金曜日から３日間行こうよ。

M：わかった。そうしよう。

二人は、いつ旅行をしますか。

7番

会社で、部長が女の人に話しています。女の人は弁当を何人分用意しますか。

M：今日の会議は、会社からは私のほか８名が出席、ほかの会社からお客様が４人いらっしゃるので、この用紙をコピーしておいてください。

F：わかりました。出席者のつくえの上に、コピーを置いておきます。

M：それから、会議は午後まで続くから、お弁当も用意しておいてください。

F：はい、会議に参加する12人のお弁当を用意しておきます。

M：弁当は僕のも忘れないでくださいね。

F：あ、そうですね。わかりました。

女の人は弁当を何人分用意しますか。

8番

男の人と女の人が話しています。男の人は、ベッドをどこに置きますか。

M：ベッドは、どこに置きますか。

F：壁につけてください。

M：こうですね？

F：いえ、窓の方が頭になるようにしてください。

M：分かりました。本棚は、どうしますか。

F：ベッドの足の方に置きます。丸い小さなテーブルと椅子は、部屋の真ん中に置いてください。

男の人は、ベッドをどこに置きますか。

問題２

１番

女の学生と男の学生が話しています。中田さんのかさは何色ですか。

Ｆ：昨日、中田さんがかさがないと言って探していたけど、知らない？

Ｍ：忘れ物を置く所に、赤いかさと黒いかさと青いかさが１本ずつあったよ。

Ｆ：ああ、きっと、その赤いかさが中田さんのよ。

Ｍ：そう。今日も、午後から雨が降りそうだから、すぐに教えてあげるといいね。

Ｆ：そうします。

中田さんのかさは何色ですか。

２番

高校生が卒業した先輩と話しています。先輩は、どうして小学校の先生になりたいですか。

Ｆ：田中さんはこの高校を卒業したあと、先生になるための大学に行ったのですね。小さいときから将来は先生になると決めていたのですか。

Ｍ：小さいときにはお医者さんになりたかったです。

Ｆ：では、なぜ、先生になると決めたのですか。

Ｍ：母も小学校の先生をしていますので、母の生徒たちがときどき家に遊びにくるのです。その子どもたちがとてもかわいいので、先生になろうと決めました。

Ｆ：では、卒業されたら小学校の先生ですね。

Ｍ：そうですね。それが一番なりたいものです。

先輩は、どうして小学校の先生になりたいですか。

３番

男の人と女の人が話しています。女の人は、友達と何時に約束しますか。

Ｍ：あおいデパートの展覧会には、もう行きましたか。

Ｆ：ああ、写真の展覧会ですね。まだ行っていません。今度の土曜日に、友達と一緒に行く予定です。

Ｍ：人が多いので、なるべく午前中に行った方がゆっくり見ることができますよ。

Ｆ：そうですか。友達と午後２時に約束していたんだけど、じゃあ、10時にします。

M：そのほうがいいと思いますよ。

女の人は、友達と何時に約束しますか。

4番

店員と女の人が話しています。店員がしてはいけないと言っているのはどんなことですか。

M：このテーブル、いかがですか。とても丈夫ですよ。

F：うちの子は、テーブルの上に乗ったりするのですが、大丈夫ですか。

M：はい、大丈夫です。このテーブルは、大人が乗ってもこわれません。

F：テーブルに鉛筆で絵をかいたりしますが、消すことはできますか。

M：はい、大丈夫です。ただ、熱いものをのせるのはだめですよ。

F：じゃ、これにしよう。

店員がしてはいけないと言っているのはどんなことですか。

5番

医者と男の人が話しています。男の人はどんなことに気をつけなければならないですか。

F：だいぶよくなりましたね。もう、普通の食事にしても大丈夫ですよ。

M：魚や肉も食べていいですか。

F：食べていいですよ。野菜もたくさん食べてください。しかし、一つ気をつけなければならないのは、お塩のとり過ぎです。

M：わかりました。塩をとり過ぎないように気をつけます。

F：お薬はしばらく続けてくださいね。1か月たったら、また、来てください。お薬をだしますから。

男の人はどんなことに気をつけなければならないですか。

6番

男の高校生と女の高校生が話しています。女の高校生のお弁当を作ったのはだれですか。

M：わあ、おいしそうなお弁当だね。君が作ったの？

F：私じゃないよ。こんなお弁当を作れたらいいけど。

M：じゃ、お母さん？

F：いつもは母が作ってくれるんだけど、今、風邪をひいているから、今日は、朝ご飯は私が作って、お弁当はおばあさんが作ってくれたの。

M：へえ、料理が上手だね。

F：私も、母とおばあさんに料理を習って、自分のお弁当は自分で作るようにしたいと思っているの。

女の高校生のお弁当を作ったのはだれですか。

7番

男の人と女の人が話しています。壁にかかっている絵は誰がかいたのですか。

M：いい絵ですね。有名な人の絵ですか。

F：いえ、いえ。家の者がかいた絵ですよ。

M：奥様でないとすると、ご主人ですか。

F：二人とも絵は好きですが、これは、子どもがかいたのです。

M：えっ、小学生の娘さんが？

F：いいえ、一番下の５歳の息子です。

M：ええっ、それはすごい。

壁にかかっている絵は誰がかいたのですか。

問題３

1番

友達の家に電話したら、お母さんが出ました。友達をよんでほしいです。何と言いますか。

F：1. 萌さん、いますか。

2. 萌を出してよ。

3. 萌は？

2番

医者に、おなかが痛いことを伝えます。何と言いますか。

F：1. おなかが痛かった。

2. おなかが痛いです。

3. おなかに痛みです。

3番

ぼうし売り場で、お母さんが子どものぼうしを選んで持ってきました。子どもに何と言いますか。

F：1. このぼうしを着てみましょう。
2. このぼうしをかざってみましょう。
3. このぼうしをかぶってみましょう。

4番

まちがったところに電話をかけてしまいました。何と言いますか。

F：1. すみません、まちがえました。
2. すみません、番号が変わりました。
3. すみません、どなたですか。

5番

先生にはさみを借りたいです。何と言いますか。

M：1. 先生、はさみ。
2. 先生、はさみを借りてください。
3. 先生、はさみを貸してください。

問題4

1番

F：お母さんはいつごろ家に帰られますか。

M：1. 午後4時には戻ります。
2. 午後4時から帰ります。
3. 午後4時までいます。

2番

M：旅行は楽しかったかい。

F：1. 1週間でした。
　2. ええ、とても。
　3. とても楽しみです。

3番

F：お元気でしたか。

M：1. これからもがんばりましょう。
　2. お元気でしたら何よりです。
　3. 1週間ほど入院しましたが、もう、大丈夫です。

4番

M：あの人はどなたですか。

F：1. この会社の社長です。
　2. すばらしい人ですよ。
　3. 今年72歳だそうです。

5番

F：ふう、重いなあ。

M：1. 手伝わせましょうか。
　2. 荷物、お持ちしましょうか。
　3. 荷物、持たれてください。

6番

F：無理するなって、言っただろう。

M：1. だから、そう言いました。
　2. 無理を言ってすみません。
　3. でも、仕方がなかったのです。

7番

F：いったいどのくらい食べたの？

M：1. うん、すごくうまかった。
2. いっしょに食べようよ。
3. カレーライスをお皿に３杯。

8番

F：今、ちょっとよろしいですか。

M：1. どうぞよろしく。
2. はい、何でしょうか。
3. ありがとうございます。

N4 模擬試験　第三回

（此回合例題參照第一回合例題）

問題 1

1番

男の人と女の人が話しています。男の人は、何を持って出かけますか。

M：カーテンは閉めておきましょうか。
F：暗くならないうちに帰るので、カーテンは開けたままでいいですよ。
M：暖房は、消しますか。
F：もちろん、そうしてください。お金は私が持っています。
M：店の場所を知らないんですが、ご存じですか。
F：いいえ。初めて行く所なので、知りません。
M：そうですか。じゃ、僕、地図を持って行きます。鍵は持ちましたか。
F：はい。ドアは私が閉めていきます。

男の人は、何を持って出かけますか。

2番

車の横で、女の人と男の人が話しています。女の人は何をしますか。

F：私が運転しましょうか。

M：いや、途中で代わってもらうかもしれないけど、しばらく僕が運転するよ。君は、後ろの席で子どもたちの世話をして。寝ていてもいいよ。

F：子どもたち、もう寝ちゃった。

M：じゃ、君も後ろの座席で寝ていったら。

F：全然眠くない。

M：えーっと、地図は持ったかな。

F：そうだ、今日行くところは初めてのところだから、私、前の席で案内するね。

女の人は何をしますか。

3番

部屋で兄と妹が話しています。兄はどうしますか。

F：お兄ちゃん、テレビ消してくれない？

M：え、どうして。これから大好きな番組が始まるところだよ。

F：うるさくて勉強ができないよ。明日、テストなのに。

M：勉強なら自分の部屋でやれよ。

F：私の部屋は暖房が壊れて寒いの。だからお兄ちゃん、自分の部屋でテレビ見てよ。お兄ちゃんの部屋は、暖房あるんだから。

M：しかたないな。じゃ、そうするか。

兄はどうしますか。

4番

お母さんが子どもに電話をしています。お母さんは何を買って帰りますか。

F：もしもし、光ちゃん？今、スーパーにいるんだけど、お昼に何か買って帰りましょうか。

M：うん、買ってきて。僕、おなかがすいたよ。パンがいいな。

F：どんなパン？甘いのがいい？甘くないのがいい？

M：甘くないのがいいな。

F：じゃ、サンドイッチにする？

M：そうだなあ。それより、ハンバーグが入っている丸いのがいいな。それを２個ね。

F：はい、はい。じゃ、買ったらすぐ帰ります。

M：あ、それから飲み物もお願い。コーヒーじゃなくて紅茶がいいな。

F：はーい。

お母さんは何を買って帰りますか。

5番

母親と大学生の息子が話しています。息子は今日、何時に出かけますか。

F：あら、今日は朝から授業がある日でしょう？

M：うん、火曜日は９時から授業があるよ。

F：じゃあ、早く出かけないと遅れるよ。大学まで30分はかかるでしょ？

M：でも今日の講義は、先生が病気だからお休みなんだ。

F：そう、じゃあ、今日は午後から出かけるのね。３時からまた別の講義があると言っていたから。

M：うん。でもね、12時に大学の食堂でリカちゃんと会う約束なんだよ。

F：まあ。

息子は今日、何時に出かけますか。

6番

パーティー会場で男の人と女の人が話しています。男の人は、どの人にあいさつしますか。

M：きみ、Ａ社の社長の谷口さんを知っているそうだね？ごあいさつしたいんだけど、どの人？

F：あそこのテーブルにいらっしゃいますよ。ほら、黒い上着を着ている人ですよ。

M：ひげがある人？

F：いえ、あの人じゃありません。えーと、もっと左のほうの眼鏡をかけている人です。

M：ああ、わかった。やさしそうな人だね。じゃ、あいさつしてくるよ。

F：はい。いってらっしゃい。

男の人は、どの人にあいさつしますか。

7番

女の人と男の人が話しています。男の人はいつ、なんという歯医者に行きますか。

F：下田さん、朝早くどちらへいらっしゃるのですか。

M：歯医者さんです。昨日から歯が痛いので、今度新しくできた山中という歯医者に行ってみようと思っているのです。

F：ああ、その歯医者さんでしたら、駅のそばですが、月曜日は午後からですよ。今日は月曜日ですよ。

M：えっ、困ったな。家の近くの大月という歯医者は、予約をしておかないとだめなんですよ。今すぐに電話をしても、来週にならないと予約が取れないのです。

F：では、明日まで待って山中さんに行ったらどうですか。

M：明日までは、痛くて待てません。そうだ、午前中待って、午後行くことにしよう。

男の人はいつ、なんという歯医者に行きますか。

8番

レストランで客がお店の人と話しています。お店の人はどうしますか。

F：すみません。

M：はい。お食事がお済みになりましたら最後にケーキはいかがですか。おいしいケーキがございますよ。

F：いえ、もう今日はおなかいっぱいです。お水をもらえますか。

M：コーヒーや紅茶もございますが。

F：いえ、薬を飲むためのお水がほしいんです。

M：失礼しました。ただいまお持ちいたします。

お店の人はどうしますか。

問題2

1番

女の学生と男の学生が話しています。男の学生は、今日何時間勉強しますか。

F：何を考えているの。心配そうな顔をして。

M：明日、テストだろう。まだ、全然勉強してないんだ。

F：あら、大変！どうするつもり？

M：これから家に帰ると３時には着くだろう。６時まで勉強して、それから、夕御飯を食べてしばらく休み、７時半からまた、２時間勉強。30分テレビを見て夜中の１時まで勉強すれば、なんとかなるだろう。

F：ま、がんばってね。

男の学生は、今日何時間勉強しますか。

２番

スーパーでアルバイトをしている女の学生が、自分の仕事について話しています。女の学生は、どんなときにうれしいと言っていますか。

F：私は、スーパーでアルバイトをしています。レジで、品物のお金をいただいたり、おつりをわたしたりする仕事です。はじめのうちは、並んでいるお客様に「遅いよ」と叱られました。でも、時々「ありがとう」とお礼を言われます。そんなときは、とてもうれしいです。

女の学生は、どんなときにうれしいと言っていますか。

３番

母親と男の子が話しています。男の子は、何になりたいですか。

F：譲は、大人になったら何になりたい？

M：お医者さんになりたい。

F：お医者さんになるには、しっかり勉強しなくてはならないよ。

M：ふーん。じゃ、やめた。ケーキ屋さんになるよ。ケーキが大好きだから。

F：ケーキばかり食べていたら太るし、それに歯が悪くなるよ。

M：いいよ、僕、歯医者さんと結婚するから。

F：まあ！

男の子は、何になりたいですか。

４番

学校で、男の学生と女の学生が話しています。男の学生は何を家に忘れたのですか。

M：あ、しまった！これからちょっと家に帰ってくるよ。

F：もう授業が始まるよ。何か忘れ物でもしたの？

M：そうなんだ。一番大切なもの。

F：あ、宿題のレポートを持ってくるのを忘れたのね。

M：レポートは、まだ書いてないよ。携帯電話。

F：えー、それが一番大切なものなの？レポートは２番？

M：２番はお弁当とお箸だよ。

男の学生は何を家に忘れたのですか。

5番

電話で、男の人と飛行機の会社の女の人が話しています。男の人は何時の飛行機を予約しましたか。

M：もしもし、明日、東京から熊本まで行きたいのですが、何時の飛行機がありますか。

F：はい。午前と午後、どちらがいいですか。

M：午後がいいです。

F：午後ですと、1時20分、2時45分、4時50分がありますね。それから少し遅くなって、6時と７時、8時に1本ずつありますが、この３本は今のところ、空いていません。

M：そうですか。それでは、4時50分のをお願いします。

F：はい、ありがとうございます。1枚でよろしいですね。

M：はい。1枚、お願いします。

男の人は何時の飛行機を予約しましたか。

6番

先生が学生に説明しています。山に持っていかなくていいものは何ですか。

M：明日は山登りです。いい天気になりそうですね。

F：では、傘は持っていかなくていいですね。

M：いえ、山の天気は変わりやすいので、傘は必要です。

F：お弁当と飲み物、傘、それと地図を持っていくといいですね。

M：あ、お昼は、途中の店で食べることにしていますので、お弁当はいりません。飲み物やお菓子などは、持っていくといいですね。

山に持っていかなくていいものは何ですか。

7番

男の人と女の人が話しています。女の人の新しいアパートはどれですか。

M：引っ越したんですか。

F：そうなんです。

M：ふうん、どうして？海が見えていい景色だったし、駅にも近かったのに。

F：ええ、駅に近くて、私が会社に通うのには便利だったのですが、今度、娘が小学校に入学するので、学校が近いほうがいいと思って。

M：今度のアパートは、小学校まで近いの？

F：5分ほどです。アパートの前の大通りを2、3分歩いて右に曲がるとすぐ左側なんです。

M：そう。いいアパートを見つけたね。

女の人の新しいアパートはどれですか。

問題3

1番

シャツを売っていた店を知りたいです。何と言いますか。

F：1. かわいいシャツね。どこで買ったの。

2. かわいいシャツね。どこで売ったの。

3. かわいいシャツね。なんで買ったの。

2番

小学生が漢字を読めるのに驚いています。何と言いますか。

F：1. 小学生なのに、そんな漢字も読めないの？

2. 小学生なのに、そんな漢字を読めるの？

3. 小学生でも、そんな漢字ぐらい読めるね？

3番

入院している人をお見舞いに行きました。何と言いますか。

M：1. こちらこそ、失礼します。

2. もう帰りますか。

3. お体の具合はいかがですか。

4番

何か助けることはないか聞きます。何と言いますか。

F：1. 何かお手伝いすることはありませんか。
　　2. 何かお助けください。
　　3. 助けることができますよ。

5番

冷房を止めてほしいです。何と言いますか。

F：1. 冷房をつけないでください。
　　2. 冷房はほしいですか。
　　3. 冷房をとめていただけますか。

問題4

1番

F：どちらにいらっしゃるのですか。

M：1. 友達の家に行ってきます。
　　2. いってらっしゃい。
　　3. 大丈夫ですよ。

2番

M：国に帰ったら何がしたいですか。

F：1. 来月帰るつもりです。
　　2. 友達と会いたいです。
　　3. 友達が待っています。

3番

F：あなたはいつ今の家に引っ越したのですか。

M：1. ３か月(げつ)あとです。

2. なかなか住(す)みやすい所(ところ)です。

3. ２年前(ねんまえ)です。

4番

M：大学(だいがく)には何(なん)で通(かよ)っていますか。

F：1. 地下鉄(ちかてつ)です。

2. 歩(ある)くと遠(とお)いです。

3. 経済学(けいざいがく)です。

5番

F：この犬(いぬ)は何(なに)が好(す)きですか。

M：1. 妹(いもうと)です。

2. 肉(にく)が好(す)きです。

3. 弟(おとうと)は猫(ねこ)が好(す)きです。

6番

F：冷(つめ)たいコーヒーと熱(あつ)いコーヒーのどちらがいいですか。

M：1. どうぞお飲(の)みください。

2. コーヒーをください。

3. 熱(あつ)いほうがいいです。

7番

F：あ、川俣君(かわまたくん)、こんにちは。どこに行(い)くの？

M：1. 映画(えいが)に行(い)っているところだよ。

2. 映画(えいが)に行(い)ったところ、おもしろかったよ。

3. 映画(えいが)に行(い)くところだよ。

8番

F：風邪はもうよくなりましたか。

M：1. いいえ、よくなりました。
2. おかげさまでよくなりました。
3. なかなかよくなりました。

N4 模擬試験　第四回

（此回合例題參照第一回合例題）

問題 1

1番

女の人とおじいさんが話しています。おじいさんはどんな服で出かけますか。

F：おはよう。今日はいい天気ね。

M：おはよう。ほんとに春のようだね。友達に会うからもうすぐ出かけるけど、今日は冬のコートがいらないくらいだね。何を着ていこう。

F：この前の日曜日に着ていた青いシャツはどう？

M：でも、あれだけでは、少し寒いと思うよ。帰りは夕方になるし。そうだ、あのシャツの上にセーターを着ていこう。

F：ネクタイはしないの？

M：うん、昔からの友達だからね。

おじいさんはどんな服で出かけますか。

2番

男の人と女の人が話しています。女の人は、番号をどう直しますか。

M：すみませんが、5 ページの番号を直していただけますか。

F：はい。5 ページには 4175 と書いてありますが、まちがっているのですか。

M：はい。正しい番号は 4715 なのです。

F：えっ、4517？

M：いいえ、4715 です。

F：ああ、1 と 7 がちがうのですね。

M：はい、そうです。お願いします。

女の人は、番号をどう直しますか。

3番

女の子が家に来たお客さんと話しています。女の子は、お客さんに何を出しますか。

F：母はもうすぐ戻りますので、しばらくお待ちください。コーヒーか紅茶はいかがですか。

M：それでは、紅茶をお願いします。

F：ちょうどおいしいケーキがありますが、いっしょにいかがですか。

M：ありがとう。飲み物だけでけっこうです。

F：わかりました。暑いので、冷たいものをお持ちします。

女の子は、お客さんに何を出しますか。

4番

お母さんが電話で家にいる男の子と話しています。男の子はお父さんに何をしてあげますか。

F：翔太？お母さんだけど、お父さんはもう仕事から帰ってきた？

M：うん、15 分ぐらい前に。

F：そう。翔ちゃん、お風呂の用意をしてあげてね。

M：うん、お父さん、もうお風呂に入ってるよ。

F：あ、そう。お母さんはあと 30 分くらいで家に帰るから、夕ご飯はちょっと待っててね。

M：わかった。あ、お父さん、もうお風呂から上がってお酒飲もうとしているよ。

F：あらあら。じゃあ、冷蔵庫におつまみがあるから、出してあげて。

男の子はお父さんに何をしてあげますか。

5番

女の人と男の人が話しています。女の人はアパートの名前をどう書きますか。

F：横田さんにはがきを出したいんだけど、住所、わかりますか。引っ越したんですよね。

M：うん。でも、前の家の近くだそうだよ。今まで2丁目に住んでいたけど、3丁目に移ったんだ。3丁目1の12だよ。

F：そうですか。アパートの名前はなんというのですか。

M：「みなみおおやまアパート」というそうだよ。「みなみ」は、ひがし・にし・みなみ・きたのみなみ。「おおやま」は、大きい山と書くんだ。

F：ああ、わかりました。こうですね。

M：それは、「みなみ」ではなくて「ひがし」でしょう。

F：あ、そうか。

M：そこの203号室ね。

女の人はアパートの名前をどう書きますか。

6番

女の人と男の人が話しています。二人は何日から何日まで旅行に行きますか。

F：旅行、いつから行くことにしますか。あなたの会社のお休みはいつから？

M：今月の18日から27日までだよ。

F：私は20日から1週間。

M：3日間くらい、どこか涼しいところに行こうよ。

F：そうしましょう。土曜日と日曜日は旅行のお金が高いからやめましょうよ。

M：そうだね。21日は土曜日だから、じゃあ、次の月曜日から水曜日までにしよう。

F：そうしましょう。

二人は何日から何日まで旅行に行きますか。

7番

食堂で女の人と係の人が話しています。女の人は何色と何色の紙を取りますか。

F：食事はしないで、飲み物だけ飲みたいのですが、いいですか。

M：はい。飲み物だけのかたは青の紙を、食事をするかたは赤の紙を取ってお待ちください。おタバコはお吸いになりますか。

F：いいえ、吸いません。

M：禁煙席は白の紙ですので、白の紙を取ってお持ちください。お呼びしますので、しばらくお待ちください。

F：この黄色の紙はなんですか。

M：それは喫煙席のためのものです。

女の人は何色と何色の紙を取りますか。

8番

駅前で、警官が女の人と話しています。女の人は、どこに駐車しますか。

M：そこには駐車できません。別な場所に駐車してください。

F：そうですか。近くに駐車場はありますか。

M：少し遠いですが、駅を出て大通りを北の方にまっすぐ行くと、左に郵便局があります。その郵便局の駐車場は、無料ですよ。

F：ああ、でも、私は、駅の南側に用事があるのです。

M：では、この大通りを南に進み、右に曲がってしばらく行くと、左にテニスコートがあります。その隣に駐車場があります。やはり、無料です。

F：わかりました。ありがとうございます。

女の人は、どこに駐車しますか。

問題２

1番

女の人と男の人が話しています。女の人は、はがきを何枚用意しますか。

F：引っ越したので、新しい住所を知らせるはがきを出そうと思うの。

M：それがいいね。何枚ぐらい必要なの？

F：友達に 50 枚出したいの。ほかに、仕事でお世話になっている人に 40 枚。

M：書くときに失敗するかもしれないから、10 枚ぐらい多く用意したら？

F：そうね。そうします。

女の人は、はがきを何枚用意しますか。

2番

男の人と女の人が話しています。男の人は１週間に何時間ピアノの練習をしますか。

M：先月からピアノを習いはじめたんだ。

F：そうなの。毎日仕事で忙しいのに、いつ練習しているの？

M：毎週水曜日に 30 分は練習すると決めている。土曜日にも 1 時間、日曜日には 2 時間くらい練習しているよ。

F：すごい。いつか聞かせてほしいな。

M：うまくなったらぜひ聞いてもらいたいな。

F：うん、ぜひ。

男の人は 1 週間に何時間ピアノの練習をしますか。

3番

学校で、先生と男の学生が話しています。男の学生が書いたものが読みにくいのはどうしてですか。

F：田代くん、昨日渡した紙に必要なことを書いて持ってきてくれた？

M：はい、書いてきました。これでいいですか。

F：ああ、ちょっと読みにくいな。

M：すみません。ぼく、字が汚くて。

F：いや、それはいいんだけど、消すところを消しゴムできれいに消してないから。

M：それでは、ボールペンで書き直して持ってきましょうか。

F：そうね。そうしてくれる？

男の学生が書いたものが読みにくいのはどうしてですか。

4番

男の人が電話で女の人と話しています。男の人は、何時のバスに乗りますか。

M：今、駅前でバスを待っているところです。

F：何番乗り場で待っていますか。

M：5 番乗り場です。このバスはお宅の家の近くに行くのですよね。

F：そうですが、5 番乗り場のバスは 30 分おきにしか出ません。2 番乗り場のバスに乗ってください。2 番乗り場のバスは、10 分おきに出ていますから。

M：わかりました。今、12 時 15 分ですが、あと、3 分ほどしたら出るようです。

男の人は、何時のバスに乗りますか。

5番

女の人と男の人が話しています。展覧会で、絵の説明があるのは日曜日の何時からですか。

F：絵の展覧会、どうだった？

M：なかなかよかったよ。

F：そうなの。私もぜひ行きたいな。

M：日曜日は２時から、金曜日は４時から、案内の人が絵の説明をしてくれるそうだよ。

F：ああ、そう。今週は日曜日なら行けそうだけれど、人が多いかも。

M：そうそう、金曜日は夜８時までやっているらしいよ。仕事の後で行ったらどう？

F：ちょっと無理だな。やっぱり日曜日に行く。絵の説明も聞きたいし。

展覧会で、絵の説明があるのは日曜日の何時からですか。

6番

女の人がホテルに着いてからのことを説明しています。朝ご飯は何時から何時まで、どこで食べられますか。

F：今日はこのあとホテルに戻ります。夕飯は6時から9時までです。10階に大きなお風呂があります。夜の11時まで自由に入ることができます。お風呂に入って、ゆっくり休んでください。明日は9時にホテルを出て、バスで神社とお寺を回ります。朝ご飯は６時から８時半まで、２階の食堂で自由に食べてください。朝ご飯をすませて、８時55分にはホテルの１階に集まってください。

朝ご飯は何時から何時まで、どこで食べられますか。

7番

女の人と男の人が話しています。男の人は何の話をしますか。

F：山田さん、今日の講義は大勢の人の前で話をするんですよね。

M：そうなんだよ。いつもの学生たちのほかに研究室の留学生も来るから、興味をもってもらえそうなことを話したいんだ。

F：どんな話をするか、もう決めているの？

M：平仮名について話をしようと思ってるんだけど、どうだろう。

F：おもしろそうね。平仮名は、中国から入ってきた漢字から日本で作られたものだから、私も前から興味があったのよ。

男の人は何の話をしますか。

問題3

1番

友達の家で出されたお昼ご飯がとてもおいしかったです。何と言いますか。

F：1. いただきます。

2. ごちそうさまでした。

3. どうぞ召し上がってください。

2番

約束の時間より遅れて着きました。何と言いますか。

F：1. もうしばらくお待ちください。

2. お待たせして、すみませんでした。

3. もし遅れたら、失礼です。

3番

自分で作ったお菓子をお客様に出します。何と言いますか。

F：1. どうぞ召し上がってみてください。

2. おいしくないですが、食べてください。

3. おいしいかどうか、食べられてみてください。

4番

お店の棚の上にあるかばんを見たいと思います。何と言いますか。

F：1. あのかばんをご覧になってください。

2. あのかばんを見せてはどうですか。

3. あのかばんを見せていただきたいのですが。

5番

先生の家に行っていましたが、夕方になったので帰ります。先生に何と言いますか。

M：1. ようこそ、いらっしゃいました。
2. そろそろ、失礼いたします。
3. どうぞよろしくお願いします。

問題4

1番

F：昨日は急に休んでどうしたのですか。

M：1. はい、ありがとうございます。
2. 頭が痛かったのです。
3. あまり行きたくありません。

2番

M：そろそろ出かけましょう。

F：1. どうして行かないのですか。
2. いいえ、まだ誰も来ません。
3. では、急いで準備をします。

3番

F：今年はいつお花見に行く予定ですか。

M：1. 去年行きました。
2. まだ決めていません。
3. 私は朝が一番好きです。

4番

M：あなたに会えてとてもうれしいです。

F：1. どういたしまして。
2. 私も同じ気持ちです。
3. いつになるか、まだわかりません。

5番

F：お正月(しょうがつ)は何(なに)をしていましたか。

M：1. 家(いえ)で家族(かぞく)とテレビを見(み)ていました。
　　2. 友人(ゆうじん)と一緒(いっしょ)にいたいです。
　　3. 木村(きむら)さんが行(い)ったはずです。

6番

M：どうぞこの部屋(へや)をお使(つか)いください。

F：1. どうしてなのかはわかりません。
　　2. どちらでもかまいません。
　　3. ご親切(しんせつ)にありがとうございます。

7番

F：このお菓子(かし)は食(た)べたことがありますか。

M：1. いいえ、甘(あま)い物(もの)はあまり食(た)べません。
　　2. はい、食(た)べ過(す)ぎではないと思(おも)います。
　　3. もう結構(けっこう)です。十分(じゅうぶん)いただきました。

8番

F：テストのことが心配(しんぱい)ですか。

M：1. はい。あなたのおかげです。
　　2. いいえ。一生懸命(いっしょうけんめい)にやりましたので。
　　3. あなたも心配(しんぱい)ですか。

N4 模擬試験　第五回

（此回合例題參照第一回合例題）

問題 1

1番

えきまえ　おんなひと　おとこひと　はな　　　　　おんなひと　なん　びじゅつかん　い

駅前で、女の人と男の人が話しています。女の人は、何で美術館に行きますか。

F：すみませんが、美術館に行くには、どうしたらよいでしょうか。

M：いくつか行き方がありますよ。まず、この駅から電車に乗り、次の駅で降りてバスに乗ると美術館の前に着きます。または、この駅前から、タクシーで行くこともできますよ。

F：お金をあまり使いたくないのです。

M：じゃあ、信号のところまで歩いて、そこから美術館行きのバスに乗るといいですよ。

F：そうですか。ここから美術館まで歩くと、どのくらい時間がかかりますか。

M：30 分ぐらいかかります。美術館への地図はありますよ。

F：ああ、じゃあ、地図を見ながら行きます。ありがとうございました。

おんなひと　なん　びじゅつかん　い

女の人は、何で美術館に行きますか。

2番

かいしゃ　おとこひと　おんなひと　はな　　　　　ふたり　　　　　ひる　はん　た

会社で、男の人と女の人が話しています。二人は、どこで昼ご飯を食べますか。

M：12 時だ。昼ご飯を食べに会社のそばの店に行こうよ。

F：どこの店も、今いっぱいだから時間がかかるよ。それに、午後すぐにお客さんが来るそうだから、1 時には会社に戻らなければならないし。

M：そうか。じゃあ、会社の食堂で食べる？ 食堂だとお茶もあるよ。

F：会社の食堂も今が一番人が多いと思う。この部屋でお弁当を食べようよ。

M：そうだね。じゃあ、ぼくがお弁当とお茶を買ってくるよ。

F：お願いします。

ふたり　　　　　ひる　はん　た

二人は、どこで昼ご飯を食べますか。

3番

おとこひと　おんなひと　　　りょこう　じゅんび　　　　　おとこひと　じぶん　　　　なにい

男の人と女の人が、旅行の準備をしています。男の人は、自分のかばんに何を入れますか。

M：おばさんへのおみやげは、僕のかばんに入れておくよ。

F：ああ、おみやげは紙で包んで、私のかばんに入れますので、そのままそこに置いてください。
それより、地図やそこのお菓子を全部、あなたのかばんに入れてくださいね。

M：でも、お菓子を全部入れると、僕のかばんはいっぱいになってしまうよ。

F：そうね。では、お菓子はいいです。私が持っていきます。

M：わかった。じゃあ、僕のかばんには、薄い本も1冊入れられるね。

男の人は、自分のかばんに何を入れますか。

4番

女の人が店の人と話しています。女の人はどれを買いますか。

F：パソコンは、このタイプのものだけですか。

M：ここはデスクトップパソコンだけですが、他のタイプもありますよ。

F：ノートパソコンはありますか。

M：はい。ノートパソコンは、隣の棚にあります。バーゲンをしていて、特売品もたくさんありますよ。

F：特売品で日本のものもありますか。

M：はい。これがそうです。使いやすいですよ。ちょっと、使ってみてください。

F：ああ、ほんとうに使いやすいです。値段も安いですね。じゃあ、これにしよう。

女の人はどれを買いますか。

5番

大学で、女の学生と男の学生が話しています。男の学生は、このあと何をしますか。

F：午後から教室でテストの勉強をしたいな。

M：ええと、ちょっと待って。今日は図書館で、経済学についての勉強会が12時からあるよ。

F：あ、そうか。その勉強会は夕方からにできないかな。

M：大丈夫だと思う。ほかの人も夕方からのほうがいいって言っていたから。

F：よかった。じゃあ、みんなに連絡します。

M：あ、それはぼくがメールで連絡しておくよ。勉強会が始まる時間が決まったら、また君にも
連絡するよ。

F：じゃあ、私は教室でテストの勉強をしています。連絡のメールをお願いね。

M：わかった。

男の学生は、このあと何をしますか。

6番

会社で、男の人と女の人が話しています。男の人は、会議のために部屋をどうしておきますか。

M：会議には７人出席するから、椅子は七つ用意しておこう。
F：ええ。でも、会議の途中で、また何人か来ると思いますよ。
M：そうか。じゃあ、テーブルは真ん中に一つ置いて、周りに椅子を九つ並べておこう。
F：並べておく椅子は七つでいいと思います。あとの二つは部屋のすみに置いておきましょう。
M：わかった。じゃあ、そうしよう。

男の人は、会議のために部屋をどうしておきますか。

7番

図書館で、男の学生と女の学生が話しています。女の学生は、CDをどうしますか。

M：野村くんを見なかった？
F：野村くん？今日は見てないけど、どうしたの？
M：このCDは野村くんに借りたものだから、返したいんだけど、僕はもう帰らなくてはならないんだ。
F：明日返したら？
M：今日、使いたいって言っていたんだ。
F：ああ、そうだ。野村くんなら、午後の授業で会うよ。
M：それなら、悪いけど、このCDを渡してもらえる？
F：いいよ。

女の学生は、CDをどうしますか。

8番

駅前で男の人と女の人が話しています。女の人はどこに自転車をとめますか。

M：そこには自転車をとめないでください。
F：ああ、すみません。では、どこにとめるといいのですか。
M：この通りをまっすぐ行くと、右に大きなスーパーが見えますね。その角を右に曲がると左側に自転車をとめる所がありますので、そこにとめてください。
F：はい、わかりました。ありがとうございます。

女の人はどこに自転車をとめますか。

問題2

1番

男^{おとこ}の人^{ひと}と女^{おんな}の人^{ひと}が話^{はな}しています。二人^{ふたり}が食事^{しょくじ}を予約^{よやく}したのは、何^{なん}のお店^{みせ}ですか。

M：どこだろう。お店^{みせ}は確^{たし}か、坂^{さか}の上^{うえ}だと聞^きいたんだけどな。

F：坂^{さか}の上^{うえ}には、ステーキのお店^{みせ}とハンバーグのお店^{みせ}だけよ。予約^{よやく}した天^{てん}ぷらのお店^{みせ}はないわ。

M：ええと、坂^{さか}を間違^{まちが}えたかもしれない。右側^{みぎがわ}ではなく、左側^{ひだりがわ}の坂^{さか}を上^あがっていくのかもしれない。

F：では、行^いってみましょう。

M：ああ、やっぱり左側^{ひだりがわ}だった。お店^{みせ}が見^みえてきたよ。

二人^{ふたり}が予約^{よやく}したのは、何^{なん}のお店^{みせ}ですか。

2番

コンサート会場^{かいじょう}で、女^{おんな}の人^{ひと}と男^{おとこ}の人^{ひと}が話^{はな}しています。二人^{ふたり}の席^{せき}は前^{まえ}から何番目^{なんばんめ}ですか。

F：大^{おお}きな会場^{かいじょう}ですね。私^{わたし}たちの席^{せき}はどこでしょう。

M：ええっと、前^{まえ}から1番目^{ばんめ}だね。

F：違^{ちが}います、これは「1」じゃなくて「I」ですよ。「A」が1番目^{ばんめ}です。

M：ああ、そうか。じゃあ、前^{まえ}から何番目^{なんばんめ}だろう……。ああ、ここだね。

F：9番目^{ばんめ}だから、1番目^{ばんめ}より見^みやすそうですね。

M：うん。それに、20と21だから、真^まん中^{なか}だ。

二人^{ふたり}の席^{せき}は前^{まえ}から何番目^{なんばんめ}ですか。

3番

家^{いえ}で女^{おんな}の人^{ひと}と男^{おとこ}の人^{ひと}が話^{はな}しています。この家^{いえ}にヘルパーは何時^{なんじ}に来^きますか。

F：きょうはヘルパーの中村^{なかむら}さんが来^くる日^ひだから、中村^{なかむら}さんが来^きたら私^{わたし}は出^でかけるつもりよ。

M：中村^{なかむら}さんは、午後^{ごご}に来^くると言^いっていたね。

F：そうなの。確^{たし}か、1時^じに来^くるはずよ。今日^{きょう}は、私^{わたし}、法律事務所^{ほうりつじむしょ}にちょっと行^いってきます。2時^じから用事^{ようじ}があるの。あなたは、そろそろ会社^{かいしゃ}に行^いく時間^{じかん}でしょう。10時^じから会議^{かいぎ}よね。

M：ああ、そうだね。おばあさんは、けさは元気^{げんき}だから安心^{あんしん}だね。

F：ええ、朝^{あさ}ご飯^{はん}も全部^{ぜんぶ}食^たべましたよ。

M：よかった。では、私は出かけるよ。

この家にヘルパーは何時に来ますか。

4番

事務所で女の人が男の人に話しています。男の人は、何を頼まれましたか。

F：田中さん、今日、新しく入った人の歓迎会をするから、ちょっと買い物をしてきてください。
5,000円渡すから、10人分のお菓子を買ってきてください。

M：お茶はどうしますか。

F：お茶は事務所で用意します。中山さんたちに頼むから、お茶のことは心配しなくていいですよ。

M：はい、わかりました。

男の人は、何を頼まれましたか。

5番

会社で課長が女の人と話しています。課長がこれから訪ねる事務所はどこですか。

M：鈴木さんの事務所は、どこだろう。

F：駅の大通りをまっすぐ行くと、角に交番がありますが、交番の隣の隣のビルの3階です。

M：わかった。交番の隣のビルの3階だね。

F：違いますよ。交番の隣の隣のビルですよ。間違えないでくださいね。

M：ありがとう。では、行ってくるよ。

課長がこれから訪ねる事務所はどこですか。

6番

会社で女の人と社長が話しています。会議は何曜日の何時からですか。

F：社長、来週の金曜日は、神奈川県で会議がある予定です。

M：会議は何時からでした？

F：午後3時からです。会場までは、ここから1時間半かかります。

M：ああ、そう。じゃあ、12時半に出発しよう。途中で、1時間ほど食事をしていくことにするよ。
だから、お昼の用意はいらないよ。

F：わかりました。

会議は何曜日の何時からですか。

7番

男の学生と女の学生が話しています。女の学生は、なぜ韓国に留学したいですか。

M：来年１年間留学するんだって？

F：そうなんです。

M：へえ、どこの国に？

F：韓国です。韓国の家庭においてもらって、そこから大学に通います。アルバイトもしたいと思います。

M：韓国の家庭を見てみたいの？　それとも韓国でアルバイトをしたいの？

F：いえ、韓国語を勉強したいのです。

女の学生は、なぜ韓国に留学したいですか。

問題３

１番

風邪をひいて、早く帰る人がいます。何と言いますか。

F：1. お見舞いされてください。

2. お大事になさってください。

3. お元気をもってください。

２番

長い間、会わなかった友達に会いました。何と言いますか。

F：1. お久しぶりです。

2. 見なかったです。

3. お目にしなかったです。

３番

名前だけ知っていて、初めて会う人がいます。何と言いますか。

F：1. お名前は、聞き上げております。

2. お名前は、お知っております。

3. お名前は、存じ上げております。

4番

新しく知り合いになった人を自分の家によぼうと思います。何と言いますか。

F：1. どんどん、私の家にいらっしゃりください。
2. かならず、私の家に来なさい。
3. ぜひ、私の家においでください。

5番

会場の入り口で客の名前を聞きます。何と言いますか。

M：1. 名前は何かな。
2. お名前は何というのか。
3. お名前は何とおっしゃいますか。

問題4

1番

F：あなたは、どんなパソコンを使っていますか。

M：1. 前のパソコンが使いやすかったです。
2. ノートパソコンです。
3. 友達に借りています。

2番

M：何色の糸を使いますか。

F：1. 太い糸です。
2. 赤です。
3. 絹の糸です。

3番

F：新しい先生は、どんな人ですか。

M：1. 優しそうな人です。
2. おっしゃるとおりです。
3. とても大切です。

4番

M：あなたの隣にいる人はだれですか。

F：1. 友達になりたいです。
2. 父にとても似ています。
3. 小学校からの友達です。

5番

F：塩をどのくらい足しますか。

M：1. ほんの少し足してください。
2. 砂糖も足してください。
3. ゆっくり足してください。

6番

M：その店は、いつ開くのですか。

F：1. 自由にお入りください。
2. 5時にしまります。
3. 朝の10時です。

7番

F：あなたのかばんが私にぶつかりましたよ。

M：1. ああ、そうですか。
2. 失礼しました。
3. お大事に。

8番

F：おなかのどの辺が痛いですか。

M：1. 下^{した}のほうです。

2. とても痛^{いた}いです。

3. 昨日^{きのう}からです。

N4 模擬試験^{エヌ　も　ぎ　し　けん}　第六回^{だいろっかい}

（此回合例題參照第一回合例題）

問題 1

1番

お母^{かあ}さんと中学生^{ちゅうがくせい}の息子^{むすこ}が話^{はな}しています。息子^{むすこ}は、今日^{きょう}、何^{なん}の勉強^{べんきょう}をしますか。

F：明日^{あした}からテストよね。勉強^{べんきょう}しなければならないでしょ。

M：わかってるよ。今始^{いまはじ}めようとしているところだよ。

F：明日^{あした}は何^{なん}のテストなの。

M：英語^{えいご}だけど、英語^{えいご}はもう大丈夫^{だいじょうぶ}なんだ。勉強^{べんきょう}したから。あさっては地理^{ちり}だけど、これも1週間^{しゅうかん}前^{まえ}にやってしまったんだ。

F：明日^{あした}は英語^{えいご}だけなの？

M：ううん、国語^{こくご}のテストもあるんだ。新^{あたら}しく習^{なら}った漢字^{かんじ}、全然覚^{ぜんぜんおぼ}えてないんだよね。

F：それじゃ、早^{はや}くしなさい。

息子^{むすこ}は、今日^{きょう}、何^{なん}の勉強^{べんきょう}をしますか。

2番

病院^{びょういん}で、医者^{いしゃ}と男^{おとこ}の人^{ひと}が話^{はな}しています。男^{おとこ}の人^{ひと}は、次^{つぎ}にいつ病院^{びょういん}に来^きますか。

F：1週間分^{しゅうかんぶん}の薬^{くすり}を出^だします。毎日^{まいにち}、食事^{しょくじ}の後^{あと}に飲^のんでくださいね。

M：次^{つぎ}は、薬^{くすり}がなくなってから来^くるといいですか。

F：いえ。薬^{くすり}とは関係^{かんけい}なく、3日後^{かごご}に来^きてください。検査^{けんさ}をしますから。

M：そうですか。今日^{きょう}の薬^{くすり}はずっと飲^のむのですね。

F：そうです。必^{かなら}ず飲^のんでください。

M：わかりました。ではまた来^きます。

男^{おとこ}の人^{ひと}は、次^{つぎ}にいつ病院^{びょういん}に来^きますか。

3番

事務所で女の人と男の人が話しています。男の人は、これから何をしますか。

F：中井さん、このレポートをコピーして、すぐに名古屋の事務所に送ってください。

M：はい。何部送りますか。

F：20部コピーして、5部だけ送ってください。

M：わかりました。

F：残りの15部は、明日の会議で使います。

M：では、会議室の準備もしておきましょうか。

F：そうですね。でも、会議は明日の午後だから、午前中に準備してくれればいいです。

男の人は、これから何をしますか。

4番

レストランで、男の人と店の人が話しています。店の人は、男の人に何を出しますか。

M：軽い食事がしたいのですが、何かありますか。

F：ご飯がいいですか。パンがいいですか。

M：朝はご飯と卵だったから、パンがいいけど、サンドイッチありますか。

F：はい。ハムサンドイッチと卵サンドイッチのどちらがいいですか。

M：ハムがいいです。スープも付けてください。

店の人は、男の人に何を出しますか。

5番

駅で、女の人と駅の人が話しています。女の人はどのようにして東京駅まで行きますか。

F：東京駅まで座って行きたいのですが、次の電車の指定席はありますか。

M：指定席は、もうありません。

F：じゃあ、自由席で行かなければならないのですね。

M：次の次の電車ならば、指定席を取ることができますよ。

F：次の次の電車は、どのくらい後になりますか。

M：1時間後です。

F：それでは間に合わないから、次の電車に乗ります。いくらですか。

女の人はどのようにして東京駅まで行きますか。

6番

客と店員が話しています。客はノートパソコンを買うためにどうしますか。

F：ノートパソコンの新しくていいのが出たと聞いたんですが。

M：ああ、でも、日本ではまだ売っていませんよ。

F：どのお店でも売っていないのですか。

M：そうです。来月の10日には、ここの店に入ってきます。今日はまだ9月の20日ですからね。

F：ああ、では、今度の10日に、この店に来れば買うことができますね。

M：必ず買うことができるかどうかわかりません。買いたい人がたくさんいますから。予約しておくと買えますよ。

F：わかりました。

客はノートパソコンを買うためにどうしますか。

7番

女の人と男の人が夕飯を作っています。男の人は、みそをどのくらい入れますか。

F：あなたは、みそ汁を作ってくださいね。

M：どうするといいの？

F：あとは、みそを入れるだけですよ。

M：スプーン、二つあるね。どっちを使うの？

F：大きい方で2杯のみそを入れてください。

M：わかった。でも、これだけではちょっと味がうすいかもしれないな。

F：じゃあ､小さい方で1杯のみそを足してください。みそを入れたら火をすぐに止めてくださいね。

M：わかった。

男の人は、みそをどのくらい入れますか。

8番

女の人と男の人が話しています。女の人は、パーティーに欠席することをどのようにして伝えますか。

F：金曜日のパーティーに、急に出席できなくなったんですが、どうするといいですか。

M：それでは、すぐに木下さんに連絡してください。

F：連絡したんですが、誰も電話に出ません。

M：それでは、ホテルに電話をしてください。食べ物を一人分減らしてもらわなければなりませんので。

F：そうですね。あ、帰りにホテルの前を通りますので、係の人に伝えておきます。

M：それがいいですね。

女の人は、パーティーに欠席することをどのようにして伝えますか。

問題２

１番

タクシーの中で運転手と客が話しています。タクシーは、どこへ向かっていますか。

M：駅の近くは、車が多いので、時間がかかりますよ。

F：大丈夫です。時間はありますから。

M：駅の向こうは、広い通りなので、飛行場までまっすぐ行くことができます。お客さんはどちらに行くんですか。

F：アメリカに行きます。

M：それは、いいですね。

タクシーは、どこへ向かっていますか。

２番

男の人と女の人が話しています。女の人にイヤリングをプレゼントしたのは、誰ですか。

M：きれいな石だね。

F：ああ、このイヤリングの石ですか。

M：彼氏からのプレゼント？

F：残念でした。父からのプレゼントなんです。大学卒業の時の贈り物なので大切にしています。父はアクセサリーを作る仕事をしているので、特別な石で作ってもらいました。

M：ああ、そうか。だから、すばらしいんだね。今度、僕も家内へのプレゼントに、頼もうかな。

F：じゃあ、話しておきます。

M：お願いするよ。

女の人にイヤリングをプレゼントしたのは誰ですか。

3番

男の学生と先生が話しています。男の学生は、どこでアルバイトをしたいですか。

M：夏休みにアルバイトをしたいと思っているのですが、何かありませんか。

F：どんな仕事がいいの。

M：できれば将来の仕事に役に立つところがいいと思っています。

F：そう。君は、将来どんな仕事をしたいの。

M：新聞社に勤めたいです。

F：新聞社でアルバイトをしたいという学生は多いから、無理かもしれない。スーパーや本屋なんかはどう？

M：新聞社にアルバイトがなければしかたがありません。

男の学生は、どこでアルバイトをしたいですか。

4番

女の人と男の人が話しています。木村さんの退院予定はいつですか。

F：木村さんの退院が決まったらしいよ。

M：それはよかった。長い入院だったからね。9月2日からだから、もう1か月以上だよ。

F：先週お見舞いに行ったときも、早く退院したいと言っていたよね。10月20日の予定らしいよ。

M：退院したら、お祝いにみんなで集まりたいね。

F：うん。木村さんはケーキが好きだから、ケーキでお祝いしようよ。

木村さんの退院予定はいつですか。

5番

歯医者で、男の人と受付の人が話しています。男の人は、何をして歯医者の順番を待ちますか。

M：浅井ですが、歯が痛いので、お願いします。

F：今日は予約がいっぱいなので、お待たせしますが、よろしいですか。

M：はい。待っています。そこにある漫画を読んでいてもいいですか。

F：自由にお読みください。雑誌もありますよ。

M：漫画がいいです。漫画を読んでいると、歯が痛いのを少し忘れられるかもしれませんので。

F：なるべく早くお呼びしますから、お待ちください。

男の人は、何をして歯医者の順番を待ちますか。

6番

女の人と男の人が話しています。どんな写真がありましたか。

F：この前のお祭りのときの写真を見に行きましょうよ。

M：えっ、どこにあるの？

F：神社の前に貼ってあるそうよ。私が写っている写真もあるかもしれない。

M：あ、踊っているのは僕だ。恥ずかしいな。

F：川口さんは踊りが上手だから、恥ずかしいことはないよ。こっちの、たこ焼きを食べている私の顔の方が変だよ。

どんな写真がありましたか。

7番

会社で男の人と女の人が話しています。会議が始まるのはいつですか。

M：明日の会議、2時からだったよね。

F：あれっ、確か部長が急な用事ができたので、あさってになりましたよ。

M：えっ、知らなかったよ。何時から。

F：9時だと早すぎるという人がいたから、10時からになったはずですよ。

M：そう。わかりました。

会議が始まるのはいつですか。

問題3

1番

相手が、知っているかどうかを聞きます。何と言いますか。

F：1. このことをご存じですか。

2. このことを知り申してますか。

3. このことを知りなさるですか。

2番

結婚する人に、お祝いを言います。何と言いますか。

F：1. おめでとうございます。
　　2. ありがとうございます。
　　3. しあわせでございます。

3番

社長から用事を頼まれて返事をします。何と言いますか。

F：1. やってあげます。
　　2. 承知しました。
　　3. すみませんでした。

4番

人からお菓子をもらいます。何と言いますか。

F：1. なんとかいただきます。
　　2. やっといただきます。
　　3. えんりょなくいただきます。

5番

大事なチケットを人にあげます。何と言いますか。

M：1. チケットをお渡りします。
　　2. チケットを差し上げます。
　　3. チケットを申し上げます。

問題4

1番

F：あの二人はどのような関係ですか。

M：1. なかなかかわいい人です。
　　2. 花粉症かもしれません。

3. 先生と生徒という関係です。

2番

M：電車はどのぐらい遅れましたか。

F：1. 30分以外遅れました。
2. 30分以上遅れました。
3. 30分以内遅れました。

3番

F：研究室は、ここから遠いですか。

M：1. 必ず遠くないです。
2. きっと遠くないです。
3. それほど遠くないです。

4番

M：夕方になったので、もう帰りましょうか。

F：1. そうですね。そろそろ失礼しましょう。
2. そうですね。どんどん失礼しましょう。
3. そうですね。いろいろ失礼しましょう。

5番

F：社長さんはいらっしゃいますか。

M：1. はい、部長がいます。
2. 社長は、ただ今、おりません。
3. 社長は、今は、いないよ。

6番

M：すみません。お弁当は、まだ、できあがらないのですか。

F：1. お待ちしました。今、できました。
2. お待たせします。今、できました。
3. お待たせしました。今、できました。

7番

F：彼は明日こそ来るんでしょうね。

M：1.　きっと来るはずです。
　　2.　特に来るといいです。
　　3.　決して来るかもしれません。

8番

F：これから帰るけど、お父さんは今何してるの？

M：1.　お風呂に入るよ。
　　2.　お風呂に入っているところだよ。
　　3.　お風呂に入ってもいいよ。

MEMO

解答＆通關解題

[　こたえ　&　かいとうヒント　]

第1回　言語知識（文字・語彙）

問題 1　　P8-9

例　　解答：1

▲「春」音讀唸「シュン」，訓讀唸「はる／春天」。

《其他選項》

▲ 選項 2 「なつ」的漢字是「夏／夏天」，音讀唸「カ・ゲ」。

▲ 選項 3 「あき」的漢字是「秋／秋天」，音讀唸「シュウ」。

▲ 選項 4 「ふゆ」的漢字是「冬／冬天」，音讀唸「トウ」。

1　　解答：2

▲「森」音讀唸「シン」，訓讀唸「もり／森林」。

《其他選項》

▲ 選項 1 「はやし」的漢字是「林／林，樹林」。

▲ 選項 3 「いえ」的漢字是「家／房子；家」。

▲ 選項 4 「き」的漢字是「木／樹木；木材」。

2　　解答：1

▲「半」音讀唸「ハン」，訓讀唸「なか－ば／中間；中途」。例如：「6時半／6點半」。例句：

・半年後に帰国します／**半年後回國。**

▲「分」音讀唸「フン・ブ・ブン」，訓讀唸「わ－かる／知道」、「わ－かれる／分離」、「わ－ける／區分」。例如：

・5時5分／5點5分、5時10分／5點10分

自分／自己

例句：

・風邪は大分よくなった／**感冒已經好很多了。**

3　　解答：2

▲「湖」音讀唸「コ」，訓讀唸「みずうみ／湖」。例句：

・琵琶湖は日本で一番大きい湖です／**琵琶湖是日本第一大湖。**

《其他選項》

▲ 選項 1 「うみ」的漢字是「海／海」。

▲ 選項 3 「みなと」的漢字是「港／港口」。

▲ 選項 4 「いけ」的漢字是「池／池塘」。

4　　解答：1

▲「以」音讀唸「イ」。例句：

・毎晩3時間以上勉強しています／**每天晚上念書三個小時以上。**

・彼はコーヒー以外飲みません／**他不喝咖啡以外的飲料。**

▲「下」音讀唸「カ・ゲ」，訓讀唸「した／下面」、「さ－げる／放低」、「さ－がる／降落」、「くだ－る／下去」、「くだ－さる／給我」、「お－ろす／卸下」、「お－りる／下(車等)」。例如：

・地下／**地下**、地下鉄／**地下鐵**

・上下／**上下**

・机の下／**桌子底下**

例句：

・頭を下げます／**低頭。**

・熱が下がります／**退燒。**

・船で川を下ります／**搭船順流而下。**

・この本(ほん)は先生(せんせい)が下(くだ)さったものです／這本書是老師送給我的。

・棚(たな)から荷物(にもつ)を下(お)ろします／把行李從櫃子上拿下來。

・山(やま)を下(お)ります／下山。

▲ 特殊念法：「下手(へた)／笨拙」。例句：

・A：日本語(にほんご)が上手(じょうず)になりましたね／你的日語變好了耶。

B：いいえ、まだ下手(へた)ですよ／沒有啦，程度還是很差啦。

5 解答：2

▲「安」音讀唸「アン」，訓讀唸「やす - い／便宜」。例句：

・安心(あんしん)しました／放心了。

・この店(みせ)は安(やす)いです／這家店很便宜。

▲「全」音讀唸「ゼン」，訓讀唸「まった - く／完全」。例句：

・テストは全部(ぜんぶ)できました／考試全部答對了。

・フランス語(ご)は全然(ぜんぜん)分(わ)かりません／完全不懂法文。

6 解答：3

▲「失」音讀唸「シツ」，訓讀唸「うしな - う／失去」。例句：

・お先(さき)に失礼(しつれい)します／我先走一步了（先離開時的招呼語）。

▲「敗」音讀唸「ハイ」，訓讀唸「やぶ - れる／打輸」。例如：「勝者(しょうしゃ)と敗者(はいしゃ)／贏家與輸家」。

▲ 雖然「失」是「シツ」的漢字、「敗」是「ハイ」的漢字，但請注意，當兩字合在一起時並不是「シツハイ」，而是「シッパイ」。

7 解答：4

▲「意」音讀唸「イ」。例句：

・飲(の)み物(もの)を用意(ようい)します／準備飲料。

▲「見」音讀唸「ケン」，訓讀唸「み - る／看」、「み - える／看得見」、「み - せる／給…看」。例句：

・工場(こうじょう)を見学(けんがく)します／去參觀工廠。

・パンダを見(み)たことがありますか／你看過熊貓嗎？

・部屋(へや)の窓(まど)から富士山(ふじさん)が見(み)えます／從房間窗口可以望見富士山。

・学生証(がくせいしょう)を見(み)せてください／請出示學生證。

《其他選項》

▲ 選項１是「意味(いみ)／意思」。

▲ 選項３是「漢字(かんじ)／漢字」。

8 解答：3

▲「旅」音讀唸「リョ」，訓讀唸「たび」。「行」音讀唸「コウ、ギョウ」，訓讀唸「い - く／去、往」、「ゆ - く／去、往」、「おこな - う／做，辦」。例句：

・テキストの12行目(ぎょうめ)を読(よ)んでください／請念課本第十二行。

・公園(こうえん)に行(い)きましょう／我們去公園吧！

9 解答：2

▲「前」音讀唸「ゼン」，訓讀唸「まえ」。例如：

・午前(ごぜん)／早上、前回(ぜんかい)／上次、前後(ぜんご)／前後

・３日前(かまえ)／三天前、前(まえ)の席(せき)／前面的座位

《其他選項》

▲ 選項１　「みぎ」的漢字是「右／右邊」。

▲ 選項３　「ひだり」的漢字是「左／左邊」。

▲ 選項４　「うしろ」的漢字是「後ろ／後面」。

※ 對義詞：

「前(ぜん)／前」⇔「後(ご)／後」

「前(まえ)／前面」⇔「後(うし)ろ／後面」

問題2　P10

例　解答：2

▲「通」音讀唸「ツウ」，訓讀唸「とお－る／通過」、「とお－す／穿過」、「かよ－う／上班，通勤」。例如：

- 通過／不停頓地通過
- 店の前を通る／走過店門前。
- 針に糸を通す／把線穿過針孔。
- 電車で会社に通っている／坐電車去上班。

《其他選項》

▲ 選項１　「返」音讀唸「ヘン」，訓讀唸「かえ－る／返還」、「かえ－す／歸還」。例如：

- 返信／回信
- 貸したお金が返ってきた／借出的錢還回來了。
- 金を返す／還錢。

▲ 選項３　「送」音讀唸「ソウ」，訓讀唸「おく－る／送」。例如：

- 送金／寄錢
- 荷物を送る／送行李。

▲ 選項４　「運」音讀唸「ウン」，訓讀唸「はこ－ぶ／運送」。例如：

- 運送／搬運
- 品川から船で運ぶ／從品川用船搬運。

10　解答：1

▲「遠」音讀唸「エン」，訓讀唸「とお－い／遠的」。例如：

- 遠足／郊遊
- 遠くに山が見えます／可以看見遠處的山。

※ 對義詞：「遠い／遠的」⇔「近い／近的」

《其他選項》

▲ 選項２　「近」音讀唸「キン」，訓讀唸「ちか－い／近的」。

11　解答：2

▲「紙」音讀唸「シ」，訓讀唸「かみ／紙」。例如：

- 新聞紙／報紙
- 折り紙／摺紙手工藝

《其他選項》

▲ 選項１　「糸」音讀唸「シ」，訓讀唸「いと／絲(線)」。

▲ 選項３　「氏」音讀唸「シ」，訓讀唸「うじ／姓氏」。例如：

- 山本氏／山本先生、氏名／姓名
- 彼氏がいます／我有男朋友。

▲ 選項４　「終」音讀唸「シュウ」，訓讀唸「お－わる／結束」、「お－える／完成」。

12　解答：4

▲「祝」音讀唸「シュク・シュウ」，訓讀唸「いわ－う／祝賀」。例句：

- 国民の祝日／國民的節日
- 友人の誕生日を祝う／慶祝朋友生日。
- 姉に結婚のお祝いを贈った／送了姐姐結婚賀禮。(「お祝い」是名詞)

13　解答：3

▲「研」音讀唸「ケン」，訓讀唸「と－ぐ／磨光」。

▲「究」音讀唸「キュウ」，訓讀唸「きわ－める／探究」。

《其他選項》

▲「急」音讀唸「キュウ」，訓讀唸「いそ－ぐ／趕緊」。例句：

- 急いで帰りましょう／趕緊回家吧。

14　解答：4

▲「終」音讀唸「シュウ」，訓讀唸「お－わる／結束」、「お－える／完成」。例句：

・終電は23時40分です／末班車是晚上11點40分。

・この番組は今月で終わります／這個節目這個月就要完結了。

※記住「送り仮名／送假名」吧！

▲「送り仮名」是指漢字後面接的平假名。例如「終」字，漢字的讀音是「お」，而送假名是「わる」。只是請注意，有些漢字即使讀音相同，但送假名也有可能不同。例如：

・かえる→帰る（かえ－る／回來）、変える（か－える／改變）

・おこる→怒る（おこ－る／生氣）、起こる（お－こる／發生）

※以下的送假名較容易記錯的詞，也請一起記下來吧！

行う→おこな－う／舉行

驚く→おどろ－く／驚訝

短い→みじか－い／短的

15 解答：1

▲「買」音讀唸「バイ」，訓讀唸「か－う／購買」。例句：

・駅で切符を買います／在車站買車票。

・スーパーで買い物をしました／在超市買了東西。

《其他選項》

▲選項2 「売」音讀唸「バイ」，訓讀唸「う－る／賣出」。

▲選項3 「勝」音讀唸「ショウ」，訓讀唸「か－つ／獲勝」。

▲選項4 「変」音讀唸「ヘン」，訓讀唸「か－える／改變」、「か－わる／變化」。

問題3 P11-12

例 解答：3

▲從題目一開始的「わからない言葉は／不會的詞語」跟後面的「～を引きます／查找…」，可以知道答案是「辞書」。

《其他選項》

▲選項1 「本／書本」。例句：

・本を読む／看書。

▲選項2 「先生／老師」。例句：

・音楽の先生になりたい／我想成為音樂老師。

▲選項4 「学校／學校」。例句：

・子供たちは元気よく歩いて学校へ行きます／小孩們精神飽滿地走向學校。

16 解答：4

▲「雨」是「雨が降る／下雨」、「雨が止む／雨停」的雨。因為考量到題目中的「かさがないので／因為沒帶雨傘」，可以知答案是「雨が止むまで／等到雨停」。

《其他選項》

▲選項1 「固まる／凝固」。例句：

・このお菓子は冷やすと固まります／這種點心冷卻後會凝固。

▲選項2 「止まる／停止」。例句：

・この時計は止まっています／這個時鐘停止轉動了。

▲選項3 「降る／降下」。例句：

・雪が降っています／正在下雪。

17 解答：2

▲去探望生病或受傷而住院的人說「お見舞いに行く／去探病」，也可以說「お見舞いする／探病」。

《其他選項》

▲選項1 「お土産／伴手禮」是指去旅行或去別人家拜訪時送給別人的禮物。例句：

・これは京都のお土産です／這是京都的伴手禮。

▲選項4 「おつり／找零」是客人將高於商品價值的整數現金付給店員，然後店員將差值的零錢，補還給客人的意思。例句：

・A：コーヒーは1杯400円です。千円払ったら、おつりはいくらですか／咖啡一杯四百元。如果付了一千元鈔票，會找回多少零錢？

B：600円です／六百圓。

18 解答：2

▲ 因為題目中提到「小学校に／上小學」，也就是進入學校（成為該校的學生）的意思，所以要選「入学／入學」。

《其他選項》

▲ 選項1 「入院／住院」。

▲ 選項3 「引っ越し／搬家」。

▲ 選項4 「卒業／畢業」。

※ 對義詞：

「入学する／入學」⇔「卒業する／畢業」

19 解答：1

▲「予約／預約」是指事先約定。例句：

・飛行機は窓側の席を予約しました／預約了靠近窗戶的飛機座位。

《其他選項》

▲ 選項2 「予習／預習」是指在下次上課前自己先讀過一遍。

▲ 選項3 「挨拶／招呼」。例句：

・大きな声で挨拶しましょう／大聲打招呼。

▲ 選項4 「自由／隨意」。例句：

・思ったことを自由に話してください／無論你想到什麼都請隨意發言。

20 解答：1

▲「片付ける／整理」是指把散亂的物品，變得整整齊齊。題目的「部屋を片付ける／整理房間」是指把書放回書架、把衣服收進衣櫃等，使房間變整齊的行為。例句：

・使ったはさみは引き出しに片付けてください／請把用過的剪刀收到抽屜裡。

《其他選項》

▲ 選項2 「（ゴミを）捨てる／丟（垃圾）」⇔「拾う／撿拾」。

▲ 選項3 「（失くした本を）探す／翻找（弄丟的書）」。

▲ 選項4 「（卵をよく）混ぜる／（好好）攪拌（雞蛋）」。

21 解答：2

▲「最近／近來」是指比現在稍前，剛過去沒多久的一段時間；也指從稍前到現在的期間。例句：

・A：最近、田中さんに会いましたか／你最近見過田中小姐嗎？

B：はい、先週会いました／有，上星期遇到她。

C：いいえ、最後に会ったのは2年前です／沒有，最後一次見到她已經是兩年前了。

▲ 説話者如果表達的是「近い過去／很近的過去」，那麼實際時間也可以是長一點的。例句：

・最近の若者は、あまり本を読まないようだ／最近的年輕人，似乎不怎麼看書。

《其他選項》

▲ 選項1 「最初／最初」是剛開始的時候或時期的意思。對義詞有：「最後／最後」、「最終／最終」。例句：

・まっすぐ行って、最初の角を右に曲がります／直走，然後在第一個轉角右轉。

22 解答：4

▲ 因為題目有「山に木を／在山裡（種植）樹木」，所以要選「植える／種植」。例句：

・池の周りに桜の木が植えてあります／水池周圍種著櫻花樹。

《其他選項正確用法》

▲ 選項1 「（かばんに本を）入れます／（把書）放進（包包）。」

▲ 選項２ 「（花の種を）蒔きます／播種（花的種子）。」
「（庭に水を）撒きます／（在庭院）撒（水）。」

▲ 選項３ 「（メールを）打ちます／繕打（電子郵件）。」

23 解答：２

▲「どんどん／漸漸」表示事情連續不斷的樣子，或事物的勢頭越來越高漲的樣子。例句：

・たくさんありますから、どんどん食べてください／東西還很多，請盡量多吃點。

・世界の人口はどんどん増えている／世界上的人口逐漸增加了。

《其他選項》

▲ 選項１ 「つるつる／光滑」。

▲ 選項３ 「さらさら／乾爽」。

▲ 選項４ 「とんとん／順利」。

24 解答：１

▲ 接在「ひとつを／一個」後面的是「選ぶ／選擇」。「この中から／從這之中」可以理解為「たくさんの選択肢の中から／從很多選項之中來…」的意思。例句：

・正解を選ぶ／選出正確答案。

・くつ屋でくつを選ぶ／在鞋店選鞋子。

《其他選項的意思跟用法》

▲ 選項２ 「（たくさんのものを）集める／收集（很多東西）」。例句：

・木の実を集める／收集樹木的果實。

・切手を集める／收集郵票。

▲ 選項３ 「（２つ以上のものを）比べる／比較（兩個以上的人事物等）」。例句：

・兄と弟を比べる／比較哥哥和弟弟。

・去年と今年の東京の天気を比べる／比較去年和今年的東京天氣。

▲ 選項４ 「ひとつをする」意思不明確，所以不正確。

問題４ P13-14

例 解答：１

▲「褒める／稱讚」是指稱讚別人做的事或行為等，因此「よくできたね／做得很好」最適合。

《其他選項》

▲ 選項２ 「こまったね／真傷腦筋啊」用在發生了讓自己感到為難、苦惱的事情時。

▲ 選項３ 「きをつけろ／萬事小心」用在叮嚀對方行事要小心，是比較粗魯的表現方式。

▲ 選項４ 「もういいかい／好了沒」常用在捉迷藏時。

25 解答：２

▲ 由於「（場所）を出発する／從（地點）出發」和「（場所）を出る／離開（地點）」意思相同。所以正確答案是２。

《其他選項》

▲ 選項１ 「止まる／停止」。

▲ 選項３ 「着く／抵達」。

▲ 選項４ 「通る／通過」。

26 解答：４

▲「計画を立てる／訂定計畫」和「予定を考える／考慮計畫」意思相同。「計画／計畫」或「予定／預定」這兩個名詞，要使用動詞「立てる／訂定」。

《其他選項》

▲ 選項１說是沒有訂定計畫，所以不正確。

▲ 選項２「～と聞いている／聽說…」表示傳聞。和「旅行に行くそうです／聽說要去旅行」意思相同。這裡沒有傳聞的意思。

▲ 選項３是「思い出している／想起了」，是去旅行之後才會說的話。不正確。

27 解答：3

▲「お宅／您府上」是「あなたの家／你家」的尊敬語，意思相同。「お宅／您」也有「あなた／你」的意思。「どちら／哪裡」是「どこ／哪裡」的鄭重説法，意思相同。

28 解答：2

▲因為「故障してしまった／故障了」的電視就是「見られなくなる／變得不能看了」，所以選項 2 正確。

▲「故障してしまった／故障了」的「〜てしまう」是表達惋惜的說法。「見られなくなる／不能看了」是「見る／看」的否定可能形「見られない／不能看」，後面接上「〜くなる／變得…」而來的，表示變化。和「見ることができない／不能看」＋「ようにな（る）／變得」＋「ってしまった」意思相同。也就是「見ることができないようになってしまった」。

※ 表示變化的句型有，

▲「形容詞〜くなる／變得…」。例句：

・寒くなる／**變冷**。

▲「形容動詞〜になる／變得…」。例句：

・便利になる／**變得方便**。

▲「名詞〜になる／變得…」。例句：

・大人になる／**長大成人**。

▲「動詞、可能動詞、形容詞的否定形〜なくなる／變得不…」。例句：

・分からなくなる／**搞不清楚了**。
・勉強しなくなる／**不念書了**。
・食べられなくなる／**吃不下了**。
・おいしくなくなる／**變得不好吃了**。

▲「形容動詞、名詞的否定形〜ではなくなる、〜じゃなくなる／變得不…」。例句：

・安全ではなくなる／**變得不安全**。
・休みじゃなくなる／**不休假了**。

29 解答：1

▲「うまく（形容詞）」是想法或作法巧妙之意，和「上手に（形容動詞）」的意思相同。

▲「うまい」可以表示「上手だ／擅長」和「おいしい／好吃」兩種意思。

問題 5 P15-16

例 解答：1

▲「怖い／令人害怕的」表示擔心會出現令人害怕的事，或覺得要發生壞事之意。從選項 1 這一句前面提到「部屋が暗いので／因為屋子很暗」跟後面的「入れません／不敢進去」知道要用的是「怖くて／令人害怕的」，來修飾動詞「入れません」。例句：

・姉は怒ると怖い／**姐姐一發怒就很可怕**。

《其他選項的用法》

▲ 選項 2 應為「足が痛くて、もう走れません／腳實在很痛，已經沒辦法跑了。」

▲ 選項 3 應為「外は寒くて、風邪を引きそうです／外面這麼冷，出去感覺會受涼。」

▲ 選項 4 應為「このパンは甘くて、おいしいです／這麵包香甜又可口。」

30 解答：3

▲ 這個句子是在「私は散歩をしました／我去散步了」中加上「犬を連れて／帶狗」構成的。「連れる／帶領」是指某人攜伴或是攜帶寵物一起去的意思。

《其他選項》

▲ 選項 1 「（私は）〜を連れて／（我）帶…」中的「〜」（目的語）應填入人物或動物。但「かばん／包包」是物品，因此不正確，如果説「かばんを持って／攜帶包包」就正確。

▲ 選項 2 「（私は）〜を連れて／（我）帶…」後面的動詞（述語）應該連接表達狀態的

「いる／在」、「立っている／站著」等動詞，或是表示移動的動詞，如「行く／去」、「帰る／回去」、「散歩する／散步」等。但「勉強する／念書」並不是移動動詞，所以不正確。如果題目是「先生と一緒に／和老師一起」就正確。

▲ 選項４　如果是「ごみを拾って／撿垃圾」或「ごみを集めて／收集垃圾」就正確。

31　解答：4

▲ 正確句子是「(私はＡさんに) 大学の中を案内しました／（我帶Ａ小姐）遊覽了大學校園」。這裡的「案内する／帶路」是指陪同某人邊走邊看或介紹某處，使其認識。例句：

・駅までの道を案内した／**我告訴她去車站的道路。**

《其他選項的正確用詞》

▲ 選項１　「理解しました／理解了」。

▲ 選項２　「調べました／查找了」。

▲ 選項３　「紹介しました／介紹了」。

32　解答：2

▲「育てる／養育」是指照顧人或動植物等，使其成長的意思。例句：

・私は子供を５人育てました／**我養育了五個孩子。**

・庭でトマトを育てています／**在庭院裡栽種番茄。**

《其他選項的正確用詞》

▲ 選項１　「建てました／建造了」。

▲ 選項３　「やりました／澆了」。

▲ 選項４　「もらいました／得到了」。

33　解答：1

▲「柔らかい／柔軟」是表達物品的性質或狀態的形容詞。柔軟的物品是指像麵包、毛衣等質地柔軟、柔韌、柔順的物體。另外，想讚美他人思想不受拘束時可以說「彼は頭が柔らかい／他的腦筋真靈活」，對義詞(⇔)是「堅い／死板」。

《其他選項》

▲ 選項２　形容「勉強／念書」的形容詞有：「簡単な／簡單」⇔「難しい／困難」等等。

▲ 選項３　形容「川／河川」的形容詞有：
「大きい／大」⇔「小さい／小」
「太い／粗」⇔「細い／細」
「長い／長」⇔「短い／短」等等。

▲ 選項４　形容「山／山」的形容詞有：「高い／高」⇔「低い／低」等等。

34　解答：2

▲「折る／折疊；折斷」表示施加力量，使物體彎曲或斷裂的動作。可以「折る」的物品有紙、鉛筆、骨頭等。「折り紙／折紙」是指將紙折成花或鳥等形狀的日本傳統文化。

《其他選項的正確用詞》

▲ 選項１　「(パンをお皿に) 置きました／(把麵包)放在(盤子上)了。」

▲ 選項３　「(茶碗を落として) 割って (しまいました) ／ (碗掉到地上)摔破了。」

▲ 選項４　「(洗濯したシャツを) 畳んで、(片付けました) ／ (把洗好的襯衫)疊起來(整理好)。」

第1回　言語知識（文法）

問題１　P17-18

例　解答：2

▲ 看到「散歩」跟「する」知道要接的助詞是「を」。「する」可以接在漢字後面變成動詞，例如「散歩する」，這一形式也可以

寫成「散歩をする」。

《其他選項的用法》

▲ 選項１　「時間がありません／沒有時間。」

▲ 選項３　「新聞や雑誌を読む／閱讀報紙或雜誌。」

▲ 選項４　「８時に出発する／８點出發。」

1　　　　　　　　　　　　　解答：２

▲ 要表達數量很多的時候，使用助詞「も／多達」。例如：

・彼は３台も車を持っています／**他擁有的車子多達三輛。**

・自転車の修理に六千円もかかりました／**腳踏車的修理費高達了六千圓。**

▲ 説話者可以使用「も」來強調數量之多。如果只是單純陳述事實，只需要說「弟は今朝ご飯を三杯（×）食べました／弟弟今天早上吃了三碗飯」，在「三杯／三碗」後面不必加入助詞。例如：

・彼は毎晩４時間勉強します／**他每晚用功四小時。**

2　　　　　　　　　　　　　解答：３

▲ 因為句中出現疑問詞「だれ／誰」，所以相對應的助詞應該是「か／呢」。題目是由「外にだれがいますか／誰在外面呢」與「見てきてください／請去查看一下」兩個短句組合而成的長句。

▲ 當兩個短句結合成一個長句時，請注意句中的動詞變化！例如：

・外にだれがいますか／**外面有誰在嗎？**

・見てきてください／**請去看一下。**

→ 外にだれがいるか見てきてください／**請去看一下外面有誰在嗎？**

3　　　　　　　　　　　　　解答：４

▲ 表示條件的助詞用「ば／只要…的話，就…」。「Ａば、Ｂ／如果Ａ的話，就Ｂ」，表示Ａ是Ｂ成立的必要條件。題目中「練習する／練習」和「できるようになる／可以做到」兩句的關係是「為了可以做到，練習是必須的」。例如：

・春になれば、桜が咲きます／**只要到了春天，櫻花就會盛開。**

・雨が降れば、旅行は中止です／**假如下雨，就取消旅行。**

▲「だれでも／無論是誰」指的是任何人全部都是。「疑問詞＋でも／無論」用於表示統統包括在內，沒有例外。例如：

・いつでも遊びにきてください／**歡迎隨時來玩。**

4　　　　　　　　　　　　　解答：２

▲ 正確答案是「行う／舉行」的被動形「行われる／被舉行」。題目的主語是「試験／考試」。以這一題來說，舉行考試的雖然是「先生／老師」，但由於這項訊息並不重要，因此將「試験」視為主語，而動詞則用被動形來表示。例如：

・東京で国際会議が開かれます／**將在東京舉行國際會議。**

・関東地方で大雨注意報が出されました／**關東地區發佈大雨特報。**

・このお寺は、今から 1300 年前に建てられました／**這座寺院是距今 1300 年前落成的。**

《其他選項》

▲ 選項１　如果題目不是「試験が」而是「試験を」，「行います／舉行」則為正確答案。此時的主語是「私／我」或「先生／老師」等舉行考試的人。這種情形的主語通常也會被省略。

※ 請參照下面的解說。

▲ 寫被動形的句子時，請注意助詞的變化！例如：

・明日、先生は試験を行います／**明天老師將要舉行考試。**

→ 明日、試験が行われます／**明天考試將會被舉行。〈被動形〉**

・学者は新しい星を発見しました／研究學家發現了新的星球。

→ 新しい星が発見されました／新的星球被發現了。

5 解答：2

▲ 由於對話中是向對方說「学校に遅れるよ／上學要遲到了哦！」，所以應該選擇能夠表達嚴厲指示的「起きろ／起床啦」。「起きろ」是第２類動詞（一段活用動詞）「起きる／起床」的命令形。例如：

・君に用はない。帰れ／沒你的事，快滾！

・危ない、逃げろ／危險，快逃！

▲「遅れるよ／要遲到了哦」的「よ／哦」用於表達說話者要提醒對方、給對方忠告。例如：

・たばこは体によくないよ／抽菸有害身體健康哦！

・お母さんに謝ったほうがいいよ／最好向媽媽道個歉哦！

6 解答：4

▲「食べてみてください／請吃吃看（這個麵包）」的「ください／請…」被省略。「（動詞て形）てみる／嘗試」用於表示嘗試做某事，也具有確認好或不好、做得到或做不到的意味。例如：

・靴を買うときは、履いて少し歩いてみるといいですよ／買鞋子的時候最好穿上試走幾步比較好喔。

《其他選項》

▲ 由於題目是以「このパンを（　）／這個麵包（　）」的句子開頭，最後劃下「。」，由此得知整句話到此結束了。

▲ 選項１和２並不是結束句子的形式，所以不是正確答案。而選項３和４後面同樣都省略了「ください／請」。但從題意判斷，選項４才是正確答案。

7 解答：3

▲「（名詞）という〜／叫做…」用於當對話者雙方的某一方不太清楚某人或事物的名字的時候。例如：

・こちらの会社に下田さんという方はいらっしゃいますか／貴公司是否有一位姓下田的先生？

・『昔の遊び』という本を借りたいのですが／我想借一本書，書名是《往昔的消遣》。

8 解答：2

▲「（名詞）にする／決定」用於從多個選項挑出其中一個選項的時候。例如：

・店員：こちらのかばんは軽くて使い易いですよ／店員：這個包包既輕巧又方便喔！

客：じゃ、これにします／客人：那，我買這個。

▲ 鈴木的答句「私はサンドイッチにしよう／我點三明治」，句中的「しよう／點…吧」是「する／點；做」的意向形，而「しようと思います／我想做（點）」的「と思います／想」被省略了。

9 解答：1

▲ 因為「かわいい服がありました／有可愛的衣服」與「買えませんでした／沒有買」這兩句話的意思是相互對立的，所以應該選逆接助詞「のに／明明」。例如：

・薬を飲んだのに、熱が下がりません／藥都已經吃了，高燒還是沒退。

▲ 當後半段的句子是「買いました／買了」的時候，則用順接助詞「ので／因為」來表示原因或理由。例如：

・かわいい服があったので、買いました／看到可愛的衣服就買了。

10 解答：4

▲「（動詞た形）たら、〜た／一…，才發現」的句型可用於表達做了前項動詞的行為之

後，發現了「～」這件事的意思。通常用來表示驚訝的意思。例如：

・カーテンを開けたら、外は雪だった／一拉開窗簾，才發現外面下雪了。

▲「（動詞辭書形）と、～た／一…就發現」也是相同的意思。

11 解答：**2**

▲ 主語「私は／我」被省略了。完整的句子是「私は先生に～を教えてもらいました／請老師教我…」。「もらいます／得到」的謙讓語是「いただきます／得到」。

《其他選項》

▲ 選項１的「くださいます／為我（做）」是「くれます／為我（做）」的尊敬語。主語是老師的話則正確。例如：

・先生は私に漢字を教えてくださいました／承蒙老師教了我漢字。

▲ 選項３的「いたします／做」是「します／做」的謙讓語。例如：

・試験結果は明日発表いたします／考試的結果將於明天公布。

▲ 選項４的「差し上げます／獻給」是「あげます／給」的謙讓語。例如：

・先生にお茶を差し上げました／為老師送上一杯茶了。

12 解答：**1**

▲ 應填入表示原因或理由的助詞「ので／因為」。

《其他選項》

▲ 選項３　「けど／雖然」是表達逆接的口語說法。用在連接兩個內容對立的句子時。

▲ 選項４　「ように／為了…；變得…；努力…」的使用方法。例如：

・みんなに聞こえるように大きな声で話します／提高聲量以便讓大家聽清楚。〈表目的〉

・日本語が話せるようになりました／日語已經講得很流利了。〈表狀況的變化〉

・健康のために野菜を食べるようにしています／為了健康而盡量多吃蔬菜。〈表習慣、努力〉

13 解答：**3**

▲「（動詞て形）ている＋ところです／正在…」表示進行中的動作。例如：

・来月結婚するので、今アパートを探しているところです／下個月就要結婚了，所以目前正在找房子。

《其他選項》

▲ 選項１　「と思います／我認為」表示推測。

▲ 選項２　「（辭書形）そうです／據說」表示傳聞。題目的對話因為田中先生是回答自身的事，所以用推測或傳聞的形式回答顯然不合理。

▲ 選項４　「まま／照那樣」則連接た形表示狀態沒有改變。例如：

・スーツを着たまま、寝てしまった／還穿著西裝就睡著了。

※補充：

▲「（動詞辭書形）ところです／正要」表示馬上要做的動作。例如：

・A：もしもし、今どこですか／喂，現在在哪裡？

・B：まだ家にいます。今、家を出るところです／還在家裡。現在正要出門。

▲「（動詞た形）ところです／才剛」表示剛做完的動作。例如：

・A：もしもし、今どこですか／喂，你現在在哪裡？

B：まだ家にいます。今、起きたところです／還在家裡。剛剛才起床。

14 解答：**2**

▲「AはBほど～ない／A不如B…」表示比較，意思是在「Aは～ない／A不…」的前提下，將主語A和B做比較。從題目中得知

的訊息是林先生跑得快，以及王先生跑得比林先生慢（與林先生速度不同）。例如：

・私は兄ほど勉強ができない／**我不像哥哥那麼會唸書。**

15 解答：4

▲「（動詞ます形）やすい／容易」表示做動詞的動作很簡單。⇔「（動詞ます形）にくい／困難」表示做動詞的動作很困難。例如：

・この本は字が大きくて、読みやすい／**這本書字體較大，易於閱讀。**

・このお皿は薄くて割れやすいので、気をつけてください／**這枚盤子很薄，容易碎裂，請小心。**

《其他選項》

▲ 選項１的「（動詞ます形）ている／正在」表示進行式。

▲ 選項２的「（動詞ます形）そうだ／好像」表示樣態。例如：

・風で木が倒れそうです／**樹木似乎快被風吹倒了。**

▲ 選項３的「（動詞ます形）にくい／困難」表示做動詞的動作很困難。例如：

・この靴は、重くて歩きにくい／**這雙鞋太重了，不好走。**

▲ 由題目的意思判斷，正確答案是選項４。

問題２ P19-20

例 解答：1

※ 正確語順

ケーキはすきですか。

你喜歡蛋糕嗎？

▲ B回答「はい、だいすきです／是的，超喜歡的」，所以知道這是詢問喜不喜歡的問題。

▲ 表示喜歡的形容動詞「すき」後面應填入詞尾「です」，變成「すきですか」。句型常用「～はすきですか」，因此「は」應填入「すきですか」之前，「～」的部分，毫無疑問就要填入「ケーキ」了。所以正確的順序是「２→３→１→４」，而★的部分應填入選項１「すき」。

16 解答：3

※ 正確語順

もし動物になるなら何になりたいですか。

如果要變成動物的話，你希望變成什麼呢？

▲ 因為句子一開始有「もし／如果」，可以想見應該是「もし～なら／如果的話」的條件句型。由於沒有「なる＋ですか」的用法，所以句末的「ですか／嗎」之前應填入「なりたい＋ですか／想變成＋嗎」。「もし動物に～なら／如果…動物的話」的「～」應填入「なる／變成」成為「もし動物になるなら／如果變成動物的話」，而之後則填入疑問詞「何に／哪種」變成「何になりたいですか／想變成哪種呢」。所以正確的順序是「２→４→３→１」，而★的部分應填入選項３「何に／什麼」。

17 解答：4

※ 正確語順

すみません。用があるので行けません。

不好意思，我有事所以沒辦法去。

▲ B回答「すみません／不好意思」，所以這之後應説明無法去演唱會的理由。表示理由的助詞「ので／所以」應填入「行けません／沒辦法去」之前，變成「～ので、行けません／因為…所以沒辦法去」。「～」的部分則填入理由「用がある（ので）／（因為）有事」，所以正確的順序是「２→１→４→３」，而★的部分應填入選項４「ある／有」。

18 解答：4

※ 正確語順

お電話でお話ししたことについてご説明いたします。

請容我說明關於曾在電話裡提到的那件事。

▲「ついて／關於」的用法是「(名詞) について」，表示對話中談論的對象，因此順序應為「ことについてご説明いたします／來說明關於…事」。例如：

・この町の歴史について調べます／調查這個城鎮的相關歷史。

・アメリカに留学することについて、両親と話しました／向父母報告了關於赴美留學的事。

▲ 由於句子一開始提到了「お電話で／在電話裡」，因此緊接著應該填入「お話した／提到的那件事」。至於「(名詞) について」的 (名詞) 的部分則是「お電話でお話したこと／您在電話中提到的那件事」。所以正確的順序是「1→3→4→2」，而★的部分應填入選項4「ことに／的那件事」。

19 解答：2

※ 正確語順

家で洗濯することができるもめんの服をさがしています。

我在找可以在家洗的棉質衣服。

▲ 第一個考慮的排列組合是「洗濯＋できる／洗滌＋可以」，但這樣其他選項就會剩下「ことが」和「する／做」。考慮到「洗濯する／洗衣」是個する動詞，應該是表示可能形的用法「(動詞) ことができる／可以」。「家で洗濯することができる／可以在家洗的」的後面應填入「(もめんの) 服／(棉質的) 衣服」。所以正確的順序是「1→4→2→3」，而★的部分應填入選項2「ことが」。

20 解答：1

※ 正確語順

あなたは将来何になりたいですか。

你將來希望成為什麼呢？

▲ 表示希望的用法「～たい／想…」的前面應填入動詞ます形，因此填入「なる／變成」的ます形「なり」，變成「なりたい／想成為」。句末應該是「何ですか／什麼呢」或「なりたいですか／想成為…嗎」的其中一個，「何ですか」無法成為合理的句子，因此句末應是「なりたいですか」，而其前面則應填入「何に／什麼」。所以正確的順序是「2→4→1→3」，而★的部分應填入選項1「なり／成為」。

▲「しょうらい／將來」等描述時間的詞後面不需要加「に」。例如：

・私は来週（×）国へ帰ります／我下星期要回國。

・私は去年（×）日本へ来ました／我去年來過日本。

▲ 數字(助數詞)的後面則要接「に」。例如：

・私は8月に国へ帰ります／我會在8月回國。

・私は2015年に日本へ来ました／我是在2015年來日本的。

問題3 P21-22

21 解答：2

▲ 文中提到由於颱風而導致「～ものが飛んでいく（ ）／東西飛走（ ）」，所以應該選擇具有「可能」含意的選項「かもしれない／可能、也許」。

《其他選項》

▲ 選項1 「ものが飛んでいく／東西飛走」應該往「不好」的方向思考，但是選項1「といい／…就好了」與文意相反，所以不是正確答案。

▲ 選項３ 「はずがない／不可能」表示不具有可能性，與本文文意不符，所以不是正確答案。

▲ 選項４的「ことになる／決定」表示這件事的決定跟自己的意志無關。例如：

・ 来月から大阪工場で働くことになりました／從下個月起要到大阪的工廠上班了。

▲ 但是颱風來襲，並不是一定就會把東西吹跑，所以不是正確答案。

22 解答：４

▲「22よ／喔」語尾助詞「よ」可用於告知對方某些訊息的時候。因為颱風要來了，所以公寓的鄰居建議並教我，「部屋の外に置いてあるものを、部屋の中に入れる／把在外面的東西搬到屋內」。

▲「（動詞た形）てほうがいい／最好」用於向對方提議或建議的時候。例如：

・ 朝ご飯はちゃんと食べたほうがいいですよ／早餐最好吃得營養喔。

▲「（動詞て形）ておきます／（事先）做好」用於準備或整理的時候。例如：

・ ビールを冷蔵庫に入れておいてください／請事先把啤酒放進冰箱裡。

・ 使ったコップは洗っておきます／把用過的杯子清洗乾淨。

23 解答：３

▲「（動詞辭書形／ない形）ように／為了（不）」用於表達目的。根據文章的意思，希望「外に出してあるものが飛んでいかない／不讓放在外面的東西飛走」，所以正確答案是選項３。例如：

・ 子供にも読めるように、ひらがなで書きます／為了讓孩童易於閱讀，用平假名撰寫。

24 解答：１

▲「（動詞ます形）そうだ／簡直…似的」用於表達樣態，形容看到一個情境，覺得好像快要變成某一種狀態了。正確答案是「ガラスが割れそうで／窗戶的玻璃簡直快裂開了」，意思是「（我）覺得窗戶的玻璃好像就要裂開了」，而並非真的裂開了。例如：

・ 西の空が暗いですね。雨が降りそうです／西邊天色昏暗，看起來可能會下雨。

・ シャツのボタンがとれそうですよ／襯衫的鈕扣好像要脫落了。

《其他選項》

▲ 因為文章裡寫的是「とてもこわかった／我非常害怕」，所以不能選擇選項２的「割れないで／不讓玻璃裂開」。

▲ 選項３ 「～らしい／好像…」是表示傳聞，是根據看到的及聽到的進行判斷的表達方式，與題目的文意不符，所以不正確。例如：

・ 裕子さんが泣いている。彼氏とけんかしたらしい／裕子小姐在哭。好像是和男朋友吵架了。

・ 天気予報によると、明日は雨らしい／根據氣象預報，明天可能會下雨。

▲ 選項４ 「（動詞辭書形）ように／為了」用於表達目的。

25 解答：４

▲ 基本句是「木の葉が道に落ちていました／滿地掉的都是被風吹落的樹葉」，而「風に25飛んだ／被風吹落」是修飾「木の葉／樹葉」的句子，兩個句子組合起來變成「木の葉が風に25飛んだ／樹葉被風吹落」。由於「木の葉」是主語，所以答案應該選「ふく／吹落」的被動形「ふかれる／被吹落」。

→能動形的句子：

・ 風がふいて、木の葉を飛ばした／風吹過，把樹的葉子吹走。

▲「飛ばす／吹」是「飛ぶ」的他動詞形。

第1回 読解

問題4 P23-26

26 解答：3

▲ 因為伊東先生「外からかけている／從外面打電話」，所以選項２「伊東さんの会社に電話します／打電話到伊東先生的公司」是錯誤的。又因為提到「携帯電話にかけましょうか、と聞いたら、～そうしないほうがよいと～／我問了是否由我們這邊聯絡他的手機？…他回答不方便接聽電話…」，因此選項１也是錯誤的。文中提到「また、後でかけるということです／說稍後再聯絡」、「１時間くらい後に、またかかってくると思います／我想，大約一小時後，他會再聯絡一次」，所以選項３是正確的，選項４是錯誤的。

▲「～ということです／聽說」傳達從別人那裏聽來的事情。

27 解答：4

▲「この場所／本場所」是指車站前。因為文中寫道「この場所は、自転車を止めてはいけない～／本場所禁止停放自行車…」，所以選項１是錯的。文中並沒有提到可以停在市政府辦事處前，所以選項２也是錯的。選項３，雖然支付 100 圓就可以在自行車停車場停放一天，但是梅森先生從４月開始每天都要騎自行車去上班，所以３並不適當。文中寫道「１か月以上自転車を止めたい人は、市の事務所に電話をして～／欲停放自行車超過一個月以上者，請致電市政府辦事處…」，所以選項４是正確的。

28 解答：4

▲「井上先生が病気になった／井上老師生病了」、「(井上先生の) かわりに高田先生がいらっしゃる／高田老師會代替（井上老師）參加」，所以「お店の予約人数は同じ／餐廳的預約人數仍然相同」，因此選項１和２都是錯的。

▲ 文章中並沒有寫道「井上先生に、おみまいの電話をかける／打電話慰問井上老師」，所以選項３是錯的。

▲ 文中提及「プレゼントを、忘れないように、持ってきて～／請務必記得把禮物帶過來…」，所以選項４是正確的。

▲「代わりに／代替」省略了「井上先生の代わりに高田先生が」中的「井上先生の」。例如：

・部長の代わりに私が会議に出席します／我代替部長出席會議。

▲ 選項３「お見舞い／探望」是去探望生病或受傷的人、送信或物品給對方的行為。禮品也叫「お見舞い」。

29 解答：3

▲ 文章中寫道「ごはんの時間には、食事の手伝いもします／到了用餐時間，得協助病患進食」，是「入院している人のごはんの時間に、その人が食事をする手伝いをする／住院患者的用餐時間，她要協助患者進食」的意思。

▲ 和選項３「～食事を作ること／做飯」跟協助病患進食是不一樣的。

問題5 P27

30 解答：3

▲ 因為從家裡到車站要花 10 分鐘，搭電車要再花 30 分鐘，所以是 40 分鐘左右。

31 解答：2

▲「その前の雪が降った日になくしてしまったのです／因為在前陣子下雪那天弄丟了」。「～のです／因為」是說明狀況和理由的說法。

32 解答：4

▲ 文中寫道「思ったより少し高かったですが、とてもきれいな青い色だったので／雖然稍微超過預算，但鮮豔的藍色非常漂亮」。

▲ 本句省略了主詞「その手袋は／那個手套」。選項1、2、3都不符合，所以選4。

33 解答：1

▲ ③的前面提到「とてもきれいな青い色だったので／因為鮮豔的藍色非常漂亮」。「～ので／因為」用來表達理由。

《其他選項》

▲ 選項2　被店員詢問時回答了「明るい色の～手袋がほしいです／想要亮色的…手套」，並沒有指定要「青いの／藍色的」，所以是錯的。

▲ 選項3　文中提到「思ったより少し高かったですが／雖然稍微超過預算」，所以是錯的。

▲ 選項4　33的題目寫道「どうして<u>それを～</u>／為什麼決定買<u>那個…</u>」，問的是決定購買店員推薦那個手套的理由，所以是錯誤的。

問題6 P28-29

34 解答：1

▲ 請參照使用規定中的「3. 利用のしかた／3.使用方法」中的「利用できる人／可入館者」。因為王先生住在山田區，而李先生就讀的學校位於山田區，所以正確答案是1。

35 解答：3

▲ 請參照「5. 本を借りるためのきまり／5.借閱規則」。書籍總共可以借閱6本。

▲「CD」和「DVD」總共可以借3件（其中DVD至多1件）。因為DVD一次只能借1件，所以正確答案是3。

第1回　聴解

問題1 P30-34

例 解答：4

▲ 這題要問的是「燃えるゴミを次にいつ出しますか／下一次可燃垃圾什麼日子丟呢？」。從對話中，男士說了「今日は火曜日だから／因為今天是星期二」，又問女士「燃えるゴミを出す日はいつですか／什麼日子可以丟可燃垃圾呢？」，女士回答「月曜日と金曜日です／星期一跟星期五」，知道答案是4「金曜日／星期五」了。

1 解答：4

▲ 男大學生說完「セーターにしようかな／要不要送件毛衣呢」，也說「それから、手袋も／再順便帶雙手套吧」之後，媽媽告訴他「セーターはいいよ／毛衣別買了」，大學生回答「わかった。じゃあ、セーターはやめるよ／好。那毛衣就不買囉」，意思是他不買毛衣，只買手套送媽媽。

2 解答：2

▲ 因為報路的男士說的是「右から2軒目の、木が植えてある部屋／從右邊數來第二間、有盆栽的那間屋子」。

《其他選項》

▲ 選項1是「服が干してある／晾著衣服」，選項3是「カーテンが閉まっている／拉上窗簾」。選項4雖是「右から2軒目／從右邊數來第二間」，但是圖上有小鳥，所以不正確。

3　解答：3

▲ 因為女學生說「前に買った青いワンピースにしようかな／（那我也）穿之前買的那件藍色洋裝吧」。所謂的洋裝即是仕女連身裙。答案 1 的「スーツ／套裝」是指外套和下身的裙子或長褲搭配成套的服裝。

4　解答：1

▲ 學校的集合時間是 6 點，從家裡到學校要花 30 分鐘。清晨的電車班次 5 點 8 分的下一班是 5 點 35 分，如果搭後面那班車就要遲到了。

▲ 男孩一開始表明自己要搭 5 點 8 分那班車，提醒媽媽「4 時半に起こしてね／記得 4 點半叫醒我喔」，所以正確答案是 4 點半。

5　解答：2

▲ 男生詢問女生「この本、田中先生に返してくれる？／可以幫我把這本書還給田中老師嗎？」女生回答「いいですよ／可以呀」。接著，女生又說「私も～この本借りようかな／我也…不如也把這本書借回去參考吧」，所以答案是選項 2。

《其他選項》

▲ 選項 1　由於女生說「私も～借りようかな／我也…不如也借回去參考吧」，表示她打算和男生一樣向老師借書。

▲ 選項 3　女生說的「いいですよ／可以呀」是指代為歸還田中老師。

▲ 選項 4　並未提到打電話。

6　解答：1

▲ 因為男士表示「まず、水泳だけにしようよ／先讓他只學游泳這一項吧」。即使不知道「スイミングスクール／游泳教室」這個名詞，也能夠從女士說的「そうね、水泳はいいかもしれない／也好，學游泳或許是個好主意」這句話推測出答案。

7　解答：3

▲ 女士建議「まずは医者に行って～／還是先去給醫師診察…」，男士表示「そうだね。そうするよ／說得也是，我會照妳的建議去做」。由於女士說的是「眼鏡をかけるといいらしいよ。でも、～／聽說可以戴眼鏡預防喔。不過…」所以重點應該放在「でも／不過」之後的話，先去看醫生。

▲ 這道題目即使不知道「花粉症／花粉熱」這個名詞，也能夠找出正確答案。

8　解答：2

▲ 因為男士表示「まず、デパートの駐車場に行ってみて、～／我先去百貨公司的附設停車場看看，…」。

問題 2　P35-39

例　解答：3

▲ 這題要問的是男士「どうしてカメラを借りるのですか／為什麼要借照相機呢？」。記得「借りる／借入」跟「貸す／借出」的差別。而從「貸してくれる／借給我」，知道要問的是男士為什麼要借入照相機的問題。

▲ 從女士問「先輩はすごくいいカメラを持っているでしょう。あのカメラ、壊れたんですか／前輩不是有一台很棒的照相機，那台相機壞了嗎？」，男士否定說「いや／不是」，知道選項 4「自分のカメラはこわれているから／因為自己的照相機壞了」不正確。接下來男士說「あのカメラはとてもよく撮れるんだけど、重いんだよ／我的那台相機雖然拍得好，但太重了」，知道答案是 3 的「自分のカメラは重いから／因為自己的相機太重了」。

1　解答：1

▲ 男學生說「ハンバーグができるのを待っているところだ／我正在等漢堡做好」，由

此可知他點的是漢堡。

▲ 雖然他後來提到「あの天ぷら、おいしそうだね／那個天婦羅看起來好好吃」，以及「カレーライスもおいしいよね／咖哩飯也很美味」，但並沒有表示自己要吃。

2 解答：4

▲ 雖然店員說蘋果單顆 120 圓，買三顆可享優惠價 300 圓，但女士表示「１個でいいです／只要一顆就好」，所以她需要支付 120 圓。

3 解答：1

▲ 因為對話中提到「ひろし君はこういち君と同じクラス／小廣和浩一同班」，而前面也說過浩一是Ａ班。

▲ 請各位別忘了聽 CD 時要做筆記喔。

4 解答：3

▲ 因為男孩說「桜もいいけど、それより、見たいお寺があるんだ／賞櫻也不錯，可是有間寺院我更想去參觀」。

▲ 這裡使用了「ＡよりＢ（のほう）が～／相較於Ａ，Ｂ（更加）…」的比較句型。男孩表示「桜よりお寺が／比起櫻花，更（想看）寺院」。

▲ 題目詢問的是男孩想去的理由，至於「歴史の勉強にもなるから／還可以學習歷史知識」這句話是奶奶說的，所以不是正確答案。

5 解答：3

▲ 因為女士回答「泊まったホテルの庭で絵を描いたりしていたんです／在住宿旅館的庭院寫生」。對話中並未提到選項１的「寝ていた／睡了」以及選項２的「散歩していた／散了步」。至於選項４，男士詢問「一人でいろいろなところに行ってみたの？／妳會一個人到處走走逛逛嗎？」而女士回答的是「あまり～出かけませんでした／通常不會去（太遠）的地方」。

6 解答：2

▲ 本題問的是星期五的天氣，而對話中提到「木曜日と金曜日は晴れますが／週四和週五將是晴天」以及「また金曜日は夜から雨が降り出すでしょう／此外，預測週五晚間開始降雨」。

7 解答：2

▲ 因為女高中生表示「～音楽の先生になりたいと思っていました。今は看護師になろうと思っています／…以前想當音樂老師，但現在希望成為護理師」。

問題 3 P40-43

例 解答：1

▲ 這一題要問的是「食べ方／食用方法」，而選項一的「どのように／如何」用在詢問方法的時候，相當於「どうやって／怎麼做」、「どのような方法で／什麼方法」的意思。正確答案是 1。「どのように」用法，例如：

・ 老後に向けてどのように計画したらいいでしょう／對於晚年該如何計畫好呢？

《其他選項》

▲ 選項２　如果問題是問「出される食べ物は食べられるかどうか／端上桌的食物能不能吃呢」的話則正確。

▲ 選項３　如果問題是問「出される食べ物を食べるかどうか／端上桌的食物要不要吃呢」的話則正確。

1 解答：2

▲ 前面的情境提示並沒有說到選項１的「おなかが痛くなる／會肚子痛」。選項３的

「嫌になるほど／幾乎吃膩了」等同於「嫌になるくらい／幾乎厭煩了」，意思是吃太多都已經膩了，而這樣的措辭相當失禮。

▲ 選項２的「けっこうです／已經夠了」是想表示「いりません／不用了」的禮貌說法。日文「結構」的原意是「とてもよい／相當完美」，延伸為「これ以上必要ない／不需要再多了」、「もう十分だ／已經足夠」的婉拒用語。例句：

・A：駅まで送りましょう／**送你去車站吧？**

B：けっこうですよ。タクシーで帰りますから／**不用了，我搭計程車回去就好。**

2 解答：３

▲ 選項１並沒有表達出謝意，因此不適合做為出院時的致謝詞。選項２的說話者應該是護理師而非病患。

3 解答：１

▲ 選項１的「ただ今／目前」是「今／現在」的禮貌用語，「〜ております／正…在」是「〜ています／正…在」的謙讓語。選項２並非用於「家にいないことを伝える／轉達不在家」的語句，所以不是正確答案。另外，面對客人不適合說選項３這樣的話。

4 解答：２

▲ 選項２在「どうぞ／請」的後面省略了「食べてください／請用」、「受け取ってください／請笑納」之類的句子。選項１的「ほしいですか／想要嗎？」是失禮的措辭，當詢問是否要幫對方添茶時，應該說「もう一杯いかがですか／再幫您添些茶好嗎？」而不是問「もう一杯ほしいですか／你想再喝一杯嗎？」。選項３的「いただきました／那就不客氣了」是「もらいました／收下了」的謙讓語。

5 解答：３

▲ 選項１「ずいぶん／頗為」是用於表示感想或驚訝的副詞，不能用在表示委託之意的「〜ください／請…」的句型中。例句：

・今日はずいぶん暑いね／**今天好熱喔！**

・たかし君は、一年でずいぶん大きくなったね／**才過一年，小隆就長這麼高了呀！**

▲ 選項２「〜話していいですか／我可以說…嗎」，但本題問的不是自己說話的音量，所以不是正確答案。

問題４ P44

例 解答：１

▲「もう〜したか／已經…了嗎」用在詢問「行為或事情是否完成了」。如果是還沒有完成，可以回答：「いいえ、まだです／不，還沒有」、「いいえ、〇〇です／不，〇〇」、「いいえ、まだ〜ていません／不，還沒…」。如果是完成，可以回答：「はい、〜した／是，…了」。

▲ 這一題問「もう朝ご飯はすみましたか／早餐已經吃了嗎」，「ご飯はすみましたか／吃飯了嗎」是詢問「吃飯了沒」的慣用表現方式。而選項１回答「いいえ、これからです／不，現在才要吃」是正確答案。

《其他選項》

▲ 選項２如果回答「はい、食べました／是的，吃了」或「いいえ、まだです／不，還沒」則正確。

▲ 選項３如果回答「はい、すみました／是的，吃了」則正確。「すみません／抱歉、謝謝、借過」用在跟對方致歉、感謝或請求的時候。可別聽錯了喔！

1 解答：１

▲ 選項２的「きっと／想必」和選項３的「たぶん／恐怕」都是表示推測的副詞，不會用在描述自己的句子裡。選項１則省略了「いいえ／不」。

▲ 關於推測副詞的程度，「きっと」的可能性比「たぶん」更高。

2 解答：2

▲ 選項１是收到明信片的人說的話。選項３的「たぶん／大概」表示推測，但是自己推測自身會不會「はがきを出す／寄明信片」的行動是不合邏輯的。例句：

・彼はたぶん来ないでしょう／**他大概不來了吧。**

▲ 選項２的「きっと／一定」和「出します／會寄」這樣展現意志的動詞放在同一個句子裡，表示強烈的決心。例句：

・彼はきっと来ないでしょう／**想必他不來了吧。〈推測〉**

・私はきっと行きます／**我一定會去！〈意志〉**

3 解答：3

▲ 題目詢問的是「何人（くらい）～いますか／…（大約）有多少人？」，所以應該回答「○人います／有○人」或「○人です／○人」。

4 解答：1

▲ 選項２和選項３是疑問句，不能用疑問句來回答提問。題目問的是「どんな予定ですか／有何計畫？」，而選項１具體說明「国に帰る／要返鄉」，因此是正確答案。例句：

・A：林先生はどんな人ですか／**林老師是個什麼樣的人呢？**
　B：厳しいですが、親切です／**雖然嚴格，但很親切。**

▲「（動詞辭書形／ない形）つもりです／預計」是用於表示預定或計畫的句型。例句：

・将来は外国で働くつもりです／**我計畫以後在國外工作。**

・夏休みはどこも行かないつもりです／**暑假我打算哪裡都不去。**

5 解答：2

▲ 本題問的是「何個もらっていいですか／可以拿幾個呢？」，所以應該回答「○個もらっていいです／可以拿個○」或「○個です／○個」。

▲「ずつ／各」是量詞（○個、○片、○杯等等），表示固定的同數量分配，或者固定的數量反覆出現。例句：

・お菓子は一人三つずつ取ってください／**每個人請各拿三片餅乾。**

・漢字を 10 回ずつ書いて、覚えます／**每個漢字各寫十遍並且記起來。**

《其他選項》

▲ 選項１是回答「全部で何個ありますか／總共多少個？」的答案，所以不正確。

6 解答：3

▲「いかがですか／是否要喝杯（吃些）…」是請對方享用飲食時的「どうですか／如何」的禮貌詢問用語。當對方詢問「お茶はいかがですか／要不要喝杯茶呢？」的時候，應當回答「はい、いただきます／好的，請給我一杯」或是「ありがとうございます。いただきます／謝謝，請給我一杯」。

▲「お茶でも～／要不要喝杯茶之類的…」的「でも／之類的」意思是「お茶でもコーヒーでも紅茶でもいいですが、何か飲み物はいかがですか／我可以為您準備綠茶或咖啡或紅茶等等飲料，請問您要不要喝點什麼呢？」

▲ 當不想喝茶時，可以回答「（いいえ、）結構です／（不，）不用了」。

《其他選項》

▲ 選項１是請對方吃東西或喝飲料時的句子。「召し上がる／請用」是「食べる／吃」或「飲む／喝」的尊敬語。

7 解答：3

▲「(動詞ない形) ない？／要不要…？」是「(動詞ます形) ませんか／是否…？」的口語形（普通體），用於邀請對方時的句子。當有人詢問自己「散歩しない？／要不要散步？」時應該回答「うん、する／嗯，要」、「うん、しよう／嗯，走吧」或是「ううん、しない／不，不要」。

8 解答：2

▲「～ています／通常…」用於表示反覆的狀態，題目的意思是「休みの日は、いつもどうしていますか／您假日通常做些什麼呢？」。

▲ 選項１是對於「どうしますか／打算做什麼」的答覆。選項３是對於「どうしましたか／做了些什麼」的答覆。既然題目問的是「～ていますか／通常…呢？」，因此應該回答「～ています／通常…」。

第2回 言語知識（文字・語彙）

問題1 P46-47

例 解答：1

▲「春」音讀唸「シュン」，訓讀唸「はる／春天」。

《其他選項》

▲ 選項２「なつ」的漢字是「夏／夏天」，音讀唸「カ・ゲ」。

▲ 選項３「あき」的漢字是「秋／秋天」，音讀唸「シュウ」。

▲ 選項４「ふゆ」的漢字是「冬／冬天」，音讀唸「トウ」。

1 解答：3

▲「医」音讀唸「イ」。「者」音讀唸「シャ」，訓讀唸「もの／…（的）人」。例如：

・参加者／**參加者**、技術者／**技師**

科学者／**科學家**、患者／**患者**

・悪者／**壞人**

・私は鈴木という者です／**敝姓鈴木**。

2 解答：1

▲「授」音讀唸「ジュ」，訓讀唸「さず-かる／被授予」、「さず-ける／授予」。

▲「業」音讀唸「ギョウ・ゴウ」，訓讀唸「わざ／事情、行為、事業」。

《其他選項》

▲ 選項２「講義／講義」。

▲ 選項３「勉強／念書」。

▲ 選項４「説明／說明」。

※ 請注意念起來的發音有幾拍。

→「受」、「授」發音為「ジュ」，一拍。

「十」、「住」、「重」發音為「ジュウ」，兩拍。

3 解答：4

▲「水」音讀唸「スイ」，訓讀唸「みず／水」。例如：

・水曜日／**星期三**、地下水／**地下水**

・水色／**淡藍色**、水着／**泳衣**

4 解答：2

▲「受」音讀唸「ジュ」，訓讀唸「う-かる／考上」、「う-ける／接受」。例句：

・行きたかった大学に受かりました／**我考上了心目中第一志願的大學**。

・就職試験を受ける／**接受就業考試**。

▲「付」音讀唸「フ」，訓讀唸「つ-く／附上」、「つ-ける／安裝上」。例句：

・帽子の付いたコートを買った／**買了附有帽子的大衣**。

・髪に飾りを付けます／**把髮飾點綴在頭髮上**。

・友達の買い物に付き合う／陪朋友去購物。

▲「受ける」和「付ける」合在一起變成「うけつけ／受理」是特殊念法。

《其他選項》

▲ 選項3 「入口／入口」。

▲ 選項4 「玄関／玄關」。

5 解答：2

▲「夫」音讀唸「フ・フウ」，訓讀唸「おっと／丈夫」。例如：

・夫人／夫人

・夫婦／夫婦

・お年寄りにも使い易いように工夫する／為了使年長者也能輕鬆使用而下足了工夫。

※ 對義詞：「夫／丈夫」⇔「妻／妻子」

《其他選項》

▲ 選項1「弟／弟弟」。選項3「兄／哥哥」。選項4「妻／妻子」。

6 解答：3

▲「経」音讀唸「ケイ・キョウ」，訓讀唸「へ-る／經過」。例句：

・珍しい経験をする／獲得寶貴的經驗。

▲「済」音讀唸「サイ」，訓讀唸「す-む／終了」、「す-ます／辦完」、「す-ませる／做完」。例句：

・朝食はパンとコーヒーで済ませた／早餐用麵包和咖啡解決了。

《其他選項》

▲ 選項2 「経験／經驗」。

▲ 選項4 「歴史／歷史」。

7 解答：1

▲「関」音讀唸「カン」，訓讀唸「せき／關口」。

▲「係」音讀唸「ケイ」，訓讀唸「かかり／擔任」。例句：

・係員に道を聞きます／向工作人員問路。

※「間」、「関」、「簡」的讀音都是「かん」。「係」、「系」的讀音都是「けい」。

8 解答：4

▲「鏡」音讀唸「キョウ」，訓讀唸「かがみ／鏡子」。

※「眼鏡」是特殊念法

《其他選項》

▲ 選項2「姿／姿態」。選項3「顔／臉」。

9 解答：1

▲「有」音讀唸「ユウ・ウ」，訓讀唸「あ-る／有」。

▲「名」音讀唸「メイ・ミョウ」，訓讀唸「な／姓名」。例句：

・参加者は25名です／參加的人有25位。

・名字を平仮名で入力してください／姓名請用平假名輸入。

問題2 P48

例 解答：2

▲「通」音讀唸「ツウ」，訓讀唸「とお－る／通過」、「とお－す／穿過」、「かよ－う／上班，通勤」。例如：

・通過／不停頓地通過

・店の前を通る／走過店門前。

・針に糸を通す／把線穿過針孔。

・電車で会社に通っている／坐電車去上班。

《其他選項》

▲ 選項1 「返」音讀唸「ヘン」，訓讀唸「かえ－る／返還」、「かえ－す／歸還」。例如：

・返信／回信

・貸したお金が返ってきた／借出的錢還回來了。

・金を返す／還錢。

▲ 選項３　「送」音讀唸「ソウ」，訓讀唸「おく－る／送」。例如：

・送金／寄錢

・荷物を送る／送行李。

▲ 選項４　「運」音讀唸「ウン」，訓讀唸「はこ－ぶ／運送」。例如：

・運送／搬運

・品川から船で運ぶ／從品川用船搬運。

10　　解答：2

▲「比」音讀唸「ヒ」，訓讀唸「くら－べる／比較」。例句：

・去年と今年の雨の量を比べる／比較去年和今年的雨量。

《其他選項》

▲ 選項１　北（音讀唸「ホク」，訓讀唸「きた／北方」）。

▲ 選項３　並（音讀唸「ヘイ」，訓讀唸「なみ／並列」、「なら－ぶ／排成」、「なら－べる／排列」）。

▲ 選項４　沒有這個字。

11　　解答：3

▲「仕」音讀唸「シ」，訓讀唸「つか－える／侍奉」。例句：

・コピーの仕方が分かりません／不知道該怎麼影印。

▲「事」音讀唸「ジ」，訓讀唸「こと／事情」。例句：

・大事な用があります／有重要的事。

・お大事に／請多保重。

・これから言う事をメモしてください／請將我接下來說的話抄寫下來。

12　　解答：4

▲「最」音讀唸「サイ」，訓讀唸「もっと－も／最」。例句：

・最後の人は電気を消してください／最後離開的人請把電燈關掉。

・最近気になったニュースは何ですか／你最近關心的新聞是什麼？

▲「初」音讀唸「ショ」，訓讀唸「はじ－め／開頭」、「はじ－めて／第一次」、「はつ／最初」。例句：

・初めに、社長から挨拶があります／首先，從總經理開始致詞。

・この映画は、初めて見ました／第一次看這部電影。

※ 對義詞：「最初／首先」⇔「最後／最後」

13　　解答：2

▲「捨」音讀唸「シャ」，訓讀唸「す－てる／丟棄」。

※ 對義詞：「捨てる／捨棄」⇔「拾う／撿拾」

《其他選項》

▲ 選項１　拾（音讀唸「シュウ」，訓讀唸「ひろ－う／撿拾」）。

▲ 選項３　放（音讀唸「ホウ」，訓讀唸「はな－す／放開」、「はな－れる／脫離」）。

▲ 選項４　落（音讀唸「ラク」，訓讀唸「お－ちる／落下」、「お－とす／使降落」）。

14　　解答：2

▲「冷」音讀唸「レイ」，訓讀唸「つめ－たい／冷、涼」、「ひ－える／變冷」、「ひ－やす／冰鎮」、「ひ－やかす／冷卻」、「さ－める／變冷」、「さ－ます／弄涼」。例如：

・冷蔵庫／冰箱

・冷えたビールをください／請給我冰啤酒。

・このスープは冷やすとおいしいです／這個湯冷卻後很好喝。

▲「冷たい／涼的；冷淡的」的送假名為「たい」。

15 解答：1

▲「外」音讀唸「ガイ・ゲ」，訓讀唸「そと／外面」、「はず - す／取下」、「はず - れる／脱落」。例如：

・外国／外國、外国人／外國人

※ 對義詞：

「家の外／家門外」⇔「家の中／家裡」

「国外／國外」⇔「国内／國內」

《其他選項》

▲ 選項２　中（音讀唸「チュウ」，訓讀唸「なか／裡面」）」。

▲ 選項３　表（音讀唸「ヒョウ」，訓讀唸「おもて／表面」、「あらわ - す／顯露」、「あらわ - れる／出現」）」。

▲ 選項４　沒有這個字。

問題 3 P49-50

例 解答：3

▲ 從題目一開始的「わからない言葉は／不會的詞語」跟後面的「～を引きます／查找…」，可以知道答案是「辞書」。

《其他選項》

▲ 選項１　「本／書本」。例句：

・本を読む／看書。

▲ 選項２　「先生／老師」。例句：

・音楽の先生になりたい／我想成為音樂老師。

▲ 選項４　「学校／學校」。例句：

・子供たちは元気よく歩いて学校へ行きます／小孩們精神飽滿地走向學校。

16 解答：2

▲ 因為題目提到「歩いていて／走著走著」，由此可以知道題目是指走在路上時撿到了戒指。

▲ 如果要選選項３「持ちました／持有」，那麼句子應該是「ゆびわを持って、歩きました／拿著戒指走路」，表示「持ちます／拿著」和「歩きます／走路」這兩件事同時並存。

《其他選項》

▲ 選項１的「売りました／販賣」是無法邊走邊做的事。

▲ 選項４　「足しました／添加」與文意不符。

17 解答：3

▲ 沒有「使い方を準備する／準備用法」這種説法，選項４不正確。

▲ 因為題目提到「～してもらいました／為我做…」，所以可以知道是對方為自己（してくれた／為我）做事，因此，選項１「研究／研究」不正確。

▲ 選項３　「説明／説明」是指告知對方不清楚的事或不知道的事，這是正確答案。

《其他選項》

▲ 選項２　「紹介／介紹」是指傳達信息。雖然可以説「日本文化を世界に紹介する／向全世界介紹日本文化」等等，但是「パソコンの使い方／電腦的使用方式」要用「説明／説明」這個詞比較恰當。

18 解答：4

▲ 因為題目中有「（　）ので、すわりましょう」，表示「座位上沒有人，我們去坐」，這種情況要説「席が空いた／有空位了」。沒有人坐在座位上的時候，應該説「席が空いている／座位空著」。

《其他選項》

▲ 選項１「空いた／空著」是指店面或電影院等，整體看起來人很少。

▲ 選項２如果是「人が動いた／有人動了」而有「席が空いた／有空位」的情況、選項３如果是「人が席を替えた／有人換位

子了」而有「席が空いた／有空位」的情況，就正確。

19 解答：1

▲ 因為題目提到「階段から落ちて／從樓梯上摔下來」，所以要選「けがをした／受傷了」。

《其他選項》

▲ 選項２ 「骨／骨頭」受傷的話會說「骨を折った／骨折」。

▲ 選項３ 「無理／勉強」雖然可以說「無理をする／勉強」，但正確用法應該是「熱があったが、無理をして働いた／雖然發燒了，但仍然勉強工作」。

▲ 選項４ 「経験／經驗」用在「大変な経験をした／經歷了千辛萬苦」、「病気を経験した／生過病」等等用法，會跟說明經歷的內容的詞語一起使用。

20 解答：3

▲ 可以連接「歌が／歌」的是和「上手だ／擅長」意思相同的「うまい／巧妙」一詞。「うまい」是口語用法，說法較不禮貌。此外，「うまい」還有另一個意思「おいしい／好吃」。

《其他選項的用法》

▲ 選項１ 「甘い(お菓子)／甘甜的(點心)」。

▲ 選項２ 「遠い(道) ／遙遠的(路途)」。

▲ 選項４ 「深い(池) ／很深的(池塘)」。

21 解答：2

▲「乗り換える／轉乘」是指從一種交通工具上下來、再換搭其他交通工具。例句：

・ 東京駅で中央線に乗り換えます／**在東京站轉乘中央線**。

《其他選項的用法》

▲ 選項１ 「サイズが合わないので、大きい服と取り替える／尺寸不合，所以要更換大尺寸的衣服」。

▲ 選項３ 「時間を間違えて、会議に遅れる／因為弄錯時間，所以會議遲到了」。

▲ 選項４ 「壁の色を塗り替える／將牆壁重新粉刷上色」。

22 解答：4

▲ 這題要選表示安靜下來的樣子的副詞「静かに／安靜」。「急に／突然」表示短時間內情況有很大的變化。

《其他選項》

▲ 選項１ 「はっきり／清楚」表示事物明確的樣子。例句：

・ 犯人の姿をはっきり見ました／**我看清楚了犯人的樣子**。

・ 嫌ならはっきり断ったほうがいい／**討厭的話就果斷拒絕比較好**。

▲ 選項２ 「なるべく／盡量」是「できるだけ／盡可能地」的意思。後面要接表示意志、希望、請託等詞語。

▲ 選項３ 「あまり／(不)太」後面要接否定形。

23 解答：3

▲ 這題是小偷被警察追捕時的行動，正確答案是「逃げる／逃跑」。

▲「追いかける／追趕」是「追う／追」和「かける」的複合動詞，意思是從後方追趕在前方的人等。「追いかけられる」是它的被動形。

《其他選項的用法》

▲ 選項１ 「(ボールを) 投げる／投(球)」。

▲ 選項２ 「(時計を) 止める／(時鐘)停止運轉」、「(車を) 停める／停(車)」。

▲ 選項４ 「(雨に) 濡れる／被(雨)淋濕」。

24 解答：1

▲ 從「～で上がります／用…上樓」，知道這一題要選「エスカレーター／電梯」。

《其他選項》

▲ 選項２ 「ストーカー／跟蹤狂」是犯罪行為者的名稱。

▲ 選項３ 「コンサート／音樂會」是指音樂會。

▲ 選項４ 「スクリーン／銀幕」是播映電影的銀幕或播放電視的螢幕。

問題 4 P51-52

例 解答：1

▲「褒める／稱讚」是指稱讚別人做的事或行為等，因此「よくできたね／做得很好」最適合。

《其他選項》

▲ 選項２ 「こまったね／真傷腦筋啊」用在發生了讓自己感到為難、苦惱的事情時。

▲ 選項３ 「きをつけろ／萬事小心」用在叮囑對方行事要小心，是比較粗魯的表現方式。

▲ 選項４ 「もういいかい／好了沒」常用在捉迷藏時。

25 解答：2

▲ 電車或公共場所等地方用「空いている／空著」形容，意思是某空間裡人很少。

※ 一起記下對義詞吧！

「空いている／人很少」⇔「混んでいる／擁擠」

26 解答：3

▲「初心者／初學者」是指剛開始學某事的人。所以，「初心者」是「習い始めました／剛開始學習」的意思。

27 解答：4

▲「たずねる／拜訪、尋找、打聽」可以是抱著一定的目的，特意去和某人見面的「訪ねる／拜訪」。也可以是請教不明白的事情的「尋ねる／詢問」意思。

▲ 因為題目提到「友達の家を／朋友家」，所以知道這句話是「訪ねました／拜訪」的意思。「家を訪ねました／到家拜訪」就是「家に行きました／前去家裡」的意思。選項４正確。

28 解答：3

▲「通行止め／禁止通行」是「通ってはいけない／無法通行」、「通ることを禁止する／不能通行」的意思。因此，選項３「通れなくなっています／無法通行」為正確。

《其他選項》

▲ 選項２「車を止めておく／停車」是「駐車する／停車」的意思，所以不正確。

29 解答：1

▲「叱られる／被責罵」是「叱る／責罵」的被動形。「叱る」是指用嚴厲的話，高聲責備對方的錯誤。「責罵」用在父母對孩子、老師對學生等，上對下的關係上。

▲ 選項１ 因為老師是説「規則を守りなさい／要遵守規則」，是叮嚀學生多注意，所以正確。

《其他選項》

▲ 選項２ 是老師在誇獎學生「がんばったね／你很努力了呢！」，所以不正確。

▲ 選項３ 「からだに気をつけて／保重身體」是關心對方健康的問候句。

▲ 選項４ 是表達謝意。

問題 5 **P53-54**

例 解答：1

▲「怖い／令人害怕的」表示擔心會出現令人害怕的事，或覺得要發生壞事之意。從選項１這一句前面提到「部屋が暗いので／因為屋子很暗」跟後面的「入れません／不敢進去」知道要用的是「怖くて／令人害怕的」，來修飾動詞「入れません」。例句：

・姉は怒ると怖い／**姐姐一發怒就很可怕**。

《其他選項的用法》

▲ 選項２應為「足が痛くて、もう走れません／腳實在很痛，已經沒辦法跑了。」

▲ 選項３應為「外は寒くて、風邪を引きそうです／外面這麼冷，出去感覺會受涼。」

▲ 選項４應為「このパンは甘くて、おいしいです／這麵包香甜又可口。」

30 解答：2

▲「細かい／細小」是指形體很小。因此選項２「細かい字／細小的字」是正確的。其他，還可以用於「細かい砂／細沙」、「細かい雨／細雨」、「野菜を細かく切る／把蔬菜切碎」等等。

《其他選項》

▲ 選項１應改為「細い腕／纖細的手臂」。

▲ 選項３應改為「小さい子供／年紀小的孩子」。

▲ 選項４應改為「短い時間／很短的時間」。

31 解答：1

▲「作り方／做法」是指製作方法。這句話可以從「ハンバーグを作るのは簡単です／作漢堡肉很簡單」、「ハンバーグは簡単に作ることができます／可以輕鬆作漢堡肉」等句子來思考，「作る／製作」是否可以接在「簡単な（に）／簡單的」後面，從這裡知道是可以的。

▲ 其他例句：

・簡単に説明する／**簡單的說明**。

・簡単な辞書／**簡易的字典**

※ 對義詞：

「簡単な／簡單」⇔「難しい／困難」。

《其他選項》

▲ 選項２　修飾「時間／時間」的形容詞要用「短い／短」⇔「長い／長」。

▲ 選項３　修飾「天気／天氣」的形容詞要用「よい／好」⇔「悪い／壞」。

▲ 選項４　修飾「町／城鎮」的形容詞要用「小さい／小」⇔「大きい／大」。

32 解答：3

▲「保存／保存」是指保持現有狀態，存放起來。例句：

・PCに資料を保存します／**把資料儲存在電腦裡**。

《其他選項》

▲ 選項１應改為「けが人を保護する／保護傷者」。

▲ 選項２應改為「鍵を保管する／保管鑰匙」。

▲ 選項４應改為「問題を保留にする／擱置這個問題」。

33 解答：4

▲「開く／打開」是指把關閉的東西打開，例如打開門、書、電腦、店家等。

《其他選項》

▲ 選項１應改為「部屋を掃除して／打掃房間」。

▲ 選項２應改為「ケーキを切って／切蛋糕」。

▲ 選項３應改為「テレビを点けて／打開電視」。

34 解答：2

▲「しばらく／暫時」是指短暫的時間，或是感到時間經過得稍微長一點的樣子。例句：

・名前を呼ぶまで、しばらくお待ちください／叫到名字之前，請暫時在此稍候。

・母とけんかをして、しばらく家に帰っていない／我和媽媽吵架了，暫時不回家了。

《其他選項》

▲ 選項 1 應改為「まもなく／不久」。

▲ 選項 3 應改為「ようやく／終於」。

▲ 選項 4 應改為「惜しくも／可惜」。

第 2 回　言語知識（文法）

問題 1　P55-56

例 解答：2

▲ 看到「散歩」跟「する」知道要接的助詞是「を」。「する」可以接在漢字後面變成動詞，例如「散歩する」，這一形式也可以寫成「散歩をする」。

《其他選項的用法》

▲ 選項 1　「時間がありません／沒有時間。」

▲ 選項 3　「新聞や雑誌を読む／閱讀報紙或雜誌。」

▲ 選項 4　「8時に出発する／8點出發。」

1 解答：2

▲ 疑問句「～行きましたか／去了呢」是丁寧體（禮貌形），其普通體（普通形）是「～行ったの？／去了呢」。

2 解答：4

▲ 因為述語是「～てくれました／（為我）做…」，由此可知主語不是「私／我」而是「佐藤君／佐藤同學」。表示主語的助詞是「が」。而題目中的目的語「私に／為我」則被省略了。

→ 請順便學習「～てくれる／給」和「～てもらう／得到」的用法吧。例如：

・父が（私に）時計を買ってくれました／爸爸買了手錶（給我）。

・（私は）父に時計を買ってもらいました／（我）請爸爸（幫我）買了手錶。

3 解答：3

▲「までに／在…之前」是表現期限或截止時間的用法。例如：

・レポートは金曜までに出してください／報告請在星期五前交出來。

→ 此例句意思為星期三或星期四都可以，但最晚星期五要提交的意思。

▲ 請順便記住「まで／到…為止」和「までに／在…之前」的差別吧。「まで」表示範圍。例如：

・駅から家まで 10 分です／從車站到我家需要 10 分鐘。

・雨が止むまで待ちます／等到雨停。

▲ 選項 2 的「までは／到…為止」是「まで／到…為止」的強調形。

4 解答：3

▲「ばかり／光是」是指「淨是做某事，其他都不做」的意思。例如：

・妹はお菓子ばかり食べている／妹妹總是愛吃零食。

・今日は失敗ばかりだ／今天總是把事情搞砸。

・遊んでばかりいないで、働きなさい／不要整天遊手好閒，快去工作。

5 解答：4

▲ 由於「空の色／天空的顏色」是主語，因此述語應該選擇自動詞的「変わる／變化」。

▲ 請留意自動詞「変わる」與他動詞「変える／改變」的使用方法。例如：

・彼の言葉を聞いて、彼女の顔色が変わった／聽完他的話，她臉色都變了。（主語是「彼女の顔色／她的臉色」）

・彼の言葉を聞いて、彼女は顔色を変えた／聽完他的話，她變了臉色。（主語是「彼女／她」）

▲「～ていきます／…下去」表示繼續。

・雪がどんどん積もっていきます／雪越積越多。

・これからも研究を続けていきます／往後仍將持續進行研究。

6 解答：2

▲ 由於句中提到「母が子どもに／媽媽要求了孩子」，應該想到使役形的句子，所以選擇「します／做」的使役形「させます／要求做」。

▲ 使役形的句子用於表達使別人動作的人（下述例子中的媽媽）和實際動作的人（下述例子中的小孩）的行動。請注意使役形句中助詞的差異。

▲ 他動詞的例子：

・母は子に掃除をさせます／媽媽叫孩子打掃。（「します／做」是他動詞）

▲ 自動詞的例子：

・母は子を学校へ行かせます／媽媽讓孩子去上學。（「行きます／去」是自動詞）

7 解答：3

▲「今から／現在」是講述未來的事，因此選項2的「～ました／了（過去式）」並不正確。從文意上來看，選項1的命令形「～なさい／要」和表示否定可能的選項4「～はずがありません／不可能」也都不對。正確答案是表示預定用法的選項3「～つもりです／打算」。

8 解答：1

▲「ベルが鳴る／鈴聲一響」→「書くのをやめる／停筆」是表示條件的句子。選項中表示條件的用法有選項1「鳴ったら／一響」和選項4「鳴ると／一響就」，但是「～と／一…就」無法表現說話者的意志或請託。例如：

・春になったら、旅行しよう／要是到了春天，就去旅行吧。（× 春になると、旅行しよう／一到春天就去旅行）

・疲れたら、休んでください／如果累了的話，就休息吧。（× 疲れると、休んでください／一累就休息）

▲ 請一併學習「と／一…就」的使用方法。例如：

・春になると、桜が咲きます／每逢春天，櫻花盛開。

・疲れると、頭が痛くなります／一疲勞頭就痛。

9 解答：2

▲ 主語「わたしは／我」被省略了。如果要表達「我澆花」，應該使用含有「あげます／給予」意思的「やります／給」。給比自己身份低的弟弟、妹妹、小朋友、動物、植物等人事物的時候，不用「あげる／給」而是用「やる／給」。例如：

・弟に勉強を教えてやった／教了弟弟讀書。

・カラスにえさをやらないでください／請不要給烏鴉餵食。

《其他選項》

▲ 選項4的「いただきます／領受」是選項3「もらいます／得到」的謙讓語，兩者意思相同。選項1的的「くれます／給（我）」，雖然物品移動的方向和「もらいます」一樣（對方→我），但是主語並不是「我」，而是對方。例如：

・私は友達にテレビをもらいました／收到了朋友送給我的電視。

・私は先生に辞書をいただきました／收到了老師送給我的辭典。

・友達は私にテレビをくれました／朋友送了我電視。

10 解答：3

▲ 選項１的「いただきました／承蒙」是「もらいました／接受了」的謙讓語。選項２的「さしあげました／獻給了」是「あげました／給了」的謙讓語。選項３的「くださいました／給了」是「くれました／給了」的謙讓語。選項４的「なさいました／做了」是「しました／做了」的尊敬語。題目的主語是「先生／老師」，所以選擇選項３的「くださいました」。

11 解答：4

▲「（動詞ます形）出す／起來」表示開始某件事或某動作。例如：

・昔の話をしたら、彼女は泣き出した／**一聊起往事，她就哭了起來。**

《其他選項正確用法》

▲ 選項１如果是「（降り）始めました／開始（下）」則正確。

▲ 選項２ 「（雨は一日中）降り続きました／（雨）一直下了（一整天）。

▲ 沒有選項３的「降り終わる」這種敘述方式。正確說法是：

・雨は３時に止みました／**3點時雨停了**。

12 解答：2

▲「（動詞ます形）なさい／要」是命令形的丁寧形（禮貌形）。例如：

・次の質問に答えなさい／**要回答以下的問題**。

・たかし、早く起きなさい／**小隆，快起床了！**

13 解答：1

▲「（形容詞語幹）さ／的程度」可將表示程度的形容詞加以名詞化。例如：

・箱の大きさを測ります／**測量箱子的大小**。

・これは人の強さと優しさを描いた映画です／**這是一部講述人類堅強又溫厚的電影**。

▲ 由於題目是「京都の（　）は、～／京都的（　）…」，（　）之中應填入名詞。所以選項２、３、４都無法填入。

※「（形容動詞語幹）さ／的程度」也同樣是將表示程度的形容詞加以名詞化。例如：

・命の大切さを知ろう／**你要了解生命的可貴！**

14 解答：2

▲「（動詞辭書形）ことがある／偶爾」表示「不是每次都會這樣，但偶爾會這樣」的情況。例如：

・バスは急に止まることがありますから、気をつけてください／**公車有時會緊急煞車，請多加小心**。

《其他選項》

▲ 選項３的「会うと思います／我覺得會見面」是表示推測、預想的用法，所以不正確。

▲「（動詞た形）ことがある／曾經」表示經驗，和「（動詞辭書形）ことがある」的意思不一樣，要多注意！例如：

・私は飛行機に乗ったことがあります／**我有搭乘過飛機**。

15 解答：3

▲ 本題要選表示目的「ために／為了」。「ために」的前面要用表示意志的動詞。例如：

・大会で優勝するために、毎日練習しています／**為了在大賽中獲勝，每天勤於練習**。

《其他選項》

▲ 選項１正確用法是「今、大学へ行くところです／現在正往大學的路上」。

▲ 選項２的「けれど／可是」是逆接的口語用法。例如：

・私は行ったけれど、彼は来なかった／**雖然我去了，他卻沒來**。

▲ 選項４ 「からも／從…也」是「から＋も」的用法。例如：

・留学生はベトナムからも来ました／**從越南也來了留學生**。

問題 2　P57-58

例　解答：1

※ 正確語順

ケーキはすきですか。

你喜歡蛋糕嗎？

▲ B回答「はい、だいすきです／是的，超喜歡的」，所以知道這是詢問喜不喜歡的問題。

▲ 表示喜歡的形容動詞「すき」後面應填入詞尾「です」，變成「すきですか」。句型常用「～はすきですか」，因此「は」應填入「すきですか」之前，「～」的部分，毫無疑問就要填入「ケーキ」了。所以正確的順序是「2→3→1→4」，而★的部分應填入選項1「すき」。

16　解答：4

※ 正確語順：

むこうの3番線からお乗りください。

請從對面的三號月台搭乘。

▲ 因為被詢問「どこから電車に乗ればよいですか／該從哪裡搭車才好呢」，所以可以推測回答應該是「（場所）から乗ります／從（場所）搭乘」或「（場所）から乗ってください／請從（場所）搭乘」。由於句尾是「ください／請」，因此可知要用敬語的「お乗りください／請搭乘」。「から／從」前應填入表示場所的名詞，所以是「むこうの3番線から／從對面的三號月台」。因此正確的順序是「3→1→4→2」，而★的部分應填入選項4「から」。

17　解答：2

※ 正確語順：

そうですね。それではゴルフに行くことにしましょう。

說的也是。那麼就決定去打高爾夫球了。

▲「（動詞辭書形）ことにします／決定」用於表達希望依照自己的意志做決定。例如：

・今日からタバコを止めることにします／決定從今天開始戒菸。

▲「～行くことにしましょう／就決定去…吧」中「～」的部分應填入「ゴルフに／打高爾夫球」，所以正確的順序是「3→1→2→4」，而★的部分應填入選項2「行く／去」。

▲ A說「ゴルフにでも／打高爾夫球」的「でも」是舉出主要選項的說法。例如：

・疲れましたね。ちょっとお茶でも飲みませんか／有點累了耶。要不要喝杯茶或什麼呢？

18　解答：4

※ 正確語順：

6時に会場の受付けのところに集まったらどうでしょう。

六點在會場的櫃台處集合如何？

▲ 本題要回答「どこに集まりますか／在哪裡集合」，而述語也已經確定是「どうでしょう／如何」了。另外，也可以用「（動詞た形）たらどうですか／如何呢」的句子表示提議。

▲ 本題句尾使用的是「～たらどうでしょう／…如何呢」這一提議的說法。本題以「（場所）に集まる／在（場所）集合」來表示場所，所以是「～ところに集まったら／在…集合的話呢」。而剩下的選項「うけつけの／櫃臺」和「会場の／會場的」，可知會場中有一個櫃臺（會場＞櫃臺），因此變成「会場のうけつけのところに／在會場的櫃台處」。所以正確的順序是「3→1→4→2」，而★的部分應填入選項4「ところに／在…處」。

19 解答：3

※ 正確語順：

あさっての授業には辞書が必要なので必ず持って来るようにということです。

由於後天的課程必須用到辭典，請務必帶來。

▲ 從語意考量，接在「あさっての／後天」後面的應是「授業には／課程」。而「辞書が／辭典」後面應該接「必要／必須」。而在這之後則填入表示理由的「なので／由於」來連接前後文。所以正確的順序是「4→2→3→1」，而★的部分應填入選項3「必要」。

20 解答：4

※ 正確語順：

とてもおいしいと評判の店のようですよ。

聽說人人都稱讚那家店非常好吃哦！

▲ 句尾應該要填入「ようです／聽説」。而「ようです」的前面只有兩個選擇，不是「評判の（ようです）／人人都稱讚（聽説）」就是「店の（ようです）／店（聽説）」。從「あの店はおいしいと評判です／稱讚那家店好吃」的語意考量，此句應是「おいしいと評判の店／稱讚那家店好吃」。所以正確的順序是「2→1→4→3」，而★的部分應填入選項4「店の」。

問題3 P59-60

21 解答：4

▲ 題目的前後文是「わたしは母に（買い物を）たのまれて、～／我被母親託付（買東西）…」。「たのまれる／被託付」是「たのむ／託付」的被動形。

22 解答：2

▲「どうぞ／請」用於拜託別人或建議別人時。「どうぞ」之後常接「～（て）ください／請」、「～お願いします／請」等。例如：

・どうぞ座ってください／請坐。

・どうぞよろしくお願いします／請多指教。

23 解答：3

▲ 應選擇能夠連接「さっきまで300円だった／到剛才都還是300圓」和「200円にしておくよ／就算你200圓吧」的詞語。而「けれど／雖然」屬於「Aけれど、B／雖然A，但是B」的句型，用於表達A和B的內容不同甚至相反時所使用的逆接助詞。例如：

・昨日は寒かったけれど、今日は暖かい／昨天好冷，但今天很暖和。

《其他選項》

▲ 選項4的「のに／明明」雖然也是表示逆接的用法，但「AのにB／明明A，卻是B」用於A預期的內容和B不同。例如：

・彼は熱があるのに、会社へ来た／他都發高燒了，還是來上班。

▲ 選項1「だから／所以」和選項2「し／既…」都是順接用法。例如：

・もう夕方だから、安くしておくよ／既然到傍晚了，算你便宜一點吧。

・この店は、おいしいし、安いから好きです／這家店的餐點不但好吃也很平價，所以我很喜歡光顧。

24 解答：1

▲「（形容詞語幹）そうだ／看起來」表達説話者説出所看到的或感覺到的想法。要表示我自己很高興可以用「私は嬉しいです／我很高興」，若要表示看到媽媽高興的樣子，則可用「母は嬉しそうです／媽媽看起來很高興」。例如：

・彼女は寂しそうに笑った／她落寞地笑了笑。

▲「（形容動詞語幹）そうだ／看起來」也是同樣的用法。

・彼女は幸せそうに笑った／她臉上洋溢著幸福的笑容。

▲「（動詞ます形）そうだ／好像」表示看到某個情境，覺得快要發生某種事態時的用法。例如：

・袋が破れそうですね。新しい袋をどうぞ／袋子看起來好像快破了，給你一個新的袋子。

《其他選項》

▲ 選項２如果是「嬉しいらしく／好像很高興」，日文確實有這樣的用法，「らしい」意思是聽聞、聽説。但選項２的「嬉しらしく」則不是正確的日文文法。

▲ 選項３也不是正確的日文文法。

▲ 選項４的「嬉しすぎて／太高興」和「とても嬉しくて／非常高興」一樣，是用來表達自己的感覺，若要表達他人的感覺或想法時，要用「～そうだ」。

25 解答：**4**

▲ 因為媽媽説「また、明日（　）～／明天也…」，表示要「今日と同じ／和今天一樣」，因此要選「も／也」。例如：

・私は学生です。ハンさんも学生です／我是學生，樊先生也是學生。

第2回　読解

問題4　P61-64

26 解答：**3**

▲ 文中提到「お借りしていたテキストを、お返しします／謹歸還之前向您借的教科書」，並説明返還的原因是「昨日同じテキストを買った／昨天買了同一本教科書」。另外又提到「おみやげにお菓子を～くれたので、～置いていきます／帶來（家鄉的）糕點…放一些（在桌上）」，所以正確答案是３。

27 解答：**1**

▲ 因為山田醫院從８月 11 日到 16 日休診，所以２和３是錯的。

▲ 假日診所的看診時間到 21 點半，今天還可以前往就診，所以４錯誤。

▲ 文中寫道若要前往假日診所，請務必先打撥打電話確認。

28 解答：**2**

▲ 文中寫道「再来週、チケットが送られてきたら、学校でわたします／等入場券於下下周寄到以後，再拿去學校給妳們」。另外，「お金は、そのときでいいです／錢到時候再給我就可以了」，所以２是正確答案。

▲「チケットが送られてくる／入場券被寄過來」的目的語「わたしに／到我這裡」被省略了。這是以「チケット／入場券」為主詞的被動句。

29 解答：**3**

▲ 文中寫道「初めに見た部屋は押入れがなく／看的第一間房子沒有壁櫥」、「２番目の部屋はせま過ぎ／第二間房子太小」、「３番目は～お金が予定より高かった／第三間的租金超過預算」。沒有提到的是選項３。

※「押入れ／壁櫥」是房子中收納物品的地方。

問題5　P65-66

30 解答：**4**

▲ 文中寫道「公園を散歩しているとき／在公園散步的時候」。

31 解答：**1**

▲ 因為文中寫道小提包內有：「立派な黒い財布／高級的黑色錢包」、「白いハンカチ／白手帕」、「空港で買ったらしい東京の地図／

可能是在機場買的東京地圖」。

32 解答：3

▲「ちょうどその時／就在那時」的「その時／那時」，是指接近這句話之前的時間點。

▲ 前一句話是「太った警官は、～、かばんをあけました／身材豐腴的警察…打開了提包」。

▲ 指示語「その（それ）／那個」多用於表示前面剛描述的事物。

33 解答：4

▲ 文中寫道「その人は何度も私にお礼を言って／他連連向我道謝」。因為「我」做的事是「かばんを警官に届けること／把提包交給警察」，所以那位外國男士是為了「把提包交給警察」這件事而向我道謝。

問題 6 P67-68

34 解答：3

▲ 根據題目，沒有課的時間是星期四的下午和星期六，因此答案是與此時間相符的選項 3。

35 解答：1

▲ 因為「日本料理研究會」從星期六下午 4 點半開始。地點是烹飪室。

第 2 回 聴解

問題 1 P69-73

例 解答：4

▲ 這題要問的是「燃えるゴミを次にいつ出しますか／下一次可燃垃圾什麼日子丟呢？」。從對話中，男士說了「今日は火曜日だから／因為今天是星期二」，又問女士「燃えるゴミを出す日はいつですか／什麼日子可以丟可燃垃圾呢？」，女士回答「月曜日と金曜日です／星期一跟星期五」，知道答案是 4「金曜日／星期五」了。

1 解答：2

▲ 女生說「タクシーはお金が高いからやめよう／不要啦，搭計程車太貴了」，男生勸她「一人分は、バス代よりちょっと高くなるだけだよ。（そんなに高くない）／平均一人分攤下來只比搭巴士稍微貴一點點而已嘛（意思就是沒有想像中那麼貴）」，女生聽完表示「そうだね／有道理」。由於「歩いたら間に合わない／步行前往會遲到」所以選項 1 不正確，而「次のバスが出るのは 10 分後／下一班巴士十分鐘後才來」所以選項 3 也不正確，至於選項 4 並非計程車而是準備搭電車。

2 解答：4

▲ 雖然女生說了「11 時でいい／差不多 11 點吧」，但是男生說「10 時半ごろ行くよ／10 時半左右去接妳喔」。

3 解答：1

▲ 因為爸爸說「バラの絵のついたバッグなら／如果還有玫瑰圖案的包包」而女孩也說「そうね／好呀」，「バラ／玫瑰」是花卉名稱，而上面有圖案的包包是選項 1。選項 2 是「ハンカチ／手帕」。選項 3 是女孩一開始挑選的那一只上面沒有圖案的「いいハンドバッグ／高級手提包」。

4 解答：1

▲ 因為女性客人表示「すみませんが、熱いお茶をいただけますか／不好意思，可以向您要杯熱茶嗎？」而選項 1 即為熱的日本茶。選項 2，從茶杯的形狀和加了糖的線索判斷，不是日本茶而是紅茶。至於選

項3，女性客人已經表明「冷房は好きではありませんので／因為不喜歡吹冷氣」所以並非正確答案。

※ 日文中的「お茶」通常是指「日本茶」。

5 解答：3

▲ 因為女士表示「やっぱり、一人用の椅子を二つ買いましょうよ／我看還是買兩把單人椅吧」。

《其他選項》

▲ 選項1是「足を乗せる台がついている／附擱腳凳」的椅子，女士覺得很佔地方。

▲ 選項2是「寝ながらテレビが見られる／可以躺著看電視」的椅子，女士認為比剛才那把椅子更佔地方。

▲ 選項4是「二人用の椅子／雙人椅」而不是「一人用／單人椅」，所以不是正確答案。

6 解答：4

▲ 因為對話的結尾處是「18日の金曜日から三日間いこうよ／就挑18號星期五出發玩三天嘛」、「わかった。そうしよう／好，就這麼決定。」

7 解答：3

▲ 一開始男士表示「会社からは私のほか8名が出席、ほかの会社からお客様が4人いらっしゃる／我們公司除了我以外有8名參加，別家公司則有4位與會」，「私のほか8名／除了我以外有8名參加」也就是一共9人，加上來自其他公司的4人，總共13人出席會議。

▲ 此外，當男士聽到女士說「会議に参加する12人のお弁当を用意しておきます／我會準備與會12人份的餐盒」，立刻提醒她「弁当は僕のも忘れないでくださいね／便當可別忘了準備我的那一份喔」，由此也可以判斷共有13人份。

8 解答：2

▲ 首先聽到「窓の方が頭になるように／(床)頭要靠窗」就可以刪去4，接下來聽到「本棚は～ベッドの足の方に／書架…放在床腳」可以刪去3，最後「丸い小さなテーブルと椅子は、部屋の真ん中に／小圓桌跟椅子放在房間的正中間」，知道答案是2了。

問題2 P74-78

例 解答：3

▲ 這題要問的是男士「どうしてカメラを借りるのですか／為什麼要借照相機呢？」。記得「借りる／借入」跟「貸す／借出」的差別。而從「貸してくれる／借給我」，知道要問的是男士為什麼要借入照相機的問題。

▲ 從女士問「先輩はすごくいいカメラを持っているでしょう。あのカメラ、壊れたんですか／前輩不是有一台很棒的照相機，那台相機壞了嗎？」，男士否定說「いや／不是」，知道選項4「自分のカメラはこわれているから／因為自己的照相機壞了」不正確。接下來男士說「あのカメラはとてもよく撮れるんだけど、重いんだよ／我的那台相機雖然拍得好，但太重了」，知道答案是3的「自分のカメラは重いから／因為自己的相機太重了」。

1 解答：3

▲ 因為女學生說「きっと、その赤い傘が中田さんのよ／那把紅傘一定是中田同學的」。

2 解答：4

▲ 對話中提到「その子どもたちがとてもかわいいので／因為那些小朋友實在太可愛了」。「ので／因為」表示事情的原因。

《其他選項》

▲ 選項1的「母が中学校の先生をしているから／因為我媽媽是中學老師」是小朋友們來

家裡玩的理由，而不是學長「<ruby>小学校<rt>しょうがっこう</rt></ruby>の<ruby>先生<rt>せんせい</rt></ruby>になりたい<ruby>理由<rt>りゆう</rt></ruby>／想當小學老師的原因」。

3　　　　　　　　　解答：2

▲ 因為女士最後表示「じゃあ、10<ruby>時<rt>じ</rt></ruby>にします／那麼改成 10 點吧」。雖然她前面提到「<ruby>友達<rt>ともだち</rt></ruby>と<ruby>午後<rt>ごご</rt></ruby>2時に<ruby>約束<rt>やくそく</rt></ruby>していた／我和朋友約好下午 2 點碰面了」，但是後來聽從建議，將見面時間提前到上午，於是決定改為 10 點碰面。

4　　　　　　　　　解答：1

▲ 店員説「<ruby>熱<rt>あつ</rt></ruby>いものを<ruby>載<rt>の</rt></ruby>せるのはだめですよ／不能擺放高溫物品」。關於選項 2 的「テーブルの<ruby>上<rt>うえ</rt></ruby>に<ruby>乗<rt>の</rt></ruby>ったり／爬到桌上」以及選項 3 的「テーブルに<ruby>鉛筆<rt>えんぴつ</rt></ruby>で<ruby>絵<rt>え</rt></ruby>を<ruby>描<rt>か</rt></ruby>いたり／拿鉛筆坐在桌前畫圖」，店員都回答可以，但沒有提到選項 4 的「<ruby>冷<rt>つめ</rt></ruby>たいもの／低溫物品」。

5　　　　　　　　　解答：3

▲ 因為醫師表示「<ruby>気<rt>き</rt></ruby>をつけなければならないのは、お<ruby>塩<rt>しお</rt></ruby>の<ruby>取<rt>と</rt></ruby>り<ruby>過<rt>す</rt></ruby>ぎです／唯一要注意的是攝取過多鹽分」。「お<ruby>塩<rt>しお</rt></ruby>／鹽」是在「塩」的前面加上「お」的禮貌用法。「<ruby>塩<rt>しお</rt></ruby>を<ruby>取<rt>と</rt></ruby>る／攝取鹽分」的意思是「<ruby>塩<rt>しお</rt></ruby>を<ruby>食<rt>た</rt></ruby>べる／吃鹽」。「<ruby>取<rt>と</rt></ruby>り<ruby>過<rt>す</rt></ruby>ぎ／攝取過多」是「（動詞ます形）<ruby>過<rt>す</rt></ruby>ぎる／過量」的名詞化形式。「（動詞ます形）<ruby>過<rt>す</rt></ruby>ぎる」的句型用於表示超過適切的程度將會導致不良的結果。
例句：
・<ruby>魚<rt>さかな</rt></ruby>を<ruby>焼<rt>や</rt></ruby>き<ruby>過<rt>す</rt></ruby>ぎました／魚烤得太焦了。
・<ruby>忙<rt>いそ</rt></ruby>が<ruby>過<rt>す</rt></ruby>ぎて、<ruby>寝<rt>ね</rt></ruby>る<ruby>時間<rt>じかん</rt></ruby>もない／忙得連睡覺的時間都沒有。

▲「～<ruby>過<rt>す</rt></ruby>ぎ／…太多」（名詞化）的範例。例句：
・<ruby>君<rt>きみ</rt></ruby>は<ruby>甘<rt>あま</rt></ruby>いものを<ruby>食<rt>た</rt></ruby>べ<ruby>過<rt>す</rt></ruby>ぎだよ／你吃太多甜食了啦！

《其他選項》

▲ 選項 1　醫師説「<ruby>魚<rt>さかな</rt></ruby>も<ruby>肉<rt>にく</rt></ruby>も<ruby>食<rt>た</rt></ruby>べていい／魚和肉都可以吃」。

▲ 選項 2　沒有提到「<ruby>肉<rt>にく</rt></ruby>より<ruby>魚<rt>さかな</rt></ruby>を／吃魚比吃肉（好）」。

▲ 選項 4　沒有提到「かたいもの／（口感）堅硬的食物」。

6　　　　　　　　　解答：2

▲ 女高中生説「お<ruby>弁当<rt>べんとう</rt></ruby>はおばあさんが<ruby>作<rt>つく</rt></ruby>ってくれたの／便當是奶奶幫我做的」。她在後面提到「<ruby>自分<rt>じぶん</rt></ruby>のお<ruby>弁当<rt>べんとう</rt></ruby>は<ruby>自分<rt>じぶん</rt></ruby>で<ruby>作<rt>つく</rt></ruby>るようにしたいと<ruby>思<rt>おも</rt></ruby>っているの／希望有一天能夠自己的便當自己做」，而「<ruby>作<rt>つく</rt></ruby>るようにしたい／希望能夠做」是在呈現努力目標的「（動詞辭書形）ようにする／能夠…」加上表示希望的「（動詞ます形）たい／希望…」的句型，意思是今後會朝向那個目標努力去做，而不是現在已經有能力做便當了。

7　　　　　　　　　解答：2

▲ 因為女士表明「<ruby>一番下<rt>いちばんした</rt></ruby>の 5 <ruby>歳<rt>さい</rt></ruby>の<ruby>息子<rt>むすこ</rt></ruby>です／是老么，5 歲的兒子」。「<ruby>息子<rt>むすこ</rt></ruby>／兒子」是指父母生的男孩。
「<ruby>息子<rt>むすこ</rt></ruby>／兒子」⇔「<ruby>娘<rt>むすめ</rt></ruby>／女兒」

問題 3　　　　　　　P79-82

<ruby>例<rt>れい</rt></ruby>　　　　　　　　　解答：1

▲ 這一題要問的是「<ruby>食<rt>た</rt></ruby>べ<ruby>方<rt>かた</rt></ruby>／食用方法」，而選項一的「どのように／如何」用在詢問方法的時候，相當於「どうやって／怎麼做」、「どのような<ruby>方法<rt>ほうほう</rt></ruby>で／什麼方法」的意思。正確答案是 1。「どのように」用法，例如：
・<ruby>老後<rt>ろうご</rt></ruby>に<ruby>向<rt>む</rt></ruby>けてどのように<ruby>計画<rt>けいかく</rt></ruby>したらいいでしょう／對於晚年該如何計畫好呢？

《其他選項》

▲ 選項 2　如果問題是問「<ruby>出<rt>だ</rt></ruby>される<ruby>食<rt>た</rt></ruby>べ<ruby>物<rt>もの</rt></ruby>は<ruby>食<rt>た</rt></ruby>べられるかどうか／端上桌的食物能不能吃呢」的話則正確。

▲ 選項 3　如果問題是問「<ruby>出<rt>だ</rt></ruby>される<ruby>食<rt>た</rt></ruby>べ<ruby>物<rt>もの</rt></ruby>

を食べるかどうか／端上桌的食物要不要吃呢」的話則正確。

1 解答：1

▲ 朋友的媽媽是長輩（年齡或地位在自己之上），所以要用客氣的說法，包括在向朋友媽媽提到朋友的名字時也必須加上「さん／小姐、先生」的稱謂。

2 解答：2

▲ 選項 1 是過去式，所以不是正確答案。選項 3 是「痛み／疼痛感」的名詞形式，如果這句話改成「おなかに痛みがあります／肚子有疼痛感」則為正確答案。

3 解答：3

▲ 戴帽子這個動作的動詞要用「かぶる／戴」。

《其他選項》

▲ 選項 2 的動詞是「飾る／擺飾」。例句：

・棚の上に人形を飾る／將人偶擺飾於架子上。

※ 請記得以下詞語對應的動詞：

・シャツ／襯衫、セーター／毛衣、コート／大衣 → 着る／穿

・ズボン／褲子、くつ／鞋子、くつした／襪子 → 履く／穿

・ぼうし／帽子 → かぶる／戴

・眼鏡／眼鏡 → かける／戴

・時計／手錶、指輪／戒指 → つける／戴、する／戴

4 解答：1

▲ 撥錯電話時應當向對方說「すみません、間違えました／不好意思，我打錯了。」

《其他選項》

▲ 選項 2 是用於通知別人自己換了電話號碼。

▲ 選項 3 是用於接到電話但不知道對方身分時詢問的句子。「どなた／哪一位」是「誰／什麼人」的禮貌用法。

5 解答：3

▲ 想向別人借用物品時應當說「貸してください／請借給我」。

問題 4 P83

例 解答：1

▲「もう～したか／已經…了嗎」用在詢問「行為或事情是否完成了」。如果是還沒有完成，可以回答：「いいえ、まだです／不，還沒有」、「いいえ、○○です／不，○○」、「いいえ、まだ～ていません／不，還沒…」。如果是完成，可以回答：「はい、～した／是，…了」。

▲ 這一題問「もう朝ご飯はすみましたか／早餐已經吃了嗎」，「ご飯はすみましたか／吃飯了嗎」是詢問「吃飯了沒」的慣用表現方式。而選項 1 回答「いいえ、これからです／不，現在才要吃」是正確答案。

《其他選項》

▲ 選項 2 如果回答「はい、食べました／是的，吃了」或「いいえ、まだです／不，還沒」則正確。

▲ 選項 3 如果回答「はい、すみました／是的，吃了」則正確。「すみません／抱歉、謝謝、借過」用在跟對方致歉、感謝或請求的時候。可別聽錯了喔！

1 解答：1

▲「戻ります／回來」是指回到家裡或原來的地方、狀態的意思，與「帰ります／回到」的詞意相同。「午後 4 時には／在下午四點的時候」是在「4 時までに／在四點之前」的基礎上再加上表示強調語氣的「は」，意思是「一番遅くて 4 時／最晚四點」、「4 時までに／在四點之前」。

《其他選項》

▲ 選項 2 「4 時から／從四點起」的「から／

從」是不合邏輯的用法。

2 解答：2

▲「楽しかったかい／開心嗎」句尾的「かい／嗎」與「か？／嗎？」意思相同，通常是上對下，尤其是男性的詢問用語。選項２的「ええ、とても／是的，相當…」之後省略了「楽しかったです／開心」，這是口語的習慣用法。

《其他選項》

▲ 選項１是當對方詢問「旅行はどのくらい行ったの（ですか）／旅行去了幾天（呢）？」時的回答。

▲ 選項３的「楽しみです／期待」則用於形容即將展開的旅程。

3 解答：3

▲「元気ですか／好嗎」是詢問目前的狀態，而「元気でしたか／過得好嗎」則是詢問從前陣子到今天為止的狀態。

▲ 聽到對方問候「元気でしたか／過得好嗎」，應該回答選項３的「入院していたが、今は元気だ／前陣子住院，不過現在沒事了」。

《其他選項》

▲ 選項１無法做為「元気でしたか／過得好嗎」的回答。

▲ 選項２是當聽到對方回答「はい、元気です／是，我很好」之後說的話。「何より／再好不過」的意思是「それが何よりも大切／那勝過一切」，也就是「（あなたが）お元気なら、それが一番良いことです／再沒有聽到比（您）身體健康更好的消息了」的寒暄用語。

4 解答：1

▲「どなた／哪一位」是「誰／什麼人」的禮貌用語。選項２是用於回答「あの人はどんな人ですか／他是個什麼樣的人呢？」

5 解答：2

▲「お（動詞ます形）します／我為您（們）做…」是謙讓用法。「（動詞ます形）ましょうか／（是否由我）為您（們）做…呢」是提議由自己協助對方時的句型。例句：

・寒いですね。暖房をつけましょうか／好冷哦…我們開暖氣好嗎？

《其他選項》

▲ 選項１如果改成「（わたしが）手伝いましょうか／需要（我）幫您嗎？」即為正確答案；或者維持「手伝わせる／由我來幫您」的使役形，把主詞換成我兒子，「私の息子に（あなたを）手伝わせましょうか／要不要我兒子來幫（您）呢？」亦是正確答案。

▲ 選項３如果是「（わたしに）（荷物を）持たせてください／讓（我）來為您提（行李）」的使役形則沒有問題，但選項寫的是「持たれて／被提」，因此不是正確答案。

6 解答：3

▲「無理する／勉強」是不顧一切去做之意。例句：

・熱があるのに、無理をして会社に行った／都發燒了，還拖著病體去公司上班。

・無理をして働き続け、体を壊した／一直硬撐著工作，結果把自己累倒了。

▲「するな／別做」是禁止形，用於形容「〜と言ったのに、無理をした、残念だ／都已經叮嚀過…，結果還是不聽勸，太遺憾了」的心情。

▲ 選項３是解釋雖然知道那件事超過自己的能力但沒有其他辦法了，所以是正確答案。

《其他選項》

▲ 選項１　被數落的人不應當這樣辯駁。

▲ 選項２　「無理を言う／不講理」是指提出無理的要求，語意不同於「無理をする／勉強」。

7 解答：3

解答：**3**

▲ 因為題目問的是「どのくらい／大約多少」，應該說明吃下去的份量，所以答案是選項3。

▲「どのくらい」（詢問程度或數量）的範例，例句：
- A：いつもどのくらい<ruby>走<rt>はし</rt></ruby>るの？／你通常跑多久？
 B：1<ruby>時間<rt>じかん</rt></ruby>くらい／差不多一個鐘頭。
- A：この<ruby>店<rt>みせ</rt></ruby>にはどのくらい<ruby>来<rt>き</rt></ruby>ますか／這家店你大約多久光顧一次呢？
 B：1<ruby>週間<rt>しゅうかん</rt></ruby>に2、3<ruby>回<rt>かい</rt></ruby>は<ruby>来<rt>き</rt></ruby>ますよ／每星期來兩三趟呀。

▲ 在疑問句中的「<ruby>一体<rt>いったい</rt></ruby>／到底」用於表示極度驚訝的感受。

8
解答：**2**

▲「よろしい／可以」是「いい／可以」的禮貌說法。想要請教事情，或是想請對方幫忙時，可以用這個方式詢問。

▲ 選項2是聽到有人叫自己時，反問有什麼事嗎，所以是正確答案。

《其他選項》
▲ 選項1為「どうそよろしくお<ruby>願<rt>ねが</rt></ruby>いします／請多多指教」的簡單形式，是請對方往後惠予關照時的寒暄語。

|第**3**回| 言語知識（文字・語彙）

問題 1　　　　　　　　　　P84-85

<ruby>例<rt>れい</rt></ruby>
解答：**1**

▲「春」音讀唸「シュン」，訓讀唸「はる／春天」。

《其他選項》
▲ 選項2「なつ」的漢字是「夏／夏天」，音讀唸「カ・ゲ」。

▲ 選項3「あき」的漢字是「秋／秋天」，音讀唸「シュウ」。

▲ 選項4「ふゆ」的漢字是「冬／冬天」，音讀唸「トウ」。

1
解答：**2**

▲「月」音讀唸「ゲツ・ガツ」，訓讀唸「つき／月份；月亮」。例如：
- <ruby>月曜日<rt>げつようび</rt></ruby>／星期一、<ruby>今月<rt>こんげつ</rt></ruby>／這個月
 <ruby>先月<rt>せんげつ</rt></ruby>／上個月、<ruby>来月<rt>らいげつ</rt></ruby>／下個月
- <ruby>四月十日<rt>がつ か</rt></ruby>／四月十日、<ruby>生年月日<rt>せいねんがっぴ</rt></ruby>／出生年月日
- ひと<ruby>月<rt>つき</rt></ruby>／一個月

《其他選項》
▲ 選項1「<ruby>花<rt>はな</rt></ruby>／花」。選項3「<ruby>星<rt>ほし</rt></ruby>／星星」。選項4「<ruby>空<rt>そら</rt></ruby>／天空」。

2
解答：**4**

▲「妻」音讀唸「サイ」，訓讀唸「つま／妻子」。例如：
- <ruby>夫妻<rt>ふさい</rt></ruby>／夫妻

※ 對義詞：「<ruby>妻<rt>つま</rt></ruby>／妻子」⇔「<ruby>夫<rt>おっと</rt></ruby>／丈夫」

3
解答：**3**

▲「会」音讀唸「エ・カイ」，訓讀唸「あ-う／遇見；碰面」。例如：
- <ruby>会社<rt>かいしゃ</rt></ruby>／公司、<ruby>会議<rt>かいぎ</rt></ruby>／會議、<ruby>社会<rt>しゃかい</rt></ruby>／社會

▲「場」音讀唸「ジョウ」，訓讀唸「ば／場所」。例如：
- <ruby>入場<rt>にゅうじょう</rt></ruby>／入場、<ruby>工場<rt>こうじょう</rt></ruby>／工廠、<ruby>駐車場<rt>ちゅうしゃじょう</rt></ruby>／停車場
- <ruby>場所<rt>ばしょ</rt></ruby>／場所、<ruby>場合<rt>ばあい</rt></ruby>／場合

▲ 把意思相近的「場」和「所」的讀音記下來吧！「<ruby>会場<rt>かいじょう</rt></ruby>」的「場」讀音是「ジョウ」，兩拍。「<ruby>近所<rt>きんじょ</rt></ruby>」的「所」讀音是「ジョ」，一拍。

4
解答：**1**

▲「世」音讀唸「セイ・セ」，訓讀唸「よ／世間」。「界」音讀唸「カイ」。例如：

・21 世紀／21 世紀

5 解答：4

▲「立」音讀唸「リツ・リュウ」，訓讀唸「た - つ／立、站」、「た - てる／立、豎」。「派」音讀唸「ハ」。「立（リツ）」和「派（ハ）」合在一起變成兩個漢字的複合詞時，讀音會變成「りっぱ」。

▲ 兩個漢字詞，當前面的字尾音是「チ、ツ、ン」時，後面的字的第一個音如果是「ハ行」，就要變為「パ行」，前面的音「チ、ツ」就要變成「ッ（促音）」。例如：

・一（イチ）＋杯（ハイ）→ 一杯（イッ　パイ）

・発（ハツ）＋表（ヒョウ）→ 発表（ハッ　ピョウ）

・散（サン）＋歩（ホ）→ 散歩（サン　ポ）

▲ 兩個漢字詞，當前面的字尾音是「ク」時，「ク」就要變成「ッ」。

・学（ガク）＋校（コウ）→ 学校（ガッ　コウ）

6 解答：3

▲「力」音讀唸「リキ・リョク」，訓讀唸「ちから／力，力量」。

▲「（人）の力になる／成為（某人）的助益」意思是「（人）を助ける／幫助某人」。

7 解答：2

▲「注」音讀唸「チュウ」，訓讀唸「そそ - ぐ／斟；灌（進）」。「意」音讀唸「イ」。例如：

・パーティーの用意をします／準備派對。

《其他選項》

▲ 選項 1 「危険／危險」。

▲ 選項 3 「安全／安全」。

▲ 選項 4 「注文／點餐」。

8 解答：1

▲「若」音讀唸「ジャク・ニャク」，訓讀唸「わか - い／年輕」、「も - しくは／或，或者」。

《其他選項》

▲ 選項 2 「恐く／可怕」或「怖く／可怕」。

▲ 選項 3 「厳しく／嚴厲」。

▲ 選項 4 「優しく／溫柔」。

9 解答：2

▲「趣」音讀唸「シュ」，訓讀唸「おもむき／旨趣，大意」。「味」音讀唸「ミ」，訓讀唸「あじ／味道」、「あじ - わう／品味」。例如：

・スープの味がいい／湯的味道很好。

▲ 記下讀音吧！

「趣味」的讀音是「シュミ」，兩拍。

「興味」的讀音是「キョウミ」，三拍。

問題 2 P86

例 解答：2

▲「通」音讀唸「ツウ」，訓讀唸「とお - る／通過」、「とお - す／穿過」、「かよ - う／上班，通勤」。例如：

・通過／不停頓地通過

・店の前を通る／走過店門前。

・針に糸を通す／把線穿過針孔。

・電車で会社に通っている／坐電車去上班。

《其他選項》

▲ 選項 1 「返」音讀唸「ヘン」，訓讀唸「かえ - る／返還」、「かえ - す／歸還」。例如：

・返信／回信

・貸したお金が返ってきた／借出的錢還回來了。

・金を返す／還錢。

▲ 選項 3 「送」音讀唸「ソウ」，訓讀唸「おく - る／送」。例如：

・送金／寄錢

・荷物を送る／送行李。

▲ 選項 4 「運」音讀唸「ウン」，訓讀唸「は

こ－ぶ／運送」。例如：

- 運送_{うんそう}／搬運
- 品川_{しながわ}から船_{ふね}で運ぶ_{はこ}／從品川用船搬運。

10　　　　　　　　　　　解答：**3**

▲「浅」音讀唸「セン」，訓讀唸「あさ‐い／淺的」。

※ 對義詞：「浅_{あさ}い／淺」⇔「深_{ふか}い／深」

《其他選項》

▲ 選項1　「広」音讀唸「コウ」，訓讀唸「ひろ‐い／寬廣」⇔「狭_{せま}い／狹窄」。

▲ 選項2　「低」音讀唸「テイ」，訓讀唸「ひく‐い／低」⇔「高_{たか}い／高」。

▲ 選項4　「熱」音讀唸「ネツ」，訓讀唸「あつ‐い／熱」⇔「冷_{つめ}たい／冷」。

11　　　　　　　　　　　解答：**4**

▲「弁」音讀唸「ベン」。「当」音讀唸「トウ」，訓讀唸「あ‐たる／碰上」、「あ‐てる／撞上」。

▲「弁当_{べんとう}／便當」是為了要在外用餐，而放進容器方便攜帶的食物。關聯詞有「弁当_{べんとう}箱_{ばこ}／便當盒」、「弁当屋_{べんとうや}／便當店」等。

12　　　　　　　　　　　解答：**2**

▲「迎」音讀唸「ゲイ」，訓讀唸「むか‐える／迎接」。「迎」的送假名是「える」。

▲「迎_{むか}える／迎接」這個詞的慣用說法為「迎_{むか}えに行_いく／去迎接」、「迎_{むか}えに来_くる／來迎接」。例句：

- 友達_{ともだち}を空港_{くうこう}まで迎_{むか}えに行_いきました／去機場為朋友接機了。
- 父_{ちち}が車_{くるま}で迎_{むか}えに来_きてくれた／爸爸開車來接我了。

13　　　　　　　　　　　解答：**1**

▲「約」音讀唸「ヤク」。「束」音讀唸「ソク」，訓讀唸「たば／捆，束」。

《其他選項》

▲ 選項2　「束」寫成了「規則_{きそく}／規則」的「則」了。

▲ 選項3　「約」寫成了「紙」（音讀唸「シ」，訓讀唸「かみ／紙張」）了。

▲ 選項4　沒有這個字。

14　　　　　　　　　　　解答：**2**

▲「新」音讀唸「シン」，訓讀唸「あたら‐しい／新的」。「新」的送假名是「しい」。例如：

- 新聞_{しんぶん}／報紙、新聞社_{しんぶんしゃ}／報社
 新規作成_{しんきさくせい}／新創建

▲「親」音讀唸「シン」，訓讀唸「おや／父母」、「した‐しい／親切」例如：

- 親切_{しんせつ}な人_{ひと}／親切的人
- よく似_にた親子_{おやこ}／很相像的父母和孩子

15　　　　　　　　　　　解答：**3**

▲「絹」音讀唸「ケン」，訓讀唸「きぬ／絲綢」。

《其他選項》

▲ 選項1　「綿」音讀唸「メン」，訓讀唸「わた／棉，棉花」。

▲ 選項2　「麻」音讀唸「マ」，訓讀唸「あさ／麻」。

▲ 選項4　沒有這個字。

※ 補充：絹、綿、麻都是表示布的材料的詞語。

問題3　　　　　　　　　　**P87-88**

例_{れい}　　　　　　　　　　　解答：**3**

▲ 從題目一開始的「わからない言葉_{ことば}は／不會的詞語」跟後面的「～を引_ひきます／查找…」，可以知道答案是「辞書_{じしょ}」。

《其他選項》

▲ 選項 1 「本／書本」。例句：

・本を読む／看書。

▲ 選項 2 「先生／老師」。例句：

・音楽の先生になりたい／**我想成為音樂老師。**

▲ 選項 4 「学校／學校」。例句：

・子供たちは元気よく歩いて学校へ行きます／**小孩們精神飽滿地走向學校。**

16 解答：1

▲ 完整的句子是「（あなたが）私の家に来たら（私はあなたを）家族に紹介します／如果（你）來我家，（我）就把（你）介紹給我的家人」。請注意「来たら／來之後」前後的主詞不同。

▲「家族／家人」在本題的意思是「（私の）家族／（我的）家人」。

▲ 選項 1「紹介／介紹」是指初次把某人介紹給別人認識，或初次把事物推薦給別人。這是正確答案。

《其他選項》

▲ 選項 2「お礼／謝禮」。選項 3「手伝い／幫忙」。選項 4「招待／招待」。

▲ 選項 2　向家人道謝不合邏輯。

▲ 選項 3　「手伝い／幫忙」的用法是「（人を）手伝います（動詞）／幫忙（某人）」或「（人の）手伝い（名詞）をします／幫（某人）的忙」。

▲ 選項 4　「招待／招待」是招待對方來家裡的意思，選項 4 從文意考量不合邏輯。

17 解答：2

▲ 請思考剪頭髮之後會改變的東西是什麼。「気分／心情」是指人每時每刻的情緒，或心理狀態。例句：

・今日はいい天気で、気分がいい／**今天天氣真好，心情也跟著好了起來。**

・朝から失敗ばかりで、気分が悪い／**今天從早上開始就諸事不順，心情很差。**

・お酒を飲み過ぎて、気分が悪い／**喝太多酒了，身體很不舒服。**

▲ 若選項 1「言葉／詞語」或 4「天気／天氣」就不符文意。

▲ 選項 3「空気／空氣」雖然可以用於「空気を変える／改變氛圍」，表示改變了在場所有人的心情，但剪頭髮只會改變自己一個人的心情，因此「気分／心情」較為合適。

18 解答：3

▲ 請思考輸了比賽後會有什麼結果。「負けましたが／輸了」中的「が」表示逆接。

▲ 雖然輸了比賽是負面的事，但題目的意思是「因為輸了比賽而變得（　）是好事」。因此，正確答案是「経験／經驗」表示透過自己看過或做過而獲得的知識或技能。例句：

・私はアメリカに留学した経験があります／**我擁有留學美國的經歷。**

・旅行中、珍しい経験をしました／**在旅行途中得到了寶貴的經驗。**

《其他選項》

▲ 選項 2 「見物／參觀」，例句：

・祖父を東京見物に連れて行く／**帶爺爺去觀光東京。**

▲ 選項 4 「習慣／習慣」，例句：

・私は朝冷たいシャワーを浴びる習慣があります／**我習慣早上洗冷水澡。**

19 解答：4

▲「嘘をついた／說謊」是故意說不真實的話之意。答案是「怒りました／生氣」。

▲ 選項中有同音的「起こりました／發生」，請特別注意。選項 1「起こしました／叫醒」是他動詞，自動詞是「起こりました／發生」。例句：

・その時、事故が起こりました／那時候，意外發生了。

・交通事故を起こしてしまいました／發生了交通事故。

20 解答：2

▲ 門、箱子、抽屜要鎖上鑰匙，的「鎖上」動詞用「かける／鎖上」。

※ 對義詞：「鍵をかける／用鑰匙鎖上」⇔「鍵を開ける／用鑰匙打開」

《其他選項的用法》

▲ 選項１　「電気をつけます／開燈」。

▲ 選項３　「電気を消します／關燈」。

▲ 選項４　「水道の水を止めます／關掉水龍頭的水」、「車を停めます／停車」。

21 解答：4

▲ 主詞是「妹／妹妹」。因此，接在「妹が僕にプレゼントを／妹妹（送）我禮物」之後的是「くれます／送」。

※ 記一下「授受（給予及接收）」的表現方式：

▲ 要掌握主語的不同：

→ 主語是「私／我」的情形用：「あげます、もらいます」。例如：

・私は林さんに本をあげます／我給林先生書籍。

・私は林さんに靴をもらいます／我從林先生那裡收到鞋子。

→ 主語是「他者／他人」的情形用：「くれます」。例如：

・林さんは私に靴をくれます／林先生給我鞋子。

▲ 要掌握物品移動的方向：

→「他者／他人」⇨「私／我」的情形用：「もらいます、くれます」。例如：

・私は林さんに靴をもらいます／我從林先生那裡收到鞋子。

・林さんは私に靴をくれます／林先生給我鞋子。

→「私／我」⇨「他者／他人」的情形用：「あげます」。例如：

・私は林さんに本をあげます／我給林先生書籍。

《其他選項》

▲ 選項１　「いただきます／收下」是「もらいます／收到」的謙讓語。

22 解答：4

▲ 接在「田舎に／在鄉下」之後應該是動詞「住んで／住」。

※ 對義詞：「田舎／鄉下」⇔「町／城鎮」、「都会／都市」

《其他選項的用法》

▲ 選項１應為「（店の前に客が）並んでいます／（店門前客人）正在排隊。」

▲ 選項２應為「A店の値段とB店の値段を比べます／比較A店家和B店家的價格。」

▲ 選項３應為「車に乗ります／搭車。」

23 解答：3

▲「海には／進入海」的「に」表示目的地。接在「（場所）に／到（地點）」後面的應該是「入ります／進入」。

▲「には」的「は」表示強調。

《其他選項的用法》

▲ 選項１應為「（宿題を）忘れます／忘記做（作業）」。

▲ 選項２應為「（橋を）渡ります／過（橋）」。

▲ 選項４應為「（家の前をバスが）通ります／（公車從家門前）經過」。

▲ 選項２「～を渡ります／渡過…」和選項４「～を通ります／經過…」的「を」表示路線。

24 解答：2

▲「店の前には／店門口」的「に」表示目的地，「は」表示強調。這句話表達「其他地

方沒關係，但店門口不行」的意思。由此可知應該選擇呼籲大家注意的「停(と)めないで／不要停」最為適當。

《其他選項的用法》

▲ 選項1應為「(部屋(へや)を)片付(かたづ)けます／整理(房間)」。

▲ 選項3應為「(車(くるま)は駐車場(ちゅうしゃじょう)に)停(と)めてください／請把(車)停在(停車場)」。

▲ 選項4應為「(肉(にく)は家(いえ)にありますから)買(か)わないでください／請不要買肉(因為家裡已經有肉了)」。

問題4 P89-90

例(れい) 解答：1

▲「褒(ほ)める／稱讚」是指稱讚別人做的事或行為等，因此「よくできたね／做得很好」最適合。

《其他選項》

▲ 選項2 「こまったね／真傷腦筋啊」用在發生了讓自己感到為難、苦惱的事情時。

▲ 選項3 「きをつけろ／萬事小心」用在叮囑對方行事要小心，是比較粗魯的表現方式。

▲ 選項4 「もういいかい／好了沒」常用在捉迷藏時。

25 解答：4

▲「準備(じゅんび)／準備」、「用意(ようい)／準備」兩字的意思大致相同，都表示預先安排或籌劃。例句：

・旅行(りょこう)の準備(じゅんび)をします／為旅行做準備。

・パーティーのために、飲(の)み物(もの)を用意(ようい)しました／為了派對而準備了飲料。

《其他選項的用法》

▲ 選項1應為「(小(ちい)さい弟(おとうと)の)世話(せわ)をします／照顧(小弟弟)」。

▲ 選項2應為「(薬(くすり)の飲(の)み方(かた)を)説明(せつめい)します／説明(吃藥的注意事項)」。

▲ 選項3應為「(外国(がいこく)にいる娘(むすめ)の)心配(しんぱい)をします／擔心(住在國外的女兒)」。

26 解答：4

▲「安全(あんぜん)な(食(た)べ物(もの))／安全的(食物)」是指不必擔心吃了會有不良影響的食物，也就是指沒過期或沒有添加有害物質的食物，和「体(からだ)に悪(わる)くない／對身體無害」意思相同。

27 解答：2

▲「静(しず)かにしてください／請安靜」和「うるさくしないでください／請不要吵鬧」意思相同。記住對義詞：

「静(しず)かな／安靜」⇔「うるさい／吵雜」

※ 雖然「静(しず)かな／安靜」的相反詞也可以說成「にぎやかな／熱鬧」，但「にぎやかな」是正面的意思。例句：

・駅前(えきまえ)はお店(みせ)がたくさんあってにぎやかです／車站前有很多商店，非常熱鬧。

28 解答：4

▲「(場所(ばしょ))を案内(あんない)します／引導到(地點)」是指領著對某處不熟的人前往。「連(つ)れます／帶領」是帶著一起去的意思。兩者意思一樣。

《其他選項》

▲ 選項1 「一緒(いっしょ)に探(さが)す／一起找」和「案内する／帶領」的意思不同。

▲ 選項2 如果是「教(おし)えました／告訴」就正確。

29 解答：1

▲ 由於題目提到「謝(あやま)りました／道歉」，而道歉時一般會說的語句是「ごめんなさい／對不起」。「ごめんね／對不起啦」，是朋友之間或是對比自己地位低的人說的，說法較隨便。

問題5 **P91-92**

例 解答：1

▲「怖い／令人害怕的」表示擔心會出現令人害怕的事，或覺得要發生壞事之意。從選項1這一句前面提到「部屋が暗いので／因為屋子很暗」跟後面的「入れません／不敢進去」知道要用的是「怖くて／令人害怕的」，來修飾動詞「入れません」。例句：

・姉は怒ると怖い／姐姐一發怒就很可怕。

《其他選項的用法》

▲ 選項2應為「足が痛くて、もう走れません／腳實在很痛，已經沒辦法跑了。」

▲ 選項3應為「外は寒くて、風邪を引きそうです／外面這麼冷，出去感覺會受涼。」

▲ 選項4應為「このパンは甘くて、おいしいです／這麵包香甜又可口。」

30 解答：4

▲「興味／興趣」表示感到有意思而被吸引，由愛好而產生的愉快情緒。用法是「〜に興味があります／對…有興趣」或「〜に興味を持ちます／抱持著對…的興趣」。例句：

・私は子どもの頃から虫に興味があります／我從小就對昆蟲有興趣。

《其他選項的用法》

▲ 選項1應為「私は薄い味が好きです／我喜歡清淡的口味。」

▲ 選項2應為「私は体が丈夫なところがいいところです／我的優點是身體強壯。」

▲ 選項3應為「私の趣味は旅行です／我的興趣是旅行。」

※ 補充：「趣味」意思是並非作為職業，而是出自個人的愛好而去從事的事。

31 解答：2

▲「十分／充分」是需要的部分已經足夠了，不需要再更多了的意思。讀音是「じゅうぶん」。漢字也可以寫成「充分」。選項2的「セーター1枚でも十分あたたかいです／一件毛線衣就夠保暖了」是正確，例句：

・食べ物は十分あります／已經有足夠的食物。

・今出れば、2時の会議に十分間に合いますよ／現在出門的話，離兩點的會議還有很充裕的時間喔。

《其他選項的用法》

▲ 選項1「あと10分だけ〜／只要再十分鐘…」指的是時間的長度。讀音是「じゅっぷん」。

▲ 選項3應為「これは重要だから〜／這個很重要…」。

▲ 選項4應為「日本の有名なお寺です／那是日本知名的寺廟。」

32 解答：4

▲「取り替える／更換」是指換成其他東西，因此「かびんのみずをとりかえます／跟換花瓶的水」為正確。例句：

・買ったズボンが小さかったので、お店で大きいのと取り替えてもらいました／因為買來的褲子太小了，所以去店裡換了較大的尺碼。

《其他選項的用法》

▲ 選項1應為「急行に乗り換えます／轉乘快車。」

▲ 選項2應為「洗濯物を〜取り込みます／把晾曬的衣服…收進家裡。」

▲ 選項3應為「ハンカチを取り出します／拿出手帕。」

33 解答：2

▲「伺う／請教、拜訪」是「聞く／詢問」、「訊く（質問する）／提問」、「訪問する／拜訪」的謙讓語。例句：

・では、明日10時にお宅に伺います／那麼，明天10點過去拜訪您。

《其他選項的用法》

▲ 選項１應為「手紙を拝見しました／拜讀信件了」，「拝見する／拜讀」是「見る／看」的謙讓語。

▲ 選項３應為「お菓子を頂きました／收下了點心」，「頂く／收下」是「もらう／得到」的謙讓語。

▲ 選項４應為「お礼を申しました／道謝」，「申す／說」是「言う／說」的謙讓語。

34 解答：１

▲「内側」是當某物分為內外時，表示裡面的那一側。例句：

・箱の内側にきれいな紙を貼ります／**把漂亮的紙貼在箱子裡面。**

・電車のホームでは白い線の内側に立ちます／**請站在電車月台的白線內側。**

※ 對義詞：「内側／內側」⇔「外側／外側」

第３回　言語知識（文法）

問題１ P93-94

例 解答：２

▲ 看到「散歩」跟「する」知道要接的助詞是「を」。「する」可以接在漢字後面變成動詞，例如「散歩する」，這一形式也可以寫成「散歩をする」。

《其他選項的用法》

▲ 選項１　「時間がありません／沒有時間。」

▲ 選項３　「新聞や雑誌を読む／閱讀報紙或雜誌。」

▲ 選項４　「８時に出発する／８點出發。」

1 解答：３

▲「何だい？／是啥」是「何ですか／什麼呢」的普通體、口語形式。「何ですか」的普通體是「何？／什麼」，但是「（疑問詞）＋だい／啥」更強調質問的意味，通常只有成年男性使用，也屬於比較老派的用法。例如：

・なんで分かったんだい／**怎麼知道的呢？**

2 解答：３

▲ 應該選擇根據看見或聽到的訊息作出判斷的「らしい／聽說」。依照題目的敘述，B是從田中同學或其他人那裡直接或間接得知田中同學感冒了。例如：

・駅前で人が騒いでいる。事故があったらしい／**車站前擠著一群人鬧烘烘的，好像發生意外了。**

《其他選項》

▲ 選項１中，雖然「ので／因為」是用來表示理由，但是「ので」後面不會接「よ／喔」。如果是「風邪をひいているので／因為得了感冒」則為正確的敘述方式，但這是用在確切知道理由並向對方說明的時候。

▲ 選項２的「とか／說是」就像「らしい／聽說」，也是轉述從別人那裡聽到的訊息，但「とか」後面不會接「よ」。如果是「風邪をひいているとか／說是感冒了」則為正確的敘述方式。

▲ 選項４的「風邪をひいてばかりいる／老是感冒」的意思是時常感冒，表示頻率的用法。但是「ひいているばかり」的敘述方式並不通順。

3 解答：２

▲「（動詞た形）まま／就這樣」表示持續同一個狀態。例如：

・くつを履いたまま、家に入らないでください／**請不要穿著鞋子走進家門。**

《其他選項》

▲ 選項１　「だけ／只有」是表示限定的用法。例如：

・休みは日曜日だけです／**只有星期天休假。**

▲ 選項３「まで／到」表示範圍和目的地。例如：

・東京から大阪まで／**從東京到大阪**

▲ 選項４「（動詞た形）ばかり／才剛…」表示時間沒過多久。例如：

・さっき来たばかりです／**我才剛到。**

▲ 如果是「（勉強しようと）電気をつけたばかりなのに、（もう）寝てしまった／（正打算唸書）才剛打開燈，卻（已經）睡著了」則為正確的敘述方式。

4 解答：**4**

▲「何も／什麼都」後面接否定形。例如：

・私は何も知りません／**我什麼都不知道。**

▲ 選項中屬於否定形的有選項３「食べない／不吃」以及選項４「食べずに／沒吃」，但可以連接「遊びに行きました／就去玩了」的只有選項４。選項３如果是「食べないで／沒吃」則為正確的敘述方式。

▲「（動詞ない形）ないで／不…」和「（動詞ない形）ずに／不…」語意相同，後面接動詞句，意思是「不做…的狀態下，做…」。「～ずに」是書面用語，比「～ないで」說法更為拘謹。例如：

・高かったから、何も買わないで帰ってきたよ／**太貴了，所以什麼都沒買就回來了。**

・彼女は誰にも相談せずに留学を決めた／**她沒和任何人商量就決定去留學了。**

5 解答：**1**

▲「のは／的是」的「の／的」用於代替名詞。如此一來，不必重複前面出現過的名詞，只要用「の」替換即可。例如：

・この靴が欲しいんですが、もっと小さいのはありますか／**我想要這雙鞋，請問有更小號的嗎？**

→「の」指的是鞋子。

6 解答：**4**

▲ 用「お（動詞ます形）になる／您做…」表示尊敬。例如：

・先生はもうお帰りになりました／**老師已經回家了。**

・何時にお出かけになりますか／**您何時出門呢？**

7 解答：**3**

▲ 接在「私は李さんに／我把…李先生」之後的應該是「あげました／給了」。

《其他選項》

▲ 選項１　表示「李先生給了我」。

▲ 選項２「くださいました／給我了」是「くれました／給我了」的謙讓用法。

▲ 選項４「いたしました／做了」是「しました／做了」的謙讓用法。而「本をしました／做了書」這一語意並不通順。

8 解答：**4**

▲ 句型「（動詞①た形）たら、動詞②文／一（動詞①），就（動詞②）」，表示在動詞①（未來的事）完成之後，從事動詞②的行為。但這種句型沒有「もし／假如」假設的意思。例如：

・家に着いたら、電話します／**一回到家就給你打電話。**

▲ 題目要表達的是，現在可以站著，但是開始上課後就不可以站起來離開座位。

《其他選項》

▲ 選項１「（動詞た形）ことがあります／曾經」表示過去的經驗。例如：

・私は香港へ行ったことがあります／**我去過香港。**

▲ 選項２「席を立ち続ける／持續站起在座位上」的語意並不通順（「席を立つ／從座位起身」是一瞬間的動作，沒辦法持續）。

如果是「授業が始まったら、席を立ちます／開始上課後從座位起身」則為正確的敘述方式。

▲ 選項３「（動詞辭書形）ところです／就在…的時候」表示正準備開始進行某個動作之前。例如：

・私は今、お風呂に入るところです／**我現在正準備洗澡。**

9 解答：1

▲ 句型「（動詞①辭書形）と、動詞②／只要、一旦（動詞①），就會（動詞②）」，表示在動詞①之後，必定會發生動詞②的情況。例如：

・このボタンを押すと、お釣りが出ます／**只要按下這顆按鈕，找零就會掉出來。**

10 解答：1

▲ 主語「私は／我」被省略了。「私は弟と遊んで（　）／我跟弟弟一起玩（　）」後面應該接「やりました／陪了」。例如：

・弟の入学祝いにかばんを買ってやりました／**我買了包包送給弟弟作為入學賀禮。**

《其他選項》

▲ 選項２的句型「くれました／給了（我）」的主語是其他人而不是自己。例如：

・父は私に時計を買ってくれました／**爸爸買了手錶給我。**

▲ 選項３的「させました／讓（他）做了」是「しました／做了」的使役形。例如：

・お母さんは子供に掃除をさせました／**媽媽讓孩子幫忙打掃。**

▲ 選項４「もらいなさい／接受」是「もらいます／收下」的命令形。可以用在父母告訴孩子「勉強が分からないときは、先生に教えてもらいなさい／課業有不懂的地方，就去請教老師」，這句話裡教導的人是老師，而得到指導的是孩子。

11 解答：3

▲ 句型「（動詞意向形）（よ）うとする／正打算…」表示正當想要做某事之前的狀態。例如：

・帰ろうとしたら、電話がかかってきた／**正打算回家的時候，一通電話打了過來。**

12 解答：4

▲「～かどうか～／與否…」是在句子中插入疑問句的用法。題目的意思是「彼のことが好きですか、それとも好きじゃありませんか、はっきりしてください／你喜歡他，還是不喜歡他，請明確的說出來」。例如：

・吉田さんが来るかどうか分かりません／**吉田先生究竟來還是不來，我也不清楚。**

▲ 當在句中插入含有疑問詞的疑問句時，要用「（疑問詞）か～／嗎」的形式。例如：

・あの店がいつ休みか知っていますか／**那家店什麼時候休息你知道嗎？**

13 解答：3

▲「（名詞）について／關於」表示敘述的對象。例如：

・家族について、作文を書きます／**寫一篇關於家人的作文。**

▲ 題目的句子是以「日本の歴史について書かれた／記載了關於日本歷史的」來修飾「本／書」。「書かれた／（被）記載了」是被動形。

《其他選項》

▲ 選項２如果是「日本の歴史についての本／關於日本歷史的書」則為正確的敘述方式。

14 解答：2

▲「（動詞て形）てみる／嘗試…看看」表示嘗試做某事。例如：

・日本に行ったら、温泉に入ってみたいです／**如果去了日本，想去試一試泡溫泉。**

《其他選項》

▲ 選項１ 「（動詞て形）てしまう／…了」表示完結或失敗、遺憾。例如：

・その本はもう読んでしまいました／**那本書已經讀完了。**

▲ 選項４ 「（動詞て形）ておく／預先…好了、（做）…好了」表示準備。例如：

・ビールは冷蔵庫に入れておきます／**啤酒已經放進冰箱裡。**

15 解答：１

▲「（動詞た形）ところ、～／結果…」表示做了某個動作之後，得到了某個結果的偶然契機。例如：

・ホテルに電話したところ、週末は予約でいっぱいだと言われた／**打了電話到飯店，結果櫃檯說週末已經預約額滿了。**

▲「たところ」表示動作和結果並沒有直接的因果關係，變成這種狀態純屬偶然。

《其他選項》

▲ 選項２的「なら／既然…」表示條件。例如：

・説明を聞いたなら、答えは分かりますね／**既然聽過說明，就該知道答案了吧！**

▲ 選項３ 「ために／為了」和選項４「から／因為」都是表示原因和理由。例如：

・電車が遅れたために、間に合わなかった／**由於電車誤點，所以沒能趕上。**

問題２ **P95-96**

例 解答：１

※ 正確語順

ケーキはすきですか。
你喜歡蛋糕嗎？

▲ Ｂ回答「はい、だいすきです／是的，超喜歡的」，所以知道這是詢問喜不喜歡的問題。

▲ 表示喜歡的形容動詞「すき」後面應填入詞尾「です」，變成「すきですか」。句型常用「～はすきですか」，因此「は」應填入「すきですか」之前，「～」的部分，毫無疑問就要填入「ケーキ」了。所以正確的順序是「２→３→１→４」，而★的部分應填入選項１「すき」。

16 解答：３

※ 正確語順：

この人が出た映画を見たことがありますか。
你曾看過這個人演出的電影嗎？

▲ 因為Ｂ說「見ました／看過」，由此可知「えいが」即為「映画／電影」。因為「（動詞た形）ことがあります／曾經」表示經驗，所以「あります／有」前面應填入「見たことが／曾看過」。例如：

・Ａ：外国に行ったことがありますか／**你出過國嗎？**

　Ｂ：はい、アメリカとドイツに行ったことがあります／**有，我曾經去過美國和德國。**

▲「見たことがあります／曾看過」的目的語「何を／什麼」是「映画を／電影」。「この人が出た／這個人出演」是修飾「映画／電影」的詞句。

▲ 正確的順序是「４→２→３→１」，所以★的部分應填入選項３「見た／看過」。

17 解答：２

※ 正確語順：

月曜日は授業がないので、わたしが手伝ってあげましょう。
星期一沒課，我去幫忙吧！

▲ 主語「わたし／我」的助詞要用「が」。從選項可知句尾是「あげましょう／給…吧」，因此在這之前應填入「てつだって／幫忙」。

「（動詞て形）てあげます／（為他人）做…」用於表達自己想為對方做某件事。例如：

・友達と仲良く遊べたら、お菓子を買ってあげよう／如果你可以和朋友相親相愛一起玩耍，就給你買糖果喔。

▲ 正確的順序是「3→1→2→4」，所以★的部分應填入選項2「てつだって／幫忙」。

▲「～てあげます／（為他人）做…」如果是用在下位者對上位者時，會有一種強加於人的感覺。恰當的用法及比較如下：

×「先生、私がかばんを持ってあげます／老師，我給你拿公事包吧」。

○「先生、私がかばんをお持ちします／老師，讓我來為您拿公事包。」

18 解答：4

※ 正確語順：

午後6時までには終わるようにします。

盡量在晚上6點之前完成。

▲ 雖然直覺想用「終わります／完成」作為句尾，但題目的句尾已經是「します／做」，所以「終わるします」的敘述方式並不正確。「（動詞辭書形）ようにします／盡量」表示為達成某目標而努力或留意，因此「終わるようにします／盡量完成」是正確的敘述方式。例如：

・栄養不足ですね。野菜をたくさん食べるようにしてください／你這樣營養不良喔！請盡量多吃點青菜。

▲「午後6時／晚上6點」後面應該接表示期限或截止時間的「までには／在…之前」。

▲ 所以正確的順序是「3→1→4→2」，而★的部分應填入選項4「終わる／結束」。

▲「6時までには／到6點」是比「6時までに／到6點」更加強調的語氣。

19 解答：2

※ 正確語順：

今、宿題をしているところです。

現在正在做作業。

▲「（動詞て形）ているところです／正在…」表示正在進行某事。例如：

・A：お母さん、ごはん、まだ／媽，飯還沒好？
　B：今、お肉を焼いているところ。後5分よ／現在正在烤肉，再5分鐘就好了。

▲ 所以正確的順序是「3→4→2→1」，而★的部分應填入選項2「いる／正在」。

20 解答：3

※ 正確語順：

竹田さん、アルバイトでためたお金を何に使うつもりですか。

竹田先生，你打工存下來的錢打算怎麼使用呢？

▲「ためた／存（錢）了」是「ためる／存（錢）」的過去式。在「アルバイトでためた／打工所存的」之後應填入「お金を／錢」。由於句尾的「ですか／呢」前面無法接「何に／怎麼」或「使う／使用」，所以只能填「つもりですか／打算…呢」。至於「何に使う／怎麼使用」則填在「つもり／打算」的前面。「何に使う／怎麼用」用於詢問對方使用目的或對象。所以正確的順序是「4→1→3→2」，而★的部分應填入選項3「つかう／使用」。

問題3　P97-98

21 解答：2

▲ 本題在說明對祁先生而言，這個新年具有什麼樣的意義。這是他「日本で初めて迎えるお正月／在日本過的第一個新年」。「初めて／第一次」是副詞。例如：

・初めての海外旅行は、シンガポールに行きました／第一次出國旅遊去了新加坡。

22 解答：2

▲ 因為是在講述昨天的事，所以答案要選過去式。

23 解答：3

▲ 由於後面接的是「なりません／不行」，所以答案應該選「しなくては／不做」，也就是「なくてはならない／必須」的句型。

《其他選項》

▲ 選項１　「させられて／被迫做」是「して／做」的使役被動形。

▲ 選項４　「いたして／做」是「して」的謙讓語。「して」的後面不能接「なりません」。

▲ 選項２　「しなくても／即使不做也」後面應該接「いいです／沒關係」。

▲ 使役被動的例子：

・ 私は母に掃除をさせられました／**我被媽媽叫去打掃了。**

→ 打掃的人是我，而指示我「去打掃」的人是媽媽。這句話隱含的意思是我其實並不想打掃。

24 解答：1

▲ 請思考「私は毎年、料理を作るのを手伝います／我每年都會幫忙做菜」和「今年は祖母が作った料理をいただきました／今年享用的是奶奶已經做好的年菜」這兩句話的關係。也就是把「毎年／每年」和「今年／今年」拿來做比較，由此聯想到「毎年（は）～が、今年は～／每年都是…，但今年則是…」的句型。

▲「～は～が、～は～／是…但是」句型的例子：

・ 犬は好きですが、猫は好きじゃありません／**我喜歡狗，但不喜歡貓。**

25 解答：4

▲ 這是在說出道別語之前的用詞。其他還有「それでは／那麼」、「では／那麼」、「じゃ／那」等等的用法。例如：

・ それでは、さようなら／**那麼，再見囉。**

第3回　讀解

問題４　P99-102

26 解答：2

▲ 信上寫道「戻られたら、こちらから電話をかけてください／請您回來後致電」。「戻られたら」是「戻ったら」的尊敬語。句子的主詞是佐藤課長。「こちら／我方」是「ここ」的禮貌說法，指的是佐藤課長和王先生的公司。「H産業」要用「あちら／對方」來表示。佐藤課長首先必須要做的事是打電話給Ｈ產業的大竹先生。

27 解答：4

▲ 根據文章，不能在會場內做的事情是「カメラ・ビデオカメラなどで～写すこと／使用相機、攝影機等器材…拍攝」。「カメラで写す／用相機拍攝」和選項４「カメラを使う／使用相機」意思相同。

《其他選項》

▲ 選項１　通知上寫「携帯電話などはお切りください／請關閉手機電源」。這是請觀眾注意將電源關閉的意思，並沒有說不能將手機帶進會場。

▲ 選項２　沒有提及「席を自由に変わっていい／可以自由更換座位」。

▲ 選項３　「～をするのは、かまわない／做…是沒有關係的」是「～してもいい／做…也可以」的意思。

28 解答：2

▲ 文中寫道「55～60ページをコピーして、グエンさんに渡しておいてください／麻煩複

印第55～60頁後轉交關小姐」。「(動詞て形)ておきます／先…」表事先準備。例句：

・友達が来る前に、部屋を掃除しておきます／朋友來之前，先打掃房間。

▲ 題目是說在明天上課之前先做準備。

29 解答：1

▲ 沒有提到「旅行に一緒に行く／一起去旅行」。

《其他選項》

▲ 選項2　文中有「その人に合う旅行の計画を紹介します／向對方介紹適合的行程」。

▲ 選項3　文中有「電車や飛行機～が空いているかを調べ～／查詢電車班次和飛機航班的…是否有空位」。

▲ 選項4　文中有「(電車や飛行機の) 切符を取ったり、(ホテルなどの) 予約をしたりします／(電車或飛機的)訂票或(飯店等的)訂房」。

問題5　P103-104

30 解答：1

▲「困っていた」的前一句寫道「道がわからないので／因為不認得路」。「ので」表示原因、理由。並且下一句又問「映画館はどちらにありますか／電影院在哪裡」，因此從這二個線索知道1是正確答案。

31 解答：3

▲ 文中寫道「ここは、駅の北側ですが／這裡是車站的北側」。又「ここから駅までは歩いて5分くらいです／從這裡走到車站大約五分鐘」，因此3是正確答案。

32 解答：2

▲ 文中寫道「ここから駅までは歩いて5分くらいです。そこから映画館までは、だいたい3分くらいで着きます／從這裡走到車站大約五分鐘，繼續前往電影院差不多三分鐘就到了」。「そこから」的「そこ」是指前一句的「駅／車站」，意思是從車站走到電影院大約三分鐘左右。

33 解答：3

▲ 文中寫道「『これを差し上げます』と言って、1冊の本を～私にくれました／說『這個送給你』、給了我一本書」、「それは、隣町を紹介した雑誌でした／那是介紹隔壁城鎮的雜誌」。

▲「これ」和「それ」是指同一件物品。「差し上げる」是「あげる」的謙讓說法。

問題6　P105-106

34 解答：1

▲ 由下表【垃圾分類的範例】可知，「料理で出た生ごみ／做菜時產生的廚餘」要在「燃えるごみ／可燃垃圾」的收運日丟棄。並由上表【收運垃圾日程】可知，離星期日最近的、回收可燃垃圾的日子是星期一。

35 解答：4

▲ 由下表【垃圾分類的範例】可知，「ラップ／保鮮膜」要在「プラスチック／塑膠類」的日子丟棄，「本／書」則要在「古紙・古着／廢紙、舊衣」的日子丟棄。並由上表【收運垃圾日程】可知，「プラスチック／塑膠類」是星期二、「古紙・古着／廢紙、舊衣」是星期五。

第3回　聴解

問題1　P107-111

例 解答：4

▲ 這題要問的是「燃えるゴミを次にいつ出しますか／下一次可燃垃圾什麼日子丟呢？」。

從對話中，男士說了「今日は火曜日だから／因為今天是星期二」，又問女士「燃えるゴミを出す日はいつですか／什麼日子可以丟可燃垃圾呢？」，女士回答「月曜日と金曜日です／星期一跟星期五」，知道答案是４「金曜日／星期五」了。

1 解答：3

▲ 因為男士說「じゃ、僕、地図を持って行きます／那，我帶地圖去」。

2 解答：4

▲ 因為女士表示「私、前の席で案内するね／我坐在副駕駛座幫忙看路吧」。

3 解答：3

▲ 妹妹嫌哥哥看電視的聲音太吵了。由於妹妹房間的暖氣故障了，所以要求哥哥回他的房間開暖氣看電視，這樣就可以解決困擾了。

▲ 因此，哥哥接下來要做的事除了「自分の部屋でテレビをみる／回自己房裡看電視」，同時也會打開房間的暖氣。

4 解答：1

▲ 媽媽問「サンドイッチにする？／買三明治好嗎？」兒子回答「それより、ハンバーグが入っている丸いのがいいな。それを２つね／我比較想吃有漢堡肉的那種圓麵包，要兩個喔！」至於飲料則指定「コーヒーじゃなくて紅茶がいいな／不要咖啡，要紅茶」。

5 解答：4

▲ 星期二是從９點開始上課，但今天停課；下午３點有另一堂課，但在上課前和理香約好 12 點先在學校餐廳吃飯。這裡尚需留意去學校要花 30 分鐘。

6 解答：2

▲ 因為對話中提到「黒い上着を着ている人／穿黑西裝的人」以及「眼鏡をかけている人／戴眼鏡的人」。

《其他選項》

▲ 選項４是「ひげがある人／有鬍子的人」。

7 解答：4

▲ 對話中提到，山中牙醫師週一要下午才看診，大月牙醫師只能預約下週的門診。從男士的最後一句話「午前中待って、午後行くことにしよう／早上先等一等，下午再過去吧」可以知道正確答案是選項４的「午後山中歯医者に行く／下午去找山中牙醫師」。

8 解答：1

▲ 因為對話中提到「お水をもらえますか／可以給我一杯水嗎？」、「薬を飲むためのお水が欲しいんです／我要吃藥，需要開水」。

問題２ P112-116

例 解答：3

▲ 這題要問的是男士「どうしてカメラを借りるのですか／為什麼要借照相機呢？」。記得「借りる／借入」跟「貸す／借出」的差別。而從「貸してくれる／借給我」，知道要問的是男士為什麼要借入照相機的問題。

▲ 從女士問「先輩はすごくいいカメラを持っているでしょう。あのカメラ、壊れたんですか／前輩不是有一台很棒的照相機，那台相機壞了嗎？」，男士否定說「いや／不是」，知道選項４「自分のカメラはこわれているから／因為自己的照相機壞了」不正確。接下來男士說「あのカメラはとてもよく撮れるんだけど、重いんだよ／我的那台相機雖然拍得好，但太重了」，知道答案是３的「自分のカメラは重いから／因為自己的相機太重了」。

1 解答：4

▲ 從 3 點到 6 點共 3 小時，然後從 7 點半起 2 小時（到 9 點半），接著看 30 分鐘電視，然後從 10 點開始到深夜 1 點共 3 小時，以上總共 8 個小時。

2 解答：2

▲ 因為女生表示「『ありがとう』とお礼を言われます。そんなときは、とても嬉しいです／當聽到客人向自己說『謝謝』的時候非常開心」。

3 解答：2

▲ 男孩原本的志願「お医者さん／醫生」從後面的那句「じゃ、やめた／那算了」可以知道他決定放棄。至於想當「ケーキ屋さん／蛋糕師傅」的志願，雖然媽媽說「太るし、それに歯が悪くなるよ／不僅會胖，還會蛀牙喔」，但他回答「いいよ／沒關係」。這句「いいよ／沒關係」的完整語意是「歯医者さんと結婚するからいいよ／反正我會和牙醫師結婚所以沒關係」，由此可知是用來表示無所謂的意思。

4 解答：1

▲ 男學生在「レポートはまだ書いてないよ／報告還沒寫啦」的後面接著說「携帯電話／手機」，表示「（忘れたものはレポートじゃなくて）携帯電話（だよ）／（忘記帶的東西不是報告而是）手機（啦）」，也就是手機才是最重要的東西。

▲ 雖然他也說便當和筷子的重要性居次，但這兩樣並不是他忘記帶的東西。

5 解答：3

▲ 因為男士說「それでは、4 時 50 分のをお願いします／那麼，麻煩訂 4 點 50 分的」。「4 時 50 分のを／訂 4 點 50 分的」意思是「4 時 50 分の飛行機を／訂 4 點 50 分的那班飛機」。

6 解答：2

▲ 題目問的是不需要帶去的東西，而老師說「お弁当はいりません／不需要便當」。

7 解答：4

▲ 請留意地圖上有兩所學校。由於女士表明「学校が近い方がいいと思って／希望住在離學校近一點的地方」，因此不是選項 1。根據女士的說明，「アパートの前の大通りを～歩いて右に曲がるとすぐ左側／沿著公寓前面的大馬路……右轉後的左手邊」有一所學校，由此可知應該是選項 4。

問題 3 P117-120

例 解答：1

▲ 這一題要問的是「食べ方／食用方法」，而選項一的「どのように／如何」用在詢問方法的時候，相當於「どうやって／怎麼做」、「どのような方法で／什麼方法」的意思。正確答案是 1。「どのように」用法，例如：

・老後に向けてどのように計画したらいいでしょう／**對於晚年該如何計畫好呢？**

《其他選項》

▲ 選項 2　如果問題是問「出される食べ物は食べられるかどうか／端上桌的食物能不能吃呢」的話則正確。

▲ 選項 3　如果問題是問「出される食べ物を食べるかどうか／端上桌的食物要不要吃呢」的話則正確。

1 解答：1

▲ 詢問者想問的是「あなたは（このシャツを）どこで買いましたか／你是在哪裡買到（這件襯衫）的呢？」，口語可簡化為「どこで買ったの？／在哪裡買的？」

2 解答：2

▲「のに／卻」是逆接的接續助詞，用於呈現

說話者對於事實覺得意外或遺憾的感受。例句：

・今日は雨なのに、暖かいね／今天雖然下雨，但挺暖和的。

・もう昼なのに、まだ寝てる／都中午了還在睡！

▲「でも／即使」也是表示逆接的副助詞，表示並非理所當然的結果。例句：

・この料理は簡単だから、子供でもできる／這道菜很容易做，連小孩子都會。〈小孩子其實不擅長做菜，卻能夠做這道菜〉

《其他選項》

▲ 選項 1 是對於小學生居然看不懂漢字而感到訝異。

▲ 選項 3 是認為小學生雖然不懂太多漢字，但是那個漢字挺簡單的，應該看得懂吧。

3 解答：3

▲ 去醫院探病時，應該問候對方的身體狀況。「いかがですか／還好嗎」是「どうですか／如何」的禮貌用法。

4 解答：1

▲「お手伝いする／幫您」是以「お（動詞ます形）する／我為您（們）做…」的形式表示謙讓。例句：

・先生、お荷物をお持ちします／老師，東西請交給我拿。

《其他選項》

▲ 選項 2 雖是向人求援的句子，但正確説法應該是「どうか助けてください／懇求您的鼎助」。

▲ 選項 3 的句子有些失禮，用於這個場合不符情理。

5 解答：3

▲「（動詞て形）ていただけますか／可否請您」或「（動詞て形）ていただけませんか／可以請您…嗎」表示禮貌性的請託。

《其他選項》

▲ 選項 1　已經開著冷氣了，不會再説「つけないでください／請不要開（冷氣）」。

▲ 選項 2　問題已經説「冷房を止めてほしいです／請幫忙關冷氣」，不會再問「冷房はほしいですか／想要冷氣嗎」。

問題 4　P121

例 解答：1

▲「もう～したか／已經…了嗎」用在詢問「行為或事情是否完成了」。如果是還沒有完成，可以回答：「いいえ、まだです／不，還沒有」、「いいえ、○○です／不，○○」、「いいえ、まだ～ていません／不，還沒…」。如果是完成，可以回答：「はい、～した／是，…了」。

▲ 這一題問「もう朝ご飯はすみましたか／早餐已經吃了嗎」，「ご飯はすみましたか／吃飯了嗎」是詢問「吃飯了沒」的慣用表現方式。而選項 1 回答「いいえ、これからです／不，現在才要吃」是正確答案。

《其他選項》

▲ 選項 2 如果回答「はい、食べました／是的，吃了」或「いいえ、まだです／不，還沒」則正確。

▲ 選項 3 如果回答「はい、すみました／是的，吃了」則正確。「すみません／抱歉、謝謝、借過」用在跟對方致歉、感謝或請求的時候。可別聽錯了喔！

1 解答：1

▲「いらっしゃる」是「行く／去」、「来る／來」、「いる／在」的尊敬語，可以做為選項 1「どこに行くのですか／您要去哪裡呢？」的回答。換言之，必須知道題目的「いらっしゃる」是「行く」的尊敬語才能作答。

《其他選項》

▲ 選項２的「いってらっしゃい／路上小心」是臨別時目送者對家人、顧客等送別的用語。回答時用「行ってきます／我出門了」。

2 解答：2

▲ 題目問的是想做什麼事，因此答覆自己想做之事的選項２為正確答案。

《其他選項》

▲ 選項１是當對方詢問「いつ帰りますか／什麼時候回來？」時的答覆。

▲ 選項３只是敘述朋友正在等候的事實，而不是説明自己想做的事，因此不是正確答案。

3 解答：3

▲ 由於題目是以過去式「引っ越した／搬家了」提問，由此可知已經搬家了。這裡問的是「いつ／什麼時候」，因此回答過去日期的選項３為正確答案。

※ 描述時間的字句：

「前／前」→ 過去之事

「後／後」→ 未來之事

▲ 例句：

・ 祖母は３年前に亡くなりました／家祖母已於三年前過世了。

・ 検査の結果は２週間後に分かります／檢驗結果將於兩週後出爐。

4 解答：1

▲「何で／採用何種…」的「で」是表示手段或方法。本題是詢問前往大學的交通方式。例句：

・ 自転車でスーパーへ行きました／騎自行車去了超市。

《其他選項》

▲ 選項３是用於答覆「大学で何を勉強していますか／在大學研修什麼課程呢？」

※ 請留意「何で／為啥」有時候是詢問原因的口語體，與「どうして／為什麼」的意思一樣。例句：

・ A：昨日は、何で休んだの？／昨天為啥請假？

B：熱があったから／因為發燒了。

5 解答：2

▲ 因為題目問的是狗兒喜歡的東西，所以是選項２。選項１的妹妹是人而不是物品，如果題目的問法是「誰が好きですか／喜歡誰」則為正確答案。

6 解答：3

▲ 當對方詢問「ＡとＢのどちらが～ですか／…Ａ和Ｂ的哪一種…呢」的時候，可以回答「Ａのほうがいいです／Ａ比較好」。

7 解答：3

▲「どこに行くの？／要去哪裡？」的意思是「今からどこに行くの？／現在要去哪裡？」。可用「（動詞辭書形）ところです／正要…」的句型回答即將要做的事。

※ 學習「～ところです」的用法

▲「（動詞辭書形）ところです／正要…」表示即將要做。例句：

・ 今からご飯を食べるところです／現在正要吃飯。〈還沒吃〉

▲「（動詞て形）ているところです／正在…」表示正在進行。例句：

・ 今ご飯を食べているところです／現在正在吃飯。〈目前用餐中〉

▲「（動詞た形）たところです／剛…過」表示剛剛完成。例句：

・ 今ご飯を食べたところです／現在剛吃過飯。〈恰好吃完了〉

8 解答：2

▲「おかげ様で／託福」是寒暄語，完整語意是「あなたのおかげで／託您的福」。

《其他選項》

▲ 選項１如果改成「いいえ、よくなりません／不，還沒好」或「いいえ、まだです／不，還沒」，則為正確答案。

▲ 選項３的「なかなか／遲遲」和選項１的「いいえ／不」相同，後面應該接否定形，如果改成「なかなかよくなりません／遲遲沒有好轉」即為正確答案。

※「おかげ様(さま)で」是常用的寒暄語，未必代表真的蒙受過對方的恩惠。例句：

・A：お元気(げんき)ですか？／**近來可好？**
　B：はい、おかげ様(さま)で／**託您的福，一切都好。**

第４回　言語知識（文字・語彙）

問題１　　P122-123

例(れい)　　解答：１

▲「春」音讀唸「シュン」，訓讀唸「はる／春天」。

《其他選項》

▲ 選項２　「なつ」的漢字是「夏／夏天」，音讀唸「カ・ゲ」。

▲ 選項３　「あき」的漢字是「秋／秋天」，音讀唸「シュウ」。

▲ 選項４　「ふゆ」的漢字是「冬／冬天」，音讀唸「トウ」。

１　　解答：２

▲「番」音讀唸「バン」，訓讀唸「つがい／一對」、「つが－う／成對」。例如：

・３番目(ばんめ)／**第三個**、番号(ばんごう)／**號碼**、番地(ばんち)／**門牌號碼**

▲「組」音讀唸「ソ」，訓讀唸「く－む／合伙」、「くみ／合作組織」。例如：

・１年(ねん)２組(くみ)の木村(きむら)です／**我是一年二班的木村。**

▲ 因為「組」前面接「番」，所以讀音從「くみ」變成「ぐみ」。

《其他選項》

▲ 選項１「当番(とうばん)／值班」、選項３「放送(ほうそう)／廣播」。

２　　解答：１

▲「内」音讀唸「ナイ」，訓讀唸「うち／內、裡面」。例如：

・案内(あんない)／**嚮導**、家内(かない)／**內人**、国内(こくない)／**國內**
　三日以内(みっかいない)／**三天以內**

▲「側」音讀唸「ソク」，訓讀唸「かわ／某一邊」。例如：

・内側(うちがわ)と外側(そとがわ)／**內側和外側**

▲ 因為「側」前面接「内」，所以讀音從「かわ」變成「がわ」。

▲ 選項２「なか」是「中／內部」、選項３「外(そと)／外面」。

３　　解答：４

▲「親」音讀唸「シン」，訓讀唸「おや／雙親」、「した－しい／親近、親密」。例如：

・両親(りょうしん)／**雙親**

・父親(ちちおや)／**父親**

▲「切」音讀唸「セツ」，訓讀唸「き－る／切」、「き－れる／能切，銳利」。例如：

・大切(たいせつ)／**重要**

・野菜(やさい)を切(き)る／**切菜**、切手(きって)／**郵票**

４　　解答：３

▲「運」音讀唸「ウン」，訓讀唸「はこ－ぶ／運送，搬運」。例如：

・運動(うんどう)／**運動**

・荷物(にもつ)を運(はこ)ぶ／**搬運行李。**

▲「転」音讀唸「テン」，訓讀唸「ころ－がる／滾轉」、「ころ－がす／滾動」、「ころ－ぶ／滾，滾轉」。例如：

・自転車(じてんしゃ)／**自行車**

5 解答：3

▲「出」音讀唸「シュツ」，訓讀唸「で‐る／出去」、「だ‐す／出，拿出」。例如：

・出発／**出發**

・８時に家を出ます／**我８點時離開家門**。

・かばんから本を出します／**從背包裡把書拿出來**。

▲「席」音讀唸「セキ」。

▲當「出」和「発」連接成兩個漢字的詞語時，「シュツ」要變成「シュッ」、「ハツ」要變成「パツ」。

▲當詞語為兩個漢字所組成，前面的字尾音為「チ、ツ、ン」、而後面的字開頭的音為「カ行、サ行、タ行、ハ行」時，若前字的尾音為「ク、チ、ツ、ン」，則要變成促音的「ッ」。舉例：

・一（イチ）＋回（カイ）→一回（イッ　カイ）

・発（ハツ）＋表（ヒョウ）→発表（ハッ　ピョウ）

・一（イチ）＋枚（マイ）→一枚（イチ　マイ）

・発（ハツ）＋音（オン）→発音（ハツ　オン）

6 解答：2

▲「大」音讀唸「ダイ・タイ」，訓讀唸「おお／大」、「おお‐きい／巨大」、「おお‐いに／非常」。例如：

・大学／**大學**、大切／**重要**

・大匙１の塩／**一大匙的鹽**、大きい犬／**大隻的狗**

※「大人／おとな」是特殊念法。

▲「事」音讀唸「ジ」，訓讀唸「こと／事，事情」。例如：

・事故／**事故**、工事／**工程**

・仕事／**工作**

《其他選項》

▲選項３「大切／重要」。

7 解答：1

▲「試」音讀唸「シ」，訓讀唸「ため‐す／嘗試」、「こころ‐みる／試驗一下」。例如：

・試験／**考試**

▲「合」音讀唸「カッ・ガッ・ゴウ」，訓讀唸「あ‐う／合適」、「あ‐わせる／合起；合併」。例如：

・都合が悪い／**不方便**。

・合コンに行く／**去聯誼**。

・時間に間に合う／**趕得上時間**。

《其他選項》

▲選項２「練習／練習」、選項４「場合／情況」

8 解答：4

▲「一」音讀唸「イチ・イツ」，訓讀唸「ひと／一」、「ひと‐つ／一個」。例如：

・一日／**一日**、一時／**暫時**、一月一日／**一月一日**

・一月／**一個月**

※「一日／一天」念作「いちにち」時，表示「朝から夜まで／從（一天的）早上到晚上」的時間概念。

▲「一月／一個月」念作「ひとつき」時，意思和「一か月／一個月」相同，表示期間。

※「一日／ついたち」、「一人／ひとり」是特殊念法。

▲「杯」音讀唸「ハイ」，訓讀唸「さかずき／酒杯」。

9 解答：2

▲「景」音讀唸「ケイ」。

▲「景色／けしき」是特殊念法。

▲「色」音讀唸「シキ・ショク」，訓讀唸「いろ／色」。例如：

・24色の色鉛筆／**二十四色的色鉛筆**、茶色／**咖啡色**

問題２ P124

例 解答：2

▲「通」音讀唸「ツウ」，訓讀唸「とお‐る／

通過」、「とお－す／穿過」、「かよ－う／上班，通勤」。例如：

・通過／不停頓地通過
・店の前を通る／走過店門前。
・針に糸を通す／把線穿過針孔。
・電車で会社に通っている／坐電車去上班。

《其他選項》

▲ 選項１　「返」音讀唸「ヘン」，訓讀唸「かえ－る／返還」、「かえ－す／歸還」。例如：

・返信／回信
・貸したお金が返ってきた／借出的錢還回來了。
・金を返す／還錢。

▲ 選項３　「送」音讀唸「ソウ」，訓讀唸「おく－る／送」。例如：

・送金／寄錢
・荷物を送る／送行李。

▲ 選項４　「運」音讀唸「ウン」，訓讀唸「はこ－ぶ／運送」。例如：

・運送／搬運
・品川から船で運ぶ／從品川用船搬運。

10　解答：２

▲「軽」音讀唸「ケイ」，訓讀唸「かる－い／輕的」。例如：

「軽い／輕」⇔「重い／重」

11　解答：３

▲「失」音讀唸「シツ」，訓讀唸「うしな－う／失去」。

▲「敗」音讀唸「ハイ」。

▲「シツ」和「ハイ」合在一起時，讀音會變成「シッパイ」，請特別注意。

12　解答：２

▲「落」音讀唸「ラク」，訓讀唸「お－ちる／落下」、「お－とす／使降落，使落下」。例如：

・階段から落ちた／從樓梯上摔下來了。

13　解答：３

▲「投」音讀唸「トウ」，訓讀唸「な－げる／投，拋」。

《其他選項》

▲ 選項１　「捨」音讀唸「シャ」，訓讀唸「す－てる／扔掉」、選項４「打」音讀唸「ダ」，訓讀唸「う－つ／打」。

14　解答：４

▲「少」音讀唸「ショウ」，訓讀唸「すく－ない／少，不多」、「すこ－し／一點」。

▲「少」的送假名是「ない」和「し」。例如：

・もう少しゆっくり話してください／請再說慢一點。

▲「小」音讀唸「ショウ」，訓讀唸「ちい－さい／小」、「こ／小」。

15　解答：１

▲「葉」音讀唸「ヨウ」，訓讀唸「は／葉」。

《其他選項》

▲ 選項２　「芽」音讀唸「ガ」，訓讀唸「め／芽」。例如：

・木の芽が出た／樹芽長出來了。

▲ 選項３　「菜」音讀唸「サイ」，訓讀唸「な／菜」。例如：

・野菜を食べる／吃蔬菜。

▲ 選項４　「苗」音讀唸「ビョウ」，訓讀唸「なえ／苗」。

問題３　P125-126

例　解答：３

▲ 從題目一開始的「わからない言葉は／不會的詞語」跟後面的「～を引きます／查找…」，可以知道答案是「辞書」。

《其他選項》

▲ 選項１　「本／書本」。例句：

・本を読む／看書。

▲ 選項２　「先生／老師」。例句：

・音楽の先生になりたい／我想成為音樂老師。

▲ 選項４　「学校／學校」。例句：

・子供たちは元気よく歩いて学校へ行きます／小孩們精神飽滿地走向學校。

16　解答：1

▲「歓迎／歡迎」是指為某人的到來而開心的迎接他。例如：

・A：今度お宅に遊びに行ってもいいですか／下次可以去府上叨擾嗎？

　B：もちろん。大歓迎ですよ／當然，非常歡迎你來！

《其他選項》

▲ 選項２　「関係／關係」。

▲ 選項３　「残念／可惜」。

▲ 選項４　「計画／計畫」。

17　解答：3

▲ 發燒時該去的地方是「病院／醫院」。

《其他選項》

▲ 選項１　「神社／神社」。

▲ 選項２　「交番／派出所」。

▲ 選項４　「空港／機場」。

18　解答：4

▲ 這題考的是「ＡはＢです／Ａ是Ｂ」這一句型，Ｂ是「映画を見ること／看電影」。而「私のお父さんの／我爸爸的」是用來修飾「趣味／興趣」的。

《其他選項》

▲ 選項１　「家族／家人」。

▲ 選項２　「住所／住處」。

▲ 選項３　「会社／公司」。

19　解答：4

▲ 把水燒熱成沸水或適溫稱為「お湯を沸かす／燒水」。「沸かす／燒熱」是他動詞。例如：

・毎晩お風呂を沸かします／每天晚上都燒熱水泡澡。

《其他選項的用法》

▲ 選項１　「(料理を) 作りました／做(料理)。」

▲ 選項２　「(お湯が) 沸きました／（熱水）沸騰了」。「沸く／燒熱，沸騰」是自動詞。

▲ 選項３　「(財布を) 落としました／弄丟(錢包)了。」

20　解答：2

▲「おなかが／肚子」後面接的應該是「空く／肚子餓」。

《其他選項的用法》

▲ 選項１　「(席が) 空く／騰出空(位)」。例如：

・アパートの２階の部屋が空いています／公寓二樓的房間空著。

▲ 選項３　「(子供が) 泣く／（孩子）在哭泣、(小鳥が) 鳴く／（小鳥）在啼叫」

▲ 選項４　「(仕事が) 済む／(工作)結束了」。或「宿題が済んだら寝ます／作業寫完後就去睡覺。」

21　解答：3

▲ 付款時要使用的是「カード／（信用）卡」。例如：

・この店でカードは使えますか／這家店可以用信用卡(付款)嗎？

《其他選項的用法》

▲ 選項１　「誕生日にケーキを買って食べました／生日當天買蛋糕來吃了。」

▲ 選項２ 「寒いとき、暖かいコートを着ます／寒冷的時候，我會穿保暖的大衣。」

▲ 選項４ 「母はスーパーで週三日、パートをしています／媽媽每週有三天在超市兼差。」

22 解答：１

▲「人に（ ）をかける」這種說法要填入的是「心配／擔心」。原本的句子是「私は両親に心配をかけたくない／我不想讓父母擔心」，省略了主詞的「私／我」。例如：

・ご心配をおかけして、すみません／**讓您擔心了，非常抱歉。**

《其他選項的用法》

▲ 選項２ 「危険ですから、ここに入らないでください／這裡很危險，請不要進入。」

▲ 選項３ 「大学で、経済を勉強しています／在大學學習經濟。」

▲ 選項４ 「困ったときは私に相談してください／有煩惱的時候請找我商量。」或「宿題は友達と相談してもいいです／可以和朋友討論作業。」

23 解答：３

▲ 後面可以接「降らない（そうです）／（聽說）不下」這種否定形的詞語是「ほとんど／幾乎、大部分」。例如：

・昨夜はほとんど寝ていない／**昨天晚上幾乎沒睡。**

・テストはほとんど分からなかった／**考試題目幾乎都不會。**

▲「ほとんど」是副詞，意思是「大部分」。例如：

・テストはほとんど分かった／**考試題目大部分都會寫。**

《其他選項的用法》

▲ 選項１ 「どうして／為什麼」是疑問詞，所以句尾應為疑問形。例如：

・どうしてこの仕事を選びましたか／**為什麼你選擇了這份工作呢？**

▲ 選項２ 「やっと／終於」用於肯定句。例如：

・一時間遅れて、彼はやっと来た／**晚了一個小時，他終於來了。**

・たくさん調べて、やっと分かった／**查了大量的資料，終於弄懂了。**

▲ 選項４ 「そろそろ／快要」表示差不多到了某個時間。後面不能接否定形。例如：

・暗くなってきたね。そろそろ帰ろう／**天色暗下來了呢，差不多該回去了。**

※「沖縄／沖繩」是位於日本最南端的縣。

24 解答：４

▲「辺り／附近」、「真っ暗になる／變得漆黑一片」是「日が暮れる／日落」時的情境。天黑下來，太陽西沉的時間稱作「日が暮れる／日落」。

《其他選項的用法》

▲ 選項１ 「（料理が）残る／（料理）剩下來了」。

▲ 選項２ 「（時計が）止まる／（時鐘）停止了」、「（バスが）停まる／（巴士）停下了」、「（ホテルに）泊まる／（在旅館）過夜。」

▲ 選項３ 「（山を）下りる／下（山）」、「（電車を）降りる／下（電車）。」

問題４ **P127-128**

例 解答：１

▲「褒める／稱讚」是指稱讚別人做的事或行為等，因此「よくできたね／做得很好」最適合。

《其他選項》

▲ 選項２ 「こまったね／真傷腦筋啊」用在發生了讓自己感到為難、苦惱的事情時。

▲ 選項３ 「きをつけろ／萬事小心」用在叮囑對方行事要小心，是比較粗魯的表現方式。

▲ 選項４「もういいかい／好了沒」常用在捉迷藏時。

25 解答：2

▲「水泳／游泳」是「泳ぐこと／游泳」，表示人或動物在水裡游動。例如：

・水泳を習っています／我在學游泳。

・私の趣味は水泳です／我的興趣是游泳。

26 解答：3

▲「予習／預習」是指下一次要教的地方，自己先學習一次做好準備。因此「予習をします／預習」＝「前に勉強しておきます／提前先做好學習準備」。

※ 對義詞：「予習／預習」⇔「復習／複習」

《其他選項》

▲ 選項１「宿題／作業」。

▲ 選項２「質問／提問」。

▲ 選項４「復習／複習」。

27 解答：1

▲「お留守」是在「留守／看家、不在家」前面，加上表示鄭重的「お」的用法。「留守ですか／不在家嗎？」的意思和「（今いますか、それとも）出かけていますか／（現在在家嗎？還是）不在家？」相同。

▲ 對話中的「出かけること／出門」，若要表示鄭重，就說「お出かけ（する）／出門」。

《其他選項》

▲ 選項４的「お暇（です）／空閒」也是「暇なこと／空閒」的意思。

28 解答：4

▲「６歲以下／六歲以下」指包含六歲，以及小於六歲。「６歲以下ではない／不是六歲以下」指的就是「７歲以上／七歲以上」的人。

《其他選項》

▲ 選項３的「７歳までの子ども／七歲以下的孩子」和「７歳以下／七歲以下」意思相同。

29 解答：3

▲「たずねられました／被詢問了」是「たずねました／詢問了」的被動形。這一題問路的是外國人。

▲ 這個句子的主詞如果變成外國人，句子就變成「外国人は私に〜たずねました／外國人向我詢問了…」。「たずねる／詢問」和「聞く／問」意思相同，因此選項３是正確答案。

※「たずねる」包含「訪ねる／拜訪」和「尋ねる／詢問」兩種意思，但從前面的「道を／道路」可以得知應該選則含有「質問する／提問」意思的「尋ねる／詢問」一詞。

■ 是被動形還是尊敬形？

▲ 因為「尋ねる」是下一段活用動詞中的動詞，所以可能形、被動形、尊敬形全都寫成相同的「尋ねられる」。題目句的主詞是「私」，因此可以判斷並非尊敬形（尊敬語不會用在自己身上），不過，是可能形還是被動形，就只能由上下的文意來判斷了。

▲ 五段活用動詞中的動詞被動形和尊敬形相同，因此必須由上下的文意來判斷。

問題５ P129-130

例 解答：1

▲「怖い／令人害怕的」表示擔心會出現令人害怕的事，或覺得要發生壞事之意。從選項１這一句前面提到「部屋が暗いので／因為屋子很暗」跟後面的「入れません／不敢進去」知道要用的是「怖くて／令人害怕的」，來修飾動詞「入れません」。例句：

・姉は怒ると怖い／姐姐一發怒就很可怕。

《其他選項的用法》

▲ 選項２應為「足が痛くて、もう走れません／腳實在很痛，已經沒辦法跑了。」

▲ 選項３應為「外は寒くて、風邪を引きそうです／外面這麼冷，出去感覺會受涼。」

▲ 選項４應為「このパンは甘くて、おいしいです／這麵包香甜又可口。」

30 解答：1

▲ 電影的「終わり／劇終」是指結尾，也就是最後。「終わり／結尾」⇔「初め／開頭」。例如：

・ 手紙の初めに「拝啓」、終わりに「敬具」と書きます／信的開頭要寫「敬啟」，最後則寫「敬上」。

《其他選項應為》

▲ 選項２ 「お皿の隅／盤子的角落」、「お皿の端／盤子的邊緣」。

▲ 選項３ 「教室の後ろの席／教室後面的座位。」

▲ 選項４ 「くつ下の先／襪子的前端。」

31 解答：2

▲「最近／最近」與現在距離很近的過去，是說話前或後不久的日子。例如：

・ 最近、どんな映画を見ましたか／你最近看了什麼電影？

・ 最近の子供はあまり本を読まないようだ／最近的小孩子好像不怎麼看書。

《其他選項應為》

▲ 選項１ 表示距離短的時候應該用「最短／最短」。

▲ 選項３ 沒有「最近に」這種說法。

▲ 選項４ 「最近」是指過去的事情，因此句尾接「やります／要做」不合邏輯，應填入「最後まで／直到最後」。「力いっぱい／竭盡全力」是拼命努力的意思。

32 解答：4

▲「厳しい人／嚴厲的人」⇔「優しい人／溫柔的人」

▲ 選項句說明了爸爸的性格。例如：

・ 私は両親から厳しく育てられた／我的父母對我實施嚴厲的教育。

・ 山本先生は、遅刻に厳しいです／山本老師嚴格要求不准遲到。

《其他選項應為》

▲ 選項１ 「眩しい／耀眼」。

▲ 選項２ 「寂しい／寂寞」。

▲ 選項３ 「難しい／困難」。

33 解答：1

▲「運ぶ／搬運」是指用手拿或用車子等交通工具運送，使物體移動。例如：

・ この箱は、会議室に運んでください／請把這個箱子搬到會議室。

《其他選項應為》

▲ 選項２ 「頭を使う／動腦筋、頭を働かせる／運用腦力。」

▲ 選項３ 「言葉を選ぶ／選擇詞彙。」

▲ 選項４ 「指を動かす／動手指。」

34 解答：3

▲「理由／緣故」用於回答「どうして／為什麼」、「なぜ／為何」。選項３的句子和「どうして遅れたのですか／你為什麼遲到？」意思相同。例如：

・ あなたが、彼の意見に反対する理由は何ですか／你反對他的意見的原因是什麼？

・ A：どうしていつも黒い服を着ているんですか／為什麼你總是穿黑色的衣服呢？
  B：特に理由はないんです／沒有什麼特別的理由。

第4回　言語知識（文法）

問題1　P131-132

例　解答：2

▲看到「散歩」跟「する」知道要接的助詞是「を」。「する」可以接在漢字後面變成動詞，例如「散歩する」，這一形式也可以寫成「散歩をする」。

《其他選項的用法》

▲選項1　「時間がありません／沒有時間。」

▲選項3　「新聞や雑誌を読む／閱讀報紙或雜誌。」

▲選項4　「8時に出発する／8點出發。」

1　解答：4

▲「～てはいけません／不准…」的普通體，口語形式是「～ちゃだめ（だ）」。由於「飲む／喝」的て形是「飲んで」，所以「～ではいけません」便縮約為「～じゃだめ（だ）」。例如：

・授業中に寝ちゃだめじゃないか／（我說過了）上課不准睡覺！

・病院で騒いじゃダメだよ／不准在醫院裡大聲喧嘩。

・早く行かなくちゃ／必須早點走了。

※「行かなくちゃ／不早點走（不行）」是「行かなくては（いけません）」的口語說法。

2　解答：1

▲以表示並列的「～し／又…又…」為正確答案。要將如「Aです。そしてBです／是A。而且是B」兩個句子，結合成一個句子時，要用「A（だ）し、B／又A又B」的形式。例如：

・あの店はおいしいし、安い／那家店（的餐點）美味又便宜。

▲題目中的「（名詞）も～し、（名詞）も／（名詞）又…，（名詞）又…」句型，用於並列相同性質的事物時。例如：

・お金もないし、おなかもすいた／不但沒錢，而且肚子也餓了。

《其他選項》

▲選項3　「も／也」，以及選項4的「や／或」都要連接名詞。例如：

・おすしもケーキも食べた／不僅吃了壽司，還吃了蛋糕。〈用在表示吃了許多之時。〉

→和題目句意思幾乎相同。例如：

・おすしやケーキを食べた／吃了壽司和蛋糕等。〈用在說明吃了些什麼之時。〉

3　解答：2

▲「どんな（名詞）でもA／無論什麼（名詞）都A」表示「全部の（名詞）がAである／全部的（名詞）都是A」的意思。例如：

・彼女は、どんな時でも笑っている／她無論任何時候總是笑臉迎人。

・どんな客でも大切な客だ／無論是什麼樣的客人都是我們重要的顧客。

※「疑問詞＋でも／無論」表示「全部的…」的意思。例如：

・希望者は誰でも入会できます／志願參加的人，不管是誰都可以入會。

・ドラえもんの「どこでもドア」を知っていますか／你知道多啦A夢的「任意門」嗎？

4　解答：3

▲「される／您做」是「する／做」的尊敬形。

《其他選項》

▲選項1　從「静かにしましょう／保持安靜」知道要求學生注意的時間點是在「現在」，由此可知校長的演講現在才正要開始。但「した／做了」為過去式所以不正確。

▲選項2　「しよう／做吧」跟選項4「すれば／做的話」的後面都不能接「ので／所以」。

5 解答：1

▲ 從Ｂ的回答「ありがとうございます／謝謝」，來思考Ａ所説的內容。「（動詞て形）ておきます／（事先）做好」表示事先做準備。例如：

・授業の前に、新しいことばを調べておきます／**在上課之前先查好新的生字。**

・飲み物は冷蔵庫に入れておきました／**飲料已經先放進冰箱裡了。**

6 解答：4

▲「趣味は／興趣」之後應該是「趣味は（名詞）です／興趣是（名詞）」，或是「趣味は（動詞辭書形）ことです／興趣是（動詞辭書形）」。例如：

・私の趣味はスキーです／**我的興趣是滑雪。**

・私の趣味は走ることです／**我的興趣是跑步。**

7 解答：4

▲「彼女から／從她那裡」前面省略了主語「私は／我」。而禮物則是以「彼女から私へ／從她到我」的方向移動。由此可知是我收到了禮物。

8 解答：2

▲ 先考慮（　）前後句的關係。可以得知「疲れている／累了」跟「休んだほうがいいよ／休息一下比較好哦」兩句是順接關係（因為Ａ所以Ｂ）。

▲「Ａなら、Ｂ／如果Ａ的話Ｂ」的句型，用Ａ敘述對方的情況，Ｂ則針對此一情況提出看法或意見。例如：

・寒いなら、暖房をつけますよ／**如果冷的話可以開暖氣喔！**

・分からないなら、もう一度言いましょうか／**如果不懂的話，我就再説一次吧。**

《其他選項》

▲ 選項１的「けど／雖然」跟選項３的「のに／明明」都是逆接用法，所以不是正確答案。選項４的「まで／直到…」是表示範圍或目的地，所以也不是正確答案。

9 解答：3

▲「おじに／給叔叔」前面省略了主語「私は／我」。在授受表現中以「私」為主語的有「あげます／給」或「もらいます／接受」。

▲ 選項３的「さしあげました／獻給了」是「あげました」的謙讓語。

《其他選項》

▲ 選項１　「あげさせます／讓…給」可以假設是「あげます／給」的使役形，但就文章而言，無此用法。

▲ 選項２　「くださいます／給」是「くれます／給」的敬語説法。「くれます」的主語不是「私／我」而是他人。例如：

・先生は私に本をくださいました／**老師給了我書。**

▲ 選項４　「ございます／有，是」是「あります／有」或「です／是」的鄭重説法。

※「おじ」的漢字是「伯父」或「叔父」。

※「彼女からプレゼントをもらいました／從她那裡收到了禮物」中的「から／從」是「ＡからＢへ／從Ａ到Ｂ」的用法，由此可知東西是以「她→我」的方向移動。因此，「彼女からプレゼントを」的後面一定是接「もらう／收到」。對此，「おじに／給叔叔」的「に」可能是「ＡはＢにもらう／Ａ從Ｂ處得到」也可能是「ＡはＢにあげる／Ａ送給Ｂ」，兩者皆無法確定東西的移動方向。

10 解答：4

▲ 本題要從後半段的「腳開始痛」去推測前句的意思。「（動詞ます形）過ぎる／太…」表示程度正好超過一般水平，達到負面的狀態。例如：

・お酒を飲み過ぎて、頭が痛いです／**由於喝酒過量，而頭痛。**

・この問題は中学生には難し過ぎる／這道題對國中生而言實在太難了。

《其他選項》

▲ 選項１「歩き／走（是動詞ます形）」後面不接「させる／讓…（動詞「する／做」的使役形）」。

如果是用「歩く」的使役被動形「歩かされて／被迫走」則正確。

▲ 選項２「(動詞ます形) やすい／容易」表示某個行為、動作很容易做。從意思判斷不正確。例如：

・この靴は軽くて、歩きやすい／這雙鞋很輕，走起來健步如飛。

▲ 選項３「(動詞ます形) 出す／起來」表示開始某個行為。例如：

・犬を見て、子供は泣き出した／小孩一看到狗就哭了起來。

▲ 雖然走不到幾步路雙腳便感到疼痛的可能性是有的，但最合適的還是選項４的「歩き過ぎて／走太久」。

11 解答：２

▲ 太郎回答「はい、～一度あります／去過。去過…一次」,「(動詞た形) ことがあります／曾經…過」表示過去的經驗。例如：

・私はインドへ行ったことがあります／我曾經去過印度。

《其他選項》

▲ 選項１主語「太郎君は／太郎同學」的後面不能接述語「～ときですか／的時候嗎」。

▲ 選項３「(動詞辭書形) ことができます／可以…」表示能力或可能性。例如：

・彼女はスペイン語を話すことができます／她會說西班牙話。

・お酒は二十歳から飲むことができます／年滿 20 歲才能喝酒。

▲ 選項４「(動詞辭書形) ことにします／決定」表示靠自己的意志決定進行某動作。例如：

・子供が生まれたので、たばこはやめることにしました／孩子生了，所以決定把菸戒了。

12 解答：１

▲「(動詞ます形) にくい／不容易…」表示那麼做很困難。例如：

・この薬は苦くて飲みにくいです／這種藥很苦，難以吞嚥。

《其他選項》

▲ 選項２「やすい（容易…）⇔にくい（難以…）」

▲ 選項３「(動詞ます形) たい＋がる／想」表示他人有想做某事的傾向。例如：

・妹は、甘い物なら何でも食べたがる／只要是甜食，妹妹都愛吃。

▲ 選項４並無（動詞ます形）接「わるい／差的」的用法。

13 解答：３

▲「使役動詞て形＋ください／請容許…」是鄭重請求時的説法。「ぼくに言わせてください／請容許我説」中説的人是「ぼく／我」。

▲ 考慮到要讓對方認可自己的行動，這一用法有「あなたはわたしに／你讓我…」或是「あなたはわたしを／你讓我…」兩種説法。例如：

・明日、休ませてください／請允許我明天請假。

・パスポートを見せてください／請讓我看你的護照。

▲ 而「どうか／懇請…」一詞用於請求或祈求某事的時候。例如：

・どうか優勝できますように／請保佑我們獲得勝利。

14 解答：2

▲ 由於對話中提到「来ると言っていた／說要來」與「必ず／一定」。所以表達有所根據（做出某判斷的理由），且說話者也深信此根據並想借此傳達時，則用「はずです／應該」。例如：

・ 荷物は昨日送りましたから、今日そちらに着くはずです／**包裹已於昨天寄出了，今天應該就會送達那裡。**

・ 高いワインですから、おいしいはずですよ／**這款紅酒十分昂貴，應該很好喝喔。**

▲「必ず」表示可能性非常高。

《其他選項》

▲ 選項１ 「（動詞辭書形）ところです／正要…的時候」表示馬上要做的動作前的樣子。因為是用於傳達事實，所以後面不會接「必ず／一定」。

▲ 選項３ 「でしょうか／是那樣嗎」用於表示疑問。而「必ず」是表示深信某事，所以不正確。如果改用表示推測的「でしょう／…吧」則正確。

15 解答：3

▲「（名詞）のような／好像」表示比喻的意思。例如：

・ その果物はお菓子のような味がした／**那種水果嚐起來像糖果。**

・ 屋上から見る町は、おもちゃのようだ／**從屋頂上俯瞰整座城鎮，猶如玩具模型一般。**

《其他選項》

▲ 選項１如果是「犬みたいな／像狗一樣」則為正確的敘述方式。雖然「～みたいな／好像」與「～のような」意思相同，但「～みたいな」較為口語。

▲ 選項２「～そう（な）／好像」前接動詞或形容詞，表示動作發生稍前的狀況或現在所見所聞的狀態。例如：

・ 強い風で木が倒れそうです／**在強風吹襲下，樹木都快倒了。**

・ おいしそうなスープですね／**這湯看起來很美味喔。**

▲ 選項４「はず／應該」用在說話者有所依據（某判斷的理由）並且深信該依據時。

問題２ **P133-134**

例 解答：1

※ **正確語順：**

ケーキはすきですか。

你喜歡蛋糕嗎？

▲ Ｂ回答「はい、だいすきです／是的，超喜歡的」，所以知道這是詢問喜不喜歡的問題。

▲ 表示喜歡的形容動詞「すき」後面應填入詞尾「です」，變成「すきですか」。句型常用「～はすきですか」，因此「は」應填入「すきですか」之前，「～」的部分，毫無疑問就要填入「ケーキ」了。所以正確的順序是「２→３→１→４」，而★的部分應填入選項１「すき」。

16 解答：4

※ **正確語順：**

飲むことができるかどうか、知りません。

天曉得，不知道能不能喝。

▲ 由於Ａ問「飲むことができますか／可以喝嗎」，可試著把「飲むことができる／可以喝」連接起來。

▲ 當句子中要插入疑問句時，則用「（普通形）かどうか／是否」的形式。例如：

・ 木村さんが来るかどうか、分かりません。←木村さんは来ますか＋分かりません／**木村先生是否會來，無法得知。←木村先生是否會來呢＋無法得知**

・参加するかどうか、決まったら連絡してください。←参加しますか＋決まったら連絡してください／參加與否，請決定了就通知我一聲。←參加與否＋請決定了就通知我一聲

▲ 正確的順序是「３→２→４→１」，而問題★的部分應填入選項４「か／呢」。

▲ 當疑問句中有疑問詞時，則變成「（疑問詞）＋（普通形）か／嗎」。例如：

・誰が来るか、分かりません。←誰が来ますか＋分かりません／無法得知有誰會來。←有誰會來＋無法得知

・いつ行くか、決まったら連絡してください。←いつ行きますか＋決まったら連絡してください／什麼時候前往，請決定了就通知我一聲。←什麼時候前往＋請決定了就通知我一聲

17 解答：１

※ 正確語順：

いつも大学のまわりを走ることにしています。

總是堅持到大學附近跑步。

▲ 表達有意識持續做某事時，則用「（動詞辭書形）ことにしています／打算，決定」。例如：

・毎月３万円ずつ、貯金することにしています／我打算每個月存下３萬圓。

▲「走ることにしています／堅持跑步」之前應填入「大学のまわりを／到大學附近」。正確的順序是「４→３→１→２」，而問題★的部分應填入選項１「ことに」。

18 解答：３

※ 正確語順：

今日は、お弁当を家で作ってきました。

今天在家做好便當帶來。

▲「おべんとう／便當」後面應該接表示目的語的「を」，「家／家」後面應該接表示場所的「で／在」。「きました／來了」的前面應填入「作って／做」。「（動詞て形）てきます／（去）…來」表示完成某個動作之後再來這裡之意。例如：

・ちょっとジュースを買ってきます／我去買個飲料回來。

・誰か来たようですね。外を見てきます／好像有人來了，我去外面看一下。

▲ 正確的順序是「４→２→３→１」，而問題★的部分應填入選項３「で／在」。

19 解答：２

※ 正確語順：

もどりましたらこちらからお電話するように伝えておきます。

回來以後必定轉告他回電。

▲ 從父親不在家，有人致電給父親，這時該如何回應來看。可以得知問題部分的內容是「（こちらから）電話することを（父に）伝える／轉告（父親）（從這邊）打電話過去」。「（動詞辭書形・ない形）ように（言います・伝えます等）／（動詞辭書形・否定形）要，會（告知，轉達等）」用在表達指示、命令時。例如：

・木村さんに、明日はゆっくり休むように伝えてください／請轉告木村先生，明天在家裡好好休息。

・医者は佐藤さんに、お酒を飲まないように言いました／醫生叫佐藤先生盡量別再喝酒了。

▲ 排列完「お電話するようにつたえて／必定轉告他回電」這些選項之後，再將「おきます／（事先）做好…」接在「つたえて／轉告」後面。

▲「（動詞て形）ておきます／（事先）做好…」表示事先準備。例如：

・使ったお皿は洗っておきます／使用過的盤子先洗乾淨。

・明日までにこれを20部印刷しておいてください／這份資料明天之前先拷貝好20份。

▲ 正確的順序是「4→1→2→3」，而問題★的部分應填入選項2「つたえて／轉告」。

20 解答：1

※ 正確語順：

妹はわたしほど太っていないですよ。
我妹妹沒有我這麼胖哦！

▲ 需要在由「妹は太っていないですよ／妹妹不胖哦」所組成的句子填入「ほど／程度」跟「わたし／我」。由於句型「AはBほど～ない／A沒有B這麼…」表示比較，所以「妹は／妹妹」之後應該填入「わたしほど／我這麼」。例如：

・北海道はロシアほど寒くないです／北海道沒有俄羅斯那麼冷。

▲ 正確的順序是「4→2→1→3」，而★的部分應填入選項1「太って／胖」。此句意思與「私は妹より太っています／我比妹妹胖」大致相同。

問題3 P135-136

21 解答：2

▲ 由於後文有「（　）～続いています／持續下去」，所以應該填入表示持續的「まだ／還」。例如：

・午後は晴れると言っていたのに、まだ降っているね／不是說下午就會放晴，怎麼還在下雨啊！

・まだ食べているの？早く食べなさい／你還在吃啊？快點吃。

22 解答：4

▲「お世話になりました／承蒙關照」是固定的說法。意思為「わたしはあなたの世話になった／我承蒙您的關照了」。

▲「世話をする／照顧，照料」的例子：

・毎朝、犬の世話をしてから学校へ行きます／每天早上都先照料好小狗才去上學。

23 解答：2

▲ 這裡使用「～たり、～たり（して）／又是…又是…」這一句型。因此與「海で泳いだり／又是在海裡游泳」相呼應的是「船に乗ったり／又是坐船」。表達「わたしは、楽しかったです／我很開心」開心相關的內容則用句型「～たり、～たり（して）」進行說明。

24 解答：3

▲ 前後文為「ときどき～います／不時」，因此從語意考量應該使用表示狀態的「～ています／表狀態」。即選項3的「思い出して／回憶起」或選項4的「思い出されて／被回憶起」。由於前文提到「～みんなで食べたことを／大家一起享用」，因此主動語態的「思い出して」為正確答案。

《其他選項》

▲ 選項1的「思い出すなら／如果回憶起」與選項2的「思い出したら／想到的話」無法連接「います」。

▲ 選項4若是「みんなで食べたことが思い出されます／想起大家一起享用的往事」則正確。

25 解答：3

▲ 句型「お（動詞ます形）します／我為您做…」。「お送りします／附上」是「送ります」的謙讓表現。例如：

・お荷物をお持ちします／讓我來幫您提行李。

・A：これはいくらですか／這要多少錢？
　B：ただいま、お調べしますので、お待ちください／現在立刻為您查詢，敬請稍候。

第4回 讀解

問題4 P137-140

26 解答：2

▲ 文中寫道「研究室の冷蔵庫に入れておいたので、持って帰ってください／我放在研究室的冰箱，請帶回去」。

▲ 在冰箱裡的是高橋先生的媽媽做的蘋果醬，蘋果醬是媽媽交代要「送給韓先生和周先生」的「禮物」。

《其他選項》

▲ 選項1不是「おかし／糕點」。

▲ 選項3並沒有提到要韓先生「シュウさんにわたして／交給周先生」。

▲ 選項4不是「りんご／蘋果」。

27 解答：1

▲「音や光の出るカメラで写真を撮らないでください／拍照時請勿讓相機發出聲響或閃光」。所以「音や光が出ないカメラなら／如果是沒有聲音或閃光的相機」可以使用。

《其他選項》

▲ 選項2　文中寫道「ごみは家に持って帰ってください／請將垃圾帶回家」。

▲ 選項3　文中寫道「動物に食べ物をやらないでください／請勿餵食動物」。

▲ 選項4　文中寫道「犬やねこなどのペットを連れて～入ることはできません／禁止攜帶狗或貓等寵物入園」。

28 解答：3

▲ 除了張先生之外，還有S貿易的社長、山田部長和田中先生三人份。共四人份。

29 解答：3

▲ 文中提到「レジを打つのが～遅いため、いつもお客さんに叱られます／因結帳速度…慢，總是遭到客人的責備」。「叱られる／被責備」是「叱る／責備」的被動形，「被責備」的是山田先生，「遅いため／因為很慢」是說明山田先生被責備的理由。

▲「レジを打つ／敲打收銀機，收銀」是指在超市計算商品價格、結帳的工作。

《其他選項》

▲ 選項1的「大変ね／很辛苦呢」和2的「ありがとう／謝謝」都沒有責備的意思，所以不正確。

▲ 選項4「間違えないように／請不要弄錯」被責備的理由和「因為速度慢」無關，所以錯誤。

問題5 P141-142

30 解答：2

▲ 文章的開頭有「ですから／因此」，表示前一句話即是理由。前一句話寫道「窓の外の景色を見るのがとても好きです／非常喜歡眺望窗外的景色」。

31 解答：2

▲ 文中提到「会社の仕事で遠くに出かけました／為了工作出遠門」、「知らない町の電車に乗って／在陌生的城鎮搭上電車」。

《其他選項》

▲ 選項1和4都是搭「いつもの電車／平常搭乘的電車」，所以不正確。選項3是「会社の帰りに／從公司回來的路上」，所以不正確。

32 解答：4

▲ 下一句話寫道「富士山が見えたからです／因為我看到了富士山」。「から」表理由。

※ 30 是［理由句（ですから）→結果句］。32 是［結果句→理由句（～からです）］。請特別注意。

33 解答：1

▲ 文中提到「その日は、～何かいいことがあったようなうれしい気分でした／那一整天我都像發生了什麼好事似的，覺得很開心」。

問題 6 P143-144

34 解答：2

▲ 問題問的是「中に入るときに／進入園區」的花費，所以請看「入園料／入園費」的表格。中村先生是 500 圓，曉君是 200 圓，所以總共是 700 圓。

35 解答：4

▲ 只有曉君搭乘遊樂設施。請參照「料金表／價目表」的「乗り物に乗るときに必要な普通券の数／搭乘遊樂設施時所需普通券的張數」。「兒童特快車」需要 2 張，「兒童雲霄飛車」需要 4 張，所以共需要 6 張。從「乗り物券／搭乘券」表中可知，「普通券」一張 50 圓，也就是說 6 張共需要 300 圓。而「無限搭乘券」兒童需要 1000 圓、「回數券」要 500 圓。相比之下，知道最便宜的方式是買 6 張普通券。

第 4 回　聴解

問題 1 P145-149

例 解答：4

▲ 這題要問的是「燃えるゴミを次にいつ出しますか／下一次可燃垃圾什麼日子丟呢？」。從對話中，男士說了「今日は火曜日だから／因為今天是星期二」，又問女士「燃えるゴミを出す日はいつですか／什麼日子可以丟可燃垃圾呢？」，女士回答「月曜日と金曜日です／星期一跟星期五」，知道答案是 4「金曜日／星期五」了。

1 解答：2

▲ 爺爺說「冬のコートがいらないくらいだね／不需要穿冬天的大衣了呢」，並且對於女士說的「～青いシャツはどう？／穿藍色襯衫怎麼樣？」，爺爺回答「あのシャツの上にセーターを着ていこう／穿上那件襯衫後再加一件毛衣吧」

▲ 穿上襯衫後再加毛衣的是選項 2。

2 解答：2

▲ 正確號碼是 4715。

3 解答：1

▲ 對於女孩問「コーヒーか紅茶はいかがですか／需要咖啡或紅茶嗎？」，客人回答「紅茶をお願いします／麻煩給我紅茶」。女孩又問「おいしいケーキがありますが、いっしょにいかがですか／家裡有好吃的蛋糕，要一起吃嗎？」，客人回答「ありがとう、飲み物だけでけっこうです／謝謝，只要飲料就好了」。

▲ 女孩說「（今日は）暑いので、冷たいもの（冷たいお茶）をお持ちします／（今天）真熱，我去為您端冷飲（冰涼的飲料）來」。

▲「けっこうです／就好了」是客氣地拒絕說法。

▲ 可以把「ありがとう、飲み物だけでけっこうです／謝謝，只要飲料就好了」想成是在「けっこうです／就好了」之前加上逆接的「でも／可是」。

4 解答：3

▲ 媽媽說「冷蔵庫におつまみがあるから、だしてあげて／冰箱裡有下酒菜，把它拿出來吧」

▲「おつまみ／下酒菜」是喝酒時配的簡易小菜。

《其他選項》

▲ 選項 1　對話提到「夕ご飯はちょっと待っててね／晚飯再等一下下喔」

▲ 選項 2　對話提到爸爸「もうお風呂に入ってる／已經去泡澡了」

▲ 選項 4　對話中並沒有提到關於「肩を揉む／揉肩膀」，意思接近「肩をたたく／捶肩膀」。

5　解答：1

▲ 對話中提到「みなみおおやまアパート／南大山公寓」、「みなみは、ひがし・にし・みなみ・きたのみなみ／南是東西南北的南」、「おおやまは大きい山と書く／大山的寫法是很大的山」。

▲ 女士回答「分かりました。こうですね／我明白了，是這樣吧」，但是寫好後給對方看的卻錯寫成「東大山」。

6　解答：4

▲ 對話中提到「21 日は土曜日だから～、次の月曜日から水曜日までにしよう／21 日是星期六…，那我們訂在下個週一到週三吧！」。

▲ 21 日是星期六，因此可知 23 日是星期一。

7　解答：1

▲ 女士說「食事はしないで、飲み物だけ／不用餐，只喝飲料」，又在店員詢問「おタバコはお吸いになりますか／請問您抽菸嗎」時回答「いいえ、吸いません／不，不抽」。於是店員說「飲み物だけの方は青の紙／飲料單是藍色的紙」、「禁煙席は白の紙／非吸菸區請拿白色的紙」。

▲「禁煙席／禁菸區」是為不抽菸的顧客而設置的座位。

▲「喫煙席／吸菸區」是給抽菸的顧客的座位。

▲「おタバコ／香菸」、「お吸いになる／吸」等等是鄭重的說法，請特別注意。

8　解答：4

▲「駅の南側／車站南邊」的是選項 3 和 4。因為對話中提到「この大通りを南に進み、右に曲がって～行くと、左にテニスコートがあります／沿著這條大街往南方走，然後右轉…再往前走，左邊就是個網球場」所以答案是選項 4。選項 3 是在大街上往左轉，所以不正確。

問題 2　P150-154

例　解答：3

▲ 這題要問的是男士「どうしてカメラを借りるのですか／為什麼要借照相機呢？」。記得「借りる／借入」跟「貸す／借出」的差別。而從「貸してくれる／借給我」，知道要問的是男士為什麼要借入照相機的問題。

▲ 從女士問「先輩はすごくいいカメラを持っているでしょう。あのカメラ、壊れたんですか／前輩不是有一台很棒的照相機，那台相機壞了嗎？」，男士否定說「いや／不是」，知道選項 4「自分のカメラはこわれているから／因為自己的照相機壞了」不正確。接下來男士說「あのカメラはとてもよく撮れるんだけど、重いんだよ／我的那台相機雖然拍得好，但太重了」，知道答案是 3 的「自分のカメラは重いから／因為自己的相機太重了」。

1　解答：4

▲ 女士說「友達に 50 枚／給朋友的 50 張」、「仕事でお世話になっている人に 40 枚／給工作上關照我的人 40 張」。然後男士又說「失敗するかもしれないから、10 枚ぐらい多く用意したら／可能會寫錯，不妨

多準備 10 張吧？」

2 解答：4

▲ 男士說「水曜日に 30 分／星期三 30 分鐘」、「土曜日にも１時間／星期六也要一小時」、「日曜日には２時間／星期日要兩小時」。

3 解答：2

▲ 老師說「消すところを消しゴムできれいに消してないから／因為應該擦掉的地方沒有用橡皮擦擦乾淨」。「から／因為」用於表示理由。

《其他選項》

▲ 選項１　對於學生說的「ぼく、字が汚くて／我的字很醜」，老師回答「いや、それはいいんだけど／不，那倒不是」。

▲ 選項３　對於學生說「ボールペンで書き直して持ってきましょうか／還是我用原子筆重寫一次？」雖然老師回答「そうね／也好」，但老師並沒有說不易辨識的原因是「鉛筆で書いたから／因為用鉛筆寫」。

▲ 選項４　老師沒有說「字が間違っている／寫錯字了」。

4 解答：1

▲ 應該回答要搭幾點的巴士。男士說「今、12 時 15 分ですが、（バスは）あと３分ほどしたら出るようです／現在是 12 點 15 分，（公車）再三分鐘左右就會來了」。「３分ほど／三分鐘左右」和「３分くらい／大約三分鐘」意思相同。

▲「30 分おき／每隔 30 分鐘」和「30 分に１回／每 30 分鐘１次」意思相同。

・この薬は６時間おきに飲んでください。／這種藥請每隔六小時服用一次。

・道路には 10 メートルおきに木が植えられています。／路旁每隔十公尺種植一棵樹。

5 解答：4

▲ 題目問的是星期天要進行畫展導覽的時間。

▲ 男士說「日曜日は２時から～案内の人が絵の説明をしてくれるそうだよ／聽說星期天從兩點開始…會有導覽員講解畫作喔」。

6 解答：3

▲ 女士提到「朝ご飯は６時から８時半まで、２階の食堂で／早餐從六點供應到八點半，在二樓的食堂用餐」。

7 解答：4

▲ 男士提到「平仮名について話をしようと思ってるんだけど／我想談談關於平假名的話題」。

《其他選項》

▲ 選項１　女士說「中国から入ってきた漢字から～／因為漢字是從中國傳過來的…」不過這是用來說明平假名的句子。女士感興趣的其實是平假名。

▲ 選項２　對話中並沒有提到片假名。

▲ 選項３　對話中並沒有提到日文字和中文字的差異。

問題３ P155-158

例 解答：1

▲ 這一題要問的是「食べ方／食用方法」，而選項一的「どのように／如何」用在詢問方法的時候，相當於「どうやって／怎麼做」、「どのような方法で／什麼方法」的意思。正確答案是１。「どのように」用法，例如：

・老後に向けてどのように計画したらいいでしょう／對於晚年該如何計畫好呢？

《其他選項》

▲ 選項２　如果問題是問「出される食べ物は食べられるかどうか／端上桌的食物能不能吃呢」的話則正確。

▲ 選項３　如果問題是問「出される食べ物を食べるかどうか／端上桌的食物要不要吃呢」的話則正確。

1　　解答：2

▲ 因為題目中提到「おいしかった／很好吃」，所以要回答吃飽後的招呼語。

《其他選項》

▲ 選項１　「いただきます／我開動了」是開動前的招呼語。

▲ 選項３　「召し上がる／吃、享用」是「食べる／吃」的尊敬語。

▲「召し上がってください／請享用」是把食物端出來時會說的話。「どうぞ／請用」是客氣地請對方用餐的詞語。

2　　解答：2

▲「お待たせする／讓您等候了」是由「待つ／等」的使役形「待たせる／讓…等」，配合「お（動詞ます形）します」的用法，變成謙讓的用法。意思是「私があなたを待たせて／我讓您久等了」，含有「すみません／抱歉」的意味。

3　　解答：1

▲「召し上がる／吃、享用」是「食べる／吃」的尊敬語。「～てみる／試試…」有試試看的意思。

・靴を買う前に、履いてみます。／**買鞋之前先試穿**

・この本面白いですよ。ぜひ読んでみてください。／**這本書很有趣。請務必讀讀看。**

《其他選項》

▲ 選項２　「おいしくないですが／雖然不好吃」不適合用來勸別人。

▲ 選項３　「おいしいかどうか／不確定是否好吃」也不是適當的句子。

▲「食べられる／吃」是「食べる／吃」的尊敬語。

4　　解答：3

▲「（動詞て形）ていただきたい（です）／希望能…」是「（動詞て形）てほしい（です）／想要…」的尊敬表現。

《其他選項》

▲ 選項１　「ご覧になります／過目」是「見ます／看」的尊敬語。因為這句話的意思是向對方說「あのかばんを見てください／請看那個包包」，所以不正確。

▲ 選項２　「（動詞て形）てはどうですか／…怎麼樣呢」是勸對方進行某種（動詞）行為的說法。和「（動詞た形）たらどうですか／做…怎麼樣呢？」意思相同。

・そんなに疲れたなら、明日は休んではどうですか。／**如果真的那麼累，明天休息一天怎麼樣？**

・会議の時間をもっと短くしてはどうでしょうか。／**開會的時間再縮短一點怎麼樣？**

▲ 選項２沒有呈現出拜託對方讓自己看包包的意思表達，是不自然的說法。

5　　解答：2

▲「失礼致します／叨擾了」是「失礼します／不好意思」的謙讓說法，是到別人家作客後告辭時的招呼語。要進別人家拜訪時也可以使用。題目句是告辭別人家時的情形。「そろそろ／快要、差不多」表示就快到某個時間了。

《其他選項》

▲ 選項１是歡迎別人來時的說法。

▲ 選項３是要拜託別人時的說法。

問題 4 P159

例　　　　　　　　　　　　　　　解答：**1**

▲「もう～したか／已經…了嗎」用在詢問「行為或事情是否完成了」。如果是還沒有完成，可以回答：「いいえ、まだです／不，還沒有」、「いいえ、○○です／不，○○」、「いいえ、まだ～ていません／不，還沒…」。如果是完成，可以回答：「はい、～した／是，…了」。

▲ 這一題問「もう朝(あさ)ご飯(はん)はすみましたか／早餐已經吃了嗎」，「ご飯(はん)はすみましたか／吃飯了嗎」是詢問「吃飯了沒」的慣用表現方式。而選項1回答「いいえ、これからです／不，現在才要吃」是正確答案。

《其他選項》

▲ 選項2如果回答「はい、食(た)べました／是的，吃了」或「いいえ、まだです／不，還沒」則正確。

▲ 選項3如果回答「はい、すみました／是的，吃了」則正確。「すみません／抱歉、謝謝、借過」用在跟對方致歉、感謝或請求的時候。可別聽錯了喔！

1　　　　　　　　　　　　　　解答：**2**

▲ 題目是問昨天請假的原因。題目句說的「昨日(きのう)は（～休(やす)んで）どうしたのですか／昨天…為什麼（請假）呢？」和「昨日(きのう)（休(やす)んだのは）どうしてですか／昨天（請假）是為什麼呢？」意思相同。

《其他選項》

▲ 選項3如果是「あまり行(い)きたくなかったのです／因為不太想去」則正確。

2　　　　　　　　　　　　　　解答：**3**

▲「そろそろ／快要、差不多」表示接近某個時間。

・もう暗(くら)いですね。そろそろ帰(かえ)ります。／天色已經很暗了呢，差不多該回去了。

・私(わたし)の両親(りょうしん)もそろそろ60になります。／我的父母就快要六十歲了。

▲ 題目說的是「出(で)かけましょう／我們出門吧」，所以應該回答「(それ)では、～(出(で)かける) 準備(じゅんび)をします／(那麼)，…我去準備一下(以便出門)吧」。

3　　　　　　　　　　　　　　解答：**2**

▲ 題目問的是「今年(ことし)はいつ～行(い)く予定(よてい)ですか／今年打算什麼時候去…？」。對於這種問題，應該回答「○月○日に行(い)く予定(よてい)です／預定○月○日要去」或「あさって行(い)きます／後天要去」、「来週(らいしゅう)の日曜日(にちようび)です／下週日」等等。

▲「お花見(はなみ)／賞花」是指在春天享受賞櫻花的樂趣。

《其他選項》

▲ 選項1　題目問的是未來的計畫，選項1回答的是過去的事情，所以不正確。

▲ 選項3回答的是喜歡的時間，所以不正確。另外，「今年(ことし)の予定(よてい)／今年的計畫」問的不是早上或晚上，而是問哪一天。

4　　　　　　　　　　　　　　解答：**2**

▲ 男士說「嬉(うれ)しいです／很開心」表達自己的心情。

《其他選項》

▲ 選項1　「どういたしまして／不客氣」是當對方說「ありがとう(ございます)／謝謝您」時的回答。

▲ 選項3是當對方說「～はいつですか／…是什麼時候」時的回答。

5　　　　　　　　　　　　　　解答：**1**

▲ 題目問「何(なに)をしていましたか／你做了些什麼？」，所以要回答「～をしていました／我在…」說明自己正在做的事的是選項1。

《其他選項》

▲ 選項２若為「友人と一緒にいました／和朋友在一起」則正確。

▲ 選項３若為「木村さんと～へ行きました／和木村先生一起去了…」則正確。

※ 相對於「～をしました／做了…」,「～をしていました／做了…」表示有一定長度的時間。

・ 昨日は海で泳ぎました／昨天去海邊游泳。

・ 夏休みは毎日海で泳いでいました／暑假每天都去海邊游泳。

6 解答：3

▲「お使いください／敬請使用」是「使ってください／請使用」的尊敬說法。「どうぞ／請」是客氣邀請對方使用時的説法。

《其他選項》

▲ 選項１是當對方問「(～は) どうしてですか／…是為什麼呢？」時的回答。

▲ 選項２是當對方問「(～と～と) どちらにしますか／(…和…) 你要哪一個？」、「どちらがいいですか／哪一個比較好？」等等時的回答。

7 解答：1

▲「(動詞た形) たことがあります／曾經…」表示經驗。選項１「いいえ、(私はいつも) ～食べません／不 (我總是) 不吃…」描述性質或習慣，解釋自己不曾體驗過。

8 解答：2

▲ 因為題目問「～ですか／…嗎」所以要回答「はい／是」或「いいえ／不是」。選項２説因為努力過了，所以並不擔心。

《其他選項》

▲ 選項１「あなたのおかげです／托您的福」是向對方表示感謝時説的話。例如：

・ A：大学合格おめでとう／恭喜你考上大學！
　 B：先生のおかげです／都是托老師的福。

※「～さんのおかげで／托…的福」和「おかげ様で／托您的福」意思相同。不會寫作「～さんのおかげ様で」，請特別注意。

第５回 言語知識（文字・語彙）

問題１ P160-161

例 解答：1

▲「春」音讀唸「シュン」，訓讀唸「はる／春天」。

《其他選項》

▲ 選項２「なつ」的漢字是「夏／夏天」，音讀唸「カ・ゲ」。

▲ 選項３「あき」的漢字是「秋／秋天」，音讀唸「シュウ」。

▲ 選項４「ふゆ」的漢字是「冬／冬天」，音讀唸「トウ」。

1 解答：3

▲「特」音讀唸「トク」。例如：

・ 特別／特別、特急／特別急行列車

▲「特に／尤其」是指「比起其他的更…」，是強調的説法。例如：

・ 趣味はスポーツです。特にサッカーが好きです／我的興趣是運動。尤其喜歡足球。

・ A：何か質問はありますか／你有什麼想問的嗎？
　 B：特にありません／沒有特別想問的。

2 解答：2

▲「出」音讀唸「シュツ・スイ」，訓讀唸「で-る／出去」、「だ-す／拿出；…起來」。例如：

・ 出場／出場

・出口／**出口**、出かける／**出門**、出来る／**做好**

・引き出し／**抽屜**、泣き出す／**哭起來**

▲「発」音讀唸「ハツ・ホツ」。

▲ 當「出」和「発」兩個漢字合在一起成為一個詞語時，「シュツ」要變成「シュッ」、「ハツ」要要變「パツ」。

3 解答：**4**

▲「復」音讀唸「フク」。

▲「習」音讀唸「シュウ」，訓讀唸「なら-う／學習」。

《其他選項》

▲ 選項１ 「練習／練習」。

▲ 選項３ 「予習／預習」。記下對義詞：「復習／複習」⇔「予習／預習」

※ 把和「復」相似的漢字一起記下吧！

▲「複」音讀唸「フク」。例如：

・複雑な問題／**複雜的問題**

▲「腹」音讀唸「フク」，訓讀唸「はら／腹，肚子」。

▲ 特殊念法：「お腹／肚子」

4 解答：**1**

▲「場」音讀唸「ジョウ」，訓讀唸「ば／場所」。例如：

・会場／**會場**、工場／**工廠**、駐車場／**停車場**

・場所／**地方**

▲「合」音讀唸「カッ・ガッ・ゴウ」，訓讀唸「あ-う／合適」、「あ-わせる／合起；合併」。例如：

・合格／**合格**、都合がいい／**時間方便**

・足に合う靴を買う／**買合腳的鞋子**。

▲「場合」意思是「時間、狀況、緣故」等等。

5 解答：**2**

▲「熱」音讀唸「ネツ」，訓讀唸「あつ-い／熱」。例如：

・熱があります／**發燒**。

・熱いお茶／**熱茶**

▲「心」音讀唸「シン」，訓讀唸「こころ／心」。例如：

・心配／**擔心**

・優しい心／**溫柔的心**

6 解答：**2**

▲「終」音讀唸「シュウ」，訓讀唸「お-わる／完，完畢」、「お-える／做完，完成」。例如：

・最終／**最後**

・仕事は５時に終わります／**工作將於五點結束**。

・初めと終わり／**開始和結束〈名詞〉**

▲「電」音讀唸「デン」。例如：

・電車／**電車**、電気／**電燈**、電話／**電話**

▲「終電／末班車」是「最終電車／末班電車」的省略說法，指一天的最後一班電車。⇔「始発電車／首班電車」。

7 解答：**4**

▲「退」音讀唸「タイ」，訓讀唸「しりぞ-く／倒退」、「しりぞ-ける／斥退」。

▲「院」音讀唸「イン」。例如：

・病院／**醫院**、大学院／**研究所**

「退院／**出院**」⇔「入院／**住院**」

《其他選項》

▲ 選項２「病院／醫院」、選項３「入院／住院」。

※「けががなおる／治好傷」→「治る／痊癒」「時計がなおる／修好手錶」→「直る／修理」

8 解答：**1**

▲「笑」音讀唸「ショウ」，訓讀唸「え-む／

微笑」、「わら－う／笑」。

《其他選項》

▲ 選項２　「通った／通過了」。

▲ 選項４　「困った／困擾了」。

9　　解答：**3**

▲「自」音讀唸「ジ・シ」，訓讀唸「みずか－ら／自己」。例如：

・自分／**自己**、自然／**自然**

▲「由」音讀唸「ユ・ユイ・ユウ」，訓讀唸「よし／緣故」。例如：

・理由／**理由**

※ 請注意讀音，「自由」念作「じゆう」，三拍。(「十」和「住」念作「じゅう」，兩拍。)

問題２　　P162

例　　解答：**2**

▲「通」音讀唸「ツウ」，訓讀唸「とお－る／通過」、「とお－す／穿過」、「かよ－う／上班，通勤」。例如：

・通過／**不停頓地通過**
・店の前を通る／**走過店門前**。
・針に糸を通す／**把線穿過針孔**。
・電車で会社に通っている／**坐電車去上班**。

《其他選項》

▲ 選項１　「返」音讀唸「ヘン」，訓讀唸「かえ－る／返還」、「かえ－す／歸還」。例如：

・返信／**回信**
・貸したお金が返ってきた／**借出的錢還回來了**。
・金を返す／**還錢**。

▲ 選項３　「送」音讀唸「ソウ」，訓讀唸「おく－る／送」。例如：

・送金／**寄錢**
・荷物を送る／**送行李**。

▲ 選項４　「運」音讀唸「ウン」，訓讀唸「はこ－ぶ／運送」。例如：

・運送／**搬運**
・品川から船で運ぶ／**從品川用船搬運**。

10　　解答：**4**

▲「高」音讀唸「コウ」，訓讀唸「たか－い／高的」。

※ 記一下對義詞：
「高い／高」⇔「低い／矮〈形容山或樹木、身高等等〉」
「高い／貴」⇔「安い／便宜〈物品的價格〉」

▲ 形容詞的「い」變成「さ」，可以將形容詞名詞化。「高さ／高度」意思是「どのくらい高いか／大約有多高呢」。

《其他選項》

▲ 選項１　「長さ」的「長」音讀唸「チョウ」，訓讀唸「なが－い／長的」。

▲ 選項３　「強さ」的「強」音讀唸「キョウ・ゴウ」，訓讀唸「つよ－い／強壯的」、「し－いる／強迫」、「つよ－まる／強烈起來；強硬起來」、「つよ－める／加強」。

11　　解答：**2**

▲ 題目寫成漢字就是「風が冷たい季節になりました／進入了冷風吹拂的季節」。

▲「季」音讀唸「キ」。

▲「節」音讀唸「セツ・セチ」，訓讀唸「ふし／節」。

《其他選項》

▲ 選項３、４　「季」寫成了外形相似的「李(リ)」，請特別小心。

12　　解答：**3**

▲「重」音讀唸「ジュウ・チョウ」，訓讀唸「おも－い／分量重的」、「かさ－なる／重疊」、「かさ－ねる／重疊地堆放」。

《其他選項》

▲ 選項１　「思」音讀唸「シ」，訓讀唸「おも‐う／想」。「思い／思想，思念」是名詞。

▲ 選項２　「軽」音讀唸「ケイ」，訓讀唸「かる‐い／輕」。

13　　解答：2

▲「灰」音讀唸「カイ」，訓讀唸「はい／灰」。

▲「皿」訓讀唸「さら／碟子」。「さら」接在其他詞語後面會變成「ざら」。

《其他選項》

▲ 選項１、３　「炭」音讀唸「タン」，訓讀唸「すみ／炭」。

▲ 選項３、４　「血」音讀唸「ケツ」，訓讀唸「ち／血」。

14　　解答：2

▲「細」音讀唸「サイ」，訓讀唸「ほそ‐い／纖細」、「こま‐かい／細小，詳細」。

《其他選項》

▲ 選項１　「ほそい／纖細」

※ 請注意「細い／纖細」和「細かい／細小，詳細」意思不同！

「細いもの／細、瘦、窄」→用在樹木、線、身材、道路等等。

「細かいもの／詳細、細微、精密」→用在文字、雨、金錢、規則等等。

15　　解答：1

▲「首」音讀唸「シュ」，訓讀唸「くび／頭」。

《其他選項》

▲ 選項３　「頭」音讀唸「トウ」，訓讀唸「あたま／頭」。

問題３　　P163-164

例　　解答：3

▲ 從題目一開始的「わからない言葉は／不會的詞語」跟後面的「～を引きます／查找…」，可以知道答案是「辞書」。

《其他選項》

▲ 選項１　「本／書本」。例句：

・本を読む／看書。

▲ 選項２　「先生／老師」。例句：

・音楽の先生になりたい／我想成為音樂老師。

▲ 選項４　「学校／學校」。例句：

・子供たちは元気よく歩いて学校へ行きます／小孩們精神飽滿地走向學校。

16　　解答：2

▲ 晚上看電視看到很晚，因此隔天就會感到「眠い／很睏」。

《其他選項的正確用法》

▲ 選項１　「隣の赤ちゃんはよく笑ってかわいいです／隔壁的小嬰兒很喜歡笑，真可愛。」

▲ 選項３　「一人で外国で暮らすのは寂しいです／一個人住在國外很寂寞。」

▲ 選項４　「この映画はつまらないので、途中で見るのをやめました／這部電影很無聊，所以我看到一半就放棄了。」

17　　解答：1

▲「やっと／終於」表示總算等到某個狀態。例如：

・宿題の作文は、何度も書き直して、やっとできた／作文作業重寫了好幾次，總算完成了。

・先月からやっていた駅前の道路工事がやっと終わった／車站前從上個月開始的道路工程終於結束了。

《其他選項的正確用法》

▲ 選項２　「木村さんは先週からずっと休んでいます／木村先生從上星期開始就一直在休假。」〈繼續〉

「こっちのみかんの方がずっと甘いよ／這邊的橘子比較甜耶。」〈程度較高〉

▲ 選項３　「あなたのことは決して忘れません／我絕對不會忘記你。」〈強調否定〉

▲ 選項４　「今日の仕事はもう終わりました／今天的工作已經結束了。」〈結束〉

18　　解答：２

▲ 這裡的「失礼しました／抱歉了」是「失礼なことをしてすみませんでした／做了失禮的事情非常抱歉」的意思。題目是在為昨天沒有來見對方而道歉。

▲「お伺い」是將「訪問する／拜訪」、「尋ねる／打聽」等的謙讓語「伺う／拜訪、打聽」名詞化而成的。用法是「お伺いする／拜訪」。

※「失礼しました／先走一步」也可以當作即將離開時的招呼語。

《其他選項的正確用法》

▲ 選項１　「親切にしてくれた人にお礼を言います／向親切待我的人道謝。」

▲ 選項３　「あなたのおかげでよい旅行になりました／多虧了你，讓我們有一場美好的旅行。」

▲ 選項４　「このケーキは焼き過ぎて、失敗しました／蛋糕烤過頭了，毀了。」

19　　解答：４

▲ 照料小孩或動物等，從小照顧到成長的行為稱作「育てる／養育」。例如：

・庭でトマトを育てています／**在庭院裡栽種番茄。**

《其他選項的正確用法》

▲ 選項１　「テーブルにコップを並べます／把杯子排列在桌子上。」

▲ 選項２　「預かっていた荷物を届けます／送回寄放的行李。」

20　　解答：４

▲「窓」的用法是「（窓を）開ける／打開（窗戶）」、「（窓を）閉める／關上（窗戶）」。因為題目說可以看見山，所以要選「開ける／打開」。

「開ける／打開」⇔「閉める／關上」

▲「開ける／打開」是他動詞。自動詞是「（窓が）開く／（窗戶）開啟」。

※ 如果用在「花が開く／開花」，念法則是「ひらく」，請特別注意。

21　　解答：１

▲ 定期地往來於同一場所，稱作「通う／往返」。例如：

・週２回、水泳教室に通っています／**我每個星期去游泳教室兩次。**

《其他選項》

▲ 選項４　「通る／通過」就沒有「定期地往來好幾次」的意思。而是經過，或從某場所中穿過，從另一側出來之意。例如：

・赤い車が通りました／**一輛紅色的車開過去了。**

・公園を通って、駅へ行きます／**我穿過公園，前往車站。**

22　　解答：２

▲ 從「薬を飲んで／吃藥」和「よく／很」的意思來判斷，可以知道要選「眠って／睡覺」。

▲「よく／很」表示很好的樣子、十分充足的狀態。例如：

・はい、よく分かりました／**是的，我充分了解了。**

・孝くんはなんでもよく食べるね／小孝什麼東西都能吃得很香呢。

▲ 選項中，表示十分充足之意的是選項２。

※「よく／經常」也可以用在表示頻率頻繁「好幾次」之意。例如：

・この店にはよく行きます／我經常去這家店。

・君はよく遅刻するね／你很常遲到耶。

《其他選項的正確用法》

▲ 選項１、３、４的「よく／常」雖然可以解釋為頻繁，但是後面接「薬を飲んで／吃藥」就不合邏輯了。

▲ 選項１　「道に迷って、困っています／迷路了，真傷腦筋。」

▲ 選項３　「どうぞ、このペンを使ってください／請使用這支筆。」

▲ 選項４　「お母さんが電車で騒ぐ子供を叱っています／媽媽正在斥責在電車裡吵鬧的孩子。」

23　解答：２

▲ 明信片寫有地址和姓名的那一面稱為「表／正面」，書寫內容的那一面稱為「裏／背面」。

▲ 一般而言，「表／正面、表面」是別人看到的那一面，「裏／背面」則是看不到的那一面。例如：

・CDの表を上にして、入れます／將CD正面朝上放進去。

・そのシャツ、裏じゃありませんか／那件襯衫是不是穿反了？

《其他選項的正確用法》

▲ 選項１　「内側／內側」⇔「外側／外側」

・箱の内側に紙を貼ります／把紙張貼在箱子內側。

▲ 選項３　「スーパーと薬局の間に銀行があります／超市和藥局之間有一間銀行。」

▲ 選項４　「あの交差点の先に駅があります／過了那個十字路口有一座車站。」

24　解答：３

▲ 本題要選可以接在「東京の／東京的」後面的詞語。「郊外／郊外」是指距離市中心有一段距離，也就是城市周圍樹林和田地較多的地方。這是正確答案。

《其他選項》

▲ 選項１　「国内／國內」。

▲ 選項２　「場所／地方」。

▲ 選項４　「交通／交通」。

問題４　P165-166

例　解答：１

▲「褒める／稱讚」是指稱讚別人做的事或行為等，因此「よくできたね／做得很好」最適合。

《其他選項》

▲ 選項２　「こまったね／真傷腦筋啊」用在發生了讓自己感到為難、苦惱的事情時。

▲ 選項３　「きをつけろ／萬事小心」用在叮嚀對方行事要小心，是比較粗魯的表現方式。

▲ 選項４　「もういいかい／好了沒」常用在捉迷藏時。

25　解答：３

▲「驚く／驚訝」和「びっくりする／嚇一跳」意思相同。「びっくりする／嚇一跳」較口語。

《其他選項》

▲ 選項１　「考える／考慮」。

▲ 選項２　「倒れる／倒下」。

▲ 選項４　「笑う／笑」。

26 解答：2

▲「なるべく早く／儘早」和「できるだけ早く／盡量快點」意思相同。例如：

・少し高くても、なるべく新しい野菜を買うようにしています／**就算有點貴，我還是盡量買新鮮一點的蔬菜。〈選擇〉**

・資料はできるだけたくさん集めてください／**請盡量收集訊息，越多越好。〈限度〉**

《其他選項的正確用法》

▲ 選項1　表示程度的「早く／快」是相對於「遅く／慢」的，因此「必ず早く／一定快」是不自然的說法。

▲ 選項3　「彼はたぶん来るでしょう／他大概會來吧！」〈推測可能性很高〉

▲ 選項4　「彼は来るはずです。来ると言っていましたから／他應該會來。因為他說過會出席。」〈有理由的推測，有把握〉

27 解答：3

▲「(動詞ます形) 過ぎます／過於」表示程度超過了剛好的界線。大多用於負面的意思。例如：

・笑い過ぎて、おなかが痛くなった／**笑得太誇張了，肚子好痛。**

・日本人は働き過ぎだと言われている／**有人認為日本人工作過度。**

※「(形容詞、形容動詞の語幹) 過ぎます／過於」意思也相同。例如：

・このケーキは甘すぎる／**這塊蛋糕太甜了。**

・便利過ぎるのもよくない／**太方便也有缺點。**

28 解答：1

▲「(動詞①て形)、動詞②」表示在動詞①的狀態下，進行動詞②。例如：

・エアコンをつけて、寝ます／**我打開空調，上床睡覺。**

・メガネをかけて新聞を読みます／**我戴著眼鏡看報紙。**

▲「(動詞①ない形)、動詞②」也是相同的意思。例如：

・傘を持たないで、出かけました／**我沒有帶傘就出門了。**

・寝ないで勉強しました／**我沒有睡覺，一直在念書。**

▲ 選項1的「持たずに／沒有攜帶」和「持たないで／沒有拿」意思相同。「持たずに」是書面說法。

▲ 選項1的「～てしまいました／結果變成…了」表示後悔或失敗的意思。

29 解答：3

▲「謝る／道歉」時說的話是「ごめんなさい／對不起」。例如：

・あなたが悪いのだから、謝ってください／**這是你的錯，請你道歉。**

・A：お待たせして、ごめんなさい／**讓您久等了，非常抱歉。**
　B：いいえ、私が早く来過ぎたんです／**不會，是我太早到了。**

問題5　P167-168

例 解答：1

▲「怖い／令人害怕的」表示擔心會出現令人害怕的事，或覺得要發生壞事之意。從選項1這一句前面提到「部屋が暗いので／因為屋子很暗」跟後面的「入れません／不敢進去」知道要用的是「怖くて／令人害怕的」，來修飾動詞「入れません」。例句：

・姉は怒ると怖い／**姐姐一發怒就很可怕。**

《其他選項的用法》

▲ 選項2應為「足が痛くて、もう走れません／腳實在很痛，已經沒辦法跑了。」

▲ 選項3應為「外は寒くて、風邪を引きそうです／外面這麼冷，出去感覺會受涼。」

▲ 選項４應為「このパンは甘くて、おいしいです／這麵包香甜又可口。」

30 解答：4

▲「決まる／決定」的意思是「得出最後的結果或結論」。和「パーティーは午後６時からになりました／派對於下午六點開始」意思相同。例如：

・今日の会議で次の社長が決まります／在今天的會議上，決定了下一任總經理人選。

・４対２でAチームの勝利が決まった／比分四比二，由A隊獲勝。

▲「決まる／決定」是自動詞，他動詞是「決める／選定」。例如：

・お店はどこでもいいですよ。あなたが決めてください／餐廳哪間都行，給你決定吧。

《其他選項應為》

▲ 選項１　「（箱にぴったり）入りました／放進（箱子）剛剛好。」

▲ 選項２　「（母から電話が）かかってきました／（媽媽）打來了（電話）。」

▲ 選項３　「（勉強を）しました、がんばりました／（念書）了、努力（念書）了。」

31 解答：3

▲「安心／安心」是指沒有擔心的事情或不安的情緒，心情安穩的樣子。例如：

・あなたの元気な顔を見て、安心しました／看到你精神飽滿的表情，我就安心了。

・ドアには鍵が二つ付いているので安心です／門上了兩道鎖，我就安心了。

《其他選項正確詞語應為》

▲ 選項１　「安全／安全」。

▲ 選項２　「安静／靜養」。

▲ 選項４　「丁寧／鄭重」。

32 解答：4

▲「優しい／親切」表示人的個性，對人和藹。例如：

・A：あなたのお父さんは厳しいですか／你爸爸很嚴厲嗎？

B：いいえ、とても優しいです／不，他很慈祥。

※ 同音的詞有「易しい／容易」，請小心區分！

▲「易しい／容易」是「簡単な／簡單」的意思。

《其他選項應為》

▲ 選項１　「（私は）（体が）弱くて／（我）（身體）很虛弱。」

▲ 選項２　「（この肉は）柔らかくて／（這種肉）很嫩。」

▲ 選項３　「（天気が）よくて／（天氣）很好。」

33 解答：3

▲「留める／固定」是指固定起來，不讓某物移動位置或分離。例如：

・ボタンを留める／扣鈕子。

・髪をピンで留める／用髮夾夾住頭髮。

※ 其他「とめる」的用法還有：「水を止める／關掉水龍頭」、「車を停める／停車」、「客を部屋に泊める／讓客人留宿在客房」。

《其他選項應為》

▲ 選項１　「（旅行を）止める／取消（旅行）。」〈這種情況應念作「やめる」〉

▲ 選項２　「（本は棚の中に）しまう／把（書）收在（書架上）。」

▲ 選項４　「（声を）出さない、控える／不要發出（聲音）、控制（音量）。」

34 解答：2

▲「会話／會話」是指兩個以上的人對話。用法有「会話（を）する／進行對話」、「会話がある／在交談」等等。

《其他選項》

▲ 選項１　工作中的交談不會說「会話／會話」。

第5回　言語知識（文法）

問題１　P169-170

例　解答：２

▲ 看到「散歩」跟「する」知道要接的助詞是「を」。「する」可以接在漢字後面變成動詞，例如「散歩する」，這一形式也可以寫成「散歩をする」。

《其他選項的用法》

▲ 選項１　「時間がありません／沒有時間。」

▲ 選項３　「新聞や雑誌を読む／閱讀報紙或雜誌。」

▲ 選項４　「８時に出発する／８點出發。」

1　解答：１

▲「～とか～とか／…啦…啦」是表示列舉的用法。意指雖然還有其他，但在此舉出主要的事物。和「～や～など／…或…等」意思相同，而「～とか～とか」是較口語的說法。例如：

・この学校には、アメリカとかフランスとか、いろんな国の留学生がいる／這所學校有來自美國啦，法國啦等世界各國的留學生。

・この街には、果物とか魚とか、おいしいものがたくさんありますよ／這條街上賣著許多水果啦、魚啦等等美食喔。

2　解答：４

▲ 形容詞「寒い／冷」的語幹是「寒」，後接「さ」即為名詞化。例如：

・ふたつの箱の大きさを比べる／比較兩個箱子的尺寸大小。

・私は彼女の優しさに気づかなかった／我沒能察覺到她的溫柔體貼。

▲ 形容動詞也是相同。例如：

・平和の大切さについて考えましょう／我們一起來思考和平的重要性吧！

形容詞與形容動詞皆各有可名詞化以及不可名詞化的詞彙，需多加注意。

3　解答：１

▲「～かい／嗎」是「～ですか」、「～ますか」的普通體、口語形。一般來說「楽しかったですか／愉快嗎」的普通體是「楽しかった」，但「～かい」主要是成人男性使用，用在上司對下屬、長輩對晚輩說的話。例如：

・君は大学生かい／你是大學生嗎？

・僕の言うことが分かるかい／我說的話你聽懂了嗎？

4　解答：４

▲「お（動詞ます形）ください／請」是「（動詞て形）てください／請…」的尊敬表現。

▲ 因為題目有「どうぞ／請」，由此可知是用於向對方搭話的時候。例如：

・どうぞお入りください／請進。（表達「請進入房間裡」時）

・楽しい夏休みをお過ごしください／祝您有個愉快的暑假！

《其他選項》

▲ 選項１　「お（動詞ます形）になる／您做…」是動詞的尊敬用法。例如：

・これは先生がお書きになった本です／這是老師所撰寫的書。

▲ 選項２　「いたす／做」是「する／做」的謙讓語。

▲ 選項３　「お（動詞ます形）します／我為您做…」是動詞的謙讓用法。例如：

・お荷物は私がお持ちします／讓我來幫您提行李。

5 解答：3

▲ 由於句中提到「遠くから／從遠方」，應該想到電車的聲音是由遠而近（說話者附近）傳來，所以選擇「～てくる／…來」。例如：

・ 犬がこちらへ走って来る／狗兒向這邊飛奔過來。

▲ 由近到遠移動的樣子用「～ていく／…去」。例如：

・ 鳥が空へ飛んで行った／小鳥飛向藍天。

6 解答：2

▲ 整句話應該是「私は宿題を忘れました、そして私は廊下に（　）／我忘記寫作業，然後我…走廊（　）」。「立たされる／被叫去站」是「立つ／站」的使役形「立たせる／叫去站」加上被動形「れる」變成使役被動形。使役被動形用在並非依照自己的意志，而是在別人的命令下去做某件事。

▲ 依照題目的敘述，應該可以推測是老師命令我到走廊去罰站。例如：

・ 子供のころは親に嫌いな野菜を食べさせられました／小時候被父母逼著吃討厭的青菜。

・ みんなの前で歌を歌わされて、恥ずかしかった／要我在眾人面前唱歌，實在太難為情了。

《其他選項》

▲ 選項1　「立たせる／使我站」是「立つ」的使役形。

▲ 選項3　「立たれる／使其站立」是「立つ」的被動形或尊敬形。

▲ 選項4　「立てる／立起」是「立つ（自動詞）」的他動詞形。

7 解答：3

▲ 從題目的前半段設定條件為「ここから富士山が見える／可以從這裡看到富士山」來看，可以想見需選擇表示條件的句型「～たら／如果…」。例如：

・ 毎日練習したら、できるようになりますよ／只要每天練習，就可以學會喔。

・ 開始時間を1分でも過ぎたら、会場に入れません／只要超過入場時間1分鐘，就無法進入會場。

8 解答：1

▲ 從（　）前後文的關係來推測。「勉強をした／用功了」與「いい点が取れなかった／沒有拿到高分」這兩句話的意思是相互對立的，所以應該選表示逆接的「けれど／雖然」。例如：

・ 調べたけれど、分からなかった／雖然查閱過了，但我還是不完全瞭解。

▲「けれど」與「けど」意思相同。例如：

・ 何度も謝ったけど、許してもらえなかった／雖然多次向他道歉，仍然無法獲得原諒。

9 解答：2

▲「（名詞）でも／之類的」是舉例的用法。用於表達心中另有選項或其他選項亦可的想法。例如：

・ もう3時ですね。お茶でも飲みませんか／已經3點了！要不要喝杯茶或什麼的呢？

・ A：パーティーに何か持って行きましょうか／要不要帶點什麼去派對呢？

　B：じゃあ、ワインでも買ってきてください／那就買些葡萄酒之類的來吧！

▲「勉強も終わったし／書都念完了」的「し／因為」表示原因、理由。例如：

・ もう遅いし、帰ろう／已經很晚了，我們回家吧。（因為很晚所以回家）

《其他選項》

▲ 選項1　「も／都」雖然表示附加，但題目中唸書和看電視對說話者來說是兩件性質不同的事，因此無法以並列形式來表達。以下的例子，對說話者而言，唱歌跟跳舞是相同性質的事（今天做過的事）。例如：

・今日は歌も歌ったし、ダンスもしました／今天既唱了歌也跳了舞。(「歌ったし」的「し／既」表示並列用法…)

10 解答：3

▲「(動詞て形) てもいいですか／可以嗎」表示徵求對方許可的用法。例如：

・もう帰ってもいいですか／我可以回去了嗎？

・A：この資料、頂いてもいいですか／這份資料可以給我嗎？

B：はい、どうぞお持ちください／可以的，請拿去。

11 解答：2

▲「Aと、B／一A，就B」表示在A的狀況之下，必定伴隨B的因果關係。例如：

・冬になると、雪が降ります／每逢冬天，就會下雪。

・ボタンを押すと、ロボットが動き出します／只要一按下按鈕，機器人就動了起來。

《其他選項》

▲ 選項1 「も／也」前面不會接動詞「なる／到了」，所以不是正確答案。

▲ 選項3的「が／但是」與選項4的「のに／明明」都是逆接表現。但是「夜になる／到了夜晚」與「星が～見えます／可以看見…星星」兩句是順接關係，與本文文意不符，所以不是正確答案。

12 解答：4

▲ 由於句尾是「か」因此可知此句是疑問句。「AとBと、どちらが～か／A跟B哪一種呢」是在兩個選項中選出一項的用法。與「Aですか、それともBですか／是A呢？還是B呢？」意思相同。例如：

・連絡は電話とメールと、どちらがいいですか／聯繫方式你希望透過電話還是電子信件呢？

・山と海と、どちらに行きたいですか／山上跟海邊，你想去哪裡呢？

《其他選項》

▲ 選項1 「とても／非常」用於疑問句顯得不夠通順。如果是「私はコーヒーも紅茶もとても好きです／我不管是咖啡還是紅茶都非常喜歡」則為正確表達方式。

▲ 選項2 如題目的「コーヒーと紅茶／咖啡和紅茶」，有兩個選項時，不用「全部／全部」而用「両方／兩邊」或「どちらも／兩個都」。

▲ 選項3 「必ず／必定」用於表達形成某個結果的樣子，無法修飾「好きです／喜歡」。例如：

・先生は毎日必ず宿題を出します／老師每天都會出家庭作業。

・次は必ず来てくださいね／下次請務必賞光喔。

13 解答：1

▲「(動詞・可能動詞辭書形) ようになる／變得…」，表示狀況、能力、習慣等的變化。例如：

・女の子は病気が治って、よく笑うようになった／女孩的病痊癒之後，笑容變得比以往多了。

・日本に来て、刺身が食べられるようになりました／來到日本之後，變得敢吃生魚片了。

※「(動詞ない形) なくなる／變得不…」也是一樣的用法。例如：

・女の子は病気になってから、笑わなくなった／自從女孩生病之後，臉上就失去了笑容。

・最近、年のせいか、あまり食べられなくなった／大概是年齡的關係，最近食慾變得比較差了。

《其他選項》

▲ 選項2 「(動詞・可能動詞辭書形／ない形) ようにする／儘量…」表示謹慎小心，努力養成習慣的用法。例如：

・毎朝一時間くらい歩くようにしています／我現在每天早上固定走一個小時左右的路。

・お酒は飲み過ぎないようにしましょう／請勿飲酒過量。

14 解答：2

▲「～によると／聽說…」表示傳聞（由他人口中聽説）的資訊來源（從誰那裡聽到的）的用法。表示傳聞的句子，句尾應該是「～そうだ／聽說…」。「看護師／護士」為名詞，因此以「看護師です／是護士」的普通形「看護師だ」連接「そうだ」。

※ 表示傳聞的「そうだ」如何接續，請順便學習一下吧！

・天気予報によると台風が来る／来ない／来た／来なかったそうだ…動詞／根據氣象預報，颱風即將登陸／不會登陸／已登陸／並未登陸…動詞

・明日は寒いそうだ…形容詞／據說明天可能會很冷…形容詞

・外出は危険だそうだ…形容動詞／聽說外出會很危險…形容動詞

・午後の天気は晴れだそうだ…名詞／據說下午可能會放晴…名詞

15 解答：2

▲「見にきてください／請來看看」用於邀請他人。如果想表達強烈的期望，則加上「きっと／務必」、「必ず／一定」、「ぜひ／務必」。例如：

・大切な本ですので、きっと返してください／這本書很重要，請務必歸還給我。

・きっと元気で帰ってきてね／請務必平安歸來。

▲ 請注意此句型不能用於否定表現。例如：

・きっと行かないでください。

→ 此敘述方式並不通順。

▲「きっと／務必」表示確信程度極高的推測，與意志堅強。例如：

・鍵を盗んだのはきっと彼だ／偷鑰匙的人絕對是他。

・約束はきっと守ります／約定了就務必要遵守。

《其他選項》

▲ 選項１「たぶん／大概」用於表達推測。例如：

・彼はたぶん来ないよ。忙しそうだったから／他大概不會來吧，因為他似乎很忙。

「たぶん／大概」可能性相當高，但比「きっと」低。例如：

「彼はきっと来るよ／他一定會來」＞「彼はたぶん来るよ／他大概會來」。

▲ 選項３「だいたい／多半」是大部份的意思。表示比例相當高。例如：

・あなたの話はだいたい分かりました／你的意思我大致瞭解了。

「だいたい／多半」雖然比例高，但還是比「ほとんど／幾乎」低。

「ほとんどできた／幾乎做完了」＞「だいたいできた／多半做完了」。

問題２ P171-172

例 解答：１

※ 正確語順：

ケーキはすきですか。
你喜歡蛋糕嗎？

▲ Ｂ回答「はい、だいすきです／是的，超喜歡的」，所以知道這是詢問喜不喜歡的問題。

▲ 表示喜歡的形容動詞「すき」後面應填入詞尾「です」，變成「すきですか」。句型常用「～はすきですか」，因此「は」應填入「すきですか」之前，「～」的部分，毫無疑問就要填入「ケーキ」了。所以正確的順序是「２→３→１→４」，而★的部分應填入選項１「すき」。

16　　解答：1

※ 正確語順：

はい。少しお待ちになってください。

他在，請稍等。

▲「お（動詞ます形）になります／請您做…」是尊敬用法。「お待ちになってください／請稍等」是「待ってください／稍等」的尊敬形。例如：

- どうぞこちらにお掛けになってください／請您這邊坐。

▲「少し／稍」用於修飾「待つ／等」，因此置於句首（「お待ち／等」前）。

▲ 正確順序是「3→4→1→2」，問題★的部分應填入選項1「に」。

17　　解答：2

※ 正確語順：

もう少し大きいものをお持ちしましょうか。

要不要我另外拿一件大一點的給您呢？

▲「お（動詞ます形）します」是謙讓用法。「お持ちしましょう／幫您拿來」為「持ってきましょう」的謙讓形。

▲ 要拿來的是「（もう少し）大きいもの／（稍微）大一點的」，因此可知「もの／東西」意指「シャツ／襯衫」。正確的順序是「3→4→2→1」，問題★的部分應填入選項2「お持ち／拿」。

※「お持ちします」一般是當「持ちます」的謙讓形使用，但在本題是「持ってきます／拿來」的意思。以下例句為「持って行きます／拿過去」的意思。例如：

- 資料は明日、私がそちらにお持ちします／資料我明天會幫您拿過去。

18　　解答：3

※ 正確語順：

一番右に立っているのがわたしの姉です。

站在最右邊的就是我姐姐。

▲ 回答「どの人があなたのお姉さんですか／哪一位是你姐姐呢？」，應使用此句型「（この人）がわたしの姉です／（這個人）是我的姐姐」。「一番右に／最右邊」後面應填入「立っている人／站著的人」，句中的「人」以「の／的」代替，形成「立っているのが／站著的」。正確的順序是「4→2→3→1」，問題★的部分應填入選項3「の」。

※ 以「の」代替名詞的範例：

- A：お茶は熱いのと冷たいのとどちらがいいですか／你的茶要冷的還是熱的呢？
  B：じゃ、冷たいのをください／那，給我冷的。

19　　解答：2

※ 正確語順：

はい。けれども4月10日までには日本に帰ってこなくてはなりません。

是的。可是4月10日之前必須回日本。

▲「けれども」用於表達是逆接的用法，因此可知和「帰国／回國」的相對意思相反的是「日本に帰ってくる／回到日本」。「日本に／到日本」後要填入「帰って／回」，句末則是「なりません」。

▲「（動詞ない形）なくてはなりません／必須」意為必須做某件事是這麼做的必要，用於表達示義務跟必要性的用法。選項4的「こなく」是「来る」的否定形，由是「来ない」變化成「来なく（ては）」形式的用法。例：

- 国民は法律を守らなくてはならない／人人必須守法。
- 家族のために働かなくてはなりません／為了養家活口就得工作。

▲ 正確的順序是「３→４→２→１」，而問題★的部分應填入選項２「ては」。

※「（動詞ない形）なければなりません／必須」跟「（動詞ない形）なくてはいけません／必須」意思大致相同。

20 解答：１

※ **正確語順：**

来週の日曜日に行こうと思っています。

我打算下週日去。

▲ 詢問的是「いつ行くのですか／什麼時候去呢」，因此可以預測回答是「来週の日曜日に行きます／下週日去」。「（動詞意向形）（よ）うと思っています／打算」是向對方表達自己的意志與計畫時的説法。

・将来は外国で働こうと思っています／**我將來打算到國外工作。**

・来年結婚しようと思っています／**我打算明年結婚。**

▲ 正確的順序是「３→２→１→４」，問題★的部分應填入選項１「思って／打算」。

※「（動詞意向形）（よ）うと思っています／打算」表達從以前就一直（持續）有的想法。相對的「（動詞意向形）（よ）うと思います／我想…」則強調現在的想法。例如：

・１時間待ちましたが、誰も来ないので、もう帰ろうと思います／**已經等了１個小時了，因為都沒人來所以想要回去了。**

問題３ P173-174

21 解答：３

▲ 注意此句「近くに店もなくて／附近也沒有商店」中的「も／也」。「時間も～、店も～／也…時間，也…商店」是用於表達具有相同性質的事物時。另外，從文章內容來看，可知一直以來的居住環境並不好，「１時間半も／多達一個半小時」是強調一個半小時很長的感覺。

22 解答：３

▲ 此句型「～からです／因為…」用於説明搬家的裡由。「学校まで１時間半かかった／到學校要耗去一個半小時」、「近くに店もない／附近也沒有商店」，居住環境很「不便／不方便」。「不便」是很不方便的意思。

23 解答：１

▲ 因為是講述上個月的事情，必須選用過去式。「（動詞意向形）（よ）うと思いました／那時就想」表示在過去某時間點説話者的意志。

24 解答：２

▲「これまでは～早く起きなければなりませんでした／以前…必須很早起床」與「これからは～朝寝坊してもよくなりました／往後…我可以稍微賴床一下了」兩個情況相互對應。例如：

・お金を払わなければなりません⇔お金を払わなくてもいいです／**必須得付錢⇔不付錢也可以**

▲「朝寝坊してもよくなりました／我可以稍微賴床一下了」句中「（形容詞）くなります」表示變化。例如：

・りんごが赤くなりました／**蘋果變紅了。**

・薬のおかげで病気がよくなりました／**多虧服了這藥，病情已好轉了。**

《其他選項》

▲ 選項１　「～したがる／打算」是「～したい／想」加上「がる」。表示他人的期望、希望。例如：

・妹はすぐにお菓子を食べたがる／**妹妹一天到晚總想著吃零食。**

因為「朝寝坊／賴床」的是自己，所以不是正確答案。

▲ 選項３　「～させる／使對方」是使役形，若使用「朝寝坊させる／使…睡懶覺」，睡懶覺的主語應是他人。例如：

・母親は子どもに勉強させました／**母親叫孩子去唸書**。

▲ 選項 4 「～させられる／要讓對方」是使役被動形。使用「朝寝坊させられる／被迫睡懶覺」時，語含雖然睡懶覺的是自己，但並非出自本人的意願。

25 解答：4

▲ 本題是考名詞修飾用法，將「友だち（ ）お弁当を持ってきてくれました／朋友帶來了便當」與「私はお弁当を食べました／我享用了便當」兩句結合為一句。

▲ 前方敘述目的是說明後方的「お弁当／便當」。因此（ ）應填入「が」。

第 5 回 讀解

問題 4 P175-178

26 解答：1

▲ 因為文中提到「わたしの携帯電話のメールアドレスが～変わります／我手機的郵件地址將…異動」、「新しいのに直しておいてくださいませんか／可以麻煩將郵件地址更新嗎」。

▲「新しいの／新的」中的「の」代替了名詞「メールアドレス／郵件地址」。

▲「直しておいて～／更改好…」的「（動詞て形）ておきます／（事先）做好…」表準備和事後整理。例句：

・使ったお皿は洗っておいてください／**請清洗用過的盤子**。

▲「（動詞て形）て～くださいませんか／能否麻煩…」是「～てくれませんか／能否幫我…」的禮貌說法。

《其他選項》

▲ 選項 2「携帯電話の電話番号／手機門號」和 3「パソコンのメールアドレス／電腦郵件地址」都沒有「異動」。

▲ 選項 4 文中沒有提到「請刪除」。

27 解答：3

▲ 問題是「生ごみ／廚餘」和「びん／瓶類」的回收日。根據表中◆的地方，「燃えるゴミ（生ごみ～）→火・土／可燃垃圾（廚餘…）→星期二、六」、「びん・かん→月／瓶罐類→星期一」可以得知。

▲ 根據表中〇的地方，正月的垃圾回收是從 1 月 4 日開始。另外，由於 3 日是星期五，所以可以知道 4 日是星期六、6 日是星期一。

《其他選項》

▲ 選項 1 因為題目說「正月の間に出た／在年節期間產生的垃圾」，但是 12 月 30 是年節前，所以不能選 12 月 30 日。

▲ 選項 2 4 日星期六是可燃垃圾的收運日，不能丟瓶罐類。

▲ 選項 4 題目提到「なるべく早く出したい／想盡早丟」，而 11 日並不是丟廚餘最早的日子。

28 解答：3

▲ 文中寫道「この荷物を湯川さんにお届けしてください／請將這個包裹送去給湯川小姐」。「お届けしてください」是「届けてください／請交給」對湯川小姐的謙讓表現。和「（湯川さんのところに）持って行ってください／請拿去（湯川小姐的所在地）」意思相同。

《其他選項》

▲ 選項 2 「赤い服を着て／穿著紅色衣服」的是湯川小姐。

▲ 選項 4 「荷物を取りに行きます／去取包裹」是「荷物をもらいに行きます／去拿包裹」的意思。小唯是要拿包裹過去，所以錯誤。

29 解答：3

▲ 文中寫道「メールなら一度に何人もの人に同じ文を送ることができるので簡単だから／因為電子卡片可以同時向很多人發送相同的賀詞，十分簡便」。「何人もの人に／好幾個人」和 3「大勢の人に／許多人」意思相同。

《其他選項》

▲ 選項 4　文中提到「パソコンでメールを送るという人が増えている／愈來愈多人改用電腦發送電子卡片」，這和 4「パソコンを使う人が増えた／使用電腦的人增加了」意思不同。

問題 5　P179-180

30 解答：4

▲ 文中寫道「～家を出て駅に向かいました。もうすぐ駅に着くと言うときに～／…出門前往車站。快到車站的時候…」。

▲ 這個車站是家附近的車站，而非「会社の近くの駅／公司附近的車站」。

31 解答：1

▲ 文中寫道遲到的原因是將手錶交到派出所，又「おまわりさんに時計が落ちていた場所を聞かれたり、わたしの住所や名前を紙に書かされたりしました／警察問我撿到手錶的地點，並要我登記住址和姓名」。

《其他選項》

▲ 選項 2　不是「遠くの交番／很遠的派出所」，而是「駅前の交番／車站前的派出所」。

▲ 選項 3　並沒有寫道「ゆっくり歩いた／慢慢走」。

▲ 選項 4　文章開頭寫道「わたしはいつもより早く家を出て／我比平時更早出門」。

32 解答：2

▲ 文章開頭寫道「10 時 30 分から会議の予定がありましたので／預定於 10 點 30 分開會」。到公司時，「会議が始まる時間を 10 分も過ぎて／比會議原訂時間還晚 10 分鐘」，所以抵達公司時是 10 點 40 分。

33 解答：3

▲ 文中寫道「部長は『そんな場合は、遅れることをまず、会社に連絡しろと言っただろう。なぜそうしなかったのだ』と怒りました／經理訓斥我：『我之前就提醒過大家，遇到會遲到的狀況一定要先聯絡公司，為什麼沒通知同事？』」可見部長生氣的是「連絡しなかったこと／沒有聯絡一事」。

問題 6　P181-182

34 解答：3

▲ 請參照上表「○地震がおきる前に～／地震發生前…」中的 4「地震のときに持って出る荷物をつくり～／備妥地震時攜帶的緊急避難包…」的右方。

35 解答：1

▲ 問題問的是地震時首先應該要做什麼。「まず」是「最初に／首先」的意思。請參見下表「○地震がおきたときは～／地震發生時…」中的 1「まず、自分の体の安全を考える／首先，確保自身安全」的下方。

※ 表中提到 2「地震の起きたときに、すること」是指地震搖完後才要做的事，並非最優先。

第5回 聴解

問題 1　P183-187

例　解答：4

▲ 這題要問的是「燃えるゴミを次にいつ出しますか／下一次可燃垃圾什麼日子丟呢？」。從對話中，男士說了「今日は火曜日だから／因為今天是星期二」，又問女士「燃えるゴミを出す日はいつですか／什麼日子可以丟可燃垃圾呢？」，女士回答「月曜日と金曜日です／星期一跟星期五」，知道答案是4「金曜日／星期五」了。

1　解答：4

▲ 女士說「ここから美術館まで歩くと、どのくらい時間がかかりますか／從這裡走到美術館需要多少時間？」、「～じゃあ、地図を見ながら行きます／…那麼我看著地圖走過去」，可知正確答案是選項4。

2　解答：2

▲ 女士說「この部屋でお弁当を食べようよ／在這間房間吃便當吧！」，男士回答「そうだね／就這麼辦」。這個房間是指公司裡的會議室。

3　解答：1

▲ 要回答的是男士放進包包裡的東西。對話中女士說「おみやげは～私のかばんに入れます／土產…我放進包包裡」、「地図やお菓子を～入れてください／請把地圖或點心放進…」、「では、お菓子はいいです／那點心就不放了」

▲ 因為最後男士說「僕のかばんには、薄い本も一冊入れられるね／我的背包還可以再放一本薄的書」，所以男士放進背包裡的是地圖和書。

《其他選項》

▲ 選項2是土產和點心，選項3是土產和厚的書，選項4是地圖和點心。

4　解答：3

▲ 女士詢問「ノートパソコンはありますか／有筆記型電腦嗎？」、「特売品で日本のものもありますか／特價品有日本製造的商品嗎？」

▲ 關於電腦的種類，「デスクトップ」是放在桌上的大型電腦，也就是圖示的選項1和2。「ノートパソコン」是可以帶著走的電腦，是圖示的選項3和4。

▲「特売品／特價品」是指當天特別便宜的商品。

5　解答：2

▲ 女學生說「希望今天12點開始的讀書會可以改到傍晚」。

▲ 女學生說了「じゃあ、みんなに連絡します／那麼，我來通知大家」之後，男學生回答「それはぼくがメールで連絡しておくよ／我來傳訊息通知大家」

《其他選項》

▲ 選項1要「テストの勉強をする／唸書準備考試」的是女學生。

6　解答：1

▲ 對話中提到「（テーブルの周りに）並べておく椅子は七つ／擺放七張椅子（在桌子周圍）」、「あとの二つは部屋の隅に置いておきましょう／另外兩張就先放在會議室角落」。

▲「（動詞て形）ておきます／先…」表示準備。例句：

・ビールは冷蔵庫で冷やしておきます／先把啤酒放進冰箱裡冰鎮。

▲「（部屋の）隅」是指中間以外的地方。像是房間的角落、拐角的部分。例句：

・ゴミ箱は部屋の隅に置いてあります／垃圾桶放置在房間的角落。

※ 複習「～つ」的記數念法吧！

ひとつ（一個）、ふたつ（兩個）、みっつ（三個）、よっつ（四個）、いつつ（五個）

むっつ（六個）、ななつ（七個）、やっつ（八個）、ここのつ（九個）、とお（十個）

7 　　　　　　　　　　　　　　　解答：3

▲ 男學生説想把 CD 還給野村同學。女學生説「野村君（の むらくん）なら、午後（ご ご）の授業（じゅぎょう）で会（あ）うよ／我下午的課會遇到野村同學哦」，男學生回答「それなら、～このCDを渡（わた）してもらえる／這樣的話…，妳可以幫我把這片CD交給他嗎？」

8 　　　　　　　　　　　　　　　解答：1

▲ 注意聽題目提到「駅前（えきまえ）で／在車站前」。男士説「この通（とお）りをまっすぐ／沿著這條大街直走」、「右（みぎ）に大（おお）きなスーパー／右邊（有）一家大型超市」、「スーパーの角（かど）を右（みぎ）に／在超市的轉角右（轉）」，會到達的地方是選項1。

問題2 　　　　　　　　　　　　　P188-192

例（れい） 　　　　　　　　　　　　　解答：3

▲ 這題要問的是男士「どうしてカメラを借（か）りるのですか／為什麼要借照相機呢？」。記得「借（か）りる／借入」跟「貸（か）す／借出」的差別。而從「貸（か）してくれる／借給我」，知道要問的是男士為什麼要借入照相機的問題。

▲ 從女士問「先輩（せんぱい）はすごくいいカメラを持（も）っているでしょう。あのカメラ、壊（こわ）れたんですか／前輩不是有一台很棒的照相機，那台相機壞了嗎？」，男士否定説「いや／不是」，知道選項4「自分（じぶん）のカメラはこわれているから／因為自己的照相機壞了」不正確。接下來男士説「あのカメラはとてもよく撮（と）れるんだけど、重（おも）いんだよ／我的那台相機雖然拍得好，但太重了」，知道答案是3的「自分（じぶん）のカメラは重（おも）いから／因為自己的相機太重了」。

1 　　　　　　　　　　　　　　　解答：1

▲ 對話中提到「予約（よやく）した天（てん）ぷらのお店（みせ）は～／已預約的天婦羅餐廳是…」

2 　　　　　　　　　　　　　　　解答：2

▲ 對話中提到「これはいちじゃなくてアイですよ／這不是1，而是I哦！」。女士説「エーが一番目（いちばん め）です／A才是第一排」，因此可知女士説的是拉丁字母。女士説「9番目（ばん め）だから／因為是第九個座位」因此可知正確答案是2。補充，拉丁字母「I」是第九個字母。

▲ 號碼 20 和 21 是表示在 I 這一排中，從橫向算起的第幾個位置。

3 　　　　　　　　　　　　　　　解答：3

▲ 對於幫傭中村小姐要來的時間，兩人在對話中提到「午後（ご ご）に来（く）ると言（い）っていたね／她説下午會來吧」、「確（たし）か、1時（じ）に来（く）るはずよ／好像是一點會來哦」。

▲ 幫傭是指幫忙做家事等的人。這裡是指來照顧奶奶的看護。

4 　　　　　　　　　　　　　　　解答：2

▲ 對話中提到「5000円（えんわた）渡すから、10人分（にんぶん）のお菓子（か し）を買（か）ってきてください／這是五千圓，請買十人份的點心回來」、「お茶（ちゃ）のことは心配（しんぱい）しなくていいですよ／不用擔心茶水哦（茶水由我來準備就好）」。

5 　　　　　　　　　　　　　　　解答：1

▲ 對於科長説「交番（こうばん）の隣（となり）のビルの3階（がい）だね／派出所隔壁那棟大樓的三樓」，女士回答「違（ちが）いますよ。交番（こうばん）の隣（となり）の隣（となり）のビルですよ／不對。是派出所隔壁的隔壁那棟大樓哦」。

6 　　　　　　　　　　　　　　　解答：4

▲ 對話中提到「来週（らいしゅう）の金曜日（きんようび）は、神奈川県（か な がわけん）で会議（かいぎ）がある予定（よ てい）です／預定下週五要去神奈川縣開會」、「午後（ご ご）3時（じ）からです／下

午三點開始」。

7 解答：3

▲ 女學生最後説「韓国語を勉強したいのです／因為想學韓語」。「～のです／因為…」是説明理由或狀況的説法。雖然女學生説「韓国の家庭においてもらって／住在韓國的家庭」、「アルバイトもしたい／也想打工」，但這並不是她想去韓國留學的理由。

問題 3 P193-196

例 解答：1

▲ 這一題要問的是「食べ方／食用方法」，而選項一的「どのように／如何」用在詢問方法的時候，相當於「どうやって／怎麼做」、「どのような方法で／什麼方法」的意思。正確答案是1。「どのように」用法，例如：

・老後に向けてどのように計画したらいいでしょう／**對於晚年該如何計畫好呢？**

《其他選項》

▲ 選項2　如果問題是問「出される食べ物は食べられるかどうか／端上桌的食物能不能吃呢」的話則正確。

▲ 選項3　如果問題是問「出される食べ物を食べるかどうか／端上桌的食物要不要吃呢」的話則正確。

1 解答：2

▲ 對生病或受傷的人説的話是「お大事になさってください／請您多多保重」。這是「大事にしてください／請多保重」的謙讓説法。

《其他選項》

▲ 選項1　「お見舞い／探病」是指去探望、送禮給生病或受傷的人。例句：

・入院している叔父のお見舞いに行く／**去探望住院的叔叔。**

・お見舞いに果物を買って行こう／**買水果去探望病人吧！**

▲ 選項3　沒有「元気を持つ」這種説法。可以對病人説「早く元気になってください／祝您早日康復」等等。

2 解答：1

▲ 對一陣子沒有見面的人可以説「お久しぶりです／好久不見」。「久しぶり／好久不見」是指從上次見面到現在已經過了很久。例句：

・こんなにいい天気は久しぶりだ／**好久沒有這麼好的天氣了。**

・彼の笑顔を久しぶりに見た／**看見他久違的笑容。**

《其他選項》

▲ 選項3的「目にする／過目」和「見る／看」是相同意思。「お目にかかる／見面」是「会う／見面」的謙讓語。

3 解答：3

▲ 在「知っています／知道」的謙讓語「存じております／知道」中加上抬高對方地位的「上げる」，變成「存じ上げております／我知道」，這是正確答案。

《其他選項》

▲ 選項1　沒有「聞き上げる」這種説法。

▲ 選項2　「知っている／知道」的謙讓説法是「存じている／知道」。

4 解答：3

▲「おいで」是「来て／來」和「行って／去」的鄭重説法。例句：

・みんな待ってるから、早くおいで／**大家都在等你，快點過來。**

・先生がおいでになった／**老師已經到了。**（和「先生がいらっしゃった／**老師已經到了**」意思相同）

▲「ぜひ／務必」是懇切邀請別人的説法。

《其他選項》

▲ 選項１　「いらっしゃりください」這種説法不正確。「来て／來」的尊敬語是「いらっしゃって／來」。

▲ 選項２　「来なさい／過來」是命令形，這是不禮貌的用法。

5　　解答：3

▲「おっしゃいます／説」是「いいます／説」的尊敬語。「お名前／姓名」的「お」是鄭重説法。

《其他選項》

▲ 選項１　「～かな／…吧」是對親近的人，或是上位者對下位者説話時的用法，屬於口語用法，對客人這樣説不禮貌。

▲ 選項２　「なんというのか／怎麼説呢」也是普通形的説法，並不鄭重，所以不禮貌。

問題 4　P197

例　　解答：1

▲「もう～したか／已經…了嗎」用在詢問「行為或事情是否完成了」。如果是還沒有完成，可以回答：「いいえ、まだです／不，還沒有」、「いいえ、〇〇です／不，〇〇」、「いいえ、まだ～ていません／不，還沒…」。如果是完成，可以回答：「はい、～した／是，…了」。

▲ 這一題問「もう朝ご飯はすみましたか／早餐已經吃了嗎」，「ご飯はすみましたか／吃飯了嗎」是詢問「吃飯了沒」的慣用表現方式。而選項１回答「いいえ、これからです／不，現在才要吃」是正確答案。

《其他選項》

▲ 選項２如果回答「はい、食べました／是的，吃了」或「いいえ、まだです／不，還沒」則正確。

▲ 選項３如果回答「はい、すみました／是的，吃了」則正確。「すみません／抱歉、謝謝、借過」用在跟對方致歉、感謝或請求的時候。可別聽錯了喔！

1　　解答：2

▲ 對於題目句的「どんな（名詞）～か」，回答應為名詞，並且能説明性格或樣子的句子。例句：

・A：木村さんはどんな人ですか／木村先生是什麼樣的人呢？
　B：明るくて元気な人です／他是個開朗又有朝氣的人。

・A：どんな映画が好きですか／你喜歡什麼樣的電影？
　B：面白い映画が好きです／我喜歡有趣的電影。

▲ 選項２把「ノートパソコンを使っています／我使用筆記型電腦」簡化了，變成「ノートパソコンです／是筆記型電腦」。

《其他選項》

▲ 選項１　題目問的明明是現在正在使用的電腦，但回答卻是以前的電腦，所以不正確。如果回答「新しいパソコンを使っています／我用新的電腦」則正確。

▲ 選項３的回答方式不正確。如果回答「友だちに借りたパソコンを使っています／我用的是向朋友借來的電腦」則正確。

▲ 但是，對於對方問電腦種類或型號的問題，「友だちのパソコン／這是朋友的電腦」這個回答不夠完整。

2　　解答：2

▲ 因為對方問的是「何色の～／什麼顏色的…」，所以要選回答「赤／紅色」這個顏色的選項２。

《其他選項》

▲ 選項３　「絹／絲綢」表示線的材質。其他線或布的材料還有「綿／棉質」或「麻／

麻料」等等。

3 解答：1

▲ 因為對方問「先生はどんな人ですか／老師是什麼樣的人？」，所以回答老師的性格和模樣的選項 1 是正確答案。

▲「優しそうな／溫柔的樣子」是在形容詞「優しい／溫柔的」後面加上表示樣態的「～そうな／…的樣子」。表示看起來是這個樣子。例句：

・わあ、おいしそうなケーキだね／**哇，這蛋糕看起來真好吃啊！**

・女の子は恥ずかしそうに笑った／**女孩害羞地笑了。**

4 解答：3

▲ 因為對方問旁邊的人是誰，所以要回答「（隣にいるのは）～さんです／（旁邊的是）…先生」的選項。選項 3 的「小学校からの友達／從小學到現在的朋友」的意思是從小學開始交往到現在的朋友Ａ先生。

《其他選項》

▲ 選項 1 和 2 沒有回答到「隣にいるのはだれか／旁邊的人是誰」。

▲ 選項 1 若是「（隣にいるのは）リュウさんです。私はリュウさんと友達になりたいです／（旁邊的是）劉先生。我想和劉先生交朋友」則正確。

▲ 選項 2 若回答「（隣にいるのは）私の兄です。兄は父にとても似ています／（旁邊的是）我哥哥。我哥哥和爸爸長得很像」則正確。

5 解答：1

▲ 因為對方問「どのくらい／大概多少」，所以要回答份量或數量、長度或大小等的答案。例句：

・A：駅から大学までどのくらいかかりますか／**從車站走到大學要花多少時間。**

B：10 分くらいかかります／**大約 10 分鐘。**

▲ 選項中有回答到鹽分份量的是選項 1 。

▲「ほんの少し／一點點」的「ほんの／少許」用於強調「少し／一點」。

《其他選項》

▲ 選項 3　可以回答「ゆっくり～／充裕」的疑問詞是「どのように／怎麼樣」。

6 解答：3

▲「いつ／何時」是詢問時間的疑問詞。因為對方問的是開店的時間，選項 3 是正確答案。

《其他選項》

▲ 選項 1 並沒有回答到時間。

▲ 選項 2 回答的是關店時間，所以不正確。「開く／開門」⇔「閉まる／關閉」

7 解答：2

▲ 自己的包包撞到別人時，必須向對方道歉。道歉的是選項 2 。

《其他選項》

▲ 選項 3　「お大事に／請多保重」是對生病或受傷的人說的話，並不是為自己的過錯而道歉的詞語。

8 解答：1

▲「どの辺／哪邊」是詢問大概位置的說法。例句：

・A：テーブルはどの辺に置きますか／**桌子要放在哪邊？**

B：窓の近くに置いてください／**請放在窗邊。**

・A：この辺にコンビニはありますか／**這附近有便利商店嗎？**

B：この道をまっすぐ行くと右側にありますよ／**這條路直走後就在右手邊喔。**

▲ 回答地點的是選項 1 。

《其他選項的正確說法》

▲ 選項２是詢問「どのくらい痛(いた)いですか／有多痛呢」的回答。

▲ 選項３是詢問「いつから痛(いた)いですか／從什麼時候開始痛的呢」的回答。

第6回 言語知識（文字・語彙）

問題１　P198-199

例(れい)　解答：１

▲「春」音讀唸「シュン」，訓讀唸「はる／春天」。

《其他選項》

▲ 選項２ 「なつ」的漢字是「夏／夏天」，音讀唸「カ・ゲ」。

▲ 選項３ 「あき」的漢字是「秋／秋天」，音讀唸「シュウ」。

▲ 選項４ 「ふゆ」的漢字是「冬／冬天」，音讀唸「トウ」。

1　解答：１

▲「字」音讀唸「ジ」，訓讀唸「あざ／字；行政區劃單位」。例如：

・漢字(かんじ)／**漢字**

・字(じ)を書(か)く／**寫字**。

《其他選項》

▲ 選項２「文字(もじ)／文字」。選項３「手(て)／手」。選項４「顔(かお)／臉」。

2　解答：２

▲「動」音讀唸「ドウ」，訓讀唸「うご－く／轉動・うご－かす／移動」。例如：

・自動車(じどうしゃ)／**汽車**、運動(うんどう)／**運動**

・時計(とけい)が動(うご)く／**手錶在走**

・机(つくえ)を動(うご)かす／**移動桌子**

▲「物」音讀唸「ブツ・モツ」，訓讀唸「もの／物」。例如：

・荷物(にもつ)／**行李**

・食(た)べ物(もの)／**食物**、買(か)い物(もの)／**購物**、建物(たてもの)／**建築物**

※ 特殊念法：「果物(くだもの)／水果」

《其他選項》

▲ 選項４ 「植物(しょくぶつ)／植物」。

3　解答：２

▲「場」音讀唸「ジョウ」，訓讀唸「ば／場所」。例如：

・工場(こうじょう)／**工廠**、駐車場(ちゅうしゃじょう)／**停車場**

・売(う)り場(ば)／**賣場**

▲「所」音讀唸「ショ」，訓讀唸「ところ／地方」。例如：

・住所(じゅうしょ)／**住址**、事務所(じむしょ)／**事務所**

・きれいな所(ところ)／**漂亮的地方**

※「所」和「場」都是表示地點的漢字，「所」的念法是「ショ」或「ジョ」(一拍)，「場」的念法是「ジョウ」(兩拍)，請特別注意。

4　解答：３

▲「案」音讀唸「アン」。

▲「内」音讀唸「ナイ・ダイ」，訓讀唸「うち／內，裡頭」。例如：

・店内(てんない)は禁煙(きんえん)です／**店內禁止吸菸**。

・箱(はこ)の内側(うちがわ)に紙(かみ)を貼(は)る／**把紙貼在箱子裡面**。

《其他選項》

▲ 選項１「紹介(しょうかい)／介紹」。

▲ 選項２「招待(しょうたい)／招待」。

5　解答：３

▲「文」音讀唸「ブン・モン」，訓讀唸「ふみ／文章」。例如：

・作文(さくぶん)／**作文**

・長い文を読む／閱讀長篇文章。

※ 特殊念法：「文字／文字」

▲「学」音讀唸「ガク」，訓讀唸「まな‐ぶ／學，學習」。例如：

・学校／學校、大学／大學、小学生／小學生

《其他選項》

▲ 選項１　「数学／數學」。

▲ 選項２　「文字／文字」。

▲ 選項４　「文化／文化」。

6　　解答：１

▲「十」音讀唸「ジッ・ジュウ」，訓讀唸「と／十」、「とお／十歲」。例如：

・十回／十次、十本／十支

・十時／十小時、十人／十人

・十日／十日

▲ ※ 特殊念法：「二十歳／二十歲」、「一月二十日／一月二十日」

▲「分」音讀唸「ブン・フン・ブ」，訓讀唸「わ‐ける／分」、「わ‐かれる／分開」、「わ‐かる／知道」。例如：

・自分／自己、半分／一半

・２時５分／２點５分

・大分よくなりました／我已經好得差不多了。

・ケーキを８つに分ける／把蛋糕切成八份。

・道が二つに分かれる／道路分成兩條。

・よく分かりました／我充分明白了。

▲「十分／十分」用在表示時刻如「３時 10 分／３時 10 分」或時間的長度「10 分間／10 分鐘的時間」時念作「じっぷん」。作為副詞，表示「たくさん、不足がない」時念作「十分／じゅうぶん」。

▲ 請注意題目中「十分」後面的「に」。當「10 分」表示時間時，會寫成「（３時）10 分まで休んで／休息到３點 10 分」。當「10 分」表示時間的長度時，則不接助詞，寫成「十分休んで／充分休息一下」。由此可知題目中的「十分」是副詞。例如：

・道路を渡るとき、車には十分に気をつけなさい／穿越馬路時，請小心來車。

・発表の前には十分な準備が必要だ／報告之前必須做好充分的準備。

※「十分に」的「に」經常被省略，題目中的「十分休んでから」也省略了「に」。遇到這種情形，只能靠上下文意來判斷是時間的「10 分／10 分」還是副詞的「十分／充分」。

《其他選項》

▲ 選項３和選項２的念法都是表示時間的「10 分／10 分」。

7　　解答：２

▲「泣」音讀唸「キュウ」，訓讀唸「な‐く／哭」。例如：

・君は泣いたり笑ったり、忙しいね／你一下哭一下笑的，還真忙啊！

※「赤ちゃんがなく／嬰兒在哭」→「泣く／哭」

「犬、鳥、虫がなく／狗、鳥、蟲在叫」→「鳴く／叫」

8　　解答：１

▲「見」音讀唸「ケン」，訓讀唸「み‐る／看」、「み‐える／看得見」、「み‐せる／給…看」。例如：

・意見／意見

・写真を見る／看照片。

・窓から富士山が見える／透過窗戶看得見富士山。

▲「物」音讀唸「ブツ・モツ」，訓讀唸「もの／物」。例如：

・動物／動物

・荷物／行李

・飲み物／飲料、建物／建築物、着物／和服

▲「見物／遊覽」是指觀賞有名的景點和有趣的事物。例如：

・お祭りの踊りを見物した／參觀祭典的舞蹈。

《其他選項》

▲ 選項３　「見学／參觀學習」

※「見学／參觀學習」是指遊覽參觀學習。

9　　解答：３

▲「利」音讀唸「リ」，訓讀唸「き-く／靈敏，好用」。例如：

・便利／便利

▲「用」音讀唸「ヨウ」，訓讀唸「もち-いる／使用」。例如：

・用事／要事、用意／準備

・用がある／有事。

問題２　P200

例　　解答：２

▲「通」音讀唸「ツウ」，訓讀唸「とお－る／通過」、「とお－す／穿過」、「かよ－う／上班，通勤」。例如：

・通過／不停頓地通過

・店の前を通る／走過店門前。

・針に糸を通す／把線穿過針孔。

・電車で会社に通っている／坐電車去上班。

《其他選項》

▲ 選項１　「返」音讀唸「ヘン」，訓讀唸「かえ-る／返還」、「かえ-す／歸還」。例如：

・返信／回信

・貸したお金が返ってきた／借出的錢還回來了。

・金を返す／還錢。

▲ 選項３　「送」音讀唸「ソウ」，訓讀唸「おく－る／送」。例如：

・送金／寄錢

・荷物を送る／送行李。

▲ 選項４　「運」音讀唸「ウン」，訓讀唸「はこ－ぶ／運送」。例如：

・運送／搬運

・品川から船で運ぶ／從品川用船搬運。

10　　解答：３

▲「優」音讀唸「ユウ」，訓讀唸「やさ-しい／優美，和藹」、「すぐ-れる／出色」。

《其他選項》

▲ 選項２　「愛」音讀唸「アイ」。

※「やさしい／容易」也可以寫作「易しい」，表示有「簡単な／簡單」的意思，請特別小心。

11　　解答：４

▲「荷」音讀唸「カ」，訓讀唸「に／東西」。

▲「物」音讀唸「ブツ・モツ」，訓讀唸「もの／物」。

《其他選項》

▲ 選項２　「持」音讀唸「ジ」，訓讀唸「も-つ／拿，攜帶」。例如：

・かばんを持つ／拿著皮包。

▲ 選項３　「何」音讀唸「カ」，訓讀唸「なに、なん／什麼」。

12　　解答：２

▲「祈」音讀唸「キ」，訓讀唸「いの-る／祈禱」。

《其他選項》

▲ 選項１　「祝」音讀唸「シュク」，訓讀唸「いわ-う／祝賀」。例如：

・誕生日を祝う／慶祝生日。

▲ 選項３　「折」音讀唸「セツ」，訓讀唸「お-る／折斷」。例如：

・木の枝を折る／折斷樹枝。

▲ 沒有選項４這樣的字。

13 解答：3

▲「一」音讀唸「イチ・イツ」，訓讀唸「ひと／一」、「ひと-つ／一個」。「般」音讀唸「ハン」。

《其他選項》

▲ 選項２　「投」音讀唸「トウ」，訓讀唸「な-げる／投擲」。

▲ 選項４　「船」音讀唸「セン」，訓讀唸「ふね／舟」。

14 解答：1

▲「働」音讀唸「ドウ」，訓讀唸「はたら-く／工作」。

《其他選項》

▲ 選項３　「動」音讀唸「ドウ」，訓讀唸「うご-く／轉動」。

※「働」和「動」的讀音都是「ドウ」。例如：

・労働／勞動、運動／運動。

15 解答：2

▲「箱」訓讀唸「はこ／箱子」。

《其他選項》

▲ 選項３　「節」音讀唸「セツ」，訓讀唸「ふし／節」。例如：

・季節／季節

問題 3 P201-202

例 解答：3

▲ 從題目一開始的「わからない言葉は／不會的詞語」跟後面的「～を引きます／查找…」，可以知道答案是「辞書」。

《其他選項》

▲ 選項１　「本／書本」。例句：

・本を読む／看書。

▲ 選項２　「先生／老師」。例句：

・音楽の先生になりたい／我想成為音樂老師。

▲ 選項４　「学校／學校」。例句：

・子供たちは元気よく歩いて学校へ行きます／小孩們精神飽滿地走向學校。

16 解答：2

▲ 可以接在「学校に」後面的動詞是「戻ります」。另外，句子中有「もう一度／再一次」，因此從文意來看，有「再去學校一次」的意思的「戻ります／返回」是正確答案。

《其他選項的用法》

▲ 選項１　「雪が積もります／積雪。」

▲ 選項３　「階段を上ります／爬樓梯」、「山を登ります／登山。」

▲ 選項４　如果是「学校の前を通ります／經過學校前面」、「学校の中を通ります／穿過學校裡面」就正確。

17 解答：3

▲ 可以使用「来る／來」這個動詞的是選項３「台風／颱風」。

《其他選項》

▲ 選項１　可以使用「雨」這個動詞的是「降る／降下」。另外，雖然會說「大雨／大雨」，但沒有「大きな雨」這種說法。例如：

・午後から強い雨が降るそうです／據說從下午開始會下豪大雨。

▲ 選項２的「火事／火災」和選項４的「戦争／戰爭」並不屬於「天気予報／天氣預報」範圍中傳遞的訊息，由此可知不正確。

18 解答：3

▲ 題目說「何でも質問してください／有任何疑問都請提出」，而可以配合這句話的是「遠慮なく／不要客氣」。

▲「遠慮なく／不要客氣」和「遠慮しないで／別客氣」意思相同。例如：

・遠慮しないで、食べたいだけ食べてください／別客氣，請盡量多吃點。

・足りない物があったら、用意しますから、遠慮なく言ってください／如果還有需要的東西請儘管說，我來準備。

19 解答：1

▲題目提到「魚を（　）いい匂い／（　）魚發出很香的味道」。料理的方法是選項1「焼く／燒烤」。

《其他選項》

▲選項3　因為捕到魚的時候不會散發出「いい匂い／很香的味道」，所以不正確。

20 解答：4

▲「3対2／三比二」是指比賽的比分。因為句尾有「～てしまいました」，所以要填表示可惜的結果「負けて／輸了」。例如：

・サッカーの決勝戦は3対1でブラジルが勝った／在足球的冠軍賽中，巴西以三比一獲得了勝利。

《其他選項的用法》

▲選項1　「線を引く／畫線」、「風邪を引く／感冒」、「ピアノを弾く／彈琴」。

▲選項2　「時計を止める／讓手錶暫停」、「車を停める／停車。」

▲選項3　「試合に勝つ／贏得比賽。」

21 解答：2

▲可以接在「(名詞) の／的」後面的是「ために／原因」。

《其他選項》

▲選項1、3和選項2一樣都是表示理由的用法，但是接在名詞後面時，前面不能有助詞「の」。例如：

・運動会は雨のために、中止になった／因為下雨的緣故，運動會中止了。

→雨なので、中止になった／因為下雨，所以中止了。

→雨だから、中止になった／因為下雨，所以中止了。

▲選項4接名詞的時候，前面也不能有「の」。例如：

・妹はいつもテレビばかり見ている／妹妹總是一直看電視。

22 解答：4

▲「ふとん／被褥」是睡覺時鋪在身上或蓋在身上的東西。表示觸摸被褥時的舒適感覺的形容詞是「柔らかい／柔軟」。

▲其他柔軟的物品有麵包、蛋糕、毛衣、沙發、貓、嬰兒的毛髮等等。

《其他選項的用法》

▲選項1　「このお茶は苦くてまずいね／這茶很苦，真是難喝。」

▲選項2　「リンさんは親切で優しい人です／林小姐真是親切又溫柔的人。」
「易しい漢字なら読めます／如果是簡單的漢字，我可以看得懂。」

▲選項3　「部長は遅刻を許さない厳しい人です／經理不准職員遲到，是個嚴格的人。」

23 解答：1

▲因為句尾有「言ってください／請說」。後面可以接「言う」這個動詞的是選項1「意見／意見」或選項4「お礼／感謝」。可以接在「自分の／自己的」後面的是「意見／意見」。沒有「自分のお礼」這種說法。

《其他選項的用法》

▲選項2　「適当／適合、敷衍」是指剛剛好的意思，另外也指符合某個情形。例如：

- 次の３つの選択肢から適当なものを選びなさい／請從以下三個選項中選擇合適的選項。
- 夫は「うん、うん」と適当に返事をして、私の話をちゃんと聞いてくれません／丈夫只敷衍地回答「嗯、嗯」，並沒有認真聽我說話。

▲ 選項３ 「会話／對話」用的動詞是「する」而不是「言う」。

24 解答：3

▲「バーゲン／大特價」是指賤價便宜賣，也指賤價賣出時的特價商品。。

《其他選項的用法》

▲ 選項１ 「私は学校の近くのアパートに住んでいます／我住在學校附近的公寓。」

▲ 選項２ 「私はスカートよりズボンが好きです／比起裙子，我更喜歡穿褲子。」

▲ 選項４ 「寒いのでストーブをつけましょう／因為很冷，我們打開暖爐吧。」

問題４ P203-204

例 解答：1

▲「褒める／稱讚」是指稱讚別人做的事或行為等，因此「よくできたね／做得很好」最適合。

《其他選項》

▲ 選項２ 「こまったね／真傷腦筋啊」用在發生了讓自己感到為難、苦惱的事情時。

▲ 選項３ 「きをつけろ／萬事小心」用在叮囑對方行事要小心，是比較粗魯的表現方式。

▲ 選項４ 「もういいかい／好了沒」常用在捉迷藏時。

25 解答：2

▲「危険／危險」和「危ない／危險」意思相同。

《其他選項》

▲ 選項１ 「面白い／有趣」。

▲ 選項３ 「楽しい／快樂」。

▲ 選項４ 「恐い／可怕的」、「怖い／令人害怕的」。

26 解答：4

▲「写真を写す／照相」和「写真を撮る／拍照」意思相同。

《其他選項的用法》

▲ 選項２ 「飾る／裝飾」。例如：

- 壁に絵を飾ります／把畫裝飾在牆壁上。

▲ 選項３ 「写真を送ります／寄送照片」是指用信件或電子郵件傳送。

27 解答：3

▲「差し上げます／致贈」是「あげます／給」的謙讓語。「よかったら／可以的話」是「あなたがそうしたいなら／如果你願意的話」的意思。「あなたが（これを）欲しいならあげます／如果你想要（這個）的話就送給你」這個句子和選項３「（あなたは）これを持って帰ってもいいです／（你）可以把這個帶回去」意思大致相同。

《其他選項應為》

▲ 選項１ 「いただく／領受」是「もらう／收到」的謙讓語。主詞是我。題目的意思是「あげてもいい／可以送你」，所以選項１「もらってもいい／可以送我」是相反意思。

▲ 選項２ 沒有提到「食べてみたい」這一動作。「（動詞て形）てみます／試試」是試試看的意思。例如：

- 靴を買う前に、履いてみます／買鞋之前會先試穿。

28 解答：2

▲ 副詞「それほど」用在否定的時候，表示程度不太高的樣子。「それほどうまくありません／沒有那麼厲害」和「あまり上手ではありません／不太擅長」意思相同。例如：

・ このラーメン屋は有名だが、それほどおいしくない／這間拉麵店雖然很有名，但不怎麼好吃。

・ 今日は寒くなると聞いていたが、それほどでもないね／聽說今天會變冷，不過其實沒有很冷。

《其他選項的用法》

▲ 選項１　題目的意思是比「とても上手／非常擅長」程度低一點。但並不是「とても下手／非常差勁」的意思。

▲ 選項３　「どうしても～ない／無論如何都無法…」表示無論用什麼方法都做不到的樣子。這是表達說話者覺得可惜、不知所措的心情的說法。例如：

・ どうしても朝起きられないんです／怎麼也無法早起。

・ この歌手の名前がどうしても思い出せない／我怎麼也想不起來這名歌手的名字。

▲ 選項４意思剛好相反。

29 解答：4

▲「習慣／習慣」是指該人生活當中總是反覆在做的固定作法。例如：

・ 朝起きたらシャワーを浴びるのが習慣です／早上起床後沖澡是我的習慣。

▲ 表示頻率的副詞，程度比較如下：

「たまに／偶爾」＜「時々／有時候」＜「よく／常常」＜「いつも／總是」

《其他選項》

▲ 選項１　「たまに／偶爾」是以肯定句表示頻率很低。例如：

・ 母はいつも優しいが、たまに怒るととても恐い／媽媽平常總是很溫柔，但是偶爾生氣的時候就很可怕了。

※ 以否定句表示頻率很低的說法是「ほとんど～ない／幾乎不…」。例如：

・ 母はほとんど怒らない／媽媽幾乎不生氣。

▲ 選項３　因為題目提到「習慣／習慣」，所以應該要想到每天。「時々／有時候」的程度太低，所以不正確。

問題5 P205-206

例 解答：1

▲「怖い／令人害怕的」表示擔心會出現令人害怕的事，或覺得要發生壞事之意。從選項１這一句前面提到「部屋が暗いので／因為屋子很暗」跟後面的「入れません／不敢進去」知道要用的是「怖くて／令人害怕的」，來修飾動詞「入れません」。例句：

・ 姉は怒ると怖い／姐姐一發怒就很可怕。

《其他選項的用法》

▲ 選項２應為「足が痛くて、もう走れません／腳實在很痛，已經沒辦法跑了。」

▲ 選項３應為「外は寒くて、風邪を引きそうです／外面這麼冷，出去感覺會受涼。」

▲ 選項４應為「このパンは甘くて、おいしいです／這麵包香甜又可口。」

30 解答：3

▲「相談／商量」是指複數的人進行談話，或聽取某人的意見。用法是「（人に／と）相談する／（和他人）商量」、「相談がある／有事要協商」。

《其他選項應為》

▲ 選項１　「とても／非常」後面接形容詞或形容動詞，表示程度高、強。因為「相談しました／商量」是動詞，所以不會接「とても／非常」。

▲ 選項 2 「（先生に）失礼（がないように～）／（為了不讓）（老師）覺得沒禮貌…。」

▲ 選項 4 「（自分の）意見は～／（自己的）意見…。」

31 解答：3

▲「丁寧／鄭重」指就連小地方也非常仔細，也指有禮貌。

▲ 可以用「丁寧な／鄭重」這個詞來形容的是選項 3「挨拶／招呼」。例如：

・丁寧な字を書く／書寫整齊的字。

・お皿はもっと丁寧に洗ってください／請更仔細地清洗盤子。

32 解答：4

▲「深い／深」用於指大海、泳池、雪、傷口等等的，從表面到底層的長度。

《其他選項正確詞語為》

▲ 選項 1「遅い／晚」。選項 2「遠い／遠」。選項 3「高い／高」。

33 解答：2

▲「甘い／甜」是形容詞，用於表示食物的味道。甜食是指砂糖、糖果、水果、蛋糕等等。而花的味道也可以用「甘い／甜」來形容。正確答案是 2，意思是散發出像甜食一樣的香氣。

《其他選項正確詞語為》

▲ 選項 1「危ない／危險」。

▲ 選項 3「楽しい／開心」。

▲ 選項 4「大変／辛苦」或「辛い／痛苦」。

34 解答：3

▲「～以上」是「～より上／在…之上」的意思。說「18 歳以上／十八歲以上」時，包含十八歲。

《其他選項正確詞語為》

▲ 選項 1「以内／以內」。

▲ 選項 2「以下／以下」。

▲ 選項 4「以外／以外」。

第 6 回 言語知識（文法）

問題 1 P207-208

例 解答：2

▲ 看到「散歩」跟「する」知道要接的助詞是「を」。「する」可以接在漢字後面變成動詞，例如「散歩する」，這一形式也可以寫成「散歩をする」。

《其他選項的用法》

▲ 選項 1 「時間がありません／沒有時間。」

▲ 選項 3 「新聞や雑誌を読む／閱讀報紙或雜誌。」

▲ 選項 4 「8時に出発する／8 點出發。」

1 解答：1

▲ 動詞使役形的句型「～（さ）せてください／請讓我…」用於希望自己的行動得到對方的許可。而得到許可後的行動則用「～（さ）せてもらう／允許我…」的句型。例如：

・この花の写真を撮らせてください。→私は花の写真を撮らせてもらいました／這朵花可以讓我拍張照嗎？→我被允許拍下這朵花的照片。（拍照片的是我）

▲ 題目是我請求朋友「あなたのペットのハムスターに触らせてください／請讓我摸你的寵物倉鼠」，其結果是「触らせてもらいました／允許我摸」。

這和「私は友達のペットのハムスターに触りました／我摸了朋友的倉鼠」雖是一樣的結果，但是「触らせてもらいました」含有對朋友的感謝，以及對於能夠觸摸感到很開心的意思。例如：

・頭が痛かったので、仕事があったが、早く帰らせてもらった／因為頭痛，雖然尚有工作未完成，但還是讓我提早下班了。

・大学に行かせてもらって、親には感謝している／感謝我的父母供我去唸大學。

2 解答：1

▲「（動詞辭書形）＋な／不准」是命令不准做某個動作的用法，屬於禁止形。例如：

・この部屋に入るな／這個房間，禁止進入！

・嘘を言うな／不准撒謊。

▲ 其他選項皆不能置於句末做為結尾，故不正確。

3 解答：2

▲ 在表達願望的句型「（動詞ます形）たい／想」後面加上「～がる／覺得」，以表達他人的情感。例如：

→ 當「私／我」是主語時：

・私は先生に会いたいです／我想和老師見面。

→ 當「彼／他」是主語時：

・彼は先生に会いたがっています／他想和老師見面。

▲ 題目是「～たがる／想…」的否定形「～たがらない／不想…」。例如：

・うちの子供は薬を飲みたがらない／我家的孩子不願意吃藥。

・彼は誰もやりたがらない仕事を進んでやる人です／他是一個能將別人不願做的事做好的人。

4 解答：3

▲「ご（する動詞的語幹）いたします／我為您做…」是謙遜用法，比「ご（する動詞的語幹）します／我為你做」的語氣更為謙卑。例如：

・私が館内をご案内いたします／我來帶您參觀館內。

・資料はこちらでご用意いたします／我來幫您準備資料。

《其他選項》

▲ 選項１「ございます／是」為「です／是」的丁寧語。主語是「私が／我」述語是「説明です／説明」的句子，並不適用這種變化。

▲ 選項２「なさいます／請做」是「します／做」的尊敬形。由於主語是「私」，所以不能用尊敬形。

▲ 選項４「くださいます／給」是「くれます／給」的尊敬形。

5 解答：2

▲「お（動詞ます形）します／我為你（們）做…」是謙遜用法，「ご（する動詞の語幹）します／我為你（們）做…」也同樣是謙遜用法。例如：

・先生、お荷物お持ちします／老師，讓我來幫您提行李。

・それではご紹介します。こちらが佐野先生です／那麼請容我介紹一下，這位是佐野先生。

▲ 而「お（動詞ます形）いたします／我為您（們）做…」與「ご（する動詞の語幹）いたします／我為您（們）做…」的語氣則更為謙遜。

6 解答：4

▲「（動詞て形）てしまいます／完了」表示可惜、失敗了、結束了的意思。在這裡是完結的意思。例如：

・おいしかったので、頂いたお菓子はみんな食べてしまいました／因為實在太好吃了，人家送我的零食都吃完了。

・子供：ゲームしていい／小孩：我可以打電玩嗎？

母：先に宿題をやってしまいなさい／母親：你先做完功課再說。

※「～てしまう／完了」在口語上可以和「～ちゃう／完了」來替換。例如：

・おいしかったから、もらったお菓子はみんな食べちゃった／**因為實在太好吃了，人家送我的零食都吃完了。**

※「一日で／用一天（的時間）」的「で／用」表示所需要的數量。例如：

・私はひらがなを1か月で覚えました／**我花了一個月的時間學會了平假名。**

・私はこのパソコンを8万円で買いました／**我花了8萬圓買了這台電腦。**

《其他選項》

▲ 選項1如果是「一日で読んだ／花一天讀完」（過去式）則為正確答案。

▲ 選項2如果是「一日中読んでいました／讀了一整天」（過去的持續）則為正確答案。

▲ 選項3如果是「この本は面白かったので、（あなたも）読みませんか／這本書非常有趣，（你）要不要（也）讀一讀呢？」則為正確答案。

7 解答：3

▲「そろそろ／差不多要…」表示與某個時間點很接近，而表達的內容則是未來的事。例如：

・そろそろお父さんが帰ってくる時間だよ／**差不多是爸爸要回來的時間了。**

・雨も止んだようだし、そろそろ出かけようか／**雨好像也停了，差不多該出門了吧。**

▲「そろそろ」用在接下來要做的事，或接下來要發生的事上。選項1是過去式，選項2是現在進行式，選項4是否定式，所以都不是正確答案。

8 解答：1

▲「（動詞辭書形）ことができます／能夠」表示可能性。因為花子的回答是「はい、できますよ／是的，我會哦」，由此可知提問要用「～できますか／會…嗎」。

《其他選項》

▲ 選項2、3並不是疑問句型（提問），所以不是正確答案。

▲ 選項4對應的回答應該是「はい、好きですよ／是的，我喜歡哦」。

9 解答：2

▲「そのまま／就這樣」的語意是「変わらずに同じ状態で／維持同樣不變的狀態」。例如：

・すぐ戻るから、エアコンはそのままにしておいてください／**馬上就回來了，冷氣就這樣先開著吧。**

・店員：袋に入れますか／**店員：要不要幫您裝袋？**

客：いいえ、そのままでいいです／**顧客：不必，我直接帶走就好。**

※「～ままだ／一如原樣」表示持續同樣的狀態，沒有改變。例如：

・この町は昔のままだ／**這小鎮的市景還是老樣子。（名詞＋のままだ）**

・駅も古いままだ／**車站仍一如往昔的古樸。（い形容詞い＋ままだ）**

・交通も不便なままだ／**交通和過去一樣依然不方便。（な形容詞な＋ままだ）**

・駅前の店も閉まったままだ／**車站前的店家至今仍然大門深鎖。（動詞た形＋たままだ）**

10 解答：4

▲「（動詞ない形）なければならない／必須」表示具有義務或必須做的事。例如：

・誰でも法律は守らなければならない／**人人都應當遵守法紀。**

・この本は明日までに返さなければならないんです／**這本書必須在明天之前歸還。**

▲ 因為前一句是「試合に勝つためには／為了贏得比賽」，所以後面應該是贏得比賽的條件，或者為了贏得比賽而必須做的事情。

11 解答：1

▲ 因為前面有「部長から／從經理那裡」，而主語是「私／我」，由此可知領帶是從「部長から」往「私」的方向移動。「私は部長からネクタイを／從經理那裡…領帶」後面應該接「いただきました／收到了」。「いただきました」是「もらいました／收到了」的謙讓語。

《其他選項》

▲ 選項２　當主語是經理時，正確的說法應該是「部長は私にネクタイをくださいました／承蒙經理給了我領帶」。

▲ 選項３　當領帶是從「私から／從我」往「部長／經理」的方向移動時，正確的說法應該是「私は部長にネクタイを差し上げました／我將領帶致贈經理了」。

▲ 選項４　「させられる／被迫做…」是使役被動的用法。例如：

・私は母に庭の掃除をさせられました／**媽媽叫我打掃庭院。**

12 解答：3

▲ 人聞到味道時可用「匂いがする／聞到味道」的形容方式。「音がする／聽到聲音」、「味がする／嚐到味道」、「頭痛がする／頭痛」等等都是用來表示身體的各種感受。例如：

・コーヒーの匂いがしますね／**聞到一股咖啡香呢！**

・このスープは懐かしい味がします／**這道湯有著令人懷念的味道。**

・頭痛がするので、帰ってもいいですか／**我頭痛，可以回去了嗎？**

13 解答：2

▲ 這題要考的是如何連接「なにがあります／發生什麼事」和「私たちは友だちです／我們是朋友」兩個句子。考量「なにが～／什麼」與「どんなことが～／什麼事」、「どんな問題が～／什麼問題」的語意可知前後兩段文字屬於逆接關係，所以要選擇表示逆接條件的「～ても／無論、就算」。例如：

・薬を飲んでも熱が下がりません／**即使吃了藥，高燒還是無法退下來。**

・日本語ができなくても大丈夫です／**就算不會日語也沒關係。**

14 解答：1

▲「（動詞）ように／為了」表示目標或期望。例如：

・私にも分かるように、詳しく話してください／**請你說清楚一些，以便我也能夠聽懂你的意思。**

・明日晴れますように／**希望明天是個晴朗的好天氣。**

15 解答：4

▲「お久しぶりです／好久不見」是寒暄語。「お元気（　）／有精神」的（　）要填入表示所看見狀態的詞句「そうです／看起來」。例如：

・彼はいつも暇そうだ／**他看起來總是那麼地悠哉清閒。**

・妹はプレゼントをもらって嬉しそうだった／**妹妹收到禮物後，看起來開心極了。**

《其他選項》

▲ 選項３　「そうに／看起來」是當「そうだ／看起來」後面連接動詞時的變化。例如：

・妹は嬉しそうに笑った／**妹妹看起來很高興地笑了。**

問題 2　P209-210

例　解答：1

※ 正確語順：

> ケーキはすきですか。
> 你喜歡蛋糕嗎？

▲ B 回答「はい、だいすきです／是的，超喜歡的」，所以知道這是詢問喜不喜歡的問題。

▲ 表示喜歡的形容動詞「すき」後面應填入詞尾「です」，變成「すきですか」。句型常用「～はすきですか」，因此「は」應填入「すきですか」之前，「～」的部分，毫無疑問就要填入「ケーキ」了。所以正確的順序是「２→３→１→４」，而★的部分應填入選項１「すき」。

16　解答：4

※ 正確語順：

> そうですね。台風がくるかもしれないですね。
> 是啊！颱風可能會來吧！

▲「（普通形）かもしれない／說不定」表示有這個可能性的意思。主語的「台風が／颱風」放在句尾子的最一開始，後接「くるかもしれない／可能會來」，最後再填入「です」。正確的順序是「２→１→４→３」，而★的部分應填入選項４「しれない」。

17　解答：3

※ 正確語順：

> 日本のお米はどこで作られているのですか。
> 日本的米是在哪裡栽培的呢？

▲ 從老師的回答，可知道是在詢問米的生產處。句子的開始先用疑問詞「どこ／哪裡」，接著填入表示場所的助詞「で」，而述語是被動形的「作られて／被栽培」是被動形。正確的順序是「２→４→３→１」，而★的部分應填入選項３「作られ」。

※ 主語是非生物時的被動句。例：

- このビールは北海道で作られています／這是北海道所釀製的啤酒。
- このお寺は 400 年前に建てられました／這座寺院是距今 400 年前建造而成的。

18　解答：1

※ 正確語順：

> 外国人には発音しにくい言葉があるので、そこが一番難しいです。
> 對外國人而言有些字發音較難，那一部份是最困難的

▲「しにくい／不容易」是「する」的ます形連接「～にくい」的用法，表示難以做到的事。可以接「する」的詞是「発音／發音」（沒有「言葉がする」的用法），可知「発音」後應填入「しにくい」。這裡也可以説雖然也可能是「発音がしにくい／不容易發音」，但是在「あるので」前需要「が」，因此考慮使用動詞形式「発音する」這樣的動詞形式，因此得出再變化成「発音しにくい」的用法。正確的順序是「２→４→１→３」，而★的部分應填入選項１「言葉が」。

※「（動詞ます形）にくい」的例。例：

- 新聞の字は小さくて読みにくいです／報紙的字太小難以閱讀。
- あなたのことはちょっと親に紹介しにくいな／把你介紹給家人對我而言有些為難。

19　解答：1

※ 正確語順：

> はい、そのつもりですが、雨がふったら行きません。」
> 是的，我打算這麼做，但要是下雨的話就不去。

▲ 名詞「雨／雨」要連接助詞「が」。表示條

件的後方連接「ふったら／下」提示條件則接在後面。「ふったら」是「降ります」的た形，連接起來變化為成表示條件的「～たら」。正確的順序是「4→2→1→3」，而★的部分應填入選項1「ふっ」。

※ 表示條件的例句。例：

・安かったら買います／要是便宜的話我就買。

20 解答：2

※ 正確語順：

はい。もうすぐ咲き出すでしょう。」
是阿！再過沒多久就會開始開花吧！

▲ 從A所說的話來看，可推知選項2的「さき／開花」是「咲く」的ます形「咲き」。「でしょう／吧」之前應填入普通形的「咲く／開」、「咲かない／不開」、「咲いた／開了」、「咲かなかった／沒開」，「咲きでしょう」是不正確的說法。在「咲き」之後填入有「～始める／開始」意思的「出す／開始」，等同「～始める／開始」的意思。例：

・親に叱られて、子供は大声で泣き出した／小孩被父母責罵，嚎啕大哭了起來。

▲ 要表示快要接近某個時間內時，在前面填入「もう、すぐ／再過沒多久」，表示接近某個時間點。

▲ 正確的順序是「1→3→2→4」，而★的部分應填入選項2「さき」

問題3 P211-212

21 解答：3

▲「（名詞一）という（名詞二）／叫作（名詞一）的（名詞二）…」用於說明知名度不高的人、物或地點。也可以用在當說話者或對方不熟悉談論對象時。例如：

・「となりのトトロ」というアニメをしっていますか／你知道「龍貓」這部卡通嗎？

・「すみません。SK ビルという建物はどこにありますか」／「不好意思，請問有一棟叫作SK 大廈的建築物在哪裡呢？」

22 解答：3

▲ 承接前面的說明，連接下一個話題時的說法。「そんな／那樣的」指的是前面介紹到的吉田同學的兩句話。例如：

・A：あなたなんて嫌い／我討厭你！
　B：そんなこと言わないで／求你別說那種話！

・私は毎日泣いていました。彼に出会ったのはそんなときでした／當時我天天以淚洗面。就在那個時候，我遇到他了。

《其他選項》

▲ 選項1　「どんな（名詞）も／無論（名詞）都」表示（該名詞）全部的意思，不適合用於本題。例如：

・私はどんな仕事もきちんとやります／無論什麼工作我都會競競業業地完成。

▲ 選項2　「あんな／那麼的」用於表達比「そんな／這樣」更遠的事。例如：

・昨日友達とけんかして、嫌いと言ってしまった。あんなこと、言わなければよかった／昨天和朋友吵架，脫口說了「我討厭你」。當時如果沒說那句話就好了。

23 解答：1

▲ 因為題目出現了「走って行きます／用跑的過去」的句子，由此可知並沒有搭乘巴士，所以要選擇和「乗らないで／不搭乘」意思相同的「乗らずに／不搭乘而…」。例如：

・昨夜は寝ずに勉強した／昨晚沒睡，苦讀了一整個晚上。

・大学には進学せずに、就職するつもりです／我不打算繼續念大學，想去工作。

24 解答：4

▲ 我向吉田提出問題。「（動詞て形）てみます／試著」表示嘗試做某事。例如：

・その子供に、名前を聞いてみたが、泣いてばかりで答えなかった／雖然試著尋問那孩子的名字，但孩子只是一昧哭著沒有回答。

・駅前に新しくできた店に行ってみた／車站前有家新開張的商店，我去看了一下。

《其他選項》

▲ 選項１　「聞かれました／被問了」是被動形，意思是吉田同學問了我，所以不是正確答案。

▲ 選項２　「(動詞辭書形) つもりです／打算」表示未來的預定計畫。

▲ 選項３　「(動詞て形) あげます／給…」的語氣是我為你著想而做某事，是上位者對下位者的用法。由於提問人並不是為了吉田同學著想才問了這句話，所以不是正確答案。

※ 即使是為了對方著想，這種用法仍然失禮，一般很少使用。除非有從屬關係，或是彼此的關係很親近，才能使用。例如：

・直してあげるから、レポートができたら持ってきなさい／我會幫你改報告，完成後拿過來。

・できないなら、私がやってあげようか／你要是做不到的話，讓我來幫你做吧。

25　解答：2

▲ 題目提到「バスは何回も～止まるけど、ぼくは～止まらないからね／巴士得停靠…好幾次，但我…不會停下」，而「～から／因為」表示理由。由「ぼくは～止まらないから」這句話可知是在說明理由，所以後面應該接「バスより早くスーパーに着くことができる／可以比巴士更快到達超市」。

▲ 其他選項１、３、４從文意上考量，都無法說明「ぼくは～止まらないから」的理由。

第6回　讀解

問題4　P213-216

26　解答：4

▲ 文中寫道「本田部長さんより電話／本田經理來電」、「着くのが少し遅れる／會晚一點到」。「遅れる」和「遅く着く」意思相同。

27　解答：3

▲ 文中最後的◆寫道「顔や手をエスカレーターの外に出して乗ると、たいへん危険です／將頭或手伸出電扶梯外非常危險」。選項３的「危ない／危險的」和「危険／危險的」意思相同。

《其他選項》

▲ 選項１　注意事項提到「黄色い線の内側に立ってください／請站在黃線裡面」。

▲ 選項２　「ゴムの靴をはいている人は、～注意してください／穿膠鞋者請特別小心」，並沒有寫不能搭乘。

▲ 選項４　文中提到「真ん中に乗せてください／請站在正中央」。

28　解答：3

▲ 文中寫道「千葉市の海岸病院～に、なるべく早く来てほしいということです／他希望我們快點趕到千葉市的海岸醫院」。

▲ 文中有「病院に来てほしい／希望來醫院」，所以選項１錯誤。叔叔現在在醫院，因此選項２「二人で、病院に行きます／兩人一起去醫院」錯誤。又因為媽媽說「わたしもこれからすぐに病院に行きます／我現在也要去醫院了」，所以４「いっしょに～行きます／一起去」也不正確。

29 解答：1

▲ 文中沒有寫「銀行に行く／去銀行」。

《其他選項》

▲ 選項 2　文中提到「お客さんが買ったものをふくろに入れたり／將客人購買的商品裝袋」。

▲ 選項 3　文中提到「品物を棚に並べたり／將商品上架」。

▲ 選項 4　文中提到「お金をいただいておつりをわたしたり／收錢和找錢」。

問題 5　P217-218

30 解答：4

▲ 文中寫道「僕が一番好きなのは小説を読むことです／我尤其喜歡閱讀小說」。「中でも／其中特別是…」是舉了幾個例子之後，「その中でも／其中特別是…」從中擇一的說法。

31 解答：1

▲「貿易会社に勤めている男の人が～会社に向かうときのことを書いた話です／內容寫的是一個在貿易公司上班的男人，（從踏出家門）到公司的途中發生的故事」，這句話的主詞是「そのおもしろい小説は／這本有趣的小說」。

《其他選項》

▲ 選項 2 和 3 是男人前往公司途中所發生的某件事。

▲ 選項 4　男人並沒有去公司，所以錯誤。

32 解答：3

▲ 男人忙東忙西，不知不覺已經傍晚了。他終究沒能抵達公司，直接回家了。他沒有遵守上班時間，也沒有遵守要上班的規定。

《其他選項》

▲ 選項 1　因為男人沒有去上班，所以不是「会社で／在公司」。後面的「遊んでいられる／還能玩」也不正確。

▲ 選項 2　男人還做了帶路、把戒指送去派出所等事，並不是一整天都在玩。

▲ 選項 4　因為男人沒有去公司，所以「会社から家に／從公司回家」不正確。也沒有提到「夕方早く／傍晚早早地」。

33 解答：2

▲ 下一句話寫了「ほんとうにそんなことをしたら～／假如真的做了那種事…」。意思是小說和現實世界不同，男人做的事只可能在小說中出現，在現實世界是行不通的。

問題 6　P219-220

34 解答：4

▲ 在「蜜瓜卡的購買方法」表中的 1 說明，「毎回、電車のきっぷを買う必要がない、便利なカードです／是一張很便利的票卡，搭乘電車時不必每次購票」。

35 解答：3

▲ 在「Melon カードの買い方」表中 4 的①～⑤說明了用機器買卡片的方法。最初要做的是①「『Melon を買う』を選ぶ／選擇『購買蜜瓜卡』」。

第 6 回　聴解

問題 1　P221-225

例 解答：4

▲ 這題要問的是「燃えるゴミを次にいつ出しますか／下一次可燃垃圾什麼日子丟

呢？」。從對話中，男士說了「今日は火曜日だから／因為今天是星期二」，又問女士「燃えるゴミを出す日はいつですか／什麼日子可以丟可燃垃圾呢？」，女士回答「月曜日と金曜日です／星期一跟星期五」，知道答案是 4「金曜日／星期五」了。

1 解答：1

▲ 對話中說到「英語／英語」、「もう大丈夫／已經沒問題了」，「地理／地理」也在一週前讀完了。明天要考的不只有「英語／英語」，還有「国語／國語（日語）」。兒子提到「漢字、全然覚えてないんだよね／漢字完全記不起來」。而「漢字／漢字」是「国語／國語」中的學習項目。

▲ 對話中沒有提到「数学／數學」。

2 解答：3

▲ 醫生提到「薬とは関係なく、三日後に来てください／不管還剩多少藥，請在三天之後回診」。

3 解答：4

▲ 對話中提到「20 部コピーして、5 部だけ送ってください／影印二十份，然後請寄送五份就好」。關於「会議室の準備／會議室的準備」，女士回答「午前中に準備してくれればいいです／只要在中午前準備就緒即可」。

4 解答：3

▲ 對話中提到「パンがいいけど、サンドイッチありますか／想吃麵包類的，不過有三明治嗎？」。三明治是在薄切吐司中夾火腿或蛋的食物。三明治和湯的圖片是選項 3。

5 解答：2

▲「次の電車／下一班列車」的「指定席／對號座」已經賣完了。如果是「次の次の電車／下下班列車」的話還有對號座，但女士說若搭乘下下班列車會來不及，所以決定搭乘下一班列車。因為下一班列車已經沒有「指定席／對號座」了，所以可知女士搭乘的是「自由席／自由座」。

6 解答：3

▲ 店員說「来月の 10 日には、この店に入ってきます／下個月的 10 號本店才會進貨」、「予約しておくと買えますよ／先預約就能買到喔」。因為「今日は～ 9 月の 20 日／今天是… 9 月 20 號」，所以可知下個月是 10 月。

7 解答：1

▲ 用湯匙測量味噌。女士說「大きい方で 2 杯のみそを入れてください／請用大湯匙盛兩匙味噌」。女士後來又說「じゃあ、小さい方で 1 杯のみそを足してください／那麼，請再加入一小匙分量的味噌」。

8 解答：1

▲ 女士說「帰りにホテルの前を通りますので、係の人に伝えておきます／我回去的路上會經過旅館門口，我會先告知服務人員」。

《其他選項》

▲ 選項 2　男士說「ホテルに電話をしてください／請打電話到旅館」，不過女士回答「帰りにホテルの前を通りますので、～／我回去的路上會經過旅館門口，…」。

▲ 選項 3　女士說她已經打過電話給木下先生了，但是沒有人接聽。

問題 2 P226-230

例 解答：3

▲ 這題要問的是男士「どうしてカメラを借りるのですか／為什麼要借照相機呢？」。記得「借りる／借入」跟「貸す／借出」的差別。而從「貸してくれる／借給我」，知道要問的是男士為什麼要借入照相機的問題。

▲ 從女士問「先輩はすごくいいカメラを持っているでしょう。あのカメラ、壊れたんですか／前輩不是有一台很棒的照相機，那台相機壞了嗎？」，男士否定說「いや／不是」，知道選項 4「自分のカメラはこわれているから／因為自己的照相機壞了」不正確。接下來男士說「あのカメラはとてもよく撮れるんだけど、重いんだよ／我的那台相機雖然拍得好，但太重了」，知道答案是 3 的「自分のカメラは重いから／因為自己的相機太重了」。

1 解答：4

▲ 這題問的是「タクシーはどこへ向かっていますか／計程車要開到哪裡？」。對話中計程車司機提到「飛行場までまっすぐ行くことができます／可以直接到機場」。

《其他選項》

▲ 選項 1　雖然提到「駅の近くは～／車站附近…」、「駅の向こうは～／車站對面…」，但車站並不是目的地。

▲ 選項 2　對話中沒有提到「港／港口」。

▲ 選項 3　雖然客人回答「アメリカに行きます／我要去美國」，但這是指到達機場、下計程車後要去的地方。

2 解答：2

▲ 女士說「父からのプレゼントなんです／這是爸爸給我的禮物」。

《其他選項》

▲ 選項 1　對於男士問的「彼氏からのプレゼント／是男朋友送的禮物嗎？」，女士回答：「残念でした／很可惜，不是。」

▲ 選項 3　女士的爸爸的工作是首飾製作。男士說「今度、僕も家内へのプレゼントに、頼もうかな／下次我要送內人的禮物，就拜託你們了吧！」。「家内／內人」是指妻子。

▲ 選項 4　對話中沒有提到「ともだち／朋友」。

3 解答：1

▲ 題目問的是男學生想在哪裡打工。

▲ 男學生說希望打工能對將來的工作有所幫助。因為他將來想去報社工作，所以正確答案是報社。

《其他選項》

▲ 選項 2 超市和選項 3 書店是老師推薦的，學生回答「這樣的話也沒辦法」，但這並不是學生想做的打工。

▲ 選項 4　對話沒有提到餐館。

4 解答：1

▲ 女士說「退院が決まったらしいよ／似乎已經決定出院了哦」、「10 月 20 日の予定らしいよ／好像是預定 10 月 20 日出院哦」。

▲ 男士說「9 月 2 日からだから、もう 1 か月以上だよ／9 月 2 日開始住院，已經住院超過一個月了啊」。可知住院日是 9 月 2 日，而他已經住院一個月以上了。

5 解答：4

▲ 對於男士說「漫画を読んでいてもいいですか／可以看漫畫嗎？」櫃檯人員說「自由にお読みください／請自由取閱」。雖然櫃檯人員說了「雑誌もありますよ／也有雜誌哦」，但男士回答「漫画がいいです／我想看漫畫」。

6 解答：3

▲ 男士和女士去看照片。

▲ 看了照片，男士說「踊っているのは僕だ／在跳舞的是我」。

《其他選項》

▲ 選項 1　對話中提到「お祭りのときの写真が神社に貼ってある／祭典時的照片貼在神社前」，而不是「神社の写真／神社的照片」。

▲ 選項 2　女士看了照片後説「たこ焼きを食べている私の顔の方が～／我吃章魚燒的表情才…」。「たこ焼き／章魚燒」是食物的名稱。

▲ 選項 4　雖然有女士正在吃章魚燒的照片，但那並不是「たこ焼きの写真／章魚燒的照片」。

7　　解答：4

▲ 女士説「あさってになりましたよ／改到後天了哦」、「10 時からになったはずですよ／應該是從 10 點開始哦」。

問題 3　P231-234

例　　解答：1

▲ 這一題要問的是「食べ方／食用方法」，而選項一的「どのように／如何」用在詢問方法的時候，相當於「どうやって／怎麼做」、「どのような方法で／什麼方法」的意思。正確答案是 1。「どのように」用法，例如：

・ 老後に向けてどのように計画したらいいでしょう／對於晚年該如何計畫好呢？

《其他選項》

▲ 選項 2　如果問題是問「出される食べ物は食べられるかどうか／端上桌的食物能不能吃呢」的話則正確。

▲ 選項 3　如果問題是問「出される食べ物を食べるかどうか／端上桌的食物要不要吃呢」的話則正確。

1　　解答：1

▲「知っていますか／你知道嗎？」的尊敬説法是「ご存じですか／您知道嗎？」。

《其他選項》

▲ 沒有選項 2 和選項 3 的説法。

2　　解答：1

▲ 祝賀對方時説的話是「おめでとうございます／恭喜」。

《其他選項》

▲ 選項 2　「ありがとうございます／謝謝」是聽到祝賀後的致謝。這是接受祝賀的人説的話。

▲ 選項 3　「～でございます」是「～です」的鄭重説法。例句：

・ こちらが当社の新製品でございます／這是我們公司的新產品。

3　　解答：2

▲「承知しました／我知道了」是「分かりました／我知道了」的謙讓説法。例句：

・ 部長：木村君、明日までにこの資料をまとめてくれませんか／經理：木村，明天之前可以幫我整理好這些資料嗎？
木村：承知しました／木村：好的，我知道了。

《其他選項》

▲ 選項 1　「(動詞て形) てあげる」的意思是「我為你做某事」，是上對下的説法，對上位者這麼説非常不禮貌。例句：

・ 絵本を読んであげるから、早く布団に入りなさい／我來念故事書給你聽，趕快上床了

▲ 選項 3　「すみませんでした／對不起」是道歉時説的話。

4　　解答：3

▲「遠慮なく／那就不推辭了」用在收到物品，或是別人為自己做了某事時，是表達感謝的説法。傳達「我很高興（我很感激），那我就不客氣了。」的心情。

《其他選項》

▲ 選項 1　「なんとか／想方設法」表示努力做到某事的樣子。「お菓子をなんとかいただく／努力吃完點心」的「いただく／享

用」是「食べる／吃」的謙讓語，因此這句話帶有「其實不想吃，但還是勉強吃了」的語感。例句：

・A：宿題の作文はできたの／**你寫作文作業了嗎？**
　B：朝までかかって、なんとか書けたよ／**一直努力到早上，總算寫完了。**

▲ 選項２　「やっと／終於」表示等待著的事情實現了。例句：

・山道を１時間歩いて、やっとホテルに着いた／**走了一個小時的山路，終於到達飯店了。**

5　　解答：**2**

▲「差し上げます／贈予」是「あげます／給」的謙讓説法。

《其他選項》

▲ 選項１　沒有「お渡りします」這種説法。他動詞「渡します／交給」的謙讓説法是「お渡しします／交付」。

▲ 選項３　「申し上げます／説」是「言います／説」的謙讓説法。

問題４　P235

例　　解答：**1**

▲「もう～したか／已經…了嗎」用在詢問「行為或事情是否完成了」。如果是還沒有完成，可以回答：「いいえ、まだです／不，還沒有」、「いいえ、〇〇です／不，〇〇」、「いいえ、まだ～ていません／不，還沒…」。如果是完成，可以回答：「はい、～した／是，…了」。

▲ 這一題問「もう朝ご飯はすみましたか／早餐已經吃了嗎」，「ご飯はすみましたか／吃飯了嗎」是詢問「吃飯了沒」的慣用表現方式。而選項１回答「いいえ、これからです／不，現在才要吃」是正確答案。

《其他選項》

▲ 選項２如果回答「はい、食べました／是的，吃了」或「いいえ、まだです／不，還沒」則正確。

▲ 選項３如果回答「はい、すみました／是的，吃了」則正確。「すみません／抱歉、謝謝、借過」用在跟對方致歉、感謝或請求的時候。可別聽錯了喔！

1　　解答：**3**

▲ 題目問的是兩人的關係。説明兩人關係的是選項３。

《其他選項》

▲ 選項１是針對「あの人はどんな（どのような）人ですか／那個人是怎樣的人？」的回答。

▲ 選項２　「花粉症／花粉熱」是一種疾病的名稱。

2　　解答：**2**

▲「～以上／…以上」是「～より多い／比…多」的意思。例句：

・5000円以上買うと、送料が無料になります／**只要購物金額到達五千，可享有免運費服務。**

《其他選項》

▲ 選項１　「～以外／…以外」是「～の他／…之外的」的意思。例句：

・関係者以外は立ち入り禁止です／**除工作人員禁止進入。**

▲ 選項３　「～以内／…以內」表示「～より少ない範囲／比…小的範圍」。例句：

・１時間以内に戻ります／**我一小時以內就回來。**

3　　解答：**3**

▲「それほど～ない／沒有那麼…」用來表示「あまり～ない／不太…」的意思。例句：

・昨日は寒かったけど、今日はそれほどでもないね／**雖然昨天很冷，但是今天不怎麼冷呢。**

《其他選項》

▲ 選項１　「必ず／必定」表示強烈的意志或義務等等。後面不會接「～ない」這種表示否定的說法。例句：

・必ず行きます／**我一定去。**

・必ず来てください／**請務必前來。**

▲ 選項２　「きっと／一定」表示推測或意志等。和「必ず／必定」意思相同，不過「きっと／一定」可以接否定。例句：

・彼はきっと来ないと思う／**我覺得他一定不會來。**

4　　解答：1

▲「そろそろ／快要、差不多」表示「鄰近某個時間點、就快到了要做某事的時候」的狀況。例句：

・そろそろお父さんが帰って来る時間だ／**這個時間爸爸差不多快回來了。**

・もういい歳なんだから、そろそろ将来のことを考えなさい／**你年紀也差不多了，是時候好好規劃未來了。**

《其他選項》

▲ 選項２　「どんどん／漸漸」指「氣勢十足地前進的狀態」。例句：

・人口はどんどん増えて、１億人を超えた／**人口不斷增加，已經超過一億人了。**

▲ 選項３　「いろいろ／各式各樣」指種類繁多。例句：

・春にはいろいろな花が咲きます／**春天時會開各種各樣的花。**

5　　解答：2

▲「おりません／沒有」是「いません／沒有」的謙讓說法。對公司外的人提起自己公司的同事時，就算提的是上司也要用謙讓語。「ただ今／現在」是「今／現在」的鄭重說法。

《其他選項》

▲ 選項３　提問用鄭重說法的「～ますか／…嗎」，所以也應該要用鄭重的「～です」、「～ます」回答。在工作場合中的對話要用普通說法或鄭重說法。但是，依據兩人的關係，選項３也可能是正確答案。例句：

・学生：先生、明日は大学にいらっしゃいますか／**學生：教授，您明天會來學校嗎？**
先生：うん、明日も来るよ／**教授：會，明天也會來哦**

6　　解答：3

▲ 讓對方等待時說的招呼語是「お待たせしました／讓您久等了」。例句：

・（食堂で）お待たせ致しました。焼肉定食です／**（在餐館中）讓您久等了，這是烤肉套餐。**

※「待たせる／讓（某人）等」是「待つ／等」的使役形。例句：

・寝坊して、友達を１時間も待たせてしまいました／**我睡過頭，讓朋友足足等了一個小時。**

《其他選項》

▲ 選項１　若是女士正在等待的情況，才可以用「お待ちしました／恭候大駕、等了一段時間」的說法。如果是正在等待的情況，可以說「お待ちしていました／正在恭候大駕、正在等候」。

▲ 因為選項２提到「お待たせします」，應該要用過去式的「お待たせしました／讓您久等了」。

7　　解答：1

▲ 題目問的是「彼は明日来ますか／他明天會來嗎」的意思，「（動詞）んでしょうね／總該（動詞）吧」是向對方確認的強硬說法，「こそ／正是」用於強調「明日／明天」。題目句是對於某人至今為止已經爽約好幾次了，女士在表達憤怒的心情。

▲「きっと／一定」表示強烈的推測，「はず／理應」則有「因為某種原因，所以確信某事」的意思。

※「～んでしょうね／總該…吧」的例句：

・この間貸したお金、返してもらえるんでしょうね／你前一陣子借的錢，總該還我了吧？

《其他選項》

▲ 選項３「決して／絕對」接否定形，表示強烈的決心或禁止做某事。例句：

・この窓は決して開けないでください／請絕對不要打開這扇窗戶。

8 解答：**2**

▲ 題目問的是正在做什麼。用「(動詞て形)ている＋ところです／正在…」的句型來表示某個動作正在進行中的樣子。例句：

・A：(電話で) こんにちは。今いいですか／(電話中)您好，請問現在方便接電話嗎？

　B：ごめんなさい、今ご飯を食べているところなので、後でかけ直します／不好意思，我正在吃飯，稍後回電給您。

MEMO

全攻略
08

絕對合格攻略！新日檢6回全真模擬 N4 寶藏題庫＋通關解題 (16K+MP3)

【讀解・聽力・言語知識（文字・語彙・文法）】

發行人	林德勝
著者	吉松由美・田中陽子・西村惠子・山田社日檢題庫小組
出版發行	山田社文化事業有限公司 地址 臺北市大安區安和路一段112巷17號7樓 電話 02-2755-7622 02-2755-7628 傳真 02-2700-1887
郵政劃撥	19867160號 大原文化事業有限公司
總經銷	聯合發行股份有限公司 地址 新北市新店區寶橋路235巷6弄6號2樓 電話 02-2917-8022 傳真 02-2915-6275
印刷	上鎰數位科技印刷有限公司
法律顧問	林長振法律事務所 林長振律師
定價+MP3	新台幣399元
初版	2020年 8 月

© ISBN : 978-986-246-585-1